Persephone Haasis

Das Glück schmeckt honigsüß

Roman

PENGUIN VERLAG

MIX
Papier aus verantwortungsvollen Quellen
FSC
www.fsc.org
FSC® C014496

Klimaneutral*
Druckprodukt
ClimatePartner.com/14044-1912-1001

Penguin Random House Verlagsgruppe FSC® N001967

2. Auflage 2022

in der Penguin Random House Verlagsgruppe GmbH,
Neumarkter Straße 28, 81673 München
Dieses Werk wurde vermittelt durch die Literarische Agentur Michael Gaeb
Redaktion: Lisa Wolf
Umschlaggestaltung: Favoritbüro
Umschlagmotiv: © Shutterstock (Anucha Tiemsom,
VICUSCHKA, nereia, Photoongraphy)
Satz: Greiner & Reichel GmbH, Köln
Druck und Bindung: GGP Media GmbH, Pößneck
Printed in Germany
ISBN 978-3-328-10871-9
www.penguin-verlag.de

PROLOG

Lena saß auf dem kleinen Balkon ihrer Bremer Stadtwohnung, auf dem gerade so ein winziger Tisch und zwei Klappstühle Platz hatten. Über dem schwarz gestrichenen Geländer hingen die Geranien, in einem selbst gebauten Regal aus einer Europalette hatte sie ein Wandbeet mit ihren Küchenkräutern angelegt. Von der Minze zupfte sie nun ein paar Blätter ab und tat sie in ihre Limonade, sodass sie zwischen Zitronenscheiben und Eiswürfeln in der süßen Sommerfrische schwammen. Unter ihr rauschte der Feierabendverkehr der Gröpelinger Heerstraße, doch Lena nahm das Geräusch der Autos nur aus der Ferne wahr. Wenn sie die Augen schloss, klang es fast ein wenig wie das Meeresrauschen, das sie schon so lange vermisste. Sie beugte sich wieder über ihr Notizbuch, in dem sie gerade eine Skizze für ein Holzschaukelpferd fertigstellte, und zog die Kufen mit mehreren schwungvollen Strichen nach. Der Schweif sollte aus gebundenem Stroh sein, die Mähne aus Wolle, dazu eine gewebte Satteldecke und ein Halfter aus Hanfseil, sie sah es ganz genau vor sich.

Das Vibrieren des Smartphones riss sie aus ihren Gedanken. Es war der Timer, der sie daran erinnerte, dass es Zeit wurde, sich fertig zu machen.

Lena stand auf, schob den winzigen Tisch beiseite und

drängte sich daran vorbei zur Balkontür. Sie warf noch einmal einen sehnsüchtigen Blick zu den Windlichtern, die von einer Seite zur anderen über den Balkon gespannt waren, betrachtete den Himmel, der die Stadt langsam in diesiges Abendlicht tauchte. So gerne wäre sie noch eine Weile auf dem Balkon sitzen geblieben, doch ihre Freundinnen warteten. Sie nahm die Limonade und ging in ihre Altbauwohnung zurück, die sie sich mit Mats, ihrem Freund, teilte. Drinnen standen die Fenster weit offen, um die warme Sommerluft hereinzulassen. Doch die Satingardinen hingen träge vor den Fenstern, kein Lufthauch zog durch die Räume. Im Vorbeigehen stellte Lena das Glas auf ihren Schminktisch, öffnete den Kleiderschrank und holte ein knöchellanges Boho-Kleid mit V-Ausschnitt und Blumenmuster heraus. Es war eines ihrer Lieblingskleider, und eigentlich trug sie es viel zu selten. Der heutige Abend war ein idealer Anlass, um es wieder einmal aus dem Schrank zu nehmen, und der luftige Schnitt wäre bei dieser Wärme ideal. Lena schlüpfte hinein und band sich die blonden Haare zu einem losen Pferdeschwanz. Dann setzte sie sich an ihren Schminktisch und legte ein leichtes Make-up auf. Sie trank den letzten Schluck ihrer Limonade und griff nach dem Muschelkästchen, das auf der rechten Seite des Tisches stand und in dem sie ihren Schmuck aufbewahrte. Sie hatte es als kleines Mädchen auf Hooge in einem Touristenshop entdeckt und sofort ihr Herz daran gehängt. Und als sie zu ihrem neunten Geburtstag das Zeitungspapier von Jacobs Paket gewickelt hatte, war es darunter zum Vorschein gekommen. Lena war außer sich vor Freude. Das war in diesem Jahr das schönste Geschenk gewesen. Jetzt dachte sie mit Wehmut daran zurück – und an Jacob.

Sie fuhr mit den Fingerspitzen über den mit Muscheln besetzten Deckel. In letzter Zeit hatte sie immer wieder darüber nachgedacht, Dosen aus Holz herzustellen, aber ihr Freund und Geschäftspartner Mats war der Meinung, es rechnete sich nicht. Lena dagegen träumte davon, diesen Winter einen eigenen Stand auf dem Weihnachtsmarkt vor den Rathausarkaden zwischen Schütting und Roland, dem Bremer Symbol der Freiheit, zu haben. Sie wollte dort ihr Holzspielzeug verkaufen, einen kleinen Dackel, dessen Ohren sich drehten, wenn man ihn schob, ein Rennauto, watschelnde Enten, die eine Schräge herunterliefen und lustig dabei wackelten. Sie wollte Kinderaugen leuchten lassen, und für die Erwachsenen würde sie an ihrem Weihnachtsstand selbst gemachte Schalen und Kerzenhalter verkaufen, Dosen, in denen man Schmuck oder andere Schätze aufbewahren konnte, Salatbesteck aus Nussbaumholz, Schneidebretter, Pfannenwender mit der typischen Olivenholzmaserung. Perfekte kleine Geschenke für diejenigen, die noch auf der Suche nach etwas Besonderem mit ihren Einkaufstaschen durch die Bremer Innenstadt eilten, den Kopf zwischen die Schultern gezogen, zum Schutz gegen die ersten Schneeflocken. Man könnte auch Mats' Wurzel-Glastisch ausstellen, ein beeindruckendes Stück, an dem er viele Stunden gearbeitet hatte und das mit der Baumwurzel als Tischfuß ohne Weiteres als Designerstück durchgehen konnte. Vielleicht sollte man auch ein Foto von dem restaurierten Bauernschrank aushängen, das erste Stück, das sie gemeinsam in ihrer Schreinerei gefertigt hatten. So etwas würde die Kunden sicherlich anlocken und womöglich auch für weitere Aufträge sorgen. Aber Mats war dagegen, zu teuer sei die Standmiete für eine Bude auf dem Marktplatz in der Bremer Innenstadt, und sie mussten erst einmal die Raten für ihre Schreinerei begleichen.

Ihre Schreinerei … Auf Lenas Lippen legte sich ein Lächeln. Auch das war ein Herzenswunsch von ihr gewesen, eine eigene Schreinerei, in der sie selbstständig arbeiten konnte. Davon hatte sie während ihrer ganzen Ausbildung geträumt, und als sie dann Mats kennengelernt hatte, den begabten Tischler, war ihr Traum auf einmal zum Greifen nahe gewesen. Ja, es war ein Wagnis, aber Lena war davon überzeugt, dass man seine Chance nutzen musste, wenn sie einem so in den Schoß fiel. Auch wenn das bedeutete, dass sie jetzt erst einmal einen Haufen Schulden begleichen mussten. Lena hatte sich damals Hals über Kopf in Mats verliebt. Es hatte eine Weile gedauert, bis er ihre Gefühle erwiderte, aber dann war sie sich ganz sicher gewesen, das Richtige zu tun, als sie bei ihm in die Schreinerei eingestiegen war. Ihre Familie hatte ihr geraten, sich diesen Schritt noch einmal gut zu überlegen, allen voran ihre Großmutter, aber Lena hatte alle Bedenken in den Wind geschlagen. Jetzt, nachdem es zwischen Mats und ihr immer wieder kriselte, sah sie ihre Entscheidung kritischer, womöglich hätte sie besonnener handeln sollen, aber dieser unschöne Riss zwischen ihnen ließ sich ja vielleicht doch wieder kitten …

Lena seufzte und sah auf die Uhr. Es war kurz nach acht, jetzt musste sie sich beeilen, wenn sie nicht zu spät kommen wollte. Sie hob den Deckel von der runden Dose und nahm die Bernsteinohrringe heraus, ein Geschenk von Alva.

Ach, Oma, dachte Lena, und sie spürte wieder die Sehnsucht nach Ruhe und nach Meeresrauschen, nach Geborgenheit und dem süßen Geschmack der Honigbonbons. Doch für einen Urlaub hatte sie im Moment keine Zeit, sie musste mit Mats die Werkstatt am Laufen halten, neue Aufträge an Land ziehen und überhaupt sehen, wie es weiterging. In Lenas Innerem stach es verräterisch. Am liebsten hätte sie ihr Smartphone genommen und abgesagt, aber sie wollte ihre Clique nicht hängen lassen. Ihre Freundinnen warteten auf sie, zu lange schon hatte Lena sie hintangestellt, weil sie sich um ihre Beziehung hatte kümmern müssen. Dabei hätte sie jetzt viel lieber noch für sich in der Schreinerei gearbeitet oder sich mit einem Glas Wein auf den Balkon gesetzt.

Lena nahm ihre Tasche, warf noch kurz einen Blick in den Spiegel und machte sich dann zum Steintor auf, der übliche Treffpunkt ihrer Clique, von wo aus sie in Richtung Weserstadion durch die Bars ziehen würden. Schon als sie in die Straßenbahn stieg, waren ihr die Lichter zu grell, der Verkehr zu laut, und wieder wünschte sie sich, fernab von alldem zu sein, allein und für sich, so wie damals als Kind auf der Hallig, ein Eiland mitten im Meer, weit weg von all den Problemen, dem Stress, dem Trubel, dem Lärm … Wie sehr sie all das vermisste.

E-MAIL-ENTWURF VOM 22. FEBRUAR 2010

An: lena.hendriksen@hoogemail.de
Von: Jacob-Flemming@blumenmeer.de

Betreff: Gestern Abend

Liebe Lena,
was ist los? Gestern Abend habe ich am alten Anleger auf dich gewartet, aber du bist nicht gekommen. Wo warst du? Ich verstehe es nicht. Wir wollten doch unseren letzten Abend zusammen verbringen.

Warum reagierst du nicht auf meine Anrufe? Bist du böse auf mich? Habe ich was falsch gemacht?

Bitte, melde dich …

Jacob

1.

Der Abend gestern war lang gewesen. Lena hatte es genossen, mit ihren Freundinnen unterwegs zu sein, doch jetzt war sie erleichtert, wieder in der Werkstatt zu stehen, den Geruch nach frisch gesägtem Holz in der Nase zu haben und die laue Sommerbrise zu spüren, die durch das gekippte Fenster hereindrang. Der leichte Nieselregen am Morgen hatte für etwas Abkühlung gesorgt. Seit Tagen arbeiteten sie in der Schreinerei nun schon auf Hochtouren. Mats wollte die Kommode unbedingt noch diese Woche fertigstellen, und Lena konnte seinen Eifer verstehen. Mehrere Tage hatten sie auf den Auftrag gewartet, und dann – endlich – hatte das Telefon geklingelt. Eine Sonderanfertigung für ein wohlhabendes Ehepaar, das bereits deutlich gemacht hatte, auch einen passenden Schrank und einen Esstisch bestellen zu wollen, wenn sie mit der Arbeit zufrieden waren. Mats war Feuer und Flamme. Sofort hatte er verschiedene Skizzen auf ein Blatt geworfen und noch bis spät in die Nacht an seinen Entwürfen gearbeitet.

»Das ist unsere Chance«, hatte er immer wieder zu Lena gesagt, und dann, als er im Morgengrauen zu ihr ins Bett gekrochen war, hatte er ihr stolz seine Ideen gezeigt.

Lena fuhr prüfend über die Ecke der Schublade. Noch immer war das Holz an einer Stelle rau und faserig. Sie nahm ein groberes Schmirgelpapier und bearbeitete die Vorderkante erneut. Erst wenn sie absolut zufrieden war, würde sie die ausgewählten Beschläge befestigen.

Als das Telefon klingelte, sah Lena nur kurz auf. Mats stellte das Brett beiseite, das er gerade auf die Plattensäge hieven wollte, und lief zum Schreibtisch.

»Hallo?«

Lena konzentrierte sich wieder auf ihre Arbeit. Normalerweise wickelte Mats die Kundenanfragen ab, darum musste sie sich nicht kümmern.

»Für dich.«

Verwundert sah Lena auf. Mats stand vor ihr und hielt ihr den Hörer entgegen.

»Lena Hendriksen am Apparat«, meldete sie sich.

»Lena, es ist etwas ganz Furchtbares passiert!«, schluchzte ihre Mutter ins Telefon.

»Mama! Was ist denn los?«

»Deine Großmutter ist gestorben.«

»Was?« Lena legte das Schmirgelpapier beiseite und richtete sich auf. Sie versuchte am anderen Ende der Leitung etwas zu verstehen, doch Mats war mit der Säge zu laut. Verzweifelt hielt sie sich mit dem Zeigefinger das andere Ohr zu. »Was hast du gesagt?«

Aus dem Telefonhörer kam nur ein Wimmern.

»Mama?« Lena lauschte, doch sie konnte immer noch nichts hören. Sie presste das Telefon gegen ihre karierte Bluse und lief in den Nebenraum. »Mats, verdammt noch mal, mach die Säge aus. Ich verstehe kein Wort!«

»Was?« Mats warf ihr nur einen kurzen Blick über die Schulter zu.

»Die Säge!« Lena zeigte auf die gegenüberliegende Wand und bedeutete ihm dann mit einer Handbewegung, dass er die Maschine ausschalten sollte.

Widerwillig drückte Mats auf den Notausschalter und verschränkte die Arme.

»So, jetzt höre ich dich besser, Mama. Was hast du gesagt?«

Lena vernahm wieder das Schluchzen. »Alva … Sie ist gestorben.«

Lenas Kopf brauchte einen Moment, um diese Information zu verarbeiten. »Was? Aber … das kann doch gar nicht sein.« Sie lehnte sich gegen die Werkbank. Plötzlich hatte sie das Gefühl, als hätte ihr jemand den Boden unter den Füßen weggezogen. »Wann denn? Und was ist überhaupt passiert?«

»Gestern Abend. Das Krankenhaus hat heute Morgen …«

»Krankenhaus?«, wiederholte Lena ungläubig. »Wieso war Oma denn im Krankenhaus? Ist sie gestürzt?«

Lena bemerkte, wie jetzt auch Mats in ihre Richtung sah und fragend die Brauen hob. Aber sie winkte mit einer knappen Handbewegung ab und lief wieder in den Nachbarraum.

»Nein … Anscheinend hatte sie einen Herzinfarkt. Ach, Lena, ich weiß es doch auch nicht genau. O Gott, es ist alles so schrecklich.« Wieder schniefte ihre Mutter. »Du musst das machen, Lena! Du musst nach Hooge fahren!«

»Was?« Lena versuchte aus dem Gestammel ihrer Mutter schlau zu werden. »Ich? Wieso? Und was soll ich da machen? Mama? Hallo?«

Jetzt knisterte es in der Leitung, und Lena musste den Hörer etwas von ihrem Ohr weghalten.

»Lena?« Das war die Stimme ihres Vaters. Sie klang fest und ruhig, das gab Lena wieder ein wenig Sicherheit.

»Papa, was ist denn genau passiert?«

»Das Krankenhaus in Sankt Peter-Ording hat vorhin angerufen und uns gesagt, dass Alva gestorben ist. Mama möchte, dass du für sie nach Hooge fährst und Alvas Nachlass regelst.«

»Ich?« Lena glaubte, sich verhört zu haben.

»Du weißt doch, der Streit damals …«, schluchzte Rieke im Hintergrund, und dann war ihre Stimme wieder etwas besser zu verstehen, anscheinend war sie wieder dichter am Telefon. »Ich hatte sie doch damals um die vorzeitige Auszahlung meines Erbes gebeten, als ich mit Papa aufs Festland gezogen bin. Alva war entsetzt und hat mir das nie verziehen. Bis zuletzt hat sie mir vorgeworfen, ich hätte sie auf Hooge alleingelassen. Und jetzt ist sie gestorben, und ich habe mich nie entschuldigt … Ich hätte mich doch mit ihr aussprechen müssen …« Wieder gingen ihre Worte in Weinen unter.

Lena seufzte. »Wie stellt ihr euch das vor? Ich kann hier doch nicht so einfach alles stehen und liegen lassen. Wieso fährst du nicht, Papa?«

»Ich habe hier noch zu tun. Ich muss in der Firma bis übermorgen eine Präsentation für einen Bauentwurf abgeben. Aber ich komme natürlich so schnell wie möglich nach, um dich zu unterstützen.«

Lena wurde das Gefühl nicht los, dass das nicht der Hauptgrund war. Sie fuhr sich mit der Hand über die Stirn.

»Bitte, es ist wirklich wichtig.« Magnus' Stimme war jetzt deutlich leiser, und Lena hatte Mühe, ihn zu verstehen. Fest presste sie das Telefon gegen ihr Ohr. »Rieke schafft das nicht, und ich kann hier nicht weg. Außerdem meint deine Mutter, dass die Halligbewohner sie nicht sehen wollen, weil sie sich so lange nicht um Alva gekümmert hat.«

Lena rutschte das Herz in die Hose. Sie war versucht ihrem Vater zu sagen, dass sie dann ganz bestimmt auch nicht die Richtige dafür war, aber als sie die Verzweiflung in seiner Stimme hörte, verkniff sie sich den Kommentar.

»Überleg es dir wenigstens.«

»Ich muss das zuerst mit Mats besprechen«, sagte Lena knapp. »Ich melde mich gleich noch mal.« Sie beendete das Gespräch und ließ sich auf den Hocker neben der Schublade sinken.

»Alles in Ordnung?«, fragte Mats, der im Türrahmen lehnte.

»Meine Oma ist tot«, sagte Lena tonlos, doch die Worte schienen überhaupt nicht zu ihr zu gehören. Sie kam sich vor, als würde sie den Text irgendeines Theaterstücks aufsagen. »Ich soll ihren Nachlass regeln.«

»Wann?«, fragte Mats verwundert.

»Na, jetzt.« Lena sah ihn verständnislos an. »Hast du mir überhaupt zugehört?«

Mats überging ihre Frage. »Und wie soll das gehen? Wir müssen mit der Kommode bis Ende der Woche fertig sein.«

»Ich weiß, aber ...« Lena schüttelte den Kopf. »Meine Oma ist gestorben, Mats! Und meine Mama kann sich nicht darum kümmern. Sie hatte damals einen riesengroßen Streit mit Oma, und jetzt macht sie sich schreckliche Vorwürfe, weil sie sich nie ausgesprochen haben. Außerdem traut sie sich nicht mehr nach Hooge deswegen.«

»Kann dann nicht dein Vater fahren?«

Lena zuckte hilflos mit den Schultern. »Ich glaube, er will Mama in dem Zustand nicht alleinlassen. Aber er wird sicher so schnell wie möglich nachkommen.« Sie seufzte. »Ich muss das einfach machen, Mats, verstehst du?«

Seine Lippen wurden zu einem schmalen Strich. »Also schön, wenn du meinst, dann fahr halt.«

»Allein?«, fragte Lena irritiert.

Mats zuckte gleichmütig die Schultern.

»Willst du nicht mitkommen?«

»Mein Gott, Lena, jetzt mach nicht so ein Drama daraus. Unter anderen Umständen wäre ich natürlich dabei, aber du weißt selbst, dass wir bis über beide Ohren verschuldet sind. Da kann ich nicht einfach so das Geschäft dichtmachen.«

Wie konnte Mats das alles so kaltlassen? Er selbst war doch auch schon mit ihr nach Hooge gefahren, hatte Alva kennengelernt, war Gast in ihrem Haus gewesen.

»So viel wird da schon nicht zu machen sein. Die Beerdigung, das Häuschen, das sie hat. Und vielleicht gibt es ja auch eine Kleinigkeit zu erben.«

Lena schnaubte und fuhr von ihrem Hocker auf. »Du kannst manchmal so ein gefühlskalter Block sein!«

»Lena …« Mats ging ein paar Schritte auf sie zu. Liebevoll legte er die Hände um ihre Arme und zog sie an sich. »Entschuldige, ich wollte nicht herzlos klingen. Ich weiß doch, wie wichtig dir Alva war. Aber du musst auch an uns denken. Wir hatten doch gemeinsam den Traum von der Schreinerei. Das war doch unser Ding! Wir haben so lange dafür gekämpft. Und ich bin mir sicher, dass Alva gewollt hätte, dass du glücklich bist, meinst du nicht auch?«

Lena sah nachdenklich nach draußen auf einen grau bewölkten Himmel. Noch immer fiel es ihr schwer zu begreifen, dass ihre Oma tatsächlich gestorben war. Dieses Gespräch mit Mats gerade fühlte sich so unwirklich an.

»Ich ruf Papa noch mal an«, sagte sie dann.

»Tu das.« Mats lächelte und gab ihr einen Kuss auf die Stirn, bei dem sich Lena wie ein kleines Mädchen vorkam. Wieso hatte sie eigentlich immer das Gefühl, dass er in ihrer Beziehung das Sagen hatte? Dabei war sie diejenige, die damals entschieden hatte, weiterzumachen. Sie hatte die gemeinsame Werkstatt unbedingt haben wollen und war bereit gewesen, einen Teil seiner Schulden zu übernehmen. Und sie hatte ihm auch verziehen, dass …

Lenas Kehle wurde eng. Sie wollte lieber nicht daran denken, denn wenn sie jetzt zu weinen begann, würde sie vermutlich nicht mehr damit aufhören. So wie ihre Mutter. Als sie das vertraute Getöse der Plattensäge hörte, nahm sie ihr Smartphone und verließ die Werkstatt. Die klare Luft im Hinterhof tat ihr gut, und Lena atmete mehrere Male tief durch, ehe sie die Nummer ihres Vaters wählte.

»Papa, ich bin's wieder.«

»Lena, hallo. Schön, dass du noch mal anrufst. Warte, ich gehe aus dem Wohnzimmer. Mama hat sich gerade ein bisschen hingelegt … So, jetzt kann ich sprechen. Wie geht es dir? Bist du in Ordnung?«

»Ich weiß es nicht«, gab Lena zu. »Ich kann das alles noch gar nicht richtig glauben.«

»Das verstehe ich, mein Schatz. Uns geht es ganz genauso.« Lena hörte die Anteilnahme in seiner Stimme. Sie klang echt und aufrichtig. »Versuch dich an die schönen Dinge mit ihr zu erinnern.«

Lena kämpfte gegen die aufsteigenden Tränen an. Tapfer blinzelte sie sie weg. »Papa, bitte … Jetzt brauche ich erst mal einen klaren Kopf, wenn ich nach Hooge fahren soll.«

»Dann fährst du?«, fragte er hoffnungsvoll.

»Ich weiß gar nicht, was mich da erwartet.«

»So, wie ich es verstanden habe, war es Alvas Wunsch, auf der Hallig beerdigt zu werden. Du müsstest ihre Beisetzung organisieren, und deine Mama meinte, dass Alva wohl beim Notar ein Testament hinterlegt hat. Vielleicht reicht es, wenn du nur zur Testamentseröffnung hinfährst. Ich kann mich erkundigen, wann das ist. Vielleicht kann ich von hier aus telefonisch schon so viel wie möglich regeln.«

»Ich soll nur zur Testamentseröffnung?«, fragte Lena skeptisch. »Ich weiß nicht …« Irgendwie fand sie die Vorstellung seltsam. »Da fühle ich mich, als ob ich nur etwas abgreifen will.« Sofort geisterten Lena wieder Mats' Worte durch den Kopf. Sollte sie vielleicht besser doch nicht fahren?

»Lena, jeder weiß, wie sehr du deine Oma gemocht hast. Ich kann mir nicht vorstellen, dass irgendjemand so etwas von dir denkt.«

»Nein, wenn ich fahre, dann mache ich das richtig.« Lena straffte den Rücken. »Das bin ich Oma schuldig.«

»Dann nutze die Möglichkeit doch, und nimm in Ruhe von ihr Abschied«, schlug Magnus vor. »Und ich komme nach, sobald ich kann.«

Lena vertrieb wieder die trüben Gedanken, die sich wie die grauen Regenwolken am Himmel über ihr zusammenbrauten. Wenn sie ihnen auch nur einen Funken Aufmerksamkeit schenkte, würde der Wolkenbruch in Form ihrer Tränen kommen.

»Also gut«, sagte sie dann, als sie das Gefühl hatte, ihrer Stimme wieder vertrauen zu können. »Ihr könnt euch auf mich verlassen; ich fahre hin und kümmere mich um alles.«

17. April 1954

Gunnar ist heute zurück auf die Hallig gekommen, um die Ringelgänse zu beobachten. Es wird Zeit: Ich muss ihn endlich fragen, ob er bleibt. Aber ich bin so schrecklich nervös. Was, wenn er Nein sagt? Wenn das mit uns beiden nichts wird? Jede freie Minute muss ich an ihn denken. Er muss einfach bleiben … Ich wünsche es mir so sehr.

2.

Die Überfahrt nach Hooge dauerte etwa eine Stunde. Lena hatte nach dem Telefonat mit ihrem Vater ein paar Sachen zusammengepackt, war mit dem Auto von Bremen nach Schlüttsiel gefahren und hatte dort ihren Wagen abgestellt. Auf der Hallig gab es zwar kein Autoverbot, aber die Bewohner rieten einem dringend, die eigenen Fahrzeuge auf dem Festland zu lassen, und, wenn man ehrlich war, brauchte man auf Hooge auch kein Auto. Das meiste konnte man zu Fuß oder mit dem Fahrrad erledigen. In Schlüttsiel hatte Lena Glück gehabt und gerade noch die letzte Fähre zur Hallig erwischt, sonst hätte sie bis zum nächsten Morgen warten müssen. Jetzt stand sie an der Reling und sah der Marschinsel entgegen, die vor ihr im Meer auftauchte. Still wie ein Spiegel lag das Wasser vor ihr. Die Hallig war so flach, dass es wirkte, als stünden die Häuser direkt im Wasser. Ein paar Möwen flogen vom Ufer aus dem Schiff entgegen. Sie hofften wohl auf ein paar Brotstücke, die ihnen die Passagiere hin und wieder zuwarfen.

Je näher Lena der Hallig kam, desto stärker tobten die Gefühle in ihr. Da waren die Traurigkeit und der Schmerz, die sie schon bei Fahrtantritt begleitet hatten, aber auch die Sehnsucht, die Hallig und ihre Bewohner nach zwei Jahren Abwesenheit endlich wiederzusehen, das aufgeregte Kribbeln in ihrer Magengegend, was sich wohl verändert hatte – und wenn sie ehrlich war, gab es da auch den Gedanken an Jacob, der ihr Herz wild zum Schlagen brachte …

Jetzt erkannte Lena den Fähranleger der Hallig. Die Tagesausflügler warteten schon an der Landungsbrücke. Wenn sie Hooge verließen, würde es deutlich leerer sein und die Halligbewohner blieben mit ihren Feriengästen unter sich. Das war der Preis, dachte Lena. Im Sommer war die Hallig von unzähligen Touristen bevölkert, und viele von den Hoogern lebten vom Tourismus, dafür hatte man im Winter seine Ruhe und war teilweise sogar ganz von der Außenwelt abgeschnitten, wenn die Fähre an manchen Tagen nicht fuhr oder die Gezeiten eine Überfahrt schlichtweg unmöglich machten.

Das Schliff verlangsamte sein Tempo, legte an der Landungsbrücke an, und jemand schob die Planke über das schmale Stückchen Wasser. Lena reihte sich in die Schlange der Passagiere, die von Bord wollten, und verließ dann mit einer Handvoll Feriengästen die Fähre. Nicht weit vom Anleger entfernt stand eine Pferdekutsche, das sogenannte gelbe Halligtaxi, das die Besucher und ihr Gepäck zu ihren Unterkünften bringen würde, aber Lena entschied sich dafür, lieber zu Fuß zu gehen. Sie wollte langsam auf der Hallig ankommen, nicht mit dem Kutscher über Belangloses sprechen müssen, sondern die Atmosphäre ganz in sich aufnehmen und für sich sein.

Einen Moment überlegte sie, ob sie über den Steindeich gehen sollte, der Hooge vor Sturmfluten schützte, entschied sich dann aber dagegen. Die asphaltierte Straße über die Mitte der Hallig erschien ihr mit ihrem kleinen Rollkoffer sinnvoller. Sie erwog, einen Umweg über die Hanswarft zu machen – die größte Warft und quasi das Zentrum von Hooge – und in einem der Gasthäuser dort einzukehren, doch auch danach stand ihr nicht der Sinn. Sie wollte erst einmal ankommen, und sicherlich hatte Alva etwas zu essen im Haus. Falls nicht, könnte sie sich später immer noch eine Kleinigkeit beim Halligkaufmann besorgen, wobei ihr momentan überhaupt nicht nach Essen zumute war. Also machte sie sich auf den Weg in Richtung Westen der Hallig, denn dort lag die Ipkenswarft, auf der Alvas kleines Häuschen stand.

Lena ließ die Backenswarft rechts liegen, auf der ihre ehemalige Schulfreundin Ronja wohnte, erkannte die Kirchwarft an dem Haus mit den zwei Schornsteinen und dem kleinen Friedhof, und wieder stieg dieses mulmige Gefühl in ihr auf. Wie würde es wohl sein, ohne Alva? Rasch ging sie weiter, über eine schmale Brücke und an den Weiden, den Fennen, vorbei, auf denen ganz besondere Saisongäste ihren Abend genossen: Kühe vom Festland. Im Frühjahr wurden sie mit einer Fähre auf die Hallig gebracht, wo sie dann bis zum Herbst Landschaftspflege betrieben, indem sie das Gras kurz hielten und den Boden festtraten. Lena erinnerte sich noch gut daran, wie sehr sich Bauer Kilian immer freute, wenn er dem ausgeliehenen Vieh zusehen konnte, wie die Kälbchen wuchsen und gediehen.

Sie lief weiter, aber als sie jetzt den Segelhafen aus der Ferne sah, zog es sie doch zum Meer. Sie hörte das sanfte Plätschern der Wellen und spürte den Wind, der an ihren Haaren zog. Von irgendwoher kreischte eine Möwe, und Lena sah am Horizont einen Segler, der über das glitzernde Wasser fuhr. Sie bemerkte die Sehnsucht, die sie auf einmal packte. Wie gern wäre auch sie jetzt draußen auf dem Meer, weit weg von all ihren Sorgen und dem, was in den nächsten Tagen auf sie zukam. Sie erinnerte sich nur zu gut daran, wie sie schon früher das Gefühl hatte, hier auf der Hallig einfach alles hinter sich lassen zu können. Sie hatte immer den Eindruck gehabt, auf Hooge tickten die Uhren ein wenig anders, und die Probleme vom Festland kamen ihr so unendlich weit entfernt vor, wenn sie bei Alva gewesen war.

Lenas Herz wurde schwer wie Blei, als sie weiterlief und in der Ferne Langeneß mit seinem Quermarkenfeuer sah. Mit Alva hatte sie, als sie klein war, einmal einen Ausflug dorthin unternommen. Zum Glück musste sie jetzt wieder auf die Straße abbiegen, um zur Ipkenswarft zu kommen, denn sonst wäre sie vermutlich endgültig von ihren Erinnerungen überwältigt worden. Sie zerrte ihren kleinen Koffer wieder auf den Asphalt zurück und lief entschlossen weiter.

Da bemerkte sie von Weitem eine Frau, die auf sie zukam. War das nicht Anne?

»Hallo, Lena!«, grüßte Anne sie. Lenas Mutter Rieke und Anne waren früher in einer Klasse gewesen, und Lena erinnerte sich noch gut daran, wie sich die beiden Freundinnen, als sie klein war, zum gemeinsamen Kochen oder Stricken getroffen hatten. Mittlerweile war Anne mit Klaas, dem Halligkaufmann, verheiratet und half ihm hin und wieder im Laden aus, wenn sie nicht gerade Gäste in ihrer Ferienwohnung bewirtete. »Ich habe das mit deiner Oma gehört. Herzliches Beileid.«

»Danke«, sagte Lena und presste die Lippen zusammen.

»Ist Rieke auch da?«

»Sie kommt nach«, sagte Lena ausweichend.

Anne nickte und sah dabei ein wenig enttäuscht aus. »Ach so, schade, ich hätte gerne mal wieder mit ihr geplaudert. Sie war schon so lange nicht mehr hier.«

Lena wusste nicht, was sie darauf erwidern sollte.

»Ich bin auf dem Weg zum wöchentlichen Treffen der Schutzstation. Willst du mitkommen?«, schlug Anne vor.

»Das ist furchtbar lieb, aber ich bin gerade erst angekommen.« Lena deutete auf ihren Koffer.

»Oh, da musst du natürlich erst einmal auspacken.« Anne nickte verständnisvoll. »Wenn du irgendwas brauchst, melde dich, ja?«

Lena bedankte sich und lief weiter.

Vor ihr erhob sich auf dem sanften Hügel mit dem saftigen Grün nun endlich die Warft, der kleine, künstlich errichtete Erdhaufen, der die Häuser vor einem Landunter schützen sollte. Jetzt waren es nur noch wenige Minuten zu Fuß bis zu Alvas Haus. Lenas Herzschlag beschleunigte sich.

Ob sich wohl etwas verändert hatte? Und wie wäre es, ohne Alva dort zu sein ... Lena schluckte den Kloß in ihrem Hals herunter. Tapfer reckte sie das Kinn nach vorne und lief weiter auf die Warft zu. Die kleine Häuseransammlung thronte mitten auf dem Hügel, wo sie meistens vor Überschwemmungen geschützt war. Nur einmal war Alvas Haus vom »Blanken Hans« bei einer Sturmflut heimgesucht worden. Lena erinnerte sich noch genau, wie lebhaft ihre Oma ihr damals geschildert hatte, wie das Wasser gekommen war.

Wieder musste sie schlucken und vertrieb den Gedanken, indem sie noch einen Schritt schneller auf die Warft zulief. Zu ihrer Linken sah sie das braune gebogene Schild, auf dem in verschnörkelten Buchstaben »Ipkenswarft« stand, dahinter stieg die Straße ein wenig zu den vereinzelten Häusern an. Lena lief an dem weiß gekalkten Holzzaun vorbei und erreichte das kleine Haus aus roten Backsteinen, das mitten auf der

Warftkrone stand. Alvas Refugium. Es war im Stil einer alten Halligkate gebaut und stand inmitten von Kräuterbeeten, Lavendel und Rosenbüschen. Ein wenig gedrungen wirkte es, als ob es sich die Zeit über vor dem schneidenden Wind weggeduckt hatte, und man sah, dass es bereits einiges mitgemacht haben musste. Einer der grünen Fensterläden hing schräg in den Angeln, und die Friesenbank neben der Tür hatte auch schon einmal bessere Tage gesehen. Lena ging die drei Stufen zur Haustür hinauf und bemerkte, dass eine Fliese locker war. Vielleicht kam sie ja dazu, sich in den nächsten Tagen darum zu kümmern. Jetzt hatte sie erst einmal andere Sorgen: Sie hatte nämlich keinen Hausschlüssel. Normalerweise brauchte sie den ja auch nicht, denn bisher war immer Alva da gewesen, wenn sie auf die Hallig gekommen war, aber jetzt …

Wieder kroch die Trauer aus Lenas Bauch empor wie ein Monster aus einem Albtraum und wollte sich gerade in ihrem Herzen einnisten, aber dann hielt Lena verwundert inne. Vor Alvas Haustür lag ein Wildblumenstrauß. Sie hob ihn auf und erkannte Gräser, Kamille, Dahlien, Rittersporn und Löwenmäulchen, doch es lag keine Karte dabei. Vielleicht ein Willkommensgeschenk der Halligbewohner? Aber das war unwahrscheinlich. Wer wusste schon, dass sie kam?

Lena blieb jetzt wenig Zeit, darüber nachzudenken. Sie musste den Schlüssel suchen. Konzentrier dich, sagte sie sich. Alva hatte irgendwo einen Ersatzschlüssel deponiert, für den Fall, dass der Wind ihr die Haustür zuwarf. Sie schaute unter die Fußmatte und unter den auffälligen Steinen am Wegrand, die schon reichlich mit Moos bedeckt waren, aber da war nichts. Auch unter den Margariten, die sie aus dem gebrochenen Übertopf hob, fand sie nichts. Vorsichtig klopfte sie die

Backsteine neben der Haustür ab. Vielleicht war da ja einer locker? Fehlanzeige.

Lena setzte sich auf die Friesenbank, den Koffer dicht neben sich, den Blumenstrauß auf ihrem Schoß. Das ging ja gut los. Gab es auf Hooge einen Schlüsseldienst? Sie hatte keine Ahnung. Vom Festland konnte sie niemanden mehr rufen. Die nächste Fähre würde erst morgen wieder fahren. Vielleicht gab es einen Halligbewohner, der ihr helfen konnte, aber sollte sie jetzt so einfach irgendwo klingeln? Möglicherweise hatte ja auch ein Nachbar einen Schlüssel oder wenigstens eine Idee, wo sie ihn finden könnte. Doch bei Arnold, dem kauzigen Mann im Haus nebenan, wollte sie nicht fragen. Alva und er hatten sich nie sonderlich gut verstanden. Sollte sie ihre Mutter noch einmal anrufen?

Lena seufzte leicht und ließ ihren Hinterkopf gegen die Hauswand sinken. Wenn alle Stricke reißen sollten, konnte sie noch immer ein Ferienzimmer irgendwo mieten. Sie sah auf Alvas Vorgarten, der gut gepflegt war. Das verwunderte Lena. Im Gegensatz zu Alvas Haus sah er so aus, als hätte sich erst heute Morgen jemand darum gekümmert. Eigenartig, dachte sie. Hatte ihre Oma bis zuletzt so akribisch in ihrem Garten gearbeitet? Sie hatte ja immer gewusst, dass Alva die Blumen wichtig gewesen waren, aber dass alles so ordentlich war, irritierte Lena trotzdem. Alva war mit ihren stolzen einundneunzig Jahren schließlich auch nicht mehr die Jüngste gewesen. Lena ließ ihren Blick über den Vorgarten schweifen. Die Sträucher waren gleichmäßig geschnitten, die Blumen ausgezupft, es gab nicht einmal Unkraut! Gut, der Lattenzaun war etwas marode, eine Latte fehlte sogar, aber ansonsten war der Garten tadellos. Im sanften Wind bewegte sich träge das Mobile aus Muscheln und Strandgut, das sie als Kind mit ihrer Oma gebastelt und in einen der Kletterrosenbögen gehangen hatte. Die große Muschel! Lena legte den Wildblumenstrauß neben sich auf die Bank und sprang auf. Tatsächlich steckte in der Schnecke der Muschel ein Schlüssel. Alva hatte ihr das einmal erzählt, jetzt erinnerte sie sich wieder. »Das Meer bringt dich immer nach Hause«, hatte sie ihr noch als Merksatz mitgegeben, fiel es Lena wieder ein.

Sie schloss die Tür auf und betrat die reetgedeckte Kate. Es war alles noch genau so, wie sie es in Erinnerung hatte. Im unteren Bereich befand sich die Küche mit Essecke, ein kleines Bad und die Döns, die Wohnstube des Häuschens. Den ehemaligen Heuboden unter dem Dach hatte Alva ausgebaut. Dort waren jetzt zwei Schlafräume untergebracht, die man über eine Holztreppe erreichte.

Lena stellte ihren Koffer in dem winzigen Flur ab und betrat erst einmal die Küche. Auch hier war ihr nach zwei Jahren noch immer alles so vertraut, dass sie wieder das Brennen in ihren Augen spürte und das Innere der Kate für einen Moment verschwamm. Trotz der dunklen Holzdecke mit ihren Fächern wirkte der Raum hell und gemütlich. Das lag nicht zuletzt an dem großen Fenster, das einen herrlichen Blick auf Alvas Garten freigab. Ihre Oma hatte auch eine Wand entfernt, damit die Essecke Platz hatte. An dem Querbalken, der durch die Küche verlief, hingen Tassen und Alvas blau-weiß-getupftes Milchkännchen. Darunter gab es eine frei stehende Küchentheke, an der sie oft mit ihrer Großmutter das Abendessen zubereitet hatte. Über dem Gasherd waren kupferfarbene Töpfe und Pfannen angebracht, und in einem Holzküchenschrank auf der anderen Seite des Raumes befand sich hinter einer weißen Häkelgardine das Geschirr.

Lena legte die Blumen auf dem Küchentresen ab und suchte in Alvas Geschirrschrank nach einer Vase. Sie steckte den Strauß hinein, richtete ihn ein wenig aus und stellte ihn auf den Holztisch in der Essecke. Den hatte sie Alva zu ihrem fünfundachtzigsten Geburtstag geschenkt. Sie hatte ihn selbst aus altem Nussbaumholz zusammengezimmert. Wenig später hatte sie bei einem Trödler lederbezogene Stühle aus einem alten Gutshaus gefunden, die sie restauriert und Alva bei ihrem nächsten Besuch mitgebracht hatte. Sie passten wunderbar zu dem dunklen Holz der Tischplatte und luden zu einem herrlichen Frühstück ein.

Gedankenverloren strich Lena über eine der Lehnen. Hier hatte sie nur zu gerne mit Alva beim Sonntagskaffee mit Erdbeerkuchen und Schlagsahne gesessen und über die Halligbewohner geschnackt. Und als Kind hatte sie es geliebt, nach ihren Ausflügen durchs Watt in dieser Essecke gemeinsam mit Jacob eine heiße Milch mit Honig zu trinken und sich aufzuwärmen. Wieder versetzte es Lenas Herzen einen leisen Stich. Also ging sie lieber schnell in die Döns. Auch dort hatte sich nichts verändert. Ein bunt bemalter friesischer Hochzeitsschrank stand an der rechten Seitenwand, die wasserblauen Taftvorhänge waren beiseitegeschoben und gaben durch die Sprossenfenster den Blick in Alvas Bauerngarten frei, der ihr ganzer Stolz gewesen war. Von einem Fenster aus sah man sogar den alten Zwetschgenbaum, den sie so geliebt hatte.

Auf der anderen Seite befand sich eine hellgraue Sitzgruppe, die mit blau-weiß-gestreiften Sofakissen zum Verweilen einlud. Auf der Glasplatte des flachen Sofatischs lag sogar noch

Alvas Stickheft, in dem Rattankorb, der darunter stand, war ihre angefangene Handarbeit. Es sah fast so aus, als hätte sie nur kurz das Haus verlassen, dachte Lena schmerzlich, und ein bisschen war es ja auch so – nur würde Alva nie, nie wiederkommen.

Lena presste fest die Lippen aufeinander. In einer Ecke des Zimmers direkt vor dem Fenster stand ein Korbsessel, der mit einem Schaffell ausgekleidet war, dahinter befand sich eine Leselampe mit blaugrünem Lampenschirm, und daneben stand die alte Truhe, auf der Alvas Buch lag. Das Lesezeichen spitzte zwischen den Seiten hervor. Lena hob es an, es war ein Krimi, die hatte Alva immer besonders gerne gelesen. Normalerweise hatte sie ihrer Oma immer einen mitgebracht, wenn sie sie vom Festland aus besucht hatte. Lena legte das Buch auf die Truhe zurück und bemerkte das gerahmte Foto, das danebenstand. Sie nahm den schlichten silbernen Bilderrahmen und betrachtete das Bild. Es zeigte Alva, Jacob und sie, alle im Friesennerz am Strand. Das Licht war grau wie Asphalt, und im Hintergrund vermochte man kaum zu sagen, wo das Meer aufhörte und der Himmel anfing. Lena erinnerte sich noch gut an diesen Tag. Es war im Herbst gewesen, beißend kalt, der Regen war ihnen ins Gesicht gepeitscht, und der Wind hatte an ihren Haaren gezerrt und sie unter der Kapuze hervorgelockt, dass die Strähnen nur so herumgeflogen waren. Aber sie hatten die Kälte und das schlechte Wetter einfach weggelacht, waren nach ihrem Strandspaziergang in Alvas alte Halligkate zurückgekehrt und hatten sich mit Zimtschnecken und einer Partie Uno hier am Bilegger, dem Zimmerofen, den man von der Küche aus befeuern konnte, wieder aufgewärmt.

Jacob … Lena spürte wieder den ziehenden Schmerz hinter

ihren Rippen. Damals war noch alles in Ordnung gewesen. Aber das war viele Jahre her, elf lange Jahre, um genau zu sein.

Rasch stellte sie das Foto auf die Truhe zurück. Seltsam, dachte Lena. Früher hatte es seinen Platz in der Bildergalerie zwischen der Standuhr und dem Bücherregal gehabt, neben dem Ölgemälde, das die Ipkenswarft zeigte, dem Hochzeitsfoto von Lenas Eltern und der alten Schwarz-Weiß-Aufnahme, auf der Alva in ihrem Garten neben ihrem Bienenstock zu sehen war. Jetzt war dort an der Wand ein heller Fleck, eine leere Stelle, wie sie sich auch in Lenas Herzen befand.

Um nicht weiter darüber nachzudenken, nahm Lena ihr Smartphone und rief Mats an, erreichte ihn jedoch nicht. Also schrieb sie ihm eine Nachricht: *Bin gut angekommen.*

Sie hoffte, dass er sich meldete, aber es kam nichts zurück. Bestimmt arbeitete er in der Werkstatt und hatte sein Handy auf dem Schreibtisch vergessen.

Lena entschied, sich eine heiße Milch mit Honig zu machen. Das hatte sie früher immer getröstet, und vielleicht half es ihr auch jetzt. Sie ging wieder in die Küche, nahm die Milchflasche aus dem Kühlschrank und ließ ihren Blick über die Vorräte schweifen. Es gab ein bisschen Wurst und Käse, eine angefangene Butter auf einem Teller, ein paar Tomaten, sicherlich aus Alvas Garten. Neben dem Kühlschrank auf der Anrichte stand der Brottopf. Lena hob den Deckel an und sah, dass noch ein Rest Brot darin war, aber sie hatte keinen Appetit. Vielleicht würde sie nachher etwas essen, jetzt genügte ihr erst einmal die heiße Milch. Sie suchte auf dem Regal bei den Teepackungen nach dem Honig, entdeckte ihn dann aber in einer Küchenlade zwischen Marmelade, Kakao und Mehl.

Lena goss die Milch in einen der Kupfertöpfe, den sie von der Wand über dem Herd genommen hatte, gab zwei große Esslöffel Honig hinein und erwärmte alles unter sanftem Rühren auf dem Gasherd. Der Duft der warmen Honigmilch stieg ihr in die Nase, und sofort fühlte sie sich etwas besser. Auf dem Küchentisch lagen eine Zeitschrift und ein Kugelschreiber. Lena zog beides zu sich heran und sah darauf: ein begonnenes Kreuzworträtsel. Sie überflog die Buchstaben, die Alva schon eingetragen hatte, und füllte dann die nächsten Kästchen aus. Die Ablenkung tat ihr gut, und Lena kam sich so vor, als würde sie nur auf Alvas Rückkehr warten. Es war fast ein bisschen wie früher, der verheißungsvolle Geschmack des Honigs, dazu die Erinnerungen an ihre Kindheit. Sie seufzte leicht.

»Stadt mit größtem Kirchturm«, las sie halblaut vor und betrachtete die drei leeren Kästchen. Sie blickte auf, denn sie wollte gerade Luft holen, um Alva zu fragen. Früher hatten sie oft zusammen die Rätsel gelöst. In Geografie war ihre Oma immer unschlagbar gewesen, und was sie nicht gewusst hatte, das hatte Jacob gelöst. Doch dann bemerkte Lena, dass der Platz ihr gegenüber leer war. So leer, wie sich plötzlich das ganze Haus anfühlte.

»Drei Buchstaben«, murmelte Lena, aber es wollte ihr beim besten Willen nicht einfallen. Sie spürte wieder die brennenden Tränen, doch zum Glück klingelte in diesem Moment ihr Smartphone.

Das war bestimmt Mats, dachte sie hoffnungsvoll, doch als sie auf das Display blickte, sah sie das Bild ihrer Eltern.

»Papa?«

»Ich wollte nur hören, ob du gut angekommen bist.«

»Ja, doch, alles gut«, log Lena und kniff kurz die Augen zusammen. »Und bei euch? Wie geht es Mama?«

»Sie hat eine Schlaftablette genommen und sich ein bisschen hingelegt.«

»Okay«, brachte Lena halblaut hervor.

»Lena, Schatz, geht's dir wirklich gut?«

»Ja, alles in Ordnung«, beeilte sie sich zu sagen. »Es war nur die Fahrt. Das war alles ein bisschen anstrengend. Hast du denn schon etwas wegen der Testamentseröffnung herausgefunden?«

»Das ist der zweite Grund, weshalb ich anrufe. Das Ganze soll morgen Vormittag im Gemeindebüro stattfinden.«

»Morgen schon?«, wiederholte Lena überrascht. »Ich dachte, erst in ein paar Tagen. Warum denn so schnell?«

»Keine Ahnung, aber so wurde es mir gesagt.« Eine kurze Pause entstand. »Soll ich vorbeikommen und dir helfen?«

Lena hätte zu gerne angenommen, aber sie hatte das Gefühl, ihre Eltern in dieser schweren Zeit unterstützen zu müssen. Besser, ihr Vater blieb bei Rieke. »Das ist wirklich lieb, aber ich komme klar. Kümmere du dich um Mama, sie braucht dich mehr als ich. Ich verschaffe mir morgen erst einmal einen Überblick, und dann sehen wir weiter.«

»Also gut, und mach heute nicht mehr zu lange. Es war ein anstrengender Tag, und morgen wird es sicherlich nicht besser. Da brauchst du deine ganze Kraft.«

Das stimmte. Lena konnte nur mit Mühe an die bevorstehende Testamentseröffnung denken, die das alles noch einmal ein Stück realer machen würde.

»Ich wollte noch auspacken und dann ohnehin bald ins Bett.« Lena schob die Zeitschrift beiseite, um sich bei ihrer Lüge nicht ganz so elend zu fühlen. Wahrscheinlich war es wirklich das Beste, wenn sie sich einfach hinlegte.

»Also dann, schlaf nachher gut, meine Große. Und wenn du uns brauchst, ruf einfach an.«

»Danke, Papa«, murmelte Lena und beendete das Gespräch.

Sie wollte ihr Smartphone gerade wegstecken, als es erneut klingelte. Bestimmt war ihrem Vater noch etwas Wichtiges eingefallen, doch dann sah sie das Bild von Mats auf dem Display.

»Bei dir war besetzt«, sagte er ohne eine Begrüßung, als Lena das Gespräch angenommen hatte.

»Hallo, Mats. Ich habe gerade noch mit meinem Papa telefoniert.«

»Ach so.«

Stille. Lena hasste es, wenn Mats nichts sagte. Sie war es gewöhnt, dass er am Telefon nicht viel sprach und überhaupt die meisten Dinge mit sich selbst ausmachte, aber gerade jetzt wäre sie für ein bisschen Ablenkung wirklich dankbar gewesen.

»Er wollte wissen, ob ich gut angekommen bin«, half Lena ihm ein wenig nach.

»Und, bist du?«

Lenas Enttäuschung breitete sich in ihrem Inneren wie schwarze Tinte auf einem Löschpapier aus.

»Ja«, gab sie knapp zurück.

»Gut.« Mats machte wieder eine kurze Pause. »Weißt du schon, wann du zurückkommst?«

»Mats!«, rief Lena aufgebracht. »Ich bin nicht mal zwei Stunden hier, und du willst wissen, wann ich wiederkomme? Ich habe keine Ahnung. Erst einmal muss ich hier alles regeln.

Ich bin ganz alleine in Alvas Haus, meine Oma ist nicht da, es gibt so viel zu tun ... Die Testamentseröffnung, und der Nachlass ... und ...« Sie brach ab, weil ihr die Tränen kamen.

»Entschuldige, ich habe ja nur gefragt.«

Offenbar tat es ihm wirklich leid.

»Was machst du denn gerade?«, wollte er ein wenig versöhnlicher wissen.

»Ein Kreuzworträtsel.« Sie sah wieder auf die Zeitschrift. »Ich suche eine Stadt mit dem größten Kirchturm. Drei Buchstaben.«

»Boa, Lena, keine Ahnung. Google es doch einfach.«

»Mats!« Lena war außer sich. »Das ist nicht der Sinn eines Kreuzworträtsels.«

»Ich hab ohnehin noch nie verstanden, wieso man diese Dinger macht«, meinte er gelangweilt. »Du, Lena, ich muss Schluss machen. Ich muss noch neue Knäufe im Internet bestellen. Die, die wir hier haben, passen nicht.«

Lena seufzte leicht. »Ist gut«, sagte sie, aber in Wahrheit war es überhaupt nicht gut. Sie wäre froh gewesen, wenn sie noch ein bisschen mit Mats hätte sprechen können, wenn er sie ein wenig abgelenkt und ihre Einsamkeit vertrieben hätte, aber wie so oft ging seine Arbeit wieder vor.

»Also, bis dann«, sagte er und legte auf.

Lena starrte auf das Display. War das wirklich das, was sie unter Glück verstand? Sie legte das Smartphone auf den Küchentisch zurück und trank den letzten Schluck der lauwarmen Milch. Unten hatte sich ein Teil des Honigs abgesetzt, süß und krisselig, und Lena schmeckte die Wiesenblüten heraus und die warme Sommersonne. Das tröstete sie ein bisschen und wärmte ihr Herz. Früher hatte sie sich immer am meisten auf diesen Schluck gefreut, auf die kleinen Honigkristalle und darauf, die Tasse ganz am Ende mit einem Löffel auszukratzen.

»Das Beste kommt immer zum Schluss«, hatte Alva dann mit ihrem verschmitzten Lächeln gesagt, während sich um ihre Augen kleine Fältchen bildeten. »Und wenn es nicht das Beste ist, dann ist es nicht der Schluss.«

»Es heißt: Ende gut, alles gut. Und wenn es nicht gut ist, dann ist es nicht das Ende«, hatte Lena sie einmal verbessert.

»Dann willst du dich also nur mit etwas Gutem zufriedengeben, statt auf das Beste zu warten?«, hatte Alva sie daraufhin mit einem Zwinkern gefragt.

Lena entsperrte ihr Smartphone und wählte Mats' Telefonbucheintrag aus. Nachdenklich betrachtete sie sein Foto. Eigentlich wollte sie ihn noch einmal anrufen, aber dann musste sie wieder an Alvas Worte denken. Hatte sie sich mit etwas zufriedengegeben, obwohl sie eigentlich mehr wollte? Der Gedanke schnürte ihr Herz in eiserne Ketten und hinterließ wieder eine kleine Wunde, von denen schon unzählige dort zu finden waren. Nein, es war in Ordnung, es musste in Ordnung sein. Beziehungen waren eben nicht wie in kitschigen Liebesfilmen, es lief nicht immer alles nach Plan. Es war normal, enttäuscht zu werden und irgendwann nicht mehr alles durch die rosarote Brille zu sehen. Und Lena hätte es ja auch weitaus schlechter treffen können. Wer wusste schon, ob sich überhaupt jemals wieder jemand in sie verlieben würde, wenn sie sich von Mats trennte. Sie hatten sich vor acht Jahren kennengelernt, waren ein Jahr später ein Paar geworden, und jeder wusste, worauf er sich beim anderen eingelassen hatte. Es war okay, und das war nach so einer langen Zeit doch gar nicht so schlecht. Oder?

Lena sperrte den Bildschirm wieder, stand auf und stellte die Tasse in den Spülstein. Sie hatte sich für Mats entschieden, und so musste sie eben mit seinen Eigenheiten klarkommen. Besser, sie ging jetzt ins Bett, statt ihm am Telefon noch eine Szene zu machen. Außerdem brauchte sie morgen einen klaren Kopf.

Im Flur stellte sie ihren kleinen Koffer ab und holte ihre Zahnbürste heraus. Dann, nach einer Katzenwäsche, hievte sie den Koffer die Holztreppe nach oben. Lena bemerkte, dass die untere Stufe wackelte und beim Geländer eine Stange lose war. Schade, dass sich niemand darum gekümmert hatte. Trotzdem vermittelte ihr das Knarzen der alten Holzstufen etwas Tröstliches. Es erinnerte sie an früher. Sie nahm das linke Zimmer, das Gästezimmer, das den Blick hinaus in Alvas Garten und über das Meer bot. In der Ferne konnte man sogar den Leuchtturm von Amrum erkennen, der mit gleichmäßigem Blinken sein Licht über das Wasser zu ihr hinüberwarf.

Alva hatte immer gesagt, dass ihre Gäste den schönsten Blick haben sollten. Sie selbst hatte das kleinere Zimmer, das rechte, als ihr Schlafzimmer eingerichtet. Von dort konnte man immerhin noch einen Teil des Gartens sehen, das Quermarkenfeuer von Langeneß und manchmal die Fähre auf ihrer Route von Amrum über Föhr nach Sylt und dann zum Fähranleger von Hooge. Ihre Oma hatte immer gerne Gäste gehabt.

Das gemütliche Dachzimmer hatte Alva ganz in Grün gehalten. Ein runder weißer Tisch, um den vier Holzstühle standen, befand sich in der Mitte des Raumes, darauf zwei dunkelgrüne Kerzen in goldenen Messingleuchtern und eine kleine Blumenvase mit einem Trockenblumenstrauß. Die Kräuter stammten bestimmt aus Alvas Küchengarten und verströmten einen herrlichen Duft nach Sommer und Nachhausekommen. Zimmerpflanzen sorgten für Gemütlichkeit, auf einem weißen Sideboard stand ein kleines Segelschiff, ein Dreimaster, darum waren ein paar Muscheln verstreut.

Der Alkoven, eine traditionelle Bettnische, war mit hellgrünen Leinenvorhängen abgetrennt, die rechts und links zur Seite geschoben waren, dahinter befand sich das Bett mit weißen, frisch gestärkten Leinenbezügen. Und wie immer lag auf dem Kissen eine Blume aus Alvas Garten, eine Cosmea, wenn auch schon ein bisschen welk. Alva hatte jeden Tag eine neue Blume auf das Kopfkissen gelegt, denn man konnte ja nie wissen, wann Gäste kamen; manchmal hatten am Abend ein paar Feriengäste noch spontan nach einem Zimmer gesucht. Lena hatte es immer geliebt, dass der Schlafplatz so vom Wohnraum abgeteilt war. Als Kind hatte sie sich immer vorgestellt, sie würde so geborgen in einer Höhle schlafen, geschützt vor bösen Träumen.

Hoffentlich war das heute Nacht auch so, dachte sie bedrückt. Schnell öffnete sie ihren Koffer, um ihren Schlafanzug zu holen, doch als sie ihre Kleidung durchsortierte, fand sie ihn nicht. Sie musste ihn in der Eile beim Zusammenpacken vergessen haben.

»So ein Mist«, murmelte sie.

Lena überlegte, ob sie in einem T-Shirt und Unterwäsche schlafen sollte, entschied sich dann aber dagegen. Hier, am Meer, war es ihr dafür dann doch ein wenig zu frisch. Sie könnte sich ein Nachthemd von Alva borgen … Leise trat sie auf den Flur und ging zu Alvas Zimmer, doch vor der Tür zögerte sie. Es war eigenartig, ohne ihre Großmutter in ihr Schlafzimmer zu gehen.

Sie musste sich einen Ruck geben, ehe sie die Tür öffnen und den Raum betreten konnte. Alvas Schlafzimmer war ganz in Blau gehalten. Die Möbel, darunter der Kleiderschrank, die Wäschekommode und der viereckige Tisch mit den zwei Stühlen, über dem ein kleiner Lüster aus Glassteinen hing, waren alle im gustavianischen Stil. In Alvas Alkoven, der mit blaugrauen Samtvorhängen vom restlichen Raum abgeteilt war, lag ein kleines besticktes Sofakissen. Lena huschte durchs Zimmer, zog die Schubladen der Wäschekommode auf und fand schließlich ein langärmliges Nachthemd mit Spitzenbesatz am Halsausschnitt, das ihr bis zu den Kniekehlen reichte.

Rasch schlüpfte sie hinein. Sonderlich sexy war es nicht, es war ihr deutlich zu groß, denn Alvas Figur war rund und füllig gewesen, und so hing es eher wie ein Sack an ihr herunter. Figurumschmeichelnd, dachte Lena mit einem wehmütigen Lächeln, aber sie wollte ja auch keinen Schönheitswettbewerb damit gewinnen, und außerdem duftete es so herrlich nach ihrer Großmutter und der Lavendelseife, mit der sie sich immer gewaschen hatte, sodass Lena für einen kurzen Moment das Gefühl hatte, Alva würde sie umarmen. Und wenn sie die Augen schloss und die Arme um sich legte, fühlte es sich auch fast ein bisschen so an.

Traurig ging sie in ihr Zimmer zurück, schlug die Decke beiseite und schlüpfte ins Bett. Es war zwar erst halb neun, aber morgen musste sie fit sein. Hoffentlich würde sie wenigstens ein bisschen Schlaf finden.

E-MAIL-ENTWURF VOM 19. APRIL 2010

An: lena.hendriksen@hoogemail.de
Von: Jacob-Flemming@blumenmeer.de

Betreff: Lena auf der Hallig?

Liebe Lena,
ich habe dich gestern auf dem Sommerdeich gesehen. Erst dachte ich, du bist es gar nicht, weil du dich einfach weggedreht hast, aber als ich genauer hingesehen habe, war ich mir ganz sicher, dass du es sein musst. Wieso hast du mich ignoriert? Was habe ich dir getan?

Hat es damit zu tun, dass du an deinem letzten Abend nicht zum alten Anleger gekommen bist?

Lena, verdammt, ich vermisse dich. Erklär mir doch wenigstens, was schiefgelaufen ist!

Ich weiß überhaupt nichts mehr von dir. Bist du gut angekommen? Wie geht es dir auf dem Festland? Wie ist die neue Schule? Was hältst du von deinen Klassenkameraden? Hast du schon Freunde gefunden? Ich weiß doch, wie schüchtern du manchmal sein kannst, wenn du irgendwo neu bist.

Ich wäre so gern für dich da …

Jacob

3.

Als der Wecker klingelte, stand Lena sofort auf. Sie hatte nur wenig geschlafen, sich die meiste Zeit der Nacht von einer Seite auf die andere gewälzt, und das penetrante Piepen jetzt empfand sie fast als eine Erlösung. Sie suchte sich die Sachen aus ihrem Koffer zusammen, die sie anziehen wollte. Für die Testamentseröffnung sollte es etwas Seriöses sein, also entschied sie sich für eine schwarze Hose und die Chiffonbluse. Unten im Bad nahm sie eine schnelle Dusche und zog sich an. Im Spiegel band sie die Schleife an ihrem Hals, fasste das honigblonde Haar mit wenigen Handgriffen zu einem Knoten zusammen und schlüpfte dann in ein Paar Ballerinas.

Im Schuppen müsste noch Alvas Fahrrad stehen, fiel ihr ein. Sie öffnete die dunkelgrün gestrichene Holztür und entdeckte erst mal einiges an Gerümpel, alte Möbel, Werkzeug, Bretter, Farbeimer und Ähnliches, aber auch Alvas bonbonrosanes Damenrad. Lena schob es heraus, prüfte kurz den Luftdruck der Reifen und schwang sich dann auf den Sattel. Beim Losfahren sah sie, dass Arnold, Alvas alter Nachbar, über den Gartenzaun lugte. Sie grüßte ihn mit einem knappen »Moin« und fuhr davon.

Obwohl die Hallig, abgesehen von den Warften, nahezu komplett eben war, musste Lena ganz schön treten, denn der Wind machte ihr die Fahrt beschwerlich. Vielleicht lag es auch an den Ereignissen, die drückend auf ihren Schultern lasteten, aber Lena ließ sich nicht davon abbringen. Sie umrundete eine Gruppe Touristen, die zu Fuß unterwegs war und sich in ihren Regenmänteln gegen den Wind stemmte, und winkte Kilian, dem Bauern, zu, der auf der Weide nach den Kühen sah und Lena ein »Herzliches Beileid« zurief, als sie an ihm vorüberradelte. Tapfer fuhr sie zur Mitte der Hallig. Das Gemeindebüro befand sich auf der Hanswarft, der größten Warft, die ein bisschen einem Dorf glich. Hier spielte sich hauptsächlich das Leben ab, es gab die meisten Geschäfte und Restaurants.

Lena schloss ihr Rad am Fahrradständer an und ging in das Gemeindebüro. Sie fand den Saal schnell, in dem die Testamentseröffnung stattfinden würde. Nervös straffte sie den Rücken, klopfte an und betrat dann den Raum. Als sich der Mann zu ihr umdrehte, der unweit des Schreibtischs stand, blieb Lena beinahe das Herz stehen. Jacob!

Er trug eine dunkelblaue Jeans, dazu ein schwarzes Hemd, das ihn ernst und ganz anders aussehen ließ als sonst, seiner Attraktivität tat das jedoch keinen Abbruch, im Gegenteil, er wirkte reifer, erwachsener, und unwiderstehlich sexy, musste Lena sich eingestehen. Den oberen Knopf des Hemdes hatte er offen gelassen, leger, aber immer noch dem Anlass angemessen, darunter sah sie seine von der Sonne gebräunte Haut, die darauf schließen ließ, dass er anscheinend oft draußen war. Und dank ihrer flachen Ballerinas war Jacob auch wie immer einen Kopf größer als sie, hielt sich gerade und schien mit seiner Persönlichkeit fast den ganzen Raum einzunehmen.

»Moin, Lena«, sagte er und sah sie aus seinen dunkelbraunen Augen an. Lena schwankte wie auf der Fähre bei Seegang. »Herzliches Beileid.«

Selbst das geheimnisvolle Glitzern seiner Iris hatte sich nicht verändert. Der Dreitagebart, den er früher nicht getragen hatte, ließ ihn verwegen und maskuliner wirken.

Lena nickte knapp. »Danke«, murmelte sie.

Natürlich, sie hätte damit rechnen müssen, Jacob hier zu sehen. Er war immer schon sehr engagiert auf Hooge gewesen, kein Wunder, dass er da auch in der Gemeindeverwaltung arbeitete. Trotzdem spürte sie ein Flattern in der Magengegend. Sicher war es nur die Nervosität. Na gut, sie würde das schon tapfer durchstehen. Sie würde sich jetzt hier hinsetzen, sich anhören, was Jacob ihr aus Alvas Testament vorlas, und dann würde sie schnellstmöglich ihre Siebensachen zusammenpacken und gehen. Sie wollte keinesfalls eine Sekunde länger als nötig mit Jacob allein in einem Raum verbringen. Die Erinnerung tat einfach zu weh. Bei ihren letzten Besuchen auf der Hallig hatte sie ihm immer ganz gut aus dem Weg gehen können, und in den vergangenen zwei Jahren war sie ja gar nicht mehr hier gewesen. Aber dass es sie jetzt so traf, Jacob wieder gegenüberzustehen, überraschte sie dennoch. Vielleicht war das nun mal so bei der ersten großen Liebe …

»Entschuldigen Sie die Verspätung.«

Ein Mann, Lena schätzte ihn auf Anfang fünfzig, betrat den Raum. Er trug einen Anzug, war recht groß und stämmig. Als er dann hinter den Schreibtisch trat und Jacob und sie aufforderte, Platz zu nehmen, war sie ein wenig irritiert. Doch dann erinnerte sie sich, dass Alva ihn ihr auf einem Deichspaziergang vor einigen Jahren einmal als den neuen Notar auf Hooge vorgestellt hatte. Eigenartig …

»Wie Sie ja wissen, sind Sie heute wegen Alvas Testament gekommen«, begann er. Vor ihm auf der Tischmitte lag ein elfenbeinfarbener Umschlag, auf dem das Wort »Testament« geschrieben stand. Lena erkannte Alvas geschwungene, nach rechts kippende Handschrift sofort. »Sind Sie bereit?«

Mit angehaltenem Atem nickte Lena kaum merklich, und aus dem Augenwinkel bemerkte sie, dass auch Jacob angespannt war. Und dass er immer noch unwahrscheinlich gut aussah.

Der Notar drehte den Briefumschlag um und zerbrach das Siegel, dann zog er ein Blatt Papier hervor, das mit Alvas Buchstaben gefüllt war.

Lena musste sich beherrschen, um nicht in Tränen auszubrechen. Das also waren die letzten Worte ihrer Großmutter. Danach würde es nichts mehr geben, was von ihr kam.

Der Notar begann mit ruhiger Stimme zu lesen:

Mein Letzter Wille
Ich, Alva Friederike Svenson, schreibe hiermit mein Testament nieder. Zum Zeitpunkt der Niederschrift befinde ich mich im Vollbesitz meiner geistigen Kräfte.

Meine Lieben, wenn ihr das hier lest, bin ich nicht mehr unter euch. So viele Jahre durfte ich bei euch sein, sehen, wie ihr euer Leben gestaltet und euren Weg geht. Auch wenn wir nicht immer einer Meinung waren, welcher nun der richtige ist, bin ich im Grunde meines Herzens stolz auf euch, wie gut ihr alles gemeistert habt. Lena und Rieke, zwei selbstständige Frauen, die ihr Leben in die Hand genommen haben – ein wenig dickköpfig vielleicht, aber da kommt ihr wohl ganz nach eurer Mutter und Großmutter, fürchte ich. Doch jetzt ist der Zeitpunkt gekommen, an dem es Abschied nehmen heißt. Ich danke euch, dass ich euch auf eurem Lebensweg begleiten durfte, und hoffe sehr, dass ich trotz allem einen Platz in euren Herzen habe.

Dir, liebe Rieke, möchte ich das Guthaben auf meinem Sparbuch vermachen. Mittlerweile denke ich, ich hätte es dir geben sollen, als du mich für deinen Handarbeitsladen auf dem Festland darum gebeten hast. Aber du bist zäh – wie es sich für eine waschechte Hoogerin gehört – und hast es doch selbst geschafft, auch ohne meine Hilfe. Und deswegen bin ich unglaublich stolz auf dich. Darüber hinaus möchte ich, dass du die Spangenuhr erhältst, die mir dein Vater zu unserer Hochzeit geschenkt hat, sowie das Bernsteinmedaillon, eine Erinnerung an dein Zuhause hier auf Hooge. Vielleicht führt es dich ja doch eines Tages zurück auf die Hallig …

Lena, mein süßer Schatz, das Liebste auf Hooge waren mir meine Bienen, und jenseits der Hallig bist du es. Ich möchte, dass du dich um meine Bienenstöcke kümmerst. Hoffentlich erlebst du dabei die gleiche Freude und Begeisterung, die auch ich damals empfinden durfte. Die Bienen sind der Weg zur großen Liebe, vergiss das nie.

Zum Schluss bleibt noch mein Haus mit Garten auf der Hallig Hooge. Dies soll zu gleichen Teilen an Jacob und Lena gehen.

Behaltet mich lieb
eure Alva

»Das war's?« Lena sah den Notar mit großen Augen an.

Der Notar drehte die letzte Seite des Testaments um. »Mehr steht hier nicht«, sagte er dann mit ruhiger Stimme.

»Das will ich sehen!« Sie entriss ihm beinahe das Testament, als er es ihr über den Tisch reichte, und überflog die Zeilen. »Das ist doch ein Scherz.«

Alles um Lena herum fühlte sich dumpf und unwirklich an. War das ein Traum? Es musste ein Traum sein.

»Lena, ist alles okay?«, hörte sie Jacobs Stimme von ganz weit weg. »Du bist ganz blass. Soll ich dir ein Glas Wasser holen?«

In Gedanken schüttelte sie den Kopf. Sie musste raus. Sie brauchte Luft. Lena schob den Stuhl zurück, sodass er über den Linoleumboden schabte, und taumelte auf wackligen Beinen aus dem Gemeindebüro. Die Wärme des Vormittags traf sie unerwartet, und sie musste sich erst einmal an der Hauswand abstützen und tief durchatmen.

Das durfte doch nicht wahr sein!

»Hast du das gewusst?«, fauchte sie Jacob an, der jetzt ebenfalls nach draußen gekommen war.

»Natürlich nicht. Ich bin genauso überrascht wie du. Jetzt weiß ich endlich, was Alva mit ihren eigenartigen Anspielungen immer gemeint hat. Aber keine Sorge, Gänseblümchen, ich lehne natürlich ab.«

»Gänseblümchen?« Lena hatte sich wohl verhört. Was bildete er sich eigentlich ein? »Selbstverständlich lehnst du ab. Da gibt es ja wohl nichts zu diskutieren.«

»Wieso? Hast du etwa ein Problem damit, wenn wir uns von jetzt an öfter sehen?«

Lena kniff die Augen zusammen. »Das könnte dir so passen.«

»Nun ja, was mein ist, ist ja jetzt auch dein.«

»Hoppla, ich hab mich wohl verhört. Ich dachte, wir waren bei einer Testamentseröffnung und nicht bei einer Hochzeit!«

»Ich kann die Unterlagen gerne holen, wenn Sie wollen«, bot der Notar sachlich an, der soeben ebenfalls nach draußen getreten war.

Scharf sog Lena die Luft ein. »Was ist das hier? Versteckte Kamera?«

»Ach, komm schon, Gänseblümchen, jetzt sieh es doch mal gelassen. Wir können ja einen Belegungsplan fürs Badezimmer aufstellen, damit du mich nicht nackt sehen musst.«

Lena fehlten tatsächlich für einen Moment die Worte. Und das lag nicht nur daran, dass sie sich jetzt in der Tat vorstellte, wie Jacob nach dem Duschen nur mit einem Handtuch um seine Hüften geschlungen durch Alvas Haus – ihr Haus! – huschte, weil er seine Boxershorts vergessen hatte. Zugegeben, er war schon ziemlich attraktiv. Sein dunkles, volles Haar, das ihm früher in großen Wellen in die Stirn gefallen war, trug er jetzt kürzer, doch Lena erkannte noch den Ansatz seiner Locken, die er damals immer so gehasst hatte. In seinen braunen Augen funkelte etwas wie flüssiges Gold, und sein Hemd umspannte seinen muskulösen Oberkörper, der sich deutlich unter dem Stoff abzeichnete.

Jetzt beugte er sich vertrauensvoll zum Notar, hielt sich gespielt eine Hand neben den Mund und flüsterte, allerdings so laut, dass Lena es gut verstehen konnte: »Jetzt stellt sie sich gerade vor, wie ich nackt aussehe.«

Lena schoss die Röte ins Gesicht, was sie ungemein ärgerte. »Sehr witzig«, brummte sie, und sie hoffte inständig, dass Jacob nicht bemerkte, dass er den Nagel auf den Kopf getroffen hatte.

»Ach, komm schon, Gänseblümchen, jetzt sei doch mal nicht so verklemmt.«

»Ich bin überhaupt nicht verklemmt! Und nenn mich nicht ständig Gänseblümchen!«

Jacob sah sie gespielt ernst an, doch er schien sich keiner Schuld bewusst zu sein. Das ärgerte Lena nur noch mehr.

»Du schlägst jetzt auf der Stelle das Erbe aus«, forderte sie. »Dafür können Sie die Unterlagen holen«, fuhr sie den Notar an.

»Und warum sollte ich das tun?«

»Weil du es eben selbst noch angeboten hast.« Lena bemerkte, dass sie immer verzweifelter wurde.

»Das stimmt, aber wenn ich es mir recht überlege, finde ich die Vorstellung, dich von jetzt an öfter zu sehen, durchaus reizvoll.«

»Weil du mich nackt sehen willst, oder was?«

»Ach, bitte, Lena, ich habe dich schon nackt gesehen, da haben wir beide noch mit Stapelbechern in der Nordsee geplantscht.«

Er zwinkerte ihr zu, aber Lena wurde nur noch wütender.

»Tritt zurück«, zischte sie.

»Ich denk nicht dran, Gänseblümchen.«

»Arrrgh!« Lena schlug mit der Hand gegen die Hauswand, dass der Notar zusammenzuckte. »Alva war meine Oma. Meine!«

»Um die du dich die letzten Jahre kaum gekümmert hast.«

Lena stieß aufgebracht die Luft aus. Das war nun wirklich genug. »Was weißt du schon?« Sie funkelte ihn einen Moment lang böse an, dann wandte sie sich zum Gehen.

»Lena, warte!« Im selben Moment schloss sich Jacobs Hand sanft, aber bestimmt um ihren Unterarm.

»Lass mich!«, fauchte sie. Sie spürte, wie ihre Haut unter seiner Berührung brannte. Die kleinen Härchen auf ihrem Arm hatten sich aufgestellt, und ihre Atmung beschleunigte sich. Dass er immer noch diese Wirkung auf sie hatte. Oder war es doch die Wut, die diese Reaktion hervorrief?

Mit einer energischen Bewegung machte sie sich los und lief zum Fahrradständer. Ihre Finger zitterten, als sie versuchte, ihr Rad loszuschließen, und sie brauchte zwei Versuche, bis sie endlich den Schlüssel in das Schloss gesteckt hatte.

»Lena, jetzt warte doch mal, es tut mir leid.«

Aber Lena ignorierte seine Worte, seine Stimme, die alles in ihr zum Beben brachte, schwang sich stattdessen auf den Sattel und trat, so fest sie nur konnte, in die Pedale. Sie musste mehrfach blinzeln, denn der Weg vor ihr wurde immer wieder von Tränen verschleiert. Wie konnte Jacob nur so etwas sagen? Er hatte keine Ahnung! Er wusste nichts über sie. Gar nichts! Und dann erlaubte er sich, so zu urteilen? Lena schluchzte auf. Sie machte sich selbst schon mehr als genug Vorwürfe, dass sie Alva so lange nicht besucht hatte. Dass Jacob sich das Recht herausnahm, über ihre Situation zu urteilen. Und dass er sie dann auch noch Gänseblümchen genannt hatte …

Sie schniefte und biss sich auf die Unterlippe. Sie wollte nicht weinen, nicht hier auf der Straße. Also trat sie noch energischer in die Pedale, den Hügel zur Ipkenswarft hinauf. In ihren Waden begann es zu ziehen. Morgen würde sie einen heftigen Muskelkater haben, aber das war ihr egal. Sie wollte jetzt nur noch eines: allein sein und weinen. Also ließ sie das Rad in Alvas Vorgarten fallen, schloss die Tür auf und rannte die knarzenden Holzstufen zum Gästezimmer hinauf. Dort warf sie sich in den Alkoven, presste ihr Gesicht ins Kissen und begann bitterlich zu schluchzen.

All die Wut, die sie auf Jacob hatte, kam heraus, aber auch die Wut auf sich selbst, die Vorwürfe und die Schuldgefühle. All die Verzweiflung und der Schmerz, weil Alva nicht mehr da war. Und dann weinte sie um ihre Oma, um die Zeit, die sie gemeinsam mit ihr verbracht hatte, die vielen schönen Stunden hier auf der Hallig. Sie weinte um die Wattwanderungen, in denen Alva ihr das Wattenmeer erklärt hatte, um die vielen lehrreichen Stunden im Bauerngarten, in denen ihre Oma ihr von ihrem Wissen über die Blumen erzählt hatte, und um die gemeinsame Zeit in der Küche, in der Alva und sie zusammen Bonbons, Plätzchen und Kuchen aus dem Wildblumenhonig hergestellt hatten, der von den Bienen aus ihrem Garten stammte.

Die Bienen! Erneut wurde Lena von einem heftigen Weinkrampf geschüttelt. Wie sollte sie sich denn um die Bienen kümmern? Sie hatte doch überhaupt keine Ahnung von Bienen. Die paar Male, die sie neben Alva gestanden und ihr beim Imkern zugesehen hatte, reichten doch gewiss nicht aus, um für ein ganzes Bienenvolk zu sorgen! Wieder schluchzte sie bitterlich auf und vergrub sich gleich darauf noch tiefer in ihrem Kissen.

Als schließlich alle Tränen geweint waren und Lena sich ein wenig beruhigt hatte, lief sie hinunter ins Badezimmer, wusch sich das Gesicht, das ihr fleckig und gerötet aus dem Spiegel entgegenblickte, und entschied, jetzt wenigstens eine Kleinigkeit zu essen. Also ging sie in die Küche, wo ihr gleich wieder dieser wunderschöne Wildblumenstrauß auf dem Holztisch ins Auge fiel. Von wem er wohl kam? Vielleicht war er ja doch ein Willkommensgeschenk der Halligbewohner, weil sie wussten, dass nach Alvas Tod jemand aus der Familie kommen würde, um sich um alles zu kümmern. Vielleicht machte man das hier auf Hooge so, einen Blumenstrauß vor die Tür des Verstorbenen legen, als Zeichen der Anerkennung für den

Toten, ein letzter Abschiedsgruß, und ein winzig kleiner Trost für diejenigen, die zurückgelassen worden waren. Lena musste zugeben, dass sie sich tatsächlich ein wenig besser fühlte, wenn sie den Strauß jetzt so ansah. Der blauviolette Rittersporn, dazu die Dahlien in Gelb und Orange, das zarte Gras und die leuchtend weiße Kamille. Sie wusste so wenig von Hooge und den Bräuchen hier. Zwar hatte sie hier gewohnt, bis sie mit sechzehn zusammen mit ihrer Familie aufs Festland gezogen war, aber es fühlte sich überhaupt nicht mehr so an, als würde sie dazugehören. Und das schmerzte sie, wie sie überrascht feststellte. Sie war immer so gern hier auf der Hallig gewesen, bei Alva zu Besuch, aber auch früher schon als Kind, als sie hier noch mit ihren Eltern gewohnt hatte.

Gemeinsam mit Jacob hatte sie in der kleinen Schule auf der Ockelützwarft, zusammen mit sieben weiteren Kindern, klassenübergreifenden Unterricht gehabt, sie hatte die Ausflüge mit dem Boot, die sie mit Jacobs Eltern unternommen hatten, genauso geliebt wie das Fischen mit ihm auf dem Sommerdeich. Und das jährliche Biikebrennen am 21. Februar, am Vorabend des Petritags, mit dem die Hooger den Winter vertrieben und sich auf die bevorstehende Zeit mit den Feriengästen vorbereiteten. Früher hatte das Feuer zur Verabschiedung der Walfänger gedient, denen die Frauen so noch lange ein sicheres Geleit bieten wollten. Auch sie hatte sich damals am Biikebrennen vor elf Jahren verabschiedet; von der Hallig, von ihrem ganzen bisherigen Leben, von Jacob. Damals war sie einen Tag später mit ihren Eltern aufs Festland gezogen, enttäuscht und mit gebrochenem Herzen, und wenn sie sich heute daran erinnerte, brannte ihr Herz genauso wie der Biikehaufen damals in der Dämmerung, und ihre Seele wurde schwarz wie der Ruß mit dem sich die Halligbewohner das Gesicht einfärbten, um die bösen Geister zu vertreiben.

Lenas Blick fiel wieder auf den Wildblumenstrauß, und sie erinnerte sich an die Sommerabende, die sie gemeinsam mit Alva im Bauerngarten hinter dem Haus verbracht hatte. Irgendwie hatte der Anblick etwas Tröstliches, und die Erinnerung tat gar nicht so weh, wie sie gedacht hatte. Es war schön, auch die guten Seiten zu sehen.

Mit der Vergangenheit ein wenig versöhnt, stand sie auf und machte sich einen Tomatensalat. Dazu röstete sie zwei Scheiben Brot. Und weil es, für Hooger Verhältnisse, ein warmer Nachmittag war und die Sonne noch ein gutes Stück vom Horizont entfernt war, ehe sie ins Meer fallen würde, entschied Lena, draußen zu essen.

Alvas Garten begann mit einem kleinen Kräuterbeet direkt unter dem Küchenfenster, dahinter erstreckte sich ein Meer von Blumen, das im Stil eines alten Klostergartens angelegt war. Die einzelnen Beete waren mit wadenhohen Buchshecken eingesäumt, und dazwischen leuchteten die weißen Wege, die mit Muscheln bestreut waren und bei jedem ihrer Schritte knirschten.

Nach kurzem Suchen fand Lena die Sitzkissen in einer Metalltruhe hinter dem Haus. Sie verteilte die moosgrünen Kissen auf den nostalgisch verschnörkelten Eisenstühlen, die vor dem Wind geschützt hinter einer Rosenhecke standen. Der alte Zwetschgenbaum, nicht weit davon entfernt, spendete angenehmen Halbschatten. Lena brachte auf einem Tablett den Salat und etwas zu trinken heraus und setzte sich. Dann musste sie über sich selbst schmunzeln. Eigentlich hätte ihr ja ein Kissen gereicht, aber auf Hooge wusste man nie, ob nicht überraschend Gäste kamen. Vielleicht hielten die Nachbarn auf einen kleinen Schnack am Gartenzaun, die Kohnerts natürlich, nicht Arnold, der Eigenbrötler. Oder jemand suchte in letzter Minute noch ein Ferienzimmer, und so, mit den vorbereiteten Stühlen, war es deutlich einladender. Und wer weiß, vielleicht kam ja auch Jacob vorbei, dachte Lena grimmig. Ganz auszuschließen war es nicht, schließlich gehörte ihm ja jetzt die Hälfte des Hauses. Andererseits wohnte er in seinem Fischerhaus, in dem auch die Gärtnerei seiner Eltern untergebracht war, und bestimmt war er klug genug, sie erst einmal in Ruhe zu lassen …

Was hatte sich Alva nur dabei gedacht? Lena spießte mehrere Tomatenschnitze mit der Gabel auf. Wollte ihre Oma sie dafür bestrafen, dass sie nicht mehr nach ihr gesehen hatte? Dieses Geheimnis würde sie wohl mit ins Grab nehmen.

Oje, die Beerdigung … Lena rutschte das Herz in die Hose. Die musste sie ja auch noch organisieren. Rasch pikte sie mit der Gabel weitere Tomatenschnitze auf und schob sie sich in den Mund. Vielleicht würden sie beim Schlucken den dicken Kloß in ihrem Hals lösen und gemeinsam mit ihm herunterrutschen. Wobei, dann läge er ihr wahrscheinlich sprichwörtlich im Magen … Lena seufzte tief.

Nach dem Essen rief Lena ihre Eltern an.

»Alva hat mir das Geld vermacht und sich dafür entschuldigt, dass sie es mir damals nicht gegeben hat?« Rieke konnte es immer noch nicht fassen, obwohl Lena es ihr nun schon zum zweiten Mal erklärt hatte.

»So steht es im Testament«, bestätigte Lena. »Es waren sehr bewegende Zeilen. Ich finde, du solltest sie selbst einmal lesen.«

»Ja, das sollte ich wohl wirklich«, murmelte ihre Mutter nachdenklich. »Und dir hat sie die Halligkate vererbt?«

»Die halbe«, verbesserte Lena sie. »Jacob hat die andere Hälfte bekommen.«

»Eigenartig«, wunderte sich Magnus, »wieso hat Alva das gemacht?«

Auch Lenas Mutter schien ratlos zu sein. »Konntest du denn mit Jacob darüber reden?«, frage sie. »Ihr habt euch doch früher so gut verstanden. Vielleicht weiß er, was sich Alva dabei gedacht hat.«

Lena schob mit der Gabel ein paar Frühlingszwiebeln auf dem Teller hin und her. Jetzt fühlte sie sich doch ein bisschen schlecht, weil sie Jacob so angefahren hatte. Er konnte ja schließlich nichts für Alvas Entscheidung.

»Äh … nein, es hat sich nicht wirklich ergeben«, log sie. »Er musste schnell weg.«

»Ach so.« Lena glaubte fast, in Riekes Stimme ein wenig Enttäuschung zu hören. Sie wusste, dass ihre Mutter Jacob immer gemocht hatte. »Na ja, aber auf der Hallig läuft man sich ja öfter mal über den Weg«, meinte sie dann.

Das befürchte ich auch, dachte Lena grimmig.

»Kommst du denn mit der Beerdigung voran?«, wollte Magnus wissen. »Können wir dir bei etwas helfen?«

Lena seufzte tief. »Ich habe, ehrlich gesagt, noch nicht so richtig damit angefangen. Ich habe mir erst einmal etwas zu essen gemacht, und überlege jetzt, was ich alles organisieren muss.«

»Ruf doch mal bei der Pastorin an«, schlug Rieke vor. »Sie kennt sich sicherlich damit aus.«

Die Idee war gar nicht so schlecht. »Das mache ich«, sagte Lena. »Ich halte euch auf dem Laufenden.«

»Gut, und wenn du doch Hilfe brauchst, meldest du dich.«

»Danke, Papa, das ist lieb«, sagte Lena und verabschiedete sich. Auf ihren Lippen breitete sich ein leichtes Lächeln aus. Es tat gut zu wissen, dass ihr Vater sie so unterstützte, wo er sich doch auch noch um Rieke kümmern musste. Aber vielleicht konnte ihre Mutter ja jetzt mit diesem schrecklichen Streit abschließen, nachdem sie von den Zeilen aus dem Testament erfahren hatte. Lena wünschte es ihr jedenfalls sehr. Ihre Familie … Die einzigen Menschen, denen sie restlos vertraute, seit … seit … Sie schüttelte kaum merklich den Kopf, um den Gedanken zu vertreiben.

Lena ging in die Kate zurück und suchte in Alvas Sekretär ein Notizbuch und einen Stift. Dann setzte sie sich wieder an den Gartentisch und notierte, was sie für die Beerdigung alles brauchen würde. Sie recherchierte im Internet, was sie auf Hooge bekommen würde – den Blumenschmuck, die Trauerfeier in der Kirche, das anschließende Beisammensein in einem Café – und was sie auf dem Festland erledigen musste: einen Sarg aussuchen, den Totenschein im Krankenhaus abholen, die Überfahrt organisieren. Lena prüfte, ob sie noch eine der Fähren erreichte, aber die Zeit auf dem Festland wäre zu knapp. Bei all den vielen Dinge, die zu erledigen waren, wollte sie keinen Zeitdruck haben. Also verschob sie den Festlandbesuch auf den nächsten Tag, klärte einiges vorab schon einmal telefonisch und vereinbarte für nachher einen Termin mit der Pastorin für ein Trauergespräch.

29. Juli 1952

Gunnar hat mir gezeigt, wie man imkert. Was für eine schöne Freizeitbeschäftigung. Ich liebe es, draußen zu sein und den Bienen bei ihrem Flug zuzusehen. Gunnar sagt, dass ich so nebenbei auch noch etwas sehr Nützliches für meinen Garten tue. Es ist so wunderschön, wie alles blüht, wie die Bienen um die bunten Blütenköpfe schwirren, wie Gunnar mich ansieht, wenn er mir bei meinem ersten eigenen Bienenschwarm hilft. Ach, so könnte es doch für immer sein …

4.

Jacob ging nach unten in die Räume seiner Gärtnerei Blumenmeer. Seine Eltern hatten den Laden damals vor etlichen Jahren so genannt, in Anspielung auf die Lage von Hooge, mitten im Meer. Ihm selbst war der Name etwas zu poetisch, aber mittlerweile war er zu einer Institution auf der Hallig geworden. Warum sollte er daran also etwas ändern? Er mochte den kurzen Arbeitsweg, und obwohl Hooge nicht sonderlich groß war, hatte er es wohl von den Hoogern mit am kürzesten, denn er musste in dem weißen Fischerhaus nur die Treppe hinuntergehen und war angekommen. Wie jeden Morgen ging Jacob in das angrenzende Gewächshaus, einen Bau aus Glas, den er neu errichtet hatte und in dem er Pflanzen und Blumen vorzog. Er goss die Tomatenstöcke und sah nach den Ablegern der Malven, die in zartem Blasslila bis kräftigem Dunkelviolett blühten. Schon jetzt war es recht warm in dem Glasbau, und über Tag würde es sicher noch heißer werden; ideale Bedingungen für seine Pflanzen. Dann ging er nach vorne in den Laden, wobei seine Schritte leise auf den hellen Fliesen hallten. Er wechselte das Wasser in den Pokalvasen, in denen er die Schnittblumen auf einem halbhohen, langen Regal präsentierte, und sortierte die aus, die zu verblühen begannen. Jetzt war es Zeit für seinen Morgenkaffee. Im angrenzenden Seitenraum, der mit Linoleum ausgelegt war, holte Jacob eine Tasse aus einem der Oberschränke der Küchenzeile und brühte sich erst einmal einen starken Kaffee auf. Als er sich einen Löffel aus der Besteckschublade nahm, entdeckte er in einem der unterteilten Kästchen eine Muschel, Alvas Muschel, die sie ihm bei ihrem letzten Strandspaziergang gegeben hatte. Jacob hatte sie nach dem Spaziergang in seiner Hosentasche gefunden und ohne lange zu überlegen hier hineingetan. Jetzt nahm er sie heraus, legte sie auf seine Handfläche und fuhr mit dem Daumen über die beige-grauen Riffeln der Herzmuschel. Vorne in der Spitze hatte sie ein Loch, und Jacob entschied, ein Lederband hindurchzuziehen und sie bei der Beerdigung zu tragen. Ein letzter Gruß an Alva. Er fädelte die Muschel auf ein dunkelbraunes Lederband und hängte sie sich um den Hals. Dabei ließ er den Anhänger unter sein T-Shirt gleiten, denn er wollte lieber nicht auf seinen Schmuck angesprochen werden. Das hier war etwas Persönliches, etwas, das ihn mit Alva verband.

Er ließ seinen Blick über die gekachelte Arbeitsfläche wandern, an der er Gestecke und Sträuße vorrichtete, hinüber zu dem alten Holzschrank, in dem schon seine Eltern Bindedraht, Schnur, Scheren, Messer und ähnliche Dinge für die tägliche Arbeit aufbewahrt hatten. Seine Mutter würde am Nachmittag vorbeikommen und ihm bei einem Gesteck zum Sechzigsten helfen, und mit seinem Vater würde er am Wochenende bei Wiebke im Garten neue Himbeerpflanzen setzen. Jacob fand es schön, dass seine Eltern ihm hin und wieder noch zur Hand gingen. Die Gärtnerei war ihr Lebenswerk gewesen, seine Mutter hatte sie von seinem Opa übernommen, sogar die alte Registrierkasse gab es noch, die draußen im Verkaufsraum auf dem Holztresen stand. Jacob mochte das gute Stück, auch wenn es nicht mehr das Neuste war. Es verlieh dem Blumenmeer einen Hauch von Nostalgie. Mit seiner Tasse in der Hand ging Jacob in den Verkaufsraum und warf einen Blick auf die Korkpinnwand, an der seine Aufträge hefteten, dann schlug er sein Notizbuch auf, um zu sehen, was für heute anstand. Die Gestecke für die Deichstube würden sicherlich bald abgeholt werden. Jacob holte die Kiste aus dem kühlen Lager und prüfte noch einmal seine Arbeit. Er zupfte hier und da an den Blättern oder knipste mit den Nägeln eine welke Blüte ab.

»Moin, Jacob!«

Jacob hob den Kopf, um zu sehen, wer in seine Gärtnerei gekommen war. »Moin, Piet.«

»Sind die Tischgestecke für die Deichstube schon fertig?« Piet arbeitete als Beikoch in dem Restaurant auf der Hanswarft, das bei Touristen und Einheimischen gleichermaßen beliebt war.

»Fast.« Jacob hob eines der Einmachgläser hoch, bei dem er gerade noch ein Büschel Schleierkraut zurechtzupfte, und stellte es anschließend zu den anderen in eine Kiste. »Schöne Grüße an Rosalie.«

»Richte ich aus.« Piet salutierte an seiner Schirmmütze, die er wie immer lässig mit dem Schirm im Nacken trug. »Wie war dein Termin heute Vormittag?«

»Frag lieber nicht«, antwortete Jacob, während er liebevoll ein Kapkörbchen in eines der Blumenarrangements steckte.

»So schlimm?«

»Ich weiß nicht, was schlimmer ist«, gestand Jacob. »Dass ich jetzt Besitzer einer halben Halligkate bin oder dass Lena wieder da ist.«

»Du bist Besitzer einer halben Kate?«, fragte Piet überrascht, doch dann hielt er irritiert inne. »Moment, Lena ist wieder da?«

Jacob sah auf und nickte grimmig.

»Wieso hast du denn nichts gesagt?«

»In einer halben Stunde weiß das doch sowieso die ganze Hallig«, brummte Jacob.

»Stimmt auch wieder.« Piet lehnte sich mit dem Rücken gegen den Tresen und wartete, bis Jacob mit den Blumengestecken fertig war. »Wie geht's dir damit?«

Jacob zuckte mit den Schultern. »Wie soll es mir damit gehen? Sie ist wieder da, und sie hasst mich.«

»Wieso?«, wunderte sich Piet. »Ihr habt euch doch gerade mal zwanzig Minuten gesehen.«

»Ich befürchte, das hat gereicht.«

Piet hob überrascht die Brauen.

»Was hast du gemacht?«

Jacob seufzte tief. Er war nicht sonderlich stolz darauf, was heute Vormittag vor dem Bürgerbüro vorgefallen war, aber vielleicht half es, wenn er mit jemandem darüber sprach. »Alva hat uns zu gleichen Teilen ihre alte Halligkate vererbt«, begann er sachlich. »Ich war darauf überhaupt nicht gefasst. Ich habe mich ja einfach nur um sie gekümmert, weil ich sie mochte. Nie hätte ich gedacht, dass sie mir deshalb die Hälfte ihres Hauses vermacht.«

»Und Lena hat das in den falschen Hals bekommen«, schlussfolgerte Piet.

Jacob wiegte den Kopf hin und her.

»O nein, was hast du getan?« Piet sah ihn ahnungsvoll an.

»Zuerst war ich natürlich völlig überrascht und habe sofort klargestellt, dass ich das Erbe nicht annehmen werde …«

»Aber?«, half Piet ihm auf die Sprünge, da Jacob nicht weitersprach.

»Dann hat es mir irgendwie gefallen, Lena aufzuziehen. Es war ein bisschen so wie früher. Und auf einmal dachte ich: Hey, warum eigentlich nicht? Was, wenn ich tatsächlich annehme?«

»Das ist nicht dein Ernst!«, entfuhr es Piet. »Kein Wunder, dass sie stinksauer ist.«

»Ich weiß, es ist eine blöde Idee. Da war nur der Gedanke … Was, wenn wir uns vielleicht so öfter sehen würden.«

»Wie stellst du dir das vor? Lena lebt auf dem Festland. Was, denkst du, wird sie wohl mit einer halben Halligkate anstellen? Einziehen ganz sicher nicht.«

»Ja, ich weiß«, murmelte Jacob. »Ich dachte, dass sie vielleicht in den Ferien …«

»Um was zu tun?« Piet schüttelte den Kopf. »Jacob, darauf hättest du auch selbst kommen können. Sie wird ganz sicher nicht in ihr halbes Haus fahren, um dich zu besuchen.«

»Schon gut, ich hab's kapiert.« Ärgerlich wischte Jacob ein paar Blättchen von seinem Holztresen. »Ich werde mit ihr reden. Gleich nach Feierabend fahre ich zu ihr und stelle das klar.«

»Du bist wohl völlig übergeschnappt«, sagte Piet. »Jetzt lass ihr doch erst mal Zeit, hier anzukommen und sich über alles klar zu werden. Sie hat gerade ihre Oma verloren, Jacob. Da braucht sie erst einmal Ruhe und Verständnis.«

Jacob hob den Kopf. Plötzlich war ihm eine Idee gekommen. »Du hast recht.«

»Womit?«, fragte Piet unsicher.

»Lena braucht jetzt bestimmt eine starke Schulter zum Anlehnen. Jemanden, der sich um sie kümmert und für sie da ist.«

»Ich befürchte, du hast da etwas völlig falsch verstanden.«

»Nein, nein«, widersprach Jacob sofort. »Ich habe das goldrichtig verstanden. Wenn ich Lena wiederhaben will, muss ich ihr zeigen, wie schön es auf Hooge ist, wie geborgen man sich hier fühlt. Ich muss sie daran erinnern, wie viel Spaß wir früher zusammen hatten.«

»Du bist völlig übergeschnappt.«

»Komm schon, du musst zugeben, dass die Idee genial ist.«

»Das funktioniert nie.«

»Wetten, dass doch?« Jacob sah ihn mit funkelnden Augen an.

Piet verschränkte die Arme. »Worum?«

»Wenn ich es schaffe, lässt du mich dann noch einmal mit Marit reden? Vielleicht kann ich sie ja doch davon überzeugen, dir zu verzeihen!«

»Ha!« Piet zog sich die Schirmmütze aus und fuhr sich nachdenklich über seine kurz geschnittenen Haare.

Dass Marit und sein Freund sich vor Kurzem getrennt hatten, beschäftigte Jacob noch immer. Er war überzeugt davon, dass sie perfekt zueinanderpassten, doch beide waren stur und unnachgiebig, und keiner wollte sich eingestehen, einen Fehler gemacht zu haben. Jacob hatte Piet mehrfach schon dazu geraten, noch einmal mit Marit zu sprechen, aber Piet war der felsenfesten Überzeugung, dass es sowieso keinen Sinn hätte, dass sie ihm nicht einmal mehr zuhören würde. Und als Jacob vorgeschlagen hatte, dass er für seinen Freund ein gutes Wort einlegen könnte, hatte Piet sofort abgelehnt.

»Und wenn ich gewinne?«, fragte Piet zögernd.

Jacob dachte einen Moment nach. »Für den Fall, dass du gewinnst, werde ich mich einen Monat lang um deinen Garten kümmern.«

»Ach, komm schon, das ist doch kein Einsatz.«

»Also schön, dann eben ein Jahr lang.«

»Mit allem Drum und Dran?«, hakte Piet nach. »Hecken stutzen, Bäume vor dem Biikebrennen zurückschneiden …«

»Mit allem Drum und Dran«, versicherte Jacob.

»Also gut, abgemacht.« Piet reichte ihm die Hand, und Jacob schlug ein.

»Abgemacht.« Jacob wusste, dass dies seine einzige Chance war, Lena zurückzugewinnen. Was auch immer damals vor elf Jahren schiefgelaufen war … Er musste es wiedergutmachen. Er seufzte leicht.

»Na schön, ich muss los. Rosalie dreht mir den Hals um, wenn ich heute zu spät komme. Wir haben vierzig Tagesgäste, die gegen Nachmittag mit der Fähre auf der Hallig eintreffen und versorgt werden wollen.«

»Dann mal frohes Schaffen.«

»Danke gleichfalls!«

Piet verließ mit den Tischgestecken den Laden, und Jacob war wieder allein. Er sah auf seine Aufträge an der Korkpinnwand und entschied, sich als Erstes um den Blumenstrauß zum vierzigsten Geburtstag eines Halligbewohners zu kümmern. Also nahm er den gelben Klebezettel von der Pinnwand, um im Lager nachzusehen, welche Blumen er dafür vorrätig hatte. Außerdem musste er heute unbedingt noch die Liste für den Lieferanten fertig machen, damit die Donnerstagsfähre ihm morgen rechtzeitig zum Wochenende neue Ware brachte.

Jacob nahm ein Bund Ranunkeln, schnitt die Enden an und wickelte Blumendraht um die Stiele, dann band er die orangenen und gelben Blüten zu einem sommerlichen Geburtstagsstrauß zusammen. Doch seine Gedanken kehrten immer wieder zu Lena zurück. Ihm war klar gewesen, dass sie nach Alvas Tod auf die Hallig kommen würde, doch er hätte nie damit gerechnet, dass es ihn so aus der Bahn werfen würde, ihr wieder gegenüberzustehen. Sie sah immer noch genauso umwerfend aus wie damals, in ihrer zarten Chiffonbluse und der schwarzen Hose, die Haare elegant im Nacken zusammengebunden. Jacob hatte sich bemühen müssen, einen klaren Gedanken zu fassen. Und dann hatte er seine Unsicherheit und seine Freude mit diesem dummen Witz überspielt. Vielleicht hätte er sie wirklich nicht »Gänseblümchen« nennen sollen. Das alles war einfach zu lange her, das wusste er selbst. Aber wie hätte er sich anders helfen sollen? Er hatte Lena doch nicht zeigen können, wie sehr es ihn immer noch schmerzte, dass sie damals, mit sechzehn, einfach ohne einen Abschied die Hallig verlassen hatte. Seitdem hatte er alle Frauen mit Lena verglichen, und keine hatte ihrem Maßstab standhalten können.

Zugegeben, mit Svea hatte er drei gute Jahre gehabt, aber am Ende hatte es nicht gepasst. Sie zog es nach Hamburg, in die Großstadt, Jacob wollte bleiben. So oft schon war dies das Schicksal einer unglücklichen Halligliebe gewesen. Es kostete einiges an Mut, sich seinen Lebensmittelpunkt hier aufzubauen, abgeschnitten von der Außenwelt, wo einem das Meer doch jederzeit alles nehmen konnte. Dennoch hatte es auch etwas für sich, fand Jacob, wenn man ganz auf sich gestellt war, wenn man mit dem wenigen, was man hatte, klarkommen musste. Der Zusammenhalt auf Hooge, die Hilfsbereitschaft der Halligbewohner, all das wollte er nicht missen.

Jacob wickelte grünes Papier um den Blumenstrauß und stellte ihn in eine Vase. Er heftete den Notizzettel daran und säuberte seine Arbeitsfläche von den Zweigen, Blüten und Blättern.

Ob Lena einen Freund hatte? Jacob machte dieser Gedanke nervös. Er konnte sich nicht vorstellen, dass sie allein war. Sicherlich gab es jemanden an ihrer Seite, aber Jacob verbot sich, weiter darüber nachzudenken. Denn wenn er sich vorstellte, dass da ein anderer Mann war, der Lenas Lippen küsste, dass sie zu jemand anderem gehörte, dass sie nach der Trauerfeier sofort wieder ihre Koffer packen und zu ihrer Familie, ihrem Zuhause fahren würde, zerriss es ihn innerlich.

Er hatte sie schon einmal verloren, und er wusste, dass er mit seinem Plan ein großes Wagnis einging. Piet hatte recht. Im Grunde war seine Idee völlig bescheuert. Selbst wenn es ihm wirklich gelingen sollte, mit Lena hier ein paar schöne Tage zu verbringen, was hatte er am Ende davon? Ein gebrochenes Herz, genau wie damals. Vielleicht sollte er es doch lieber lassen, das Gespräch mit ihr suchen und von dem Erbe zurücktreten. Vielleicht war es besser, wenn er die Vergangenheit ruhen ließ. Wer wusste schon, wieso sie sich nie bei ihm gemeldet hatte.

Doch dann erinnerte er sich wieder an Alvas Worte, als er sie im Krankenhaus in Sankt Peter-Ording besucht hatte. »Jacob, das Glück bekommt man nicht geschenkt«, hatte Alva mit ihrer brüchigen Stimme gesagt. »Und selbst wenn du es einmal eingefangen hast, musst du alles dafür tun, dass es bleibt.« Jacob seufzte leicht. War das wirklich die richtige Entscheidung? Sollte er noch einmal um Lena und ihr Glück kämpfen? Im Grunde hatte er nichts zu befürchten, bis auf die Wunden in seinem Herzen, die wieder lange brauchen würden, bis sie endlich verheilten, und das verspielte Vertrauen, das er sich dann bei jemand anderem wieder von Neuem aufbauen musste. Wollte er das?

Er dachte an einen Spaziergang mit Alva am Strand im letzten Sommer. Sie hatte sich bei ihm eingehängt, den Gehstock am Handgelenk baumelnd, weil er ihr im Sand ohnehin nichts nützte, den Sonnenhut tief ins Gesicht gezogen. Dann war sie stehen geblieben, hatte aufs Meer hinausgeblickt, und der Wind hatte mit ihren kleinen Löckchen gespielt, die unter dem Strohhut hervorgelugt hatten.

»Jacob«, hatte sie gesagt. »Mit den Menschen ist es wie mit dem Meer.«

Jacob erinnerte sich noch gut, wie verdutzt er gewesen war.

»Sie kommen und gehen, aber manche hinterlassen ihre Spuren in deinem Herzen. Sie können deine Gefühle aufwühlen, dass sie toben wie die wilde See, aber sie können sie auch besänftigen und zu einem Sommertag am Strand werden lassen – so wie heute – von dem du dir wünschst, dass er nie endet.« Dann hatte sie sich gebückt, eine Muschel aus dem feuchten Sand aufgehoben und sie Jacob in die Hand gelegt. In Gedanken berührte er die Herzmuschel durch den Stoff seines T-Shirts. »Sie können sie trüb und grau machen, wie ein Regentag hier im Watt, dass du glaubst, du bist genauso verloren wie eine Muschel hier draußen.«

Jacob hatte sie erstaunt angesehen, doch Alva hatte nur gelacht, dass sich tiefe Falten wie die Schlieren des Wattenmeers um ihre wasserblauen Augen gegraben hatten, und dann hatte sie auf den rot-weiß-gestreiften Leuchtturm von Amrum gezeigt.

»Aber sie können genauso auch zu deinem Leuchtturm mitten im Sturm werden, zu deinem sicheren Hafen.«

»Alva«, hatte er seufzend gesagt, »du bist eine wahre Dichterin, aber wie immer habe ich in solchen Momenten mein Notizbuch nicht dabei und werde deine Worte sicherlich vergessen.«

Alva hatte ihn in die Seite geknufft und ihn zum Weitergehen aufgefordert. »Du wirst dich schon noch an meine Worte erinnern«, hatte sie mit einem schelmischen Lächeln gesagt, und dann waren sie weiter barfuß durch den feuchten Sand gegangen, während hinter ihnen ihre Spuren langsam im Schlick versanken.

Jacob kam diese Erinnerung glasklar ins Gedächtnis. Hatte Alva vielleicht die ganze Zeit gewusst, was er nach all den Jahren noch immer für Lena empfand? Ausschließen wollte er es nicht, Alva war eine kluge alte Frau gewesen, der kaum etwas entgangen war. Sie hatte viel erlebt, manches davon hatte sie erzählt, anderes wie einen Schatz gehütet, und Jacob hatte sich oft gefragt, was sie ihm wohl alles verschwieg.

Er dachte an die letzten Stunden, die er bei ihr im Krankenhaus gewesen war. Immer wieder hatte er sie gefragt, ob er Lena oder ihre Familie anrufen sollte, aber Alva, blass wie der Kissenbezug hinter ihr, hatte nur kaum merklich den Kopf geschüttelt. Also hatte er ihre Hand genommen und gewartet, bis sie eingeschlafen war. Dann war er mit der ersten Fähre zurück nach Hooge gefahren, hatte seine Gärtnerei geöffnet und war dem Tagesgeschäft nachgegangen. Und kaum etwas später hatte er dann erfahren, dass Alva im Krankenhaus nicht mehr aufgewacht war. Sie war verstorben, allein, ohne jemanden an ihrer Seite, der bei ihr war und sie begleitet hatte. Jacob spürte, wie eine Gänsehaut über seine Arme lief. Es machte ihn wütend, dass er so hilflos war, dass er nichts mehr für die ältere Dame hatte tun können. Und dann hatte sie ihn, kurze Zeit später, mit diesem Testament überrascht. Was hatte sie sich bloß dabei gedacht, die Halligkate an Lena und ihn aufzuteilen!

Jacob starrte auf seinen in Leder gebunden Kalender, in den er den Termin der Testamentseröffnung eingetragen hatte.

Alva hatte nie etwas ohne Plan oder Absicht getan, selten etwas dem Zufall überlassen. Jacob dachte nach. War das ihre Art, ihm zu zeigen, dass er um Lena kämpfen sollte? Dass sie vielleicht doch noch eine Chance hatten?

Was auch immer es zu bedeuten hatte, Jacob war fest entschlossen, nicht einfach aufzugeben. Wenn es Alvas Letzter Wille gewesen war, dass Lena und er ihr Haus erbten, dann sollte es so sein, dann hatte es einen Grund, und Jacob würde alles daransetzen, herauszufinden, warum das so war. Und ja, vielleicht war er übergeschnappt, um Lena kämpfen zu wollen, aber er musste herausfinden, was damals passiert war, warum sie einfach gegangen war, sich nie bei ihm gemeldet hatte und ihn Jahre später, wenn sie sich dann doch einmal auf der Hallig begegnet waren, so behandelt hatte, als wären sie nur flüchtige Bekannte.

Jacob wusste, dass seine Chancen äußerst gering standen – aber er hatte eine Chance, und er war fest entschlossen, sie zu nutzen.

3. Juli 1951

Vor ein paar Tagen habe ich Gunnar kennengelernt, einen Ornithologen aus Hamburg. Er will Vögel auf der Hallig beobachten und ein Buch darüber schreiben. Morgen werde ich mit ihm einen Spaziergang unternehmen, denn er hat mich gebeten, dass ich ihm ein bisschen was von der Hallig und der Natur zeige.

5.

Lena entschied, dass sie an diesem Morgen nicht allein frühstücken wollte. Also nahm sie ihr Rad und fuhr auf die Ockenswarft am anderen Ende der Hallig. Dort, am Landsende, gab es ein kleines Café, das Vier Gezeiten. Vor ein paar Jahren hatte Marit, Lenas Freundin, dort in den Ferien als Bedienung gearbeitet, und Lena hoffte, dass sie auch dieses Jahr wieder ihren Sommer auf Hooge verbringen würde.

Das Café war in einem Bauernhaus mit Reetdach untergebracht. Der Pesel, die ehemalige gute Stube des Hauses, war mit den klassischen blau-weißen holländischen Kacheln ausgestattet, daran erinnerte sich Lena noch. Aber ansonsten hatte es sich ganz schön verändert, und sie staunte nicht schlecht, als sie den Gastraum betrat: Kleine Biedermeiersitzgruppen mit zitronengelben Polsterbezügen luden zum Verweilen ein und machten den Raum sonnig und freundlich. Ein großer Wintergarten mit unzähligen Grünpflanzen bot einen herrlichen Blick aufs Meer, geschützt vor Wind und Wetter, und wer die steife Brise mochte, konnte es sich draußen in einem der Strandkörbe gemütlich machen. Lena grüßte Karin, die Leiterin der Schutzstation Wattenmeer, mit einem Nicken, denn Karin befand sich gerade im Gespräch mit einer kleinen Gruppe Touristen. Jedenfalls hielt Lena sie für Touristen, da sie keinen Einzigen von ihnen kannte. Vielleicht erklärte sie ihnen den besonderen Lebensraum, den das Wattenmeer für Tiere und Pflanzen bot. Das hatte sie schon immer beeindruckt.

Lena entschied sich für einen Platz an einem Zweiertisch im hellen Wintergarten und genoss einen Moment den atemberaubenden Blick über die Nordsee. Jetzt, bei klarem Wetter, konnte man sogar bis nach Pellworm mit seinem Leuchtturm sehen. Dann nahm sie die in Leinen eingebundene Karte von dem runden Kirschbaumtisch und blätterte sie durch.

»Lena?«, fragte da plötzlich eine vorsichtige Stimme neben ihr.

Lena hob den Kopf und sah Marit vor sich stehen. Als sie die Freundin erblickte, durchströmte sie ein warmes Gefühl wie Sonnenstrahlen überall auf ihrer Haut. Marit war also tatsächlich da.

»Hallo, Marit«, sagte sie lächelnd, stand auf, und die beiden umarmten sich herzlich.

»Alter Schwede, wie schön, dich zu sehen! Ich hab schon gehört, dass du hier auf der Hallig bist.« Marit ließ den Schreibblock sinken und sah Lena kopfschüttelnd an. »Wenn du jetzt nicht hergekommen wärst, hätte ich heute Abend mal bei dir vorbeigeschaut. Wie lange haben wir uns jetzt nicht gesehen? Zwei Jahre, oder?«

Lena nickte.

»Wie geht's dir?«

»Na ja, den Umständen entsprechend«, gab Lena offen zu.

»O Gott, stimmt ja. Das tut mir total leid mit deiner Oma. Wie dumm von mir.« Marit griff sich an den Kopf, und ihre roten Korkenzieherlöckchen sprangen dabei wild um ihr Gesicht.

Lena winkte ab. »Wie geht's dir? Kommst du immer noch jeden Sommer auf die Hallig, um hier zu arbeiten?«

»Nein, ach was, mir gehört der Laden jetzt.«

»Was, ehrlich?« Lena sah, wie Marits grüne Augen vor Stolz leuchteten. »Herzlichen Glückwunsch! Wie kommt es, dass du das Café übernommen hast?«

»Du wirst es kaum glauben: ein Lottogewinn.« Marit grinste breit.

»Was? Du hast im Lotto gewonnen?« Ungläubig sah Lena ihre Freundin an.

»Quatsch, ich doch nicht.« Marit schmunzelte. »Hans-Peter! Es war zwar nur eine kleine Summe, sagt er, aber er wollte unbedingt seinen Traum verwirklichen und eine Weltreise machen. Also hat er kurzerhand entschieden, ein paar Jahre früher in Rente zu gehen, und für das Café hat er mir einen fairen Preis gemacht. Es war ja auch noch einiges zu renovieren«, setzte Marit dann hinzu.

»Toll!« Lena nickte anerkennend. »Es gibt so viel, was ich nicht weiß«, stellte sie dann fest. »Wir haben uns einfach schon zu lange nicht mehr gesehen.«

»Das stimmt.«

»Willst du dich kurz setzen?«, bot Lena an.

Marit ließ den Blick durch das Café schweifen, und da anscheinend alle Gäste zufrieden waren, kam sie der Aufforderung gerne nach. »Wie lange bist du hier?«

»Nur ein paar Tage«, sagte Lena. »Ich soll die Beerdigung organisieren und den Nachlass regeln.«

»Ach ja, Alvas schöne Halligkate auf der Ipkenswarft.« Verträumt ließ Marit den Blick über das Meer schweifen. »Ich erinnere mich noch so gut, wie ich dort gewohnt habe, als ich meine ersten Sommerferien hier verbracht habe. Hand gegen Koje. Ich habe Alva im Haushalt und im Garten geholfen und mir hier im Café noch was dazuverdient. Und dann bist du irgendwann aufgetaucht.« Jetzt sah sie Lena wieder an und lächelte. »Ach Mensch, das war so toll damals.«

Lena nickte. Das war es wirklich. Auch sie erinnerte sich nur zu gut an die ersten Tage mit Marit. Sie waren sich von Anfang an sympathisch gewesen, hatten abends endlos lange bei einem Glas Wein in Alvas Bauerngarten gesessen und geredet, bis die Sonne langsam im Meer versank und die ersten Sterne am Himmel aufblinkten.

»Ich werde Alva echt vermissen.« Marit seufzte tief.

»Ich auch«, gab Lena halblaut von sich.

Mitfühlend drückte Marit ihre Hand.

»Oh, ich habe dir ja gar nichts zu trinken angeboten«, sagte sie dann. »Ich mach uns schnell einen Kaffee. Mit Milch, wie früher?«

»Gern.«

Und kaum eine Sekunde später war Marit aufgesprungen und hinter dem Tresen verschwunden. Sie hantierte an der Kaffeemaschine herum, stellte Unterteller und Tassen bereit und legte je einen selbst gebackenen Keks daneben. »Hast du denn schon etwas gegessen?«, fragte sie in Lenas Richtung.

Lena schüttelte den Kopf. »Ich bin eigentlich zum Frühstücken hergekommen.«

»Das trifft sich gut, dann mache ich jetzt meine Pause.« Marit verschwand in der Küche und kam ein paar Minuten später mit einem riesigen Tablett voller Frühstücksleckereien an den Tisch zurück.

»So«, sagte sie und verteilte eine Schale mit Rührei, einen

Obstteller, eine Platte mit Wurst und Käse, einen Brotkorb und zwei Schälchen mit Marmelade auf dem plötzlich viel zu kleinen Tischchen.

Lena wollte ihr dabei helfen, alles unterzubringen, aber Marit wehrte sie ab.

»Lass, ich mach das schon.«

Sie ging zum Tresen und holte die beiden Kaffeetassen. Dann band sie sich die weiße Schürze ab und legte sie neben sich auf die Sessellehne.

»Und jetzt erzähl mal, was gibt es sonst noch Neues bei dir?« Gespannt lehnte sie sich nach vorne und sah Lena dabei zu, wie diese ein Brötchen aufschnitt und mit Butter bestrich.

»Eigentlich nicht viel«, sagte Lena gelassen. »Mein Leben hat sich kaum verändert. Ich bin immer noch mit Mats zusammen, und wir führen gemeinsam unsere Schreinerei. Und bei dir?«

»Na ja, von meinem Café weißt du ja schon«, sagte Marit, und wieder konnte Lena sehen, wie stolz sie darauf war.

»Es ist wirklich schön geworden.« Lena nickte anerkennend. »Vor allem der helle Wintergarten ist super. Bei den Halligbesuchern bist du doch bestimmt schon längst ein Geheimtipp, oder? Und ich mag die Möbel. Biedermeier hat einfach seinen ganz eigenen Charme.«

»Oje, frag lieber nicht. Viele der Stühle sind ganz schön wackelig. Ich habe sie mir im Internet zusammengekauft, und bei einem Tisch klemmt die Ausziehfunktion.«

»Wenn du willst, kann ich mir das mal angucken«, schlug Lena vor.

»Ehrlich? Hast du denn dafür momentan überhaupt Zeit? Ich meine, du musst doch sicherlich einiges organisieren, oder?«

Lena zuckte mit den Schultern. »Ich glaube, ein bisschen Ablenkung kann mir nicht schaden. Ansonsten verkrieche ich mich vermutlich in Alvas Alkoven und werde nur noch heulen.«

Marit lächelte mitfühlend. »Wie weit bist du denn?«

»Gestern Nachmittag hatte ich das Gespräch mit der Pastorin. Die Beerdigung ist in zwei Tagen. Jetzt muss ich mal sehen, was ich bis dahin noch alles erledigen muss.«

»Wenn du willst, kannst du das Beisammensein danach hier bei mir machen. Dann hänge ich ein Schild an die Tür, geschlossene Gesellschaft, damit wir unter uns bleiben.«

»Das ist sehr lieb von dir, danke. Heute Mittag will ich noch aufs Festland fahren und den Rest erledigen.«

»Wenn du Hilfe brauchst, sagst du mir Bescheid, ja?«, bot Marit sofort an, und Lena konnte nicht anders, als dankbar zu lächeln. Obwohl sie sich jetzt so lange nicht gesehen und wirklich kaum geschrieben hatten, hatte sie das Gefühl, als wären seit ihrem letzten Gespräch nur ein paar Tage vergangen.

»Das mache ich.« Sie nahm die helle Marmelade und gab einen Klecks davon auf ihre Brötchenhälfte. »Na gut, jetzt weiß ich also von deinem Café – und wie steht's mit der Liebe?«

»Ich bin seit fünf Tagen wieder Single«, sagte Marit trocken.

»Oh.« Lenas Augen wurden groß. »Entschuldige. Ich wollte nicht unsensibel sein.«

»Ach was«, sagte Marit und winkte ab, dass ihre Korkenzieherlöckchen wieder wild herumhüpften. »Woher hättest du es wissen sollen? Du kennst ja den Hallig-Schnack noch nicht. Und über das bisschen Liebeskummer komme ich schon hinweg.«

»So schlimm?«, fragte Lena. Sie kannte ihre Freundin gut und wusste, dass es sie besonders hart getroffen hatte, wenn sie so lapidar über ihre Gefühle sprach.

Marit blähte die Wangen und ließ die Luft daraus entweichen. »Es ging mit nicht, und es ging ohne nicht. Aber ohne geht's wohl doch besser.«

Lena hob fragend die Brauen.

»Also gut, du gibst ja doch keine Ruhe«, sagte Marit und verdrehte lachend die Augen. »Es ist Piet. Er wohnt doch seit einigen Jahren auf Hooge und arbeitet als Beikoch in der Deichstube, und jetzt hat Rosalie ihm angeboten, die Küche dort zu übernehmen. Aber dafür müsste er seine Lehre als Koch abschließen, und das will er nicht.«

»Wieso nicht?«, wunderte sich Lena und trank einen Schluck von ihrem Kaffee.

»Weil er dann die Hallig verlassen müsste.«

»Und wo ist da das Problem?«

»Dass er nicht wegwill«, sagte Marit schlicht. »Er will keine Fernbeziehung führen, sondern lieber mit mir zusammen sein.«

»Irgendwie finde ich das romantisch.« Lena lächelte amüsiert. »Klingt für mich jetzt nicht nach einem Grund zum Streiten, oder?«

»Oh, das war erst der Anfang«, beeilte sich Marit zu sagen. »Dann ging es weiter, dass mir das Café ja wichtiger wäre als unsere Beziehung, weil ich nicht mit aufs Festland will. Daraufhin habe ich ihm dann vorgeworfen, dass er mir nicht vertraut und selbst keinen Mumm hat, weil er sonst ja seine Ausbildung mal zu Ende machen würde, die er schon seit vier Jahren angefangen hat. Und, na ja, so ergab ein Wort das nächste, wie es eben so ist.« Sie verzog unglücklich die Lippen.

Lena nickte verstehend. »O ja, das kenne ich. Mir ging es gestern genauso.«

»Du meinst im Bürgerbüro bei der Testamentseröffnung?«

»Ach, dann hat sich das also auch schon herumgesprochen?« Lena sah ihre Freundin unglücklich an. »Ich verstehe einfach nicht, warum meine Oma Jacob und mir je ein halbes Haus vermacht hat.«

»Das ist ziemlich blöd, oder?«

Lena hob die Schultern und ließ sie mit einem tiefen Seufzen wieder fallen. »Keine Ahnung, was sich Alva dabei gedacht hat. Na ja, jetzt muss ich mir überlegen, was ich mit einer halben Halligkate mache. Vielleicht will Jacob mir ja die andere Hälfte abkaufen.«

»Ich fürchte, daraus wird nichts«, musste Marit sie enttäuschen. »Jacob hat sich vor ein paar Jahren selbstständig gemacht und die Gärtnerei seiner Eltern übernommen. Er hat ziemlich groß umgebaut und dafür einen ordentlichen Kredit aufgenommen.«

»Ach, schade«, murmelte Lena und biss in ihr Brötchen. »Das Geld hätte ich nämlich wirklich gut gebrauchen können – im Gegensatz zu einer halben Halligkate.«

Marit musste schmunzeln. »Als ob du Alvas Haus verkaufen würdest«, sagte sie dann mit einem wissenden Lächeln. »Da hängst du doch viel zu sehr dran.«

Lena schluckte den Bissen hinunter. Das stimmte. So wirklich hatte sie über die Konsequenzen noch gar nicht nachgedacht, dafür war die Nachricht, dass ihr die halbe Halligkate gehörte, einfach noch zu frisch. Aber Marit hatte recht. Wenn sie das Haus ihrer Oma verkaufte, wären mit einem Schlag auch all die Erinnerungen weg. All die schönen Momente mit Alva … aber auch all die schmerzhaften Erinnerungen an Jacob …

Lena presste die Lippen zusammen und blickte aufs Meer hinaus, das mit seinen weißen Wellenkronen aussah, als ob Tausende von verschneiten kleinen Bergspitzen vor ihr aufragten.

»Ich weiß es nicht«, sagte sie ehrlich. »Du hast schon recht, es wäre sehr schade, es herzugeben.«

»Wieso übernimmst du dann nicht einfach die Hälfte von Jacob?«, fragte Marit direkt.

»Ehrlich gesagt kann ich mir das nicht leisten«, gab Lena offen zu. »Mats und ich haben noch immer Schulden.«

»Oh … War das der Grund, warum du in den letzten Jahren kaum noch auf die Hallig gekommen bist?«

»Auch.« Lena seufzte leicht. »Momentan läuft es zwischen uns nicht so gut. Ich habe jede freie Minute in der Werkstatt gearbeitet, um neben den eigentlichen Aufträgen noch ein bisschen was mit kleinen Holzsachen dazuzuverdienen, und da hat mir dann einfach die Zeit gefehlt.«

»Und was ist mit Mats?«, fragte Marit. »Bestimmt ist das alles auch ziemlich belastend für ihn, oder?«

Damit hatte Marit den Nagel auf den Kopf getroffen. Lena musste schlucken.

»Mats hat sich … anderweitig abgelenkt, um nicht mehr darüber nachdenken zu müssen«, erklärte Lena ausweichend.

»So ein Dreckskerl!«, entfuhr es Marit, die die Anspielung anscheinend ganz genau verstanden hatte. »Du hast ihm das doch nicht etwa verziehen?«

Lena sah ihre Freundin unglücklich an. »Er sagte, es war eine einmalige Sache, und die Beziehung ging auch nur ein paar

Wochen. Was hätte ich machen sollen? Wir haben die Werkstatt zusammen und den Kredit …«

»Und wie geht's dir damit?«, fragte Marit.

Lena zögerte. Wenn sie ehrlich zu sich selbst war, war ihr Vertrauen ruiniert. Sie fühlte sich zu sehr an die Vergangenheit erinnert. Aber was hätte sie denn tun sollen? Mats und die Schreinerei, das war ihr Leben …

»Wir haben uns danach ziemlich gestritten«, gab sie zu. »Ich hatte auch überlegt, ob ich ihn verlasse, aber welche Beziehung ist schon immer rosarot?« Sie lächelte unglücklich, denn Marit, mitten im Liebeskummer und mit gebrochenem Herzen, würde das im Moment wohl am besten verstehen. »Auf sein Drängen haben wir dann eine Paartherapie gemacht, um die Beziehung zu retten.«

»Hat es geklappt?«, fragte Marit.

Lena wiegte den Kopf hin und her. »Ich denke, die ärgsten Klippen haben wir umschifft, und wir sind ja jetzt auch noch zusammen, aber wenn ich ehrlich bin, kann ich ihm nicht mehr so vertrauen wie früher.« Sie sah Marit bedrückt an, und Marit nickte mitfühlend.

»Klar. O Mann, Beziehungen sind einfach … Mist.«

»Kompliziert«, sagte Lena im selben Moment, und dann mussten die beiden Freundinnen doch von Herzen lachen.

»Gewählt ausgedrückt«, meinte Marit zwinkernd.

»Wobei es ›Mist‹ auch ganz gut trifft«, stimmte Lena ihr zu.

Lena war froh, dass sich die Stimmung ein wenig gelöst hatte und sie jetzt gemeinsam beim Frühstück über Belangloseres sprechen konnten. Sie hatte bisher keinem anvertraut, dass sie sich seit diesen zwei großen Enttäuschungen so fühlte, als wäre sie niemandem mehr gut genug. Und wenn sie ehrlich war, musste sie zugeben, dass es ihr seitdem schwerfiel, überhaupt noch jemandem zu vertrauen. Eine Beziehung mochte für eine gewisse Zeit ganz nett sein, aber auf lange Sicht war das mit der Treue einfach eine Sache für sich … Was jetzt nicht hieß, dass alle Männer chronisch untreu waren, aber Lena hatte anscheinend das Talent, sich immer in die Falschen zu verlieben und am Ende mit gebrochenem Herzen dazusitzen. Wahrscheinlich lag es an ihr, dachte sie immer wieder, und der bittere Beigeschmack, der bei diesem Gedanken in ihr aufstieg und sie wie ein schwarzes Tuch umhüllte, ließ ihr seitdem keine Ruhe mehr. Was war nur falsch an ihr, dass sie den Männern nicht genügte? Was fehlte ihnen in der Beziehung mit ihr? Lena wusste es nicht, aber sie wusste, dass sie und ihre Liebe ganz offensichtlich nicht ausreichten …

Nach dem Frühstück machte sich Lena zum Anleger auf. Sie hatte noch gute zwanzig Minuten, bis die Fähre kam, und so sah sie noch kurz auf ihr Smartphone, bevor sie sich aufs Rad schwang. Mats hatte geschrieben. Lenas Herz klopfte ein wenig schneller, und sie öffnete die Nachricht.

Kommst du voran?

Die knappe Nachricht enttäuschte Lena ein bisschen, aber Mats war ja nie ein Mann großer Worte.

Es geht, schrieb sie zurück. *Ich fahre gleich aufs Festland, um ein paar Dinge zu erledigen. Am Samstag ist die Beerdigung. Kommst du?*

Die Antwort kam prompt: *Ich kann hier nicht weg, Lena. Das weißt du doch. Du schaffst das sicher auch ohne mich.*

Lena spürte die Enttäuschung in sich aufsteigen. Rasch steckte sie das Smartphone in die Tasche. Besser, sie dachte jetzt nicht darüber nach. Es gab noch so viel zu erledigen …

6.

Das Windspiel aus Schilf, das über der Tür der Gärtnerei hing, klingelte. Jacob trat aus dem Seitenraum, in dem er die Gestecke und Sträuße vorbereitete, und war ziemlich überrascht, als Lena plötzlich vor ihm stand. Heute hatte sie eine einfache Jeans, Chucks und ein T-Shirt an, darüber eine Jeansjacke, und dieses schlichte Outfit stand ihr atemberaubend gut. Das Shirt lag wie eine zweite Haut auf ihrem Körper, zeichnete ihre Kurven und ihre rundlichen Brüste nach und ließ sie deutlich erwachsener und weiblicher wirken als damals mit sechzehn. Jacob hatte Mühe, noch einen klaren Gedanken zu fassen. Am liebsten hätte er Lena in seine Arme gezogen, ihr eine ihrer blonden Haarsträhnen hinters Ohr gesteckt, die ihr in großzügigen Wellen über die Schultern fielen, und sie leidenschaftlich geküsst.

»Hallo«, sagte Lena zögernd, und dann huschte ein unsicheres Lächeln über ihre zarten Lippen.

»Moin.« Jacob verschränkte die Arme und wartete. Das war vermutlich die beste Taktik, um nicht ganz aus dem Gleichgewicht zu kommen.

»Ich … äh … wollte Blumen bestellen«, begann Lena unsicher. »Für Alva.«

Jacob nickte, ging an den Tresen und holte einen Notizzettel und einen Bleistift aus einer Pappkiste, die neben seiner alten Registrierkasse stand.

»Jo, dann mal los«, ermunterte er sie mit einem Lächeln. Dass sie noch immer so unsicher wie damals wirkte, fand er süß und zugleich sexy, doch bei Lena war es keine Masche, um die Männer um den Finger zu wickeln, das merkte er sofort. Eigentlich wusste sie genau, was sie wollte. Dass sie jetzt so ratlos und zögerlich war, hatte andere Gründe.

»Also, ich brauche ein Bouquet, das zu Lindenholz passt und äh …« Sie kramte in ihrer Tasche und förderte ein kleines Notizbuch zutage, aus dem im selben Moment ein Briefumschlag zu Boden segelte.

Jacob hob ihn auf, und gab ihn an Lena zurück.

»Danke.« Sie strich sich eine Haarsträhne hinters Ohr. Das hatte sie früher schon immer getan, wenn sie nervös oder unsicher gewesen war, und Jacob erinnerte sich nur zu gut an diese Geste. Wenn sie vor der Klasse ein Referat gehalten hatte, wenn sie mit ihrer Gitarre auf dem Sommerfest aufgetreten war, als sie ihn um ihr erstes Date gebeten hatte … Ihre Handbewegung war ihm so vertraut, obwohl er sie schon so lange nicht mehr gesehen hatte, dass sich tief in seinem Inneren etwas zusammenzog.

»Alles okay?«, fragte Jacob.

Lena nickte. »Es ist nur … Dadrin sind Alvas Unterlagen. Die muss ich noch beim Bürgerbüro abgeben.« Sie machte eine kleine Pause. »Blöd, dass ich das nicht gleich erledigt habe, dann wäre ich das Ding jetzt los. Es ist so eigenartig, schwarz auf weiß zu haben, dass sie nicht mehr da ist.«

»Ich finde es auch ziemlich unwirklich«, gab Jacob zu. »Soll ich den Brief für dich einwerfen? Ich muss sowieso noch ein

Gesteck für eine Hochzeit dort abliefern. Zwei Tagesgäste wollen sich hier trauen lassen.«

»Gern.« Jetzt lächelte Lena wieder, doch dieses Mal erreichte es ihre Augen, die für einen kurzen Moment zu strahlen begannen. »Danke.«

Als sie ihm den Brief übergab, berührten sich ihre Fingerspitzen, und Jacob musste zugeben, dass es nicht ganz zufällig war. Die Versuchung war einfach zu groß gewesen, und er bemerkte, dass Lena bei der Berührung leicht zusammenzuckte.

»Also, Blumen für Alva«, sagte er dann, nachdem er den Brief vorne in seinen Terminkalender geschoben hatte. »Wann brauchst du sie denn?«

»Am Samstag.«

»Das ist übermorgen!«

»Die Pastorin meinte, die drei Tage wären dann ja eingehalten, und weil Alva doch nicht verbrannt werden will … und …« Ihre Stimme brach, und sie erschauerte.

Jacob hätte sie am liebsten in die Arme gezogen und ganz fest an sich gedrückt. Er wollte sie festhalten, ihr die Stütze sein, die sie im Moment so dringend brauchte. Aber wollte sie das überhaupt?

»Puh, das wird ganz schön knapp«, sagte er und kratzte sich nachdenklich am Kopf.

»Dann geht es also nicht?«, fragte Lena, und Jacob bemerkte, dass ihre Stimme schon wieder unsicher klang.

»Doch, klar. Ich kann hier einen Termin schieben, und wenn ich morgen ein paar Stunden dranhänge, kriegen wir das schon hin.« Er lächelte ihr aufmunternd zu.

»Ein Glück, die Hooger fühlen sich sonst womöglich noch persönlich beleidigt, wenn ich Blumen vom Festland bestelle.«

»Was, dann war ich also nicht deine erste Wahl?«, fragte Jacob mit gespielter Entrüstung.

»Äh, na ja, also Marit meinte, dass du das machen würdest.«

Jacob sah, wie unwohl Lena sich fühlte, und beschloss, ihr ein bisschen entgegenzukommen. »Also, Alvas Blumen.«

Lena nickte und blickte wieder in ihr Notizbuch. »Und äh, vielleicht Blumenschmuck für die Kirche?« Sie sah ihn unschlüssig an. »Und für die Cafétische irgendwas?« Dann begann sie auf einmal zu schluchzen. »Ich habe keine Ahnung, Jacob! Ich habe so etwas noch nie gemacht! Ich weiß auch gar nicht, wen ich da alles informieren soll. Muss ich da irgendwie die Leute einladen?«

»Lena ... Hey ...« Ohne weiter darüber nachzudenken, trat Jacob auf sie zu und nahm sie in die Arme. »Ist ja gut«, flüsterte er und streichelte ihr zärtlich über ihr honigblondes Haar. Ihre Nähe fühlte sich eigenartig an, fremd und doch vertraut. Jacob hätte sie am liebsten gar nicht mehr losgelassen. »Mach dir keine Sorgen. Du brauchst niemanden zu informieren; die ganze Hallig weiß doch schon längst davon. Und hier muss man auch niemanden einladen. Man wird höchsten ausgeladen. Und was die Blumen angeht, da kann ich dir helfen.«

»Ehrlich?«, schniefte Lena und hob ihren Kopf von seinem Brustkorb. Auf seinem T-Shirt hatten ihre Tränen mehrere dunkle Flecken hinterlassen. »Obwohl ich gestern so gemein zu dir war?«

Jacob legte seine Hände um ihr Gesicht und strich mit den Daumen die Tränen von ihren Wangen. »Du hast deine Oma verloren, du stehst unter Schock«, sagte er leise. »Mach dir deswegen keinen Kopf. Okay?«

Lena nickte zögernd, und auch wenn es Jacob schwerfiel,

wusste er, dass er Lena jetzt wieder loslassen musste. Um seine Enttäuschung zu überspielen, trat er wieder hinter den Holztresen und nahm sich den Notizzettel.

»Also, Schmuck für die Kirchenbänke brauchst du nicht. Das ist eher bei einer Hochzeit üblich. Und für die Kaffeetafel musst du auch nicht extra was bestellen. Das kann Marit machen.«

»Alles klar«, sagte Lena monoton. Sie strich etwas in ihrem Notizbuch durch, schlug es zu und umklammerte es dann fest mit beiden Händen. »Puh, ist das alles kompliziert.«

»An welche Blumen für Alva hast du gedacht?«

»Hm. Rosen vielleicht?« Lena sah ihn ratlos an. »In Rot?«

»Na ja, das macht man eigentlich eher, wenn der Partner verstorben ist«, gab Jacob zu bedenken.

»Dann in Gelb?«, fragte Lena zaghaft.

Jacob schüttelte sanft den Kopf. »Alva mochte keine Rosen.«

»Nicht?«

»Nein, nicht unbedingt«, sagte Jacob ehrlich. Wie sie so dastand, völlig in sich zusammengesunken … Sie wirkte so hilflos. Jacob schnitt es ins Herz, sie so verzweifelt zu sehen. Am liebsten hätte er gleich noch einmal seine Arme um sie gelegt, aber er musste sich beherrschen. »Abgesehen von ihren Gartenrosen natürlich«, setzte er deshalb hinzu.

»Na gut, dann irgendetwas anderes.« Lena sah sich im Laden um. »Äh … die da vielleicht?« Sie deutete auf ein paar Sommerastern, die in einer breiten Pokalvase auf dem abgestuften halbhohen Langregal standen, auf dem Jacob die Schnittblumen präsentierte.

Er schüttelte den Kopf. So wird das nichts, dachte er mitfühlend und legte den Notizzettel wieder beiseite.

»Weißt du was? Ich übernehme das«, schlug er vor.

»Würdest du das machen? Das wäre eine Riesenerleichterung. Es ist mir so unangenehm, dass ich nicht mal sagen kann, was Alvas Lieblingsblumen waren. Ich weiß nur, dass sie ihren Blumengarten über alles geliebt hat.«

»Das stimmt«, sagte Jacob, und sofort dachte er wieder an den Wildblumenstrauß, den er aus Alvas Blumen gebunden und vor Lenas Tür gelegt hatte. Er musste wissen, was es damit auf sich hatte. War er von Lenas Freund, oder hatte sie womöglich einen sehr engagierten Verehrer? Jacob entschied, es darauf ankommen zu lassen: »Ich könnte mir zum Beispiel etwas mit Wildblumen vorstellen. So wie aus Alvas Sommergarten.«

Lena sah ihn einen Moment irritiert an. Dann nickte sie. »Ja, das ist gut. Das würde ihr sicherlich gefallen.« Sie lächelte dankbar.

Jacob war enttäuscht. Machte sie sich überhaupt keine Gedanken, von wem der Strauß kam? Oder hatte sie ihn am Ende übersehen? Nein, das war unmöglich. Wahrscheinlich wusste sie ganz genau, von wem er war. Er machte sich ein paar Notizen und pinnte den Zettel zu den anderen an die Korkwand. Lena sah sich währenddessen scheu in seinem Laden um.

»Das ist echt schön geworden hier«, sagte sie.

Jacob freute sich über ihr Kompliment. Er merkte, dass sie es ehrlich meinte. »Danke. Ich habe den Laden vor drei Jahren von meinen Eltern übernommen. Ihnen war die Arbeit zu viel. Davor habe ich ihnen ja sporadisch schon immer mal wieder ausgeholfen.«

»Marit hat es mir erzählt. Ich erinnere mich, Blumen hast du ja schon immer gern gemocht …« Als sie das sagte, funkelte etwas in ihrem Blick.

»Oh, wenn das eine Anspielung auf unser Treffen im Bürgerbüro sein soll … Es tut mir leid, dass ich dich Gänseblümchen genannt habe. Das hätte ich nicht tun sollen.«

»Nein, hättest du nicht«, stimmte Lena ihm zu, und als sie jetzt die Arme verschränkte, merkte Jacob, dass sich das Blatt gewendet hatte. Aus dem hilflosen Mädchen, das eben noch vor ihm gestanden und seinen Schutz und seinen Trost gesucht hatte, war eine souveräne, selbstsichere Frau geworden.

»Und dass ich da wegen der halben Kate so reagiert habe, war auch nicht in Ordnung.« Jacob sah sie zerknirscht an.

»Ja, das war es nicht.«

»Entschuldigung?« Fragend hob er die Brauen.

Lena sah ihn abschätzend an, und Jacob hatte das Gefühl, als wäre er der Dorsch am Haken, als er damals mit ihr das erste Mal angeln gewesen war und Lena sich unschlüssig überlegt hatte, ob sie das Tier von seinen Qualen erlösen und wieder in die Nordsee werfen oder in den Eimer tun und für das Abendessen nach Hause bringen sollte.

Lena nickte. »Einverstanden.« Sie hatte sich also anscheinend dafür entschieden, ihm zu verzeihen.

Möglicherweise würde sie bald sogar wieder darüber lachen können, und vielleicht gab es dann ja doch noch eine Chance, sie zurückzugewinnen. Er musste jetzt nur aufpassen, dass er nicht wieder etwas Falsches sagte. Denn das Eis, auf dem er sich bei ihr bewegte, war dünn. So dünn wie die Eisschicht auf den Prielen, wenn sie in kalten Dezembernächten das erste Mal zu frieren begannen.

»Und wie fühlst du dich mit deiner neuen Aufgabe als Herrscherin über mehrere Völker?«, wechselte er zu einem unverbindlicheren Thema.

Lena sah ihn verständnislos an. »Ich weiß gerade nicht, was du meinst«, gab sie offen zu.

»Na, du bist doch zur Bienenkönigin gekrönt geworden«, half Jacob ihr auf die Sprünge. »Da hast du jetzt eine Menge Untertanen.«

»Was? Ach so, ja stimmt.« Lena lachte unglücklich. »Die sind leider nicht sehr nützlich.«

»O doch, Bienen sind sogar besonders nützlich«, verbesserte Jacob sie sofort. »Ohne Bienen würde Alvas Garten nicht so schön blühen, und wir hätten keine Nahrungsmittel, weil die Bestäuber fehlen würden! Wusstest du, dass sie in China mittlerweile sogar mit einem Pinsel die Birnbäume von Hand bestäuben müssen?«

»Schon gut«, sagte Lena und hob entwaffnend die Hände. »Ich nehme alles zurück. Bienen sind sehr nützlich.«

»Und wie! Du musst bloß aufpassen, dass sich die Varroamilbe nicht in den Bienenstöcken festsetzt. Das könnte sonst das Ende für deine Völker bedeuten.«

»Die Varroamilbe«, wiederholte Lena. »Klar.« Doch dabei machte sie ein Gesicht wie damals in der achten Klasse, als Jacob versucht hatte, ihr Bruchgleichungen näherzubringen.

»Du hast keine Ahnung, wovon ich gerade rede, oder?«

»Doch!«, widersprach Lena sofort. »Ich habe davon gehört, dass es Schädlinge gibt, die Honigbienen angreifen können.«

»Hast du denn schon nachgesehen, ob Alvas Gartenvolk geschwärmt ist?«, erkundigte er sich weiter.

»Geschwärmt?« Lena sah ihn verdattert an.

»Ja, du als Imkerin bist dafür verantwortlich, ein unkontrolliertes Schwärmen zu verhindern.«

»Natürlich, das weiß ich doch«, sagte Lena empört. »Gestern, als ich im Garten saß, waren sie jedenfalls noch da. Da habe ich nämlich so einiges Summen gehört!«

Jacob unterdrückte ein Schmunzeln. Lena hatte keinen blassen Schimmer, wovon er sprach, aber sie wollte sich anscheinend unter keinen Umständen anmerken lassen, dass sie keine Ahnung hatte.

»Na, dann ist es ja gut. Und denk dran, dass du auch die anderen Bienenstöcke kontrollieren und versorgen musst.«

Jetzt entglitten Lena die Gesichtszüge. »Was denn für andere Bienenstöcke?«, fragte sie verwundert.

»Alva hat auf der ganzen Hallig ihre Bienenkästen stehen. Wusstest du das nicht?«

»Äh …« Lena biss sich auf die Unterlippe. »Doch«, sagte sie dann, aber ihre Stimme klang dabei dünn und eine Oktave zu hoch, wie Jacob bemerkte. »Ich bekomme das schon hin, Jacob. Also, vielen Dank für die Hinweise«, sagte sie noch und rauschte davon.

21. Februar 1952

Gunnar ist zum Biikebrennen auf die Hallig gekommen. Mein Herz stand in Flammen wie der große Biikehaufen. Noch in der Nacht haben wir Pläne geschmiedet, wie wir unser Leben zusammen verbringen wollen. Ich wünsche mir nichts sehnlicher, als dass es klappt. Ich liebe ihn so sehr.

7.

Nach dem Gespräch mit Jacob lief Lena wieder zur Ipkenswarft zurück. Der Wind war frisch und stark, doch die Sonne lugte bereits hinter den Wolken hervor. Das kannte Lena nur zu gut von früher, und so zog sie ihren Schal ein wenig fester um den Hals, um der salzigen Meeresluft zu trotzen, während sie erleichtert ihre Nase der Sonne entgegenstreckte und sich von den sanften Strahlen das Gesicht wärmen ließ. Sie liebte dieses raue Klima, das sie so nur von der Hallig kannte. Es war echt und unverfälscht, wie alles hier auf Hooge. Schon von Weitem sah sie Alvas altes Häuschen auf der Warft thronen, zusammen mit den wenigen Nachbarhäuschen. Alvas alte Kate, die Stürmen und Fluten getrotzt hatte und malerisch von ihrem Garten umgeben war. Das eigenartige Zwielicht, das durch die Wolken brach, malte ein beeindruckendes Spiel aus Licht und Schatten auf das Reetdach. Lena konnte es noch immer nicht glauben, dass ihr jetzt die Hälfte davon gehören sollte. Ihr kleines Refugium. Plötzlich wurde ihr Herz von einem warmen Gefühl durchflutet, und sie zog ihr Smartphone aus der Tasche, um Mats ein paar Fotos zu schicken. Sie musste diesen schönen Anblick einfach mit jemandem teilen.

Sieh mal, das gehört jetzt mir, schrieb sie unter das Bild des kleinen Häuschens.

Hübsch, kam von Mats sofort eine Antwort.

Lena schickte ihm gleich noch ein paar mehr Fotos: von dem wunderschönen Bauerngarten, der gemütlichen Döns, der heimeligen Küche und ihrem Schlafraum inklusive Blick aus dem Fenster im ersten Stock weit über das Meer.

Da lässt sich bestimmt was draus machen, schrieb Mats.

Lena überlegte, ob sie ihrem Freund sagen sollte, dass ihr, genau genommen, nur die Hälfte des Hauses gehörte und sie daher überhaupt nichts »draus machen« konnte, wie er sich ausgedrückt hatte, entschied sich dann aber dagegen. Sie hatte keine Lust auf weitere Streitereien. Denn dazu würde es zwangsläufig kommen, wenn sie ihm erklären musste, dass Jacob die andere Hälfte geerbt hatte.

Also rief Lena ihre Eltern an und erzählte ihnen kurz, was sie heute erreicht hatte.

»Das klingt toll, Lena«, sagte Rieke. »Ich bin dir so dankbar, dass du für mich eingesprungen bist. Ich hätte mich wirklich unwohl gefühlt, wenn ich das hätte erledigen müssen.«

Lena blickte aus dem Küchenfenster in den Kräutergarten. Als ob es mir auch nur einen Deut besser ginge, dachte sie verbittert, doch sie sagte nichts.

»Aber zur Beerdigung kommst du schon, oder?«, fragte sie, jetzt doch ein wenig unsicher.

»Selbstverständlich, Liebes. Das bin ich meiner Mutter schuldig.«

Nachdenklich spielte Lena mit dem Kugelschreiber, der in dem offenen Notizbuch lag. Der Gedanke an die Beerdigung schnürte ihr wieder die Kehle zu, also versuchte sie, rasch das Thema zu wechseln.

»Kennt ihr euch eigentlich mit Bienen aus?«

»Mit Bienen?«, wiederholte Magnus ungläubig.

»Ich soll mich doch, um Alvas Bienen kümmern.« Bestimmt hatten auch ihre Eltern schon wieder vergessen, dass ihre Oma ihr die Bienen vermacht hatte.

»Ach ja, Alva und ihr Honig.« Rieke seufzte hörbar auf. »Ich erinnere mich noch gut an ihren Honigkuchen, den sie immer gebacken hat. Und die Bonbons. Die habe ich als Kind immer geliebt.«

Lena lächelte schmal. »Ich auch«, murmelte sie. »Also, könnt ihr mir nun helfen?«

»Lena, Liebes, um Alvas Bienen habe ich immer einen großen Bogen gemacht«, hörte sie ihre Mutter sagen. »Ich hatte Angst, dass sie mich stechen.«

»Bienen stechen nicht, wenn man vorsichtig ist«, brummte Magnus. »Das weiß doch mittlerweile jeder.«

»Und woher weiß ich, ob das auch die Bienen wissen?«, widersprach Rieke.

Lena musste schmunzeln. So kannte sie ihre Eltern, und es tat ihr gut, diese Vertrautheit der beiden zu hören.

»Das sieht man«, war Lenas Vater überzeugt.

»Und woran?«, klinkte sich jetzt auch Lena wieder in das Gespräch.

»Na ja …« Magnus überlegte einen Moment. »Am Flug irgendwie … Was weiß ich, ich bin ja schließlich kein Imker. Ich hab das nur mal in einer Reportage im Fernsehen gesehen.«

Lena sah von dem Notizbuch auf, in das sie mehrere kleine Bienen gemalt hatte. »Das hilft mir jetzt nicht wirklich weiter«, gab sie offen zu.

»Vielleicht findest du ja im Internet was dazu«, schlug Magnus vor. »Bestimmt haben irgendwelche Hobbyimker Tipps und Tricks. Oder du suchst mal nach der Doku.«

»Jetzt ermutige das Kind nicht auch noch, sich in Gefahr zu begeben«, rief Rieke bestürzt.

»Rieke, das ist doch keine Gefahr«, widersprach Magnus.

»Und was, wenn Lena von einer Biene gestochen wird und allergisch darauf reagiert?«

»Dann wird mich mit Sicherheit jemand ins Krankenhaus bringen«, versuchte Lena ihre Mutter zu beruhigen, doch sie konnte nicht verhindern, dass ihr genervter Unterton in der Stimme mitschwang.

»Ich mach mir ja nur Sorgen«, sagte Rieke eingeschnappt.

»Das weiß ich doch, und natürlich bin ich vorsichtig. Ich bekomme das schon hin.« Alles andere muss ich ja auch allein hinbekommen, dachte sie grimmig.

»Du könntest doch mal Jacob fragen«, schlug Rieke vor. »Vielleicht kennt er sich damit aus.«

»Mama!« Lena war entsetzt. Allein schon bei dem Gedanken, dass sie Jacob um etwas bitten müsste, stellten sich ihr die Nackenhaare auf. Wobei er vorhin sehr nett gewesen war, als sie bei ihm im Laden gewesen war. Trotzdem war da immer noch die Erinnerung an die Vergangenheit.

»Dann habt ihr also immer noch nicht miteinander gesprochen?«, wollte Rieke wissen.

Lena verdrehte die Augen. Auf eine Moralpredigt ihrer Mutter hatte sie nun wirklich keine Lust.

»Doch, natürlich haben wir gesprochen«, sagte sie deshalb leichthin. »Aber Jacob tut schon so viel, weil er sich in der kurzen Zeit um die Blumen für Alva kümmert, da möchte ich ihn nicht um noch mehr bitten.«

»Lass das Mädchen machen«, sagte Magnus. »Unsere Lena weiß schon, was sie tut.«

Erleichtert atmete Lena auf. »Danke, Papa.« Das Vertrauen ihres Vaters tat ihr gut. Das war schon immer so gewesen. Wo ihre Mutter übervorsichtig versucht hatte, sie vor allem zu behüten, hatte Magnus seine Tochter ermutigt und sie ihren eigenen Weg gehen lassen. »Ich werde mich jetzt ein bisschen zum Thema Bienen einlesen.«

Sie beendete das Telefonat und schrieb Mats eine Nachricht, ob er vielleicht ein paar Tipps zum Imkern hatte.

Seit wann interessierst du dich für Bienen?, schrieb Mats zurück. *Hast du als Schreinerin nicht genug zu tun?*

Lena hörte den leisen Vorwurf, der in seiner Nachricht mitschwang. Als ob sie sich hier ein paar schöne Tage machte und einen Hobbyimkerkurs belegt hätte. Sie schnaubte und legte das Smartphone weg. Vielleicht gab es ja in Alvas Bücherregal einen Ratgeber über Bienenzucht. Lena ging in die Döns und überflog die Buchrücken, doch sie fand nichts dazu. Stattdessen zog sie ein Fotoalbum aus dem Regal, das schon ziemlich alt aussah. Möglicherweise hatte Alva darin ihre Anfänge vom Imkern festgehalten. Lena ließ sich auf den Holzdielen vor dem Bücherregal nieder, wie sie es immer mit Alva getan hatte, wenn sie sich Fotos angesehen hatten, und schlug das Album auf. Es enthielt überwiegend Schwarz-Weiß-Aufnahmen, und die wenigen Farbbilder, die darin eingeklebt waren, waren verblichen oder hatten mit der Zeit einen leichten Rotstich erhalten. Lena blätterte durch die Seiten und sah Alva als junge Frau. Ein Bild von ihr zeigte sie in ihrem Kräutergarten, wie sie eines der Beete anlegte, ein anderes auf einem Sommerfest hinter einem beträchtlichen Kuchenbüfett. Lena schmunzelte.

So kannte sie ihre Oma. Doch dann stockte sie. Bei genauerem Hinsehen fiel ihr auf, dass immer wieder ein Mann in Alvas Nähe auftauchte. Ein Mann, den Lena noch nie zuvor bemerkt hatte. Sie beugte sich über eines der Fotos und kniff die Augen zusammen. Er war immer nur im Hintergrund zu sehen und meistens von der Seite, aber Lena war sich ganz sicher, dass das nicht ihr Opa war. Doch wer war er dann? Sie blätterte eine Seite um, und zu ihrer Verwunderung fehlte auf diesem Blatt das Foto. Lena sah noch die Klebepunkte, mit denen es befestigt gewesen war.

Mit den Fingerspitzen fuhr sie über die getrockneten Klebstoffreste und fragte sich, wen ihre Oma da aus ihrem Leben verbannt hatte. Ob es ein Foto von diesem Mann gewesen war? Oder von Alva und diesem Mann gemeinsam? Sie blätterte durch die restlichen Seiten, doch er tauchte nirgendwo mehr auf. Stattdessen sah Lena Fotos von ihrer Oma und ihrem Opa, wie sie gemeinsam am Meer entlangspazierten, auf einem Segelboot einen Ausflug machten, und schließlich war da auch ihr Hochzeitsbild, aber keine Fotos beim Imkern. Lena blätterte noch einmal zu den früheren Fotos zurück und betrachtete den Mann erneut, der sich auffällig oft in Alvas Nähe aufhielt. Doch da sie ihn nicht zuordnen konnte, klappte sie schließlich das Fotoalbum ratlos zu. Vielleicht war er ein Feriengast gewesen, überlegte sie und strich seufzend über den alten Einband.

Dann stand sie mit einer entschlossenen Geste auf. Bevor sie weiter ihren Gedanken nachhing, musste sie sich um die Bienen kümmern. Zu dumm, dass sie auch in dem Fotoalbum keine Hinweise gefunden hatte. Sie könnte doch mal im Internet recherchieren, wie ihr Vater vorgeschlagen hatte. Oder sollte sie vielleicht doch Jacob fragen, ob er ihr nicht …

Nein!, entschied Lena sofort. Es war besser, wenn sie das alleine schaffte. Lieber keine alten Wunden aufreißen … Lena ließ ihr Gespräch Revue passieren. Ob es Zufall gewesen war, dass Jacob die Wildblumen angesprochen hatte? Vielleicht hatte er den Strauß ja gebunden – möglich wäre es, immerhin gehörte ihm die einzige Gärtnerei auf Hooge. Vielleicht hatte er einfach wissen wollen, wie ihr der Strauß gefallen hatte. Lena dachte nach. Wenn er wirklich aus Jacobs Gärtnerei kam, musste er doch wissen, wer ihn in Auftrag gegeben hatte. Sie könnte ihn danach fragen … Wenn sie sich trauen würde. Aber jetzt waren erst einmal die Bienen dran.

Lena nahm ihr Smartphone, setzte sich auf das hellgraue Sofa und gab »Bienen Imkern« in die Suchmaschine ein. Sie scrollte sich durch die Suchergebnisse und wählte dann ein Video »Imkern für Anfänger« aus. Dabei machte sie sich Stichpunkte in Alvas Notizbuch.

»So schwer kann das doch gar nicht sein«, sagte sie sich, als das Video zu Ende war, und ging entschlossen in den Bauerngarten.

Dort stand etwas abseits, nicht weit von den blühenden Kräuterbeeten unter dem Küchenfenster, ein Bienenstock. Lena hörte schon von Weitem das Brummen der Insekten, und als sie sich näherte, umschwärmten sie die ersten Tiere bereits. Ihr Herz klopfte wild und aufgeregt. Hoffentlich würden sie ihr nichts tun, so ganz ohne Schutzkleidung. Vielleicht hatte ihre Mutter recht, und sie reagierte allergisch auf Bienenstiche. Zu dumm, dass sie bei Alva keinen Imkeranzug gefunden hatte. Aber dann musste es eben so gehen. Der Imker in dem

Video hatte schließlich gesagt, dass Bienen von sich aus ruhige Tiere waren, die einem nichts taten, wenn man keine Gefahr darstellte, und sie wollte ja nur kurz nachsehen, ob alles in Ordnung war.

Jetzt stand Lena vor dem Bienenstock. Es war ein einfacher Holzkasten aus Kiefer, auf dem ein Blechdeckel lag, der mit drei größeren Steinen beschwert war. Lena nahm die Steine herunter und hob den Deckel an. Schon erhoben sich die ersten Bienen in die Luft und surrten um ihren Kopf. Lena versuchte ruhig zu atmen, doch sie merkte, dass sie nervös wurde. Als sie jetzt plötzlich ein Summen neben ihrem Ohr wahrnahm, hob sie eine Hand und versuchte vorsichtig, das Tier beiseitezuschieben. Doch als sie aus Versehen den pelzigen Körper berührte, erschrak sie, drehte sich zur Seite und stieß dabei mit dem Deckel gegen den Bienenkasten. Es schepperte, und der Kasten geriet ins Wanken. Sofort erhoben sich weitere Bienen, aufgeschreckt von dem vermeintlichen Erdbeben, und gleich darauf summte der halbe Schwarm um Lena herum.

Lena fühlte sich auf einmal gefangen zwischen all den Tieren. Sie wollte den Deckel wieder auf den Bienenkasten legen, die aufgescheuchten Insekten dadurch beruhigen, doch dabei übersah sie mehrere Bienen, die auf dem Rand der Kiste krabbelten. Anscheinend fühlten sich diese jetzt bedroht und schwirrten nun ebenfalls aus, erkannten Lena als den vermeintlichen Angreifer und setzten sich zur Wehr. Lena fühlte den ersten Stich an ihrem Oberarm, den zweiten seitlich an ihrem Hals. Sie griff nach der schmerzenden Stelle, wollte ihre Hand zur Beruhigung darauflegen, doch ihre Bewegung machte alles nur noch schlimmer. Es folgte recht schnell ein weiterer Stich in die Wange, dann einer in den Oberschenkel. Lena schrie vor Schmerzen auf, spürte wie etwas an ihrem Arm krabbelte, und gleich darauf auch dort eine Stelle heiß anschwoll.

Aus Reflex rannte sie aus dem Schwarm und auf Alvas alte Kate zu. Aber sie wurde verfolgt von den wütenden Bienen, die sich angegriffen fühlten. Lena flüchtete zur Tür, in die Döns und knallte die Gartentür hinter sich zu. Dort lehnte sie sich gegen das kühle Glas, das in den oberen Bereich der Holztür eingelassen war, schloss die Augen und atmete tief durch. Erst jetzt bemerkte sie, wie mehrere Stellen an ihrem Körper heiß pulsierten, wie das Bienengift sich durch ihre Venen zog und ihr schmerzhaft vor Augen führte, dass sie mit einer einzigen Bewegung alles falsch gemacht hatte, was man falsch machen konnte. Die Tiere hatten ihr bestätigt, dass sie keine Ahnung hatte, dass sie alleine nicht weit kam. Lena presste die Lippen zusammen, um den Schmerz zu unterdrücken, doch sie konnte nicht verhindern, dass ihr Tränen in die Augen traten. Zu sehr zerrte das Gift an ihrem Körper. Sie begann, bitterlich zu weinen.

Im Badezimmer hielt Lena einen Waschlappen unter den Wasserhahn und drückte sich bald darauf das kalte Frottee auf die heißen, roten Stellen. Es half nur kurz, schon bald war der Lappen warm, und Lena hielt ihn erneut in den Wasserstrahl. Weil das jedoch kaum etwas brachte, streifte sie schließlich ihre Kleidung ab, stellte sich unter die Dusche und drehte den Wasserhahn eiskalt. Sie biss fest die Zähne zusammen, als jetzt die Tropfen über ihre Haut rannen, Schmerz und Erlösung gleichermaßen breiteten sich in ihrem Körper aus. Sie war eindeutig für warme Duschen, aber das kühle Nass half ihr, mit dem Brennen des Gifts besser umzugehen.

Es dauerte eine Weile, bis Lena sich entschließen konnte, den Wasserhahn wieder abzudrehen und aus der Dusche zu steigen. Vorsichtig tupfte sie sich trocken, ihr ganzer Körper war mit roten Beulen übersät. In ihrem Oberarm fand sie sogar noch einen Stachel, den sie langsam herauszog, um die Giftblase am Ende nicht zu zerdrücken. Lena sah sich im Spiegel an und erkannte die geröteten Augen, die Bestätigung dafür, dass sie es alleine hier nicht schaffte. Sie schluchzte. Einen Moment überlegte sie, ob sie Mats anrufen sollte. Doch was würde ihr das bringen? Mats würde ihr sicherlich nicht helfen. Und bei ihren Eltern brauchte sie es auch nicht probieren. Also entschied sie, in Alvas Nachthemd zu schlüpfen – ein enges Oberteil oder eine Hose würde sie auf der pulsierenden Haut nicht ertragen – und überlegte, was ihre Oma jetzt tun würde.

Als sie klein war, hatte Alva auf ein Geschirrtuch immer einen Spritzer Essig getan, wenn Lena früher im Sommer von ein paar Schnaken gestochen worden war. Doch half das auch bei Bienenstichen? Oder hatte damals einfach die Fürsorge ihrer Oma die Schmerzen verschwinden lassen? Lena fühlte sich plötzlich schrecklich einsam. Da erinnerte sie sich, dass sie als Mädchen auch einmal von einer Biene gestochen worden war.

»Du musst Quarkwickel drauftun«, hatte Alva ihr ins Ohr geflüstert, als sie sich mit verweintem Gesicht und einer dicken Stelle an ihrem Unterarm auf Alvas Schoß gekuschelt hatte. »Das ist das beste Hausmittel.«

Dann hatte Alva ihr Gesicht in ihre Hände genommen, mit den Daumen die Tränen davongewischt und in der Küche den Quarkwickel vorbereitet. Was würde sie jetzt dafür geben, ihre Oma bei sich zu haben … Aber es half nichts, sie war allein.

Mit einem Seufzen stand sie auf, ging in die Küche, mischte

dort Quark mit Apfelessig und trug die Masse auf ihre Stiche auf. Die Kühle linderte umgehend den Schmerz und den Juckreiz. Endlich zog etwas die Hitze aus ihrem Körper.

Vorsichtig setzte sich Lena in Alvas Korbsessel, der vertraut knarzte, ließ den Hinterkopf gegen die Lehne sinken und schloss für einen Moment die Augen. Das tat gut.

Was hatte sich ihre Oma nur dabei gedacht, ihr die Bienen anzuvertrauen? Lena verstand es nicht, aber für heute hatte sie auch nicht mehr die Kraft, darüber nachzudenken. Sie war einfach froh, dass der Schmerz langsam nachließ und nur noch dumpf ihren Körper quälte.

8.

Was war das? Lena schlug die Augen auf. Sie hatte doch ein Geräusch gehört! Da, und jetzt ein Schatten! Sie richtete sich in Alvas Korbsessel auf, der wie ihre Knochen knarzte. Anscheinend hatte sie die ganze Nacht darin verbracht. Lena hielt den Atem an und lauschte. Hatte sie sich geirrt? Da! Jetzt huschte schon wieder etwas vor ihrem Fenster vorbei, und dann hörte sie ein eigenartiges Geräusch, etwas wie eine Schere oder Metall auf Metall … Leise richtete sie sich auf, als plötzlich eine der schönen Gladiolen vor ihrem Fenster verschwand. Und kurz darauf die nächste! Lena klappte das Kinn nach unten. Da klaute doch tatsächlich jemand ihre Blumen! Sie musste etwas tun. Bloß was? Auf so etwas war sie überhaupt nicht vorbereitet.

Sie huschte in die Küche und griff sich das Nudelholz. Damit würde sie herausschleichen und den gemeinen Dieb stellen. Immerhin hatte sie das Überraschungsmoment auf ihrer Seite. Wer auch immer so dreist sein mochte und am hellen Morgen durch Alvas Garten schlich, er würde jetzt sein blaues Wunder erleben. Barfuß und im Nachthemd ging Lena auf Zehenspitzen durch die Haustür, um den Übeltäter auf frischer Tat zu ertappen. Vorsichtig linste sie um die Hausecke und zog gleich darauf den Kopf wieder zurück. Sie drückte sich gegen die kühle Hauswand, und ihr Herz pochte ihr bis zum Hals. Dieser Mann, denn von der Statur hatte Lena eindeutig erkannt, dass es ein Mann sein musste, versuchte nicht einmal, sich zu verstecken. Er tat, als ob es das Selbstverständlichste wäre, am helllichten Tag in anderer Leute Gärten Blumen zu klauen. Lena musste schlucken. Jetzt oder nie, machte sie sich Mut, und dann hob sie das Nudelholz, trat aus dem kühlen Schatten der kleinen Halligkate und versperrte so dem Dieb den Weg zur Flucht.

»He!«, rief sie, und ihre Stimme bebte nicht einmal zu ihrer Überraschung. »Was fällt Ihnen ein? Das hier sind meine …«

Der Mann, der überrascht zusammengezuckt war, drehte sich zu ihr um, und als sie jetzt sein Gesicht erblickte, fiel sie fast vom Glauben ab. Vor ihr stand Jacob mit einer grünen Gartenschere in der Hand, zu seinen Füßen ein mit Schnittblumen gefüllter Weidenkorb.

»Mein Gott!«, entfuhr es Jacob, doch dann begann er schallend zu lachen. »Du siehst ja aus wie Ekke Nekkepenn!«

»Wie bitte?« Lena meinte, sich verhört zu haben. Hatte Jacob sie gerade tatsächlich mit dem frechen kleinen Kobold verglichen, der auf den Halligen sein Unwesen trieb? Sie schnaubte empört, doch dann fiel ihr ihr Aufzug – barfuß und in Alvas viel zu großem Nachthemd – ein, dazu ihr Haar sicher zerzaust vom Schlaf, und sie ließ das Nudelholz sinken. »Was machst du hier?«

»Ich schneide Blumen für Alva. Du sagtest doch, dass du dir etwas mit Wildblumen vorstellen könntest, so wie aus Alvas Sommergarten.«

Lena schüttelte fassungslos den Kopf. »Du sagst es: So *wie* aus Alvas Sommergarten – nicht *aus* Alvas Sommergarten!«, rief sie. »Meine Oma ist noch nicht einmal unter der Erde, und du klaust hier schon die Blumen. Ich fasse es nicht!«

»Ach, Gänseblümchen …«

»Nenn mich nicht Gänseblümchen!«, fauchte Lena. »Der Zug ist so was von abgefahren. Oder sollte ich besser sagen, diese Fähre?, damit du es auch verstehst?«

Jacob versuchte sie erst anzublicken, doch um seine Mundwinkel zuckte es. Das machte Lena nur noch wütender.

»Ich finde das hier überhaupt nicht witzig!«, empörte sie sich.

»Ich schon«, entgegnete Jacob schmunzelnd. »Was hast du da eigentlich im Gesicht? Ist das irgendeine Schönheitsmaske?«

O Gott, die Quarkwickel auf den Bienenstichen! Lena spürte, wie ihr das Blut ins Gesicht schoss, aber glücklicherweise würde Jacob wenigstens das unter dem angetrockneten Quark nicht sehen.

»Das ist Quark, oder?«, fragte Jacob, der sich mittlerweile nach vorne gebeugt hatte und Lena interessiert musterte. »Hilft das gegen Falten?«

Lena sog scharf die Luft ein. Drohend hob sie das Nudelholz.

»Schon gut, schon gut.« Besänftigend hob er die Hände und machte einen Schritt zurück. »Überleg dir das gut, Lena. Hier auf der Hallig habe ich genügend Zeugen. Du weißt, dass hier niemandem etwas verborgen bleibt. Arnold habe ich heute Morgen schon am Gartenzaun gesehen. Er würde sich sicher wundern, wohin ich auf einmal verschwunden bin … Und es ist ja auch nicht so, dass du das nötig hättest, ich frage nur rein interessehalber.«

»Alva sagte mal, dass das gegen Insektenstiche hilft«, sagte Lena halblaut.

»Und welches Insekt hat dich gestochen? Das sieht aus, als ob du dich in einen ganzen Bienenschwarm gesetzt hättest.«

Lena öffnete den Mund, um etwas zu sagen, doch sie konnte nur stammeln.

Jacob schien zu bemerken, dass er mit seiner Aussage voll ins Schwarze getroffen hatte. »Waren das Alvas Bienen?«

Jetzt nickte Lena, und sie spürte, wie ihre Augen brannten, doch sie musste sich vor Jacob zusammenreißen. Trotzig reckte sie ihr Kinn nach vorne.

»Ich komme klar«, beteuerte Lena.

»Ja, das sehe ich. Aber was ist mit den Bienen? Haben die es auch überlebt?«

»Sehr witzig.« Lena verschränkte die Arme, wobei sie sich ziemlich albern vorkam, da ihr das Nudelholz dabei im Weg war. »Weißt du, wenn du nur hier bist, um Alvas Blumen zu klauen oder dumme Sprüche zu reißen, dann verzichte ich gerne auf deine Anwesenheit. Ich habe die Blumen tatsächlich lieber im Garten, als vor meiner Haustür.«

Jacob sah sie verständnislos an. Hatte er also doch nichts mit dem schönen Blumenstrauß zu tun?

»Alva hätte sich gefreut, da bin ich mir sicher«, sagte er stattdessen schulterzuckend und legte die Schere in den Korb. »Außerdem hatte sie mir erlaubt, Blumen aus ihrem Garten für meine Gestecke und Sträuße zu verwenden.«

Das hatte gesessen. Lenas Magen krampfte sich zusammen. Sie hatte tatsächlich keine Ahnung, was in den letzten zwei Jahren hier auf der Hallig passiert war.

»Musst du mir jetzt jedes Mal, wenn du mich siehst, unter die Nase reiben, dass ich von Alva und ihrem Leben keine Ahnung mehr hatte?« Sie funkelte ihn böse an.

Aus dem eben noch so harmlosen Streit war auf einmal bitterer Ernst geworden.

»Was? Nein, Lena, was ist denn los mit dir? Das habe ich doch so gar nicht gesagt.«

»Aber du hast es so gemeint!«

Jacob schüttelte kaum merklich den Kopf. »Wieso nimmst du denn immer alles so persönlich? Es ist völlig egal, was ich sage, du fühlst dich immer angegriffen.«

»Das stimmt überhaupt nicht«, verteidigte sich Lena, doch Jacob hob eine Hand, um sie zu unterbrechen.

»Siehst du, jetzt schon wieder.«

Lena hätte zu gerne etwas erwidert, doch sie gönnte ihm den Triumph nicht. Vielleicht hatte sie wirklich falsch reagiert. Was wusste sie schon von dem Verhältnis zwischen Jacob und ihrer Oma? Vielleicht hatte er ihrer Großmutter doch nähergestanden, als es ihr bewusst war. Und dann war da ja immer noch die Vergangenheit, über die sie nie richtig gesprochen hatten. Es zog Lena das Herz zusammen, wenn sie daran dachte, mit wie viel Kummer, wie viel Schmerz sie damals mit sechzehn Jahren die Hallig verlassen hatte. Bis heute hatte sich diese leise Sehnsucht in ihrem Inneren, die sich dort eingenistet hatte wie eine Küstenseeschwalbe in den Salzwiesen, nie ganz gelegt.

Ob es Jacob wohl genauso ging? Lena sah in seine dunkelbraunen Augen, doch sie konnte seinen Blick nicht deuten. Damals hatte sie ganz genau gewusst, was in ihm vorging, wenn sie ihn nur angesehen hatte, doch jetzt war er ihr fremd, distanziert, nur ein Mann, den sie früher einmal gekannt hatte. Ein ziemlich gut aussehender und äußerst attraktiver Mann, wie Lena schon wieder zugeben musste.

»Ich muss los.« Jacobs Stimme war schneidend.

Lena sah, wie er den Korb nahm und ihr einen Blick zuwarf. Sollte sie ihn aufhalten? Etwas sagen? Doch was? Jacobs Blick verfing sich in ihrem, schien sie zu halten und zu umfangen. Sehnsucht stieg in Lena auf, durchflutete ihren Körper bis in jede einzelne Zelle, wie wenn das Meer kam und sich ein Stück der Marschinsel zurückeroberte. Länger hielt sie es nicht mehr aus, und so senkte sie die Lider. Der Moment war vorbei.

»Wenn du noch etwas brauchst, melde dich.« Er lächelte ihr kurz zu, und Lena konnte nur nicken, denn sie traute ihrer eigenen Stimme nicht mehr.

Als Jacob jetzt an ihr mit dem Blumenkorb vorbeilief, nahm sie seinen Duft wahr, herb und vertraut, auch wenn sie das Aftershave an ihm nicht kannte. Dennoch fühlte sie sich einen Moment lang wieder wie früher, als er sie tatsächlich festgehalten und sie ihren Kopf an seiner Schulter vergraben hatte. Jetzt war er so dicht, sie hätte nur die Finger ausstrecken müssen, um ihn zu berühren. Eine einfache Geste, ein sanftes Streichen über seine von der Sonne gebräunten Haut, aber sie traute sich nicht. Stattdessen blieb sie wie festgewurzelt an der Hausecke stehen und sah Jacob dabei zu, wie er den Weidenkorb in die Weinkiste stellte, die ihm als Gepäckkorb auf seinem Fahrrad diente. Er schwang sich auf den Sattel, hob die Hand zum Gruß, und dann radelte er die Ipkenswarft hinab und verschwand hinter der Handvoll Häuser, die dort standen.

Lena war es ganz eigenartig zumute. Sie schwankte wie auf der Fährüberfahrt, und ihr war auch fast ein bisschen flau, so wie es ihr manchmal an besonders stürmischen Tagen gegangen war. Was war das bloß mit Jacob und ihr? Sie musste unbedingt einen klaren Kopf bekommen … Und bevor sie sich jetzt endgültig zum Narren machte, weil sie vielleicht noch jemand im Nachthemd und mit Nudelholz bewaffnet in Alvas schönem Bauerngarten stehen sah, ging sie wieder in die alte Halligkate und wusch sich die angetrockneten Quarkreste von der Haut. Die Stiche darunter waren tatsächlich deutlich zurückgegangen, und das Gift brannte und zog nicht mehr so sehr, ganz anders als ihr Herz. Lag das womöglich an der flüchtigen Begegnung mit Jacob?

Lena verwarf den Gedanken, ging in ihr Zimmer und suchte sich eine kurze Jeanshose und eine leichte Bluse aus. Dann lief sie die Treppe wieder nach unten, durchstreifte den Bauerngarten und ging den sanften Hügel abwärts, hinunter zum Strand. Dort, im kühlen Sommerwind und dem Rauschen des Meeres würde sie ihre Gedanken am besten ordnen können. So war es schon immer gewesen, schon als Lena noch hier gewohnt und ihren ersten Liebeskummer gehabt hatte.

Jetzt huschte doch ein wehmütiges Lächeln über ihr Gesicht. Ihr erster Liebeskummer … wegen Jacob … Jacob, Jacob, Jacob … Sosehr sie sich auch dagegen zu wehren versuchte, er war immer in ihrem Kopf, in ihrem Herzen – und jetzt auch wieder in ihrer Nähe. Sie musste gut auf sich und ihre Gefühle aufpassen, denn sonst würde sie ihr Herz gleich noch einmal an ihn verlieren. Nicht umsonst hatte sie die letzten zwei Jahre die Hallig gemieden. Damals, als der Streit mit Mats am schlimmsten gewesen war, als sie erfahren hatte, dass er sie seit mehreren Wochen betrog, wäre sie um ein Haar zu Alva auf die Hallig gefahren, und damit zu Jacob. Aber sie hatte gewusst, dass es nichts brachte, vor ihren Problemen davonzulaufen. Das hatte sie vor elf Jahren schon einmal versucht, weg von der Hallig, um jetzt wieder hier zu sein …

Lena zog ihre Chucks aus, als das Gras am Sommerdeich endete und sie den befestigten Teil hinter sich gelassen hatte, der an den schmalen, hellen Strandabschnitt grenzte. Vor ihr breitete sich das endlos wirkende Meer aus, das sich ganz in der Ferne mit dem Horizont traf. Sie bemerkte zwei Segler, und erst jetzt spürte sie den Wind, der an ihrer sonnengelben Bluse zerrte und ihr das Haar aus dem Pferdeschwanz zog. Früher, wenn der Wind besonders stark war, hatte sie ihre Inliner genommen und sich mit Jacob auf dem Deich getroffen, dann hatten sie ihre Jacken über die Köpfe gespannt und waren wie mit Segeln über die flachen Straßen gefahren. Und im Winter hatten sie sich dick eingemummelt zum Schlittschuhfahren auf den Prielen verabredet, Jacob, mit den löchrigen Handschuhen, von denen er die Spitzen der Finger abgeschnitten hatte, und Lena, die sich den dicken, von Alva gestrickten Schal fest um den Hals geschlungen hatte. Doch auf Hooge hatte der Wind immer ein Schlupfloch gefunden, und so war Lena jedes Mal durchgefroren mit Jacob in die alte Kate zurückgekehrt.

Dort hatte Alva mit den Tubben, den abschraubbaren Messingknöpfen ihres Bileggers, auf sie gewartet, hatte sie den beiden Kindern als Handwärmer in die kalten Finger gedrückt, bis die Tassen mit warmer Honigmilch dampfend vor ihnen gestanden und ihnen auch von innen Wärme gespendet hatten. Als Alva damals Jacobs Handschuhe gesehen hatte, hatte sie die Hände über dem Kopf zusammengeschlagen und dem Jungen zu Weihnachten ein Paar neue gestrickt. Ob Jacob sie wohl noch hatte? Lena hütete den Schal von ihrer Großmutter wie einen Schatz …

Seufzend vergrub sie die Hände in ihren Jeanstaschen und setzte ihren Spaziergang in den Dünen fort. Lachmöwen kreischten über ihr und kämpften gegen die Brise an. Im Frühjahr war hier alles voller Ringelgänse, die eine Rast einlegten, bevor sie sich auf die lange Reise zu ihren Brutgebieten an der Eismeerküste aufmachten. Ob auch sie selbst von nun an nur noch für einen Zwischenstopp hier auf der Hallig sein würde? Welchen Grund hätte sie, weiterhin hierherzukommen, wenn Alva jetzt nicht mehr da war? Eine halbe Halligkate? Lena schüttelte kaum merklich den Kopf. Sie hätte ihre Oma nur zu gerne gefragt, was sie sich dabei gedacht hatte. Aber es war zu spät. Sie hatte ihre Chance verpasst. Der Einzige, der ihr jetzt vielleicht noch helfen konnte, war Jacob.

Lena blieb stehen und blickte auf das Meer hinaus, auf die endlos wirkende Freiheit unter weitem Himmel. Die Morgensonne brach sich auf den Wellengipfeln und ließ je nach Lichteinfall das Meer wie Abertausende Diamanten glitzern. Lena setzte sich in den Sand, ließ sich die Füße vom Meer umspülen und blickte einfach nur hinaus in die Weite. Wie oft hatte sie Gäste von ihrer Oma sagen hören, dass sie hier zu sich selbst gefunden hatten, abseits von Lärm, Stress und den Verpflichtungen des Alltags. Aber Lena ging es im Moment genau anders. Sie hatte gefühlt tausend Dinge zu erledigen, bis sie die Beerdigung hinter sich gebracht und den Nachlass geregelt hatte, und anstatt zu sich selbst zu finden, traf sie hier nur auf eine frühere Version von sich, auf eine Lena aus der Vergangenheit, die es nicht mehr gab.

Am liebsten hätte sie sich rücklings in die Dünen fallen lassen, die Augen geschlossen, und dem Rauschen des Meeres zugehört. Doch davon wurden ihre Probleme nicht kleiner. Wie auch immer die Touristen und die Tagesgäste hier von ihren Sorgen abschalten und zu sich finden konnten, Lena konnte es nicht. Sie hatte ihre Probleme vom Festland mitgebracht, und zu allem Überfluss hatten auf der Hallig noch eine Warft voll davon auf sie gewartet. Mit beiden Händen fuhr sie sich über das Gesicht und strich sich die Haarsträhnen beiseite, die der Wind sofort wieder für sich einnahm und in seine eigene Richtung lenkte.

Für einen kurzen Moment ließ Lena den Gedanken zu, wie ihr Leben wohl aussehen würde, wenn sie damals hiergeblieben wäre, wenn Jacob nicht … Nein, sie konnte es nicht. Schwer schluckte sie den Kloß in ihrem Hals hinunter. Es gab keine Zukunft für sie beide – auch wenn Alva sich das mit ihrem Erbe vielleicht so ausgedacht hatte. Es war nicht möglich. Dafür war zu viel passiert, und das wusste auch Jacob. Sonst hätte er vorhin doch noch etwas gesagt. Aber anscheinend hatte er selbst gemerkt, dass da die Vergangenheit zwischen ihnen stand, dass sie keine Zukunft haben würden, dass sie ja noch nicht einmal in der Gegenwart einen Weg finden konnten, miteinander umzugehen.

Schade, dachte Lena. In irgendeinem anderen Universum wäre der Wildblumenstrauß von Jacob gekommen, ein Zeichen der Versöhnung, eine erste zarte Annäherung, heilend wie die Kamille, Löwenmäulchen in Anspielung auf ihr Geheimnis, das sie damals miteinander geteilt hatten, und der Rittersporn als Zeichen für eine enge Verbundenheit in der Liebe. Ja, Lena hatte keine einzige Bedeutung der Blumen vergessen, die Jacob ihr früher beigebracht hatte. Schon immer hatte er sich dafür interessiert, wofür Blumen standen, was ihre stille Sprache war, ihre verborgene Botschaft neben der offensichtlichen Schönheit. Nur bei einer Blume hatte er Lena nie die Bedeutung verraten … dem Gänseblümchen …

»Das führt doch zu nichts«, sagte Lena und stand energisch auf. Mit festem Schritt bahnte sie sich einen Weg an der Wasserkante entlang, ließ ihre Knöchel immer wieder von den kleinen Wellen umspülen. Wieso hing sie in Gedanken in der Vergangenheit? Oder in einer Realität, die es so gar nicht gab? Von wem auch immer der Strauß kam, von Jacob stammte er jedenfalls nicht, sonst wäre er auf ihre Anspielung eingegangen. Oder es war eine einmalige Sache, und sie interpretierte zu viel in diese nette Geste hinein. Ob sie auch damals zu viel bei ihm hineininterpretiert hatte …? Der Gedanke schmerzte sie. Schluss jetzt, ermahnte sie sich im Stillen. Es führte zu nichts, wenn sie sich in ein »Was wäre, wenn …«-Szenario verstrickte. Sie musste sich hier um ihre Angelegenheiten kümmern und einen kühlen Kopf bewahren, kühle Füße hatte sie jetzt jedenfalls. Lena kehrte wieder auf den Sommerdeich zurück, und als ihr, auf dem Weg zum Haus, der Magen grummelte, entschied sie kurzerhand, mit Alvas Rad zu Marit zu fahren. Dort würde sie erst einmal frühstücken und alles Weitere besprechen, was es noch zu klären gab.

E-MAIL-ENTWURF VOM 11. AUGUST 2010

An: lena.hendriksen@hoogemail.de
Von: Jacob-Flemming@blumenmeer.de

Betreff: *Es reicht*

Lena, was soll der Mist? Ich hab dich gestern gesehen, bei dem Konzert auf der Hanswarft. Aber du hast dich einfach weggedreht, und als ich zu dir wollte, bist du gegangen. Ich finde das unmöglich! Auch, dass du damals einfach abgehauen bist ohne irgendeine Erklärung. Bin ich dir nicht mehr gut genug, oder was? Denkst du, du bist jetzt was Besseres, nur weil du auf dem Festland lebst? Ich kann es echt nicht glauben, dass du dich so verändert hast.

J.

9.

Was war nur aus Lena geworden? Jacob ordnete die Blumen aus dem Weidenkorb und schnitt sie auf die richtige Länge. Er hatte die Idee, Blumen aus Alvas Garten zu nehmen und sie ihr auf ihrer letzten Reise mitzuschicken, schön gefunden. Wieso war Lena deshalb wie eine Furie auf ihn losgegangen? Hatte Alva ihr wirklich nicht erzählt, dass er sich um ihren Garten kümmerte und im Gegenzug ein paar Blumen mitnehmen durfte? Wieso hatten sich die beiden nur so voneinander entfernt? Jacob wusste doch, wie wichtig der älteren Dame ihre Enkelin gewesen war. Und früher hatte Lena auch sehr an ihrer Oma gehangen. Was also war vorgefallen zwischen den beiden?

Jacob seufzte. Vermutlich würde er es nie erfahren. Sein Plan, den er sich zurechtgelegt hatte, war ein riesengroßer Reinfall. Am besten, er hörte auf Piet und ließ es bleiben. Denn sich noch einmal auf Lena einzulassen, war doch brenzliger, als Jacob gedacht hatte. Ihre Zurückweisung vorhin hatte ihn tief getroffen. Aber was hatte er überhaupt erwartet?

Jacob entschied, seine Mittagspause vorzuziehen und Piet einen Besuch abzustatten. Später, kurz bevor die Nachmittagsfähre mit den Tagestouristen anlegte, war in der Deichstube sicherlich der Teufel los, aber jetzt könnte er noch Glück haben, wenn so weit alles vorgerichtet war. Er lief hinüber zum Restaurant. Zu seiner Überraschung saß Piet gerade hinter dem reetgedeckten Haus auf einer Holzbank und ließ sich ein Fischbrötchen schmecken.

»Hey, Jacob! Was machst du denn hier?«, fragte Piet überrascht. »Stimmt was mit den Blumengestecken nicht, die du uns geliefert hast?«

»Nein, alles in Ordnung. Mich treibt der Hunger hierher.«

»Oha, dann hast du es also nur auf meine Kochkünste abgesehen?« Piet zwinkerte ihm zu, denn Jacob stellte sich gerne zur Verfügung, wenn sein Freund neue Rezepte ausprobierte, die er Rosalie präsentieren wollte, um die Speisekarte zu erweitern.

»Was gibt's denn Gutes?«, wollte Jacob wissen.

»Fischbrötchen.«

Jacob verzog das Gesicht. »Das ist alles, was du heute zustande gebracht hast?«

»Für mehr werde ich gerade nicht gebraucht«, sagte Piet gleichgültig. »Es reicht wohl, wenn ich Kartoffeln schälen kann.«

»Das Schicksal des Beikochs.«

»Jetzt fang du nicht auch noch damit an.« Piet verdrehte die Augen. »Mir reicht es schon, dass Marit mir damit die ganze Zeit in den Ohren liegt. Also, was ist nun? Lust auf ein Fischbrötchen oder einen Brathering?«

Jacob winkte ab. »Lass mal.«

»Du siehst heute auch nicht gerade glücklich aus.«

»Hm, ging schon mal besser«, murmelte Jacob.

»Oha. Liebeskummer?«, riet Piet drauflos.

»Kann man so sagen.« Jacob setzte sich neben seinen Freund. »Ich wurde beim Blumenschneiden gerade fast einen Kopf kürzer gemacht.«

Sein Freund hob fragend die Brauen.

»Lena fand die Idee, für Alvas Beerdigung Blumen aus ihrem Garten zu nehmen, anscheinend nicht so toll. Dabei dachte ich, sie freut sich und findet das eine schöne Geste.«

»Versteh einer die Frauen«, brummte Piet.

Jacob nickte düster.

»Und jetzt?«

»Was, und jetzt?«, wiederholte Jacob.

»Na, was hast du jetzt vor?«, wollte Piet wissen.

»Nichts«, sagte Jacob entschieden.

»Wie, nichts? Das ist doch nicht dein Ernst. Vorgestern klang das noch ganz anders.«

»Ja, da wusste ich auch noch nicht, dass Lena anscheinend wirklich nichts mehr mit mir zu tun haben will.«

»Und davon lässt du dich abhalten?«

Jacob sah seinen Freund zerknirscht an.

»Ach, komm schon, Jacob. Da hast du so große Töne gespuckt, und dann wirfst du beim ersten Rückschlag schon die Flinte ins Korn? Was hast du erwartet? Dass Lena dir bei der erstbesten Gelegenheit um den Hals fällt?«

»Ich dachte, dass sie mich wenigstens ein bisschen vermisst hat.«

»So wie du sie?«, fragte Piet und sah Jacob einen Moment lang prüfend an.

Jacob zuckte mit den Schultern. »Das war eine blöde Idee. Ich hab mich da einfach in etwas verrannt, dabei wäre es besser, die Vergangenheit ruhen zu lassen.«

»Das wird sicher wunderbar klappen, während ihr euch um euer Haus kümmert.«

Ach ja, die Halligkate. Jacob seufzte. Die gab es ja auch noch. Piet hatte völlig recht. Selbst wenn er gewollt hätte, blieb Jacob nichts anderes übrig, als sich früher oder später mit Lena zu arrangieren.

»Du hättest mal sehen sollen, wie sie auf mich losgegangen ist. Sie hätte mich um ein Haar mit einem Nudelholz erschlagen, wenn ich mich in dem Moment nicht zu ihr umgedreht hätte.«

»Mit einem Nudelholz?« Piet zog die Brauen zusammen.

»Sie hatte wohl geglaubt, ich sei ein Einbrecher«, beeilte sich Jacob zu sagen. »Jedenfalls hat sie sich furchtbar aufgeregt.«

»Aber warum denn? So, wie ich Lena einschätze, hätte sie sich doch darüber freuen müssen.«

»Das dachte ich auch«, brummte Jacob. »Ich habe den Eindruck, dass da irgendetwas vorgefallen ist. Wieso lässt Lena sonst ihre Großmutter im Stich? Sie hat sich kaum noch bei ihr gemeldet oder sie besucht. Und Alva hat so sehr darunter gelitten. Dabei passt so eine Art überhaupt nicht zu Lena.«

»Vielleicht hat sie sich verändert.«

»Möglich.« Jacob dachte eine Weile nach. »Aber kann sich denn ein Mensch wirklich um hundertachtzig Grad drehen?«

Piet zuckte mit den Schultern. »So, wie ich dich kenne, wirst du alles tun, um es herauszufinden.«

»Findest du es falsch, dass ich Lena und mir noch einmal eine Chance geben will?«

»Das habe ich nicht gesagt, aber du weißt eben nicht, ob Lena das auch möchte.«

Jacob stieß hörbar die Luft aus. Das stimmte leider. Aber

sollte er es deshalb bleiben lassen? Er war unsicher, wie es weitergehen sollte.

»Vielleicht ist das meine letzte Chance, Piet«, sagte er nachdenklich. »Irgendwas war da zwischen uns heute Morgen, und auch bei der Testamentseröffnung. Lena muss das auch gespürt haben. Gleichzeitig werde ich das Gefühl nicht los, dass es da etwas aus der Vergangenheit gibt, das wir noch nicht bereinigt haben. Selbst wenn das mit Lena und mir vorbei ist, möchte ich wissen, was ich falsch gemacht habe, warum sie sich damals nicht mehr gemeldet hat, mir seitdem ausweicht und kaum noch mit mir spricht.«

»Dann weißt du doch, was du zu tun hast«, erwiderte Piet.

Jacob nickte knapp und beobachtete dann gedankenverloren zwei Spatzen, die langsam näher hüpften, um sich Piets Brotkrumen schmecken zu lassen. Mit schräg gelegtem Kopf und wild zwitschernd beäugten sie die beiden Männer auf der Bank. »Ich war mir so verdammt sicher: Sie oder keine.«

»Und was war dann mit Svea?«

Mit einem hilflosen Lachen atmete Jacob aus. »Es war der Versuch, sie zu vergessen«, gab er offen zu.

»Hat ja prima geklappt«, meinte Piet trocken.

Jacob dachte darüber nach, wie nahe Lena und er sich gestanden hatten. Sie war seine erste große Liebe gewesen, und wenn er ehrlich war auch seine einzige. Schon damals, mit sechzehn Jahren, war er sich sicher gewesen, dass er sein Leben mit Lena an seiner Seite verbringen wollte. Seine erste Freundin, sein erster Kuss, die erste Übernachtung bei einem Mädchen … All das hatte er mit ihr geteilt, neben unzähligen Geheimnissen und Erlebnissen. Sie war nicht nur seine Freundin gewesen, sondern auch sein bester Kumpel. Mit ihr hätte er

Pferde stehlen können. Er erinnerte sich noch sehr gut daran, wie er damals mit ihr bei der alten Fenja heimlich Kirschen geklaut hatte und dabei erwischt worden war. Mit verschmierten Mündern und aufgekratzten Händen von der rauen Rinde waren sie vom Kirschbaum gesprungen und hatten lachend das Weite gesucht, nur um von der Warft herunter zum Sommerdeich zu rennen und sich dann in den weichen Sand fallen zu lassen. Völlig außer Atem hatten sie damals so nebeneinandergelegen und sich lachend angesehen. Dann hatte Jacob ihr eine ihrer honigblonden Haarsträhnen hinters Ohr gestrichen und sie geküsst. Lena hatte ihn daraufhin mit funkelnden Augen angesehen und ihn gleich noch einmal geküsst, und wenn dann nicht plötzlich zwei Urlauber auf dem Weg zum Strand aufgetaucht wären, wer wusste, wohin sie dieser Kuss an jenem späten Nachmittag noch geführt hätte. Er hatte sein erstes Mal mit Lena verbringen wollen, hatte alles von langer Hand damals geplant, damit es schön und etwas Besonderes wurde, damit sie ihn nicht vergaß, wenn sie mit ihren Eltern aufs Festland zog – und dann war doch alles ganz anders gekommen an jenem Abend des 21. Februar, damals beim Biikebrennen.

Das Meer hatte ihm Lena genommen, und gleichzeitig war Svea in sein Leben getreten. Beides war einfach so passiert, ohne dass er etwas davon hätte verhindern können. Und er hatte ja auch drei schöne Jahre mit Svea verbracht, drei Jahre, in denen er versucht hatte, die Lücke, die Lena hinterlassen hatte, zu schließen. Die meiste Zeit war es ihm ganz gut gelungen, nicht an sie zu denken. Doch wenn Lena dann in ihrem Urlaub vor ihm stand, war alles sofort wieder da: die Erinnerung, der Schmerz und die Sehnsucht nach ihr. So wie auch die letzten Tage.

Jacob fuhr sich mit der Hand durchs Haar. »Tja, jetzt sitzen wir da«, meinte Jacob. »Zwei Männer mit Liebeskummer.«

»Und einem Fischbrötchen«, fügte Piet kauend hinzu.

»Apropos, ich glaube, ich nehme doch eines.«

»Na, jetzt habe ich das Letzte gegessen. Aber ich hab noch Lammsauerfleisch mit Senfgurken, Remouladensoße und leckeren Bratkartoffeln im praktischen Einmachglas für unterwegs im Angebot.«

»Und das sagst du mir erst jetzt?«, neckte Jacob ihn. »Das klingt doch schon besser. Da sage ich nicht Nein.«

Piet stand auf und verschwand kurz in der Küche. Dann kam er mit Jacobs Mittagessen wieder zurück.

»Was bekommst du?«

Der Beikoch winkte ab. »Mittagessen ist heute gratis, aber für die Beratung gegen Liebeskummer nehme ich ein Feierabendbier.«

Schmunzelnd nickte Jacob. »Geht klar.«

10.

Marit stand hinter dem Tresen, putzte Gläser und zwinkerte Lena zu, als sie das Vier Gezeiten betrat.

»Hey, Lena!«, das war Ronja, Lenas ehemalige Schulfreundin, die mit ein paar anderen Frauen am Tisch saß.

Sie winkte ihr zu, und Lena ging zu ihr, auch wenn sie lieber für sich gewesen wäre.

Ronja schloss sie in eine etwas ungelenke Umarmung. »Du warst ja schon ewig nicht mehr hier.«

»Es hat sich nicht ergeben«, sagte Lena ausweichend.

»Ach ja, das mit Alva.« Ronja lächelte schmal. »Herzliches Beileid.«

»Danke.« Lena fragte sich, wann sie sich eigentlich fremd geworden waren. Ob es daran lag, dass Ronja damals auch mit Svea befreundet gewesen war? Oder dass Lena damals aufs Festland gezogen war? Ronja hatte sie für diesen Schritt damals sehr beneidet.

»Wir besprechen gerade meinen Junggesellinnenabschied. Willst du dich zu uns setzen?«

Wenn Lena ehrlich war, hatte sie darauf überhaupt keine Lust und überlegte, wie sie sich am besten herausreden konnte. »Ich habe noch eine Menge zu erledigen. Du weißt schon, wegen Alvas Beerdigung«, sagte sie deshalb.

»Na, vielleicht ein anderes Mal«, erwiderte Ronja leichthin und wandte sich dann wieder ihren Freundinnen zu.

Lena hatte Glück und fand noch einen gemütlichen Platz im Wintergarten. Mittlerweile hatte sich die Sonne hinter grauen Wolken versteckt, und das Meer lag wie ein weit ausgebreitetes Samttuch vor dem großen Fenster. Zwei Möwen flogen vorbei, und in der Ferne sah Lena die Fähre, die auf die Hallig zusteuerte.

»Du liebe Zeit, was ist denn mit dir passiert?«, begrüßte Marit ihre Freundin.

Lena wusste nicht, ob sich Marits Sorge auf die roten Beulen bezog, die noch immer ihre Arme zierten, oder auf ihr nachdenkliches Gesicht.

»Du brauchst jetzt erst mal einen starken Kaffee«, entschied Marit.

Lena widersprach nicht, und als Marit wenig später einen großen Becher Cappuccino und ein Stück Kuchen vor sie auf das Biedermeiertischchen stellte, lächelte sie ihre Freundin dankbar an.

»O ja, das ist jetzt genau das Richtige«, sagte sie, nahm die Kuchengabel und pickte in die Spitze. Als sie das Stück zu ihrem Mund führte, roch sie den verführerischen Duft von gerösteten Mandeln, Vanille und Honig, und während die Schichten aus Teig und Creme auf ihrer Zunge zergingen, erinnerte sie sich an einen Nachmittag in Alvas Bauerngarten, bei dem sie zu dritt unter dem alten Zwetschgenbaum gesessen und Kaffee getrunken hatten. Lena hatte von ihrer Schreinerlehre erzählt, die sie begonnen hatte, und Marit von ihrer Idee, zukünftig jeden Sommer hier auf der Hallig im Café zu arbeiten. »Ist das ein Rezept von meiner Oma?«, fragte Lena überrascht.

Marit nickte. »Das ist ihr Honigkuchen, aber ich habe ihn ein bisschen abgewandelt und eine Schichttorte daraus gemacht. Schmeckt sie dir?«

»Das ist genial«, beteuerte Lena, und die herbe Süße des Honigs vermischte sich mit dem Bild aus der Vergangenheit und spendete ihr Trost. »Das ist ein Honig von Alvas Bienen, oder?«

»Ja, das ist ihr Sommerblütenhonig. Er hat einen besonders gehaltvollen, aromatischen Geschmack und eignet sich hervorragend für Süßspeisen, Salatdressings oder Fleischmarinaden. Alva war sehr stolz auf ihn.«

Jetzt schluchzte Lena.

Sofort setzte sich Marit neben sie auf das sonnengelbe Sofa und legte einen Arm um ihre Schultern. »Lena, hey, was ist denn los?«

»Ihr wisst alle so viel von Honig und von den Bienen, und ich habe überhaupt keine Ahnung«, schniefte sie. »Ich verstehe einfach nicht, wieso meine Oma ausgerechnet mir die Bienen vermacht hat. Gestern Abend habe ich versucht, nach ihnen zu sehen, und das ist das Ergebnis.« Lena streckte die Arme nach vorne und drehte sie, damit Marit die roten Beulen sehen konnte.

»Ach du liebe Zeit«, murmelte sie. »Das sieht wirklich nicht gut aus. Hast du schon etwas drauf gemacht?«

Lena nickte schwach, und dann schluchzte sie wieder. »Alvas Quarkwickel … Und dann hat auch noch ausgerechnet Jacob mich so gesehen.« Sie schlug die Hände vors Gesicht. »Ich wäre am liebsten im Boden versunken. Ekke Nekkepenn hat er mich genannt! Weil ich mit meinen Quarkwickeln und Alvas Nachthemd ausgesehen habe wie der Halligkobold.«

»Das war wirklich nicht besonders nett von ihm.« Marit streichelte ihr liebevoll über den Rücken. »Wieso hat er dir nicht seine Hilfe angeboten? Alva hat er doch auch immer mal wieder unterstützt.«

»Ich wollte nicht«, gab Lena zu. »Mir war es wichtig, es alleine hinzukriegen und ihm nichts schuldig zu sein. Ich dachte, dass ich mit so einem Bienenstock im Garten schon klarkomme. Da wusste ich noch nicht, dass Alva anscheinend auf der ganzen Hallig ihre Bienenstöcke stehen hat.«

»Ach, Lena, Liebes«, sagte Marit mitfühlend. »Verlang nicht so viel von dir! Deine Oma ist gestorben, du musst ganz alleine ihre Beerdigung organisieren. Und dann auch noch das Wiedersehen mit Jacob. Da ist doch klar, dass du da neben der Spur bist. Lass dir von deinen Freunden doch ein wenig helfen.«

»Jacob und ich sind aber nicht mehr befreundet«, sagte Lena, nachdem sie sich mit einem Taschentuch die Tränen abgetupft und sich kräftig geschnäuzt hatte. »Wahrscheinlich war er deshalb so rücksichtslos.«

»Möglich. Oder er ist selbst neben der Spur«, gab Marit zu bedenken. »Für Alva war er eine große Stütze. Er hatte zum Beispiel immer wieder Sachen für sie auf dem Festland eingekauft, wenn sie etwas gebraucht hat, was sie beim Halligkaufmann nicht bekommen hat. Und er hat ihr natürlich im Garten geholfen und ein bisschen im Haus, und später dann auch bei den Bienen. Ich glaube, die beiden standen sich ziemlich nahe.«

»Wirklich?« Lena sah sie mit großen Augen an. »Ich weiß überhaupt nichts mehr von ihr … Und von ihm auch nicht.« Sie presste fest die Lippen zusammen, denn die Erkenntnis schmerzte sie. Sie hätte sich viel öfter bei ihrer Oma melden müssen, dann hätte sie auch gewusst, dass es Alva so schlecht gegangen war, aber stattdessen hatte sie sich in ihrem Kummer und ihren eigenen Problemen vergraben. Und als das mit Mats anfing schiefzulaufen, war Alva die Letzte, der sie sich anvertrauen wollte. Ihre Oma hatte Mats noch nie leiden können. Aber wenigstens die Schreinerei hatte Lena retten wollen, ihren Wunsch von der Selbstständigkeit, ihren Lebenstraum. Das hatte sie geschafft, irgendwie, aber dabei war einiges auf der Strecke geblieben. Jacob hingegen war für Alva da gewesen. Er hatte die Aufgaben übernommen, um die sie sich als Enkelin eigentlich hätte kümmern sollen.

»Ich hätte das machen müssen«, warf sie sich halblaut vor.

Marit nahm Lenas Hände in ihre und sah ihre Freundin mit festem Blick an. »Du hattest selbst so viel um die Ohren, Lena. Alva hatte dafür Verständnis, auch wenn sie nie genau wusste, was bei dir los war. Ich glaube, sie hat sich einfach gefreut, dass Jacob für sie da war.«

Das schmerzte Lena nur noch mehr. Sie wandte ihren Blick ab und sah aufs Meer hinaus. Sie fühlte sich genauso trüb und grau wie die Natur da draußen.

»Jetzt mach dir keine Vorwürfe«, sagte Marit versöhnlich. »Alva wusste, dass du sie gernhattest. Sonst hätte sie dir ihre Bienen nicht vermacht. Sie waren ihr Ein und Alles.«

»Ja?«, fragte Lena unsicher, und Marit nickte bekräftigend. »Vielleicht sollte ich Jacob dann doch um Hilfe bitten. Wenn er so oft bei ihr war, kann er mir vielleicht ein paar Tipps geben.«

»Eins nach dem anderen«, riet Marit. »Du musst ja nichts überstürzen. Jetzt bring erst einmal morgen die Beerdigung hinter dich, und dann sehen wir weiter.«

»Aber ich kann ja nicht ewig hierbleiben«, sagte Lena. »Irgendwann muss ich auch wieder zurück.«

»Klar, aber heute wirst du wahrscheinlich keine Lösung mehr finden; und morgen stehen andere Dinge an.« Sie lächelte Lena aufmunternd zu.

Im selben Moment krachte das Sofa unter ihnen zusammen, und die beiden landeten mit einem entsetzten Schrei auf dem Fußboden.

Erschrocken sahen sie sich an, brauchten einen Moment, um zu begreifen, was da gerade passiert war, und dann mussten sie beide lachen. Die anderen Cafébesucher reckten neugierig ihre Köpfe.

»Marit! Nennst du das ›ein bisschen wackelig‹?«, rief Lena entsetzt. Sie stand auf, reichte Marit eine Hand und half ihr ebenfalls beim Aufstehen. »Das sind keine Möbel, das ist eine Zumutung!«

Marit rieb sich den Hosenboden. »Wie gesagt, ich habe alles gebraucht gekauft.« Entschuldigend hob sie die Schultern.

»Also so kannst du das auf keinen Fall lassen! Das ist eine Gefahr für deine Besucher.« Lena sammelte die Einzelteile des Sofas zusammen. »Hast du noch mehr von diesen Krücken?«

»Wahrscheinlich.« Marit lächelte entwaffnend und strich sich eine ihrer roten Korkenzieherlocken aus der Stirn.

»Das muss ich heute unbedingt in Ordnung bringen«, entschied Lena. »So kann hier morgen doch nicht die halbe Hallig zum Kaffeetrinken vorbeikommen.«

»Und wie willst du das machen? Hast du etwa vor, mein Café in eine Werkstatt zu verwandeln?«

Lena sah sich nachdenklich im Vier Gezeiten um und bemerkte den Blick der Gäste, die noch immer neugierig zu ihnen herüberschielten. Nein, hier konnte sie keinesfalls arbeiten, abgesehen davon, dass Marit sicherlich für morgen Nachmittag noch einiges vorzubereiten hatte.

»Alva hatte einen Schuppen mit Gerümpel. Als ich ihr Fahrrad da herausgeholt habe, habe ich gesehen, dass sie dort unter anderem eine Werkbank, Holzleim und Zwingen liegen hat.«

»Ja, sie hat ihre Bienenstöcke selbst gebaut«, erinnerte sich Marit.

»Mit ein bisschen Hilfe könnte ich den Schuppen zu einer Werkstatt umwandeln. Aber ich bräuchte jemanden, der die schweren Sachen zur Seite räumt, und natürlich müsste mir auch jemand die Möbel vorbeibringen.«

»Hauke und Finn könnten das machen«, überlegte Marit halblaut.

Lena war es ein bisschen unwohl, einen guten Freund ihrer Mutter um Hilfe zu bitten, aber Marit ließ ihr gar keine Zeit, um zu widersprechen.

»Finn ist vor Kurzem mit seinen Eltern auf die Hallig gezogen. Seitdem stellt der Nachbarsjunge bei Hauke allerhand Unfug an. Bestimmt würde es ihm guttun, mal etwas Sinnvolles zu machen. Warte, ich frag sie gleich mal.« Sie zog ihr Smartphone aus ihrer Jeanstasche und wählte eine Nummer.

Lena, die vorsichtig auf einem Sessel Platz genommen hatte, ließ sich den Kuchen schmecken, während ihre Freundin den beiden alles erklärte.

»Sie könnten so in einer Dreiviertelstunde hier sein«, sagte Marit, nachdem sie das Telefonat beendet hatte.

Sofort fühlte sich Lena wieder an ihre Kindheit auf der Hallig erinnert. Jeder half jedem, wenn es darauf ankam. Es wurde nicht lange gefragt, sondern direkt versucht, für ein Problem eine Lösung zu finden. Besonders in den Wintermonaten, wenn die Halligbewohner ganz auf sich allein gestellt waren, weil wieder einmal die Fähre nicht kam, hatte Lena diesen Zusammenhalt erlebt. Wenn beispielsweise die Milch ausgegangen oder eine Heizung ausgefallen war, wenn jemand bei einer Erkältung nach einem nützlichen Hausmittel suchte oder eine Wohnungsrenovierung anstand, hatte sich schnell eine Lösung gefunden, und innerhalb kürzester Zeit kam eine kleine Gruppe zusammen, arbeitete eine Idee aus, machte sich einen Plan und ging bald darauf an die Arbeit.

Lena prüfte die Biedermeiersitzgruppen, fand hier ein wackelndes Tischbein, dort eine lose Armlehne und hatte in der nächsten halben Stunde die Stücke ausgewählt, die sie restaurieren wollte.

»Bist du dir sicher, dass du das alles schaffst?« Marit sah mit besorgtem Blick zu den Möbelstücken, die sich dicht aneinander jetzt in einer Ecke ihres Cafés drängten und darauf warteten, von den beiden Männern abgeholt zu werden. »Ich meine, morgen ist doch die Beerdigung, und du hast bestimmt noch anderes zu tun.«

Lena winkte ab. »Ich bin froh, wenn ich nicht die ganze Zeit grübeln muss, und das hier mache ich wirklich gern.« Sie dachte kurz nach. »Ich gehe schon mal vor zu Alvas Haus und verschaffe mir einen Überblick, was alles im Schuppen steht. Dann geht es nachher schneller, wenn die beiden mir beim Ausräumen helfen.«

»Ist gut. Ich schicke dir später ein Abendessen vorbei«, sagte Marit.

Lena schloss den Schuppen auf und ließ den Blick über den Inhalt schweifen. An einer Wand lehnten Bretter und Holz in unterschiedlichen Materialien und Größen. Es war zwar keine so große Auswahl wie in ihrer Werkstatt zu Hause, aber Lena war sich sicher, dass es sich hier gut arbeiten ließ. Auf der gegenüberliegenden Seite befand sich eine Werkbank, auf der sich mehrere Kisten und Pappschachteln stapelten. Einige waren von Alva beschriftet worden, und Lena erkannte schnell, dass ihre Großmutter ziemlich akribisch sortiert hatte. In einer Holzkiste entdeckte sie Gläser mit Schrauben und Nägeln, in einer anderen mehrere Klebstoffe und Holzleim. Sie nahm den Deckel von einem Pappkarton und sah Metallgegenstände wie Federn, Blechstücke, Draht und Ähnliches. In dem blauen Werkzeugkasten befanden sich Schraubendreher, Schmirgelpapier, Hämmer und Bohrer, und das Regal neben der Werkbank verwahrte die Bohrmaschine, mehrere Sägen, einen Schwingschleifer und einige Schraubzwingen. Lena war erstaunt. Das Inventar von Avas Geräteschuppen war deutlich umfangreicher als das übliche Haushaltswerkzeug. Seltsam, dachte sie, ihre Oma war wohl unter die Bastler gegangen.

Etwas weiter hinten entdeckte sie alte Autoreifen zu einem Fahrzeug, das es nicht mehr gab, in einem anderen Regal an der Wand waren leere Honiggläser, und darunter stand ein Gerät aus Metall mit einem Zapfhahn sowie ein langer Stab mit einem Sieb daran. Auf einem Tisch fand Lena eine Blechbüchse mit einem Blasebalg, ein paar Handbesen, Spatel und etwas, das sie für einen eigentümlichen Schaber hielt. Vermutlich hatte ihre Großmutter all das für ihre Bienenzucht benötigt. In der Schublade des Tisches befanden sich Grillanzünder, aufgewickelter Docht und ein handgezeichneter Entwurf von Alva auf einem Karopapier. Bei genauerer Betrachtung erkannte Lena, dass es sich um einen Bauplan für Bienenkästen handelte. Alva hatte fein säuberlich alle Kantenlängen mit Maßen beschriftet. Wahrscheinlich hatte sie dafür auch das Holz benötigt, überlegte Lena.

Sie fand noch zwei kaputte Stühle, es waren Korbsessel, deren Sitzfläche durchgesessen war, eine Bettlade, bei der mehrere Bretter fehlten, und einen Schreibtisch, bei dem eine Schublade klemmte. Wenn sie alles ein bisschen geschickter arrangierte, könnte sie sich hier vorübergehend eine kleine Werkstatt einrichten. Als Lena das Rattern eines Motors hörte, trat sie ins Freie. Vor Alvas alter Halligkate war ein Traktor mit Anhänger gefahren, auf dem sich mehrere Möbel türmten. Lena war verwundert, dass dieses eigenartig verkeilte Konstrukt hielt, doch dann bemerkte sie, wie ein hagerer blonder Junge sich zwischen dem Mobiliar aufrichtete, das er bis eben festgehalten haben musste, damit nichts herunterfiel. Sicherlich würde spätestens heute Abend die ganze Hallig über den verwunderlichen Transport Bescheid wissen.

»Hey, ich bin Lena!«, rief sie und winkte dem Jungen zu. Dieser grüßte zurück, sprang vom Anhänger und richtete seine Schiffermütze. Lena musste schmunzeln. Mit seinem blonden Haar, den blauen Augen und seiner Hilfsbereitschaft war er der typische friesische Junge. Es gab nur einen, der ihn darin vermutlich noch übertreffen würde … Lena versetzte es einen leisen Stich, doch sie hatte keine Zeit, sich ihrem gebrochenen Herzen hinzugeben, denn jetzt stieg der andere Mann von dem Traktorenbock. Lena erkannte Hauke, den guten Freund ihrer Mutter. Er hatte sich kaum verändert. Noch immer zierten dunkle Bartstoppeln sein Gesicht, auf dem Kopf trug er eine gestrickte Wollmütze, nur unter seinem Marinepullover wölbte sich sein Bauch ein wenig mehr, als Lena es noch vor Jahren in Erinnerung hatte.

»Moin, Lena. Wie schön, dass du mal wieder auf der Hallig bist. Alva hätte sich sicherlich gefreut.« Er lächelte ihr zu. »Wie geht's deiner Mutter?«

»Den Umständen entsprechend«, sagte Lena ausweichend.

»Jo, die Arme.« Mitleidig nickte Hauke. »Herzliches Beileid.«

»Danke schön«, murmelte Lena.

»Ich finde das toll, dass du das machst; dich hier um alles kümmerst, meine ich.«

Lena hätte ihm gerne gesagt, dass sie keine große Wahl gehabt hatte, ließ es dann aber bleiben.

»Marit hat mir erzählt, dass du ihre Möbel restaurieren willst. Ein Glück! Jedes Mal, wenn ich auf einem von diesen Puppenhausdingern Platz nehmen will, habe ich Sorge, dass es unter mir zusammenbricht. Ich komme mir im Vier Gezeiten immer vor wie ein riesengroßer Bär, der mit seinen Klauen alles kaputt machen könnte.«

Lena musste kichern. »Aber schön ist es geworden.«

»Jo, das stimmt.« Hauke kratzte sich am Kopf. »Also, was ist nun? Sollen wir das hier gleich ausladen?« Er deutete mit einem Daumen über seine Schulter auf den Anhänger.

»Besser nicht«, sagte Lena. »Wir müssen erst ein bisschen Platz machen. Ich möchte Alvas Schuppen ein wenig umräumen, sodass ich mehr Raum zum Arbeiten habe.«

»Denn man tau!«, sagte Hauke, was so viel hieß wie »Auf geht's.«

Lena ging voran und erklärte den beiden Männern im Schuppen, was sie alles umgeräumt haben wollte und was wegkonnte. Mit wenigen Handgriffen hatten die beiden ihre Wünsche umgesetzt und alles erledigt. Dann luden sie Stück für Stück Marits Biedermeiermöbel ab, natürlich unter den neugierigen Blicken von Arnold, den Lena wie jedes Mal mit einem freundlichen »Moin!« grüßte, als er argwöhnisch über den Gartenzaun linste.

»Wenn du willst, können wir das gleich noch mit aufladen und wegbringen. Ich muss heute Nachmittag sowieso noch aufs Festland fahren«, sagte Hauke. »Das ist super, dass du hier ein bisschen aufräumst. Endlich ist jemand da, der sich Alvas alter Halligkate annimmt. Deine Oma hat das alleine nicht mehr geschafft, und Jacob hat ihr schon bei allem anderen unter die Arme gegriffen. Wenn du jemanden suchst, der dir hilft, den Zaun zu streichen …« Er deutete auf Finn. »Der da verdient sich immer gerne was dazu.«

Lena wollte widersprechen, doch im ersten Moment war sie von Haukes Enthusiasmus einfach zu überrumpelt.

»Ökologie will er studieren, und dann später bei der Schutzstation Wattenmeer arbeiten«, verriet Hauke, und der Junge neben ihm grinste verlegen. »Anne hat ihm schon ein Praktikum angeboten.«

»Ich überleg's mir.« Lena lächelte unverbindlich. Sie hatte überhaupt noch nicht darüber nachgedacht, was aus Alvas Kate werden sollte, aber zwangsweise brauchte sie eine Lösung, was auch bedeutete, dass sie sich mit Jacob auseinandersetzen musste. »Jetzt hat erst einmal das hier Vorrang.«

»Jo, stimmt, sonst können wir morgen ja nirgends sitzen.« Er klopfte Lena wohlwollend auf die Schulter. »Bist ein gutes Mädchen. Schön, dass du wieder auf der Hallig bist, wir haben dich vermisst.«

In Lenas Innerem rollte eine Flut von Sehnsucht nach einem Zuhause heran sowie der Wunsch, endlich wieder irgendwo anzukommen und sich geborgen zu fühlen, und die Welle drohte, sie mitzureißen und mit ihren Tränen ihre Gefühle davonzuspülen. Vielleicht war auch das ein Grund gewesen, warum sie so lange nicht mehr auf der Hallig gewesen war. Hier war alles ungefiltert und echt, Gefühle waren stärker, die Sehnsucht größer, der Wunsch nach Liebe und Geborgenheit brannte heftiger.

»Also, ich mache mich dann mal an die Arbeit«, sagte Lena mit zitternder Stimme.

Hauke nickte. »Ruf mich an, wenn du Hilfe brauchst. Meine Nummer hast du ja.«

Auf Lenas Gesicht breitete sich ein Lächeln aus, und dieses Mal war es ein echtes Lächeln, eines, das von Herzen kam. Endlich war sie angekommen. Sie verabschiedete sich von Finn und Hauke und machte sich dann an die Restauration der Möbel. Es war gut, ein wenig Ablenkung zu haben, um nicht dauernd an morgen denken zu müssen.

9. Dezember 1954

Wenn das Meer rauscht, höre ich Gunnars dunkle Stimme. Wenn der Wind weht, spüre ich noch immer, wie er mir durchs Haar gestrichen hat. Ich schmecke noch seinen salzigen Kuss auf meinen Lippen, als wir zusammen auf dem Japsand waren. Ich sehe das Grau seiner Augen, wenn der Himmel wolkenverhangen ist wie heute. Wird der Schmerz jemals nachlassen? Wird die Sehnsucht jemals gehen? Selbst das gleichmäßige Blinken des Quermarkenfeuers von Langeneß tröstet mich nicht. Es ist einsam hier, ohne Gunnar. Ich dachte, er wäre mein sicherer Hafen, mein Fels in der Brandung, doch auf meiner Suche nach Halt bin ich gestrandet wie einst die Schiffe auf der Sandbank. Wenigstens ist mir eines geblieben: mein kleines Refugium auf Hooge mit meinen Bienen. Von dort wird mich niemand vertreiben. Hier bleibe ich …

II.

Der Tag der Beerdigung war gekommen. Lena hatte die Nacht über kaum geschlafen, was nicht nur daran lag, dass sie bis spätabends Möbel restauriert hatte, sondern auch daran, dass sie den Rest der Zeit im Alkoven an einer Rede gefeilt hatte, die sie nach der Trauerfeier halten wollte. Jetzt nahm sie eine schnelle Dusche, frühstückte eine Kleinigkeit und schlüpfte in ihr schwarzes Kleid, das sie für die Beerdigung eingepackt hatte. Dann fuhr sie mit dem Rad zum Fähranleger, um ihre Eltern abzuholen.

Als die Vormittagsfähre anlegte, erkannte Lena ihre Eltern schon von Weitem und winkte ihnen zu. Magnus hatte einen Arm um seine Frau geschlungen, und Rieke stand schmal und schutzbedürftig an ihn gelehnt, doch als sie ihre Tochter erkannte, hob auch sie die Hand und winkte kurz. Die Begrüßung fiel knapp aus, die Stimmung war gedrückt. Lena hatte den Eindruck, als ob die kommenden Stunden wie ein drohendes Unwetter vor ihnen lagen, und keiner schien so recht zu wissen, was er sagen sollte.

»Ist Mats nicht bei euch?«, fragte Lena mit belegter Stimme, obwohl sie die Antwort längst kannte, denn ihre Augen hatten jeden Passagier verfolgt, der über die Landungsbrücke auf die Hallig gekommen war.

Bedauernd schüttelte Rieke den Kopf. »Er meldet sich sicher noch bei dir.« Sie drückte sanft Lenas Arm.

Lena hätte am liebsten gesagt, dass sie darauf gut und gerne verzichten konnte, doch ihre Enttäuschung war im Moment zu groß, und sie traute ihrer Stimme nicht. Sie hatte fest damit gerechnet, dass Mats trotz allem kommen würde, auch wenn er ihr am Telefon schon das Gegenteil angekündigt hatte. Ihr Herz sank wie ein Stein im Wasser auf Grund. Dass er sie so hängen ließ, hätte sie wirklich nicht von ihm gedacht.

»Bist du gut zurechtgekommen?«, erkundigte sich Magnus.

»Ja, ich denke, so weit ist alles erledigt. Habt ihr kein Gepäck?«

Rike schüttelte den Kopf. »Es ist mir wohler, wenn wir heute Abend wieder zurückfahren. Ich hoffe, du bist nicht enttäuscht deswegen.«

»Nein, gar nicht.« Lena blinzelte das Brennen in ihren Augen weg. Mats war nicht mitgekommen, und ihre Eltern würden heute Abend die Hallig gleich wieder verlassen. Das bedeutete, dass sie an diesem Tag später ganz alleine sein würde; ein Gedanke, der ihr einen kalten Schauer über den Rücken jagte.

»Aber wir haben dir etwas mitgebracht«, sagte Magnus mit fröhlicher Stimme und überreichte ihr ein Paket.

Lena öffnete den Karton und sah einen weißen Hut. Als sie ihn anhob, fiel ein feiner Netzstoff rundherum gut einen halben Meter lang herunter. Darunter lagen zwei weiße Handschuhe, die bis über die Ellbogen reichten, und ein weißer Ganzkörperanzug. Eine Imkerschutzausrüstung. Lena musste lächeln. »Danke«, sagte sie. »Das ist aber aufmerksam.«

»Deine Mutter meinte, das sei nötig«, erklärte Magnus.

Reflexartig fuhr Lenas Hand zu einem ihrer Stiche auf ihrem Arm. Ob ihre Eltern etwas ahnten? Heute Morgen hatte sie zumindest peinlichst genau darauf geachtet, dass ihr Make-up die letzten Rötungen gut überdeckte.

»Man macht sich ja doch Sorgen«, setzte Rieke hinzu.

Lena legte alles in den Karton zurück und verstaute ihn auf dem Gepäckträger ihres Fahrrads, dann machten sie sich zu Fuß auf den Weg zurück zur Ipkenswarft. Dort übergab Lena ihrer Mutter das Bernsteinmedaillon und die Spangenuhr, die sie aus Alvas Muschelkästchen, in dem sie ihren Schmuck verwahrte, herausgesucht hatte.

Rieke, der vor Rührung die Tränen in die Augen stiegen, legte sich beides an. »Das ist ein bisschen, als ob meine Mutter heute bei mir ist«, sagte sie mit brüchiger Stimme. »Wie die Versöhnung, die ich nie hatte.«

»Es wird Zeit«, sagte Magnus schließlich. »Das Schiff legt gleich an.«

Gemeinsam gingen sie zum Fähranleger zurück, wo sich mittlerweile mehrere Halligbewohner versammelt hatten, um Alva in Empfang zu nehmen. Lena sah unter ihnen Karin und die Kohnerts, Alvas Nachbarn, die sie mit einem leichten Nicken grüßten. Auch Ronja war da, neben ihr vermutlich ihr Verlobter, der seinen Arm um ihre Taille gelegt hatte. Sie alle waren in Schwarz gekleidet, manche von ihnen, wie die alte Fenja, trugen sogar die Hooger Tracht mit dem edlen Silberschmuck, die sie nur zu besonderen Anlässen herausholten und die Alva so gemocht hatte. Es war eine eigentümliche Stimmung, gedrückt und doch feierlich zugleich, und Lena spürte den gemeinsamen Gedanken, der in der Luft hing: Alva war auf dem Festland eingeschlafen, nicht auf ihrer geliebten Hallig, wo sie ihren letzten Atemzug hatte tun wollen, doch jetzt kehrte sie zurück, kehrte heim zu ihrer letzten Ruhestätte. Alva kam nach Hause, und sie alle waren da, um sie willkommen zu heißen und sie auf ihrem letzten Weg zu begleiten, damit sie ihn nicht alleine gehen musste; ganz egal, was auf dem Festland geschehen war.

Lena blickte der Fähre entgegen, die auf halbmast fuhr, und die Kehle wurde ihr eng. Gischt schäumte um den Bug, und es war ein so bewegender Anblick, wie sie jetzt anlegte, sich die Pastorin und die Konfirmandenkinder aufstellten, und Alva mit ihren großen weißen Kerzen in Empfang nahmen. Aus der Ferne hörte man die Glocke von der Kirchwarft. Als der Sarg auf die Hallig getragen wurde, Lena hatte bei dem Bestatter auf dem Festland einen Sarg aus hellem Lindenholz mit Tauen als Tragegriffen für Alva ausgesucht, sprach die Pastorin persönliche Worte und einen Segen, und dann begann die Prozession zur Kirchwarft. Ihre Eltern gingen voran, und Lena folgte ihnen. Sie bemerkte, wie sich immer mehr Hooger ihnen anschlossen, und auf der Backenswarft, die zwischen dem Fähranleger und der Kirchwarft lag, kamen ihr schon so viele Leute entgegen, dass sie glaubte, mitten in einem Ameisenhaufen zu sein. Lena hatte das Gefühl, als wäre die ganze Hallig in ihre Richtung unterwegs. Sie überquerten einen Priel, einen der vielen Wasserläufe in der Marsch, und erreichten schließlich die Kirchwarft, vor der sich, wie Lena vermutet hatte, der Rest der Halligbewohner versammelt hatte.

Hier und dort war man in leise Gespräche vertieft, in Erinnerungen und alte Geschichten von Alva, ihrer Gastfreundschaft und ihren Bienen, doch als die Bewohner ihre kleine Familie den sanften Hügel hinaufkommen sahen, verstummten sie und nickten ihnen mit traurigen Blicken zu. Da stand

Bauer Kilian mit seinen zwei Söhnen und wischte sich eine Träne aus dem Augenwinkel. Ein Stückchen weiter hinten entdeckte sie Anne neben ihrem Mann Klaas, dem der Halligladen gehörte. Lena fühlte sich ein bisschen wie ein exklusives Ausstellungsstück in einem Schaufenster. Hinter ihren Eltern, die Arm in Arm nebeneinander liefen, kam sie sich einsam und verlassen vor. Sie sah in die Gesichter, von denen ihr viele noch immer aus ihrer Kindheit vertraut waren, las in den Augen ihrer ehemaligen Freunde und Bekannten Mitleid und Schmerz. Doch da war auch Trost und Geborgenheit. Wenn sie beispielsweise in Wiebkes verweinte Augen sah, eine gute Freundin von Alva, mit der sie sich immer über den Garten ausgetauscht hatte, oder Rosalie aus der Deichstube, bei der Alva immer gerne einen Absacker genommen hatte, ehe sie auf ihrem Spaziergang einmal auf dem Sommerdeich die Hallig umrundet und dann den Heimweg angetreten hatte. Und dann waren da auch Jacobs Eltern, die Lena schon ihr ganzes Leben kannte und deren liebevoller Blick ihr Halt gab, ganz besonders der seiner Mutter. Lena erreichte den weißen Holzzaun, der die Warft umgab, und folgte dann ihren Eltern zur Halligkirche St. Johannis. Schon als Kind hatte sie es fasziniert, dass das Pfarrhaus neben der Kirche deutlich größer war als das Gotteshaus selbst. Drinnen hatten bereits einige Leute in den blauen Sitzbänken aus Holz Platz genommen. Lena lief an den Gestühlswangen, die im typischen friesisch blau-weiß gehalten waren, vorbei und entdeckte wieder die Jahreszahl 1624, ein Hinweis darauf, dass die Bänke älter waren als die Kirche, in der sie standen. Das Gebäude war 1640 aus den Resten von mehreren Kirchen erbaut worden, die in einer verheerenden Sturmflut zerstört worden waren.

Lena lief über den unbefestigten Boden, eine Mischung aus Sand und Muscheln, die dafür sorgte, dass das Wasser bei einer erneuten Sturmflut schnell wieder abfließen konnte. In den letzten Jahrzehnten hatte sie das zum Glück nicht mehr unter Beweis stellen müssen.

Sie erreichte Alvas Sarg, der jetzt vor dem Altar stand. Es versetzte ihr einen Stich ins Herz, als sie ihre Mutter neben sich schluchzen hörte. Sie sah, wie ihr Vater ein Taschentuch hervorkramte, und Rieke tupfte sich die Tränen von den Wangen. Lenas Blick wanderte zu dem wunderschönen Bouquet aus gelben und blauen Wildblumen.

Plötzlich spürte sie eine warme Hand auf ihrer Schulter, und Lena rechnete damit, dass es die Hand ihres Vaters war, der ihr mit dieser liebevollen Geste Trost spenden wollte, doch als sie sich umdrehte, sah sie zu ihrer Überraschung Jacob neben sich stehen, der sie nur mit einem liebevollen Blick umfing.

»Adonisröschen, der Sage nach entstanden aus den Tränen der Aphrodite, Kugeldisteln als Zeichen für Kraft und Schutz und Sonnenblumen als Symbol für Liebe und Frieden«, flüsterte er, da er anscheinend Lenas Blick bemerkt haben musste. Der Salbei und die Pfefferminze verbreiteten einen angenehmen, beruhigenden Duft. Lena schloss für einen Moment die Augen, und als sie den Geruch der Kräuter einatmete, glaubte sie, mit Alva zusammen in ihrem Garten hinter dem Haus zu sitzen, fast so wie früher. Dieses Bild ließ ihr Herz ruhiger werden und spendete ihr Frieden.

»Sie ist zufrieden eingeschlafen«, flüsterte Jacob.

Lena biss sie auf die Unterlippe, um nicht weinen zu müssen. Stumm nickte sie.

»Als ich gegangen bin, hat sie sogar kurz gelächelt«, murmelte er weiter. »Ich bin mir sicher, sie fühlt sich wohl, dort, wo sie jetzt ist.«

Verlegen wischte sich Lena mit dem Handrücken eine Träne von der Wange. Jetzt streichelte Jacob sanft über ihren Rücken, trat einen Schritt näher zu ihr und legte ebenfalls den Arm um sie, und seine Berührung tat ihr unheimlich gut. Sie gab ihr Halt, und Lena fühlte sich dadurch nicht mehr so verdammt einsam und verloren. So standen sie da, ihre Eltern und Jacob und sie, zwei Paare, wie gespiegelt in der Zeit. Lena konnte nicht abschätzen, wie lange der Moment gedauert hatte. Beinahe endlos kam er ihr vor, doch nicht im negativen Sinne, denn sie hatte sich von ihrer Großmutter in einem stummen Gespräch in Ruhe verabschieden können. Jacobs Arm ruhte dabei die ganze Zeit um ihre Taille. Immer wieder traten auch andere Halligbewohner zu ihnen, aber Lena fühlte sich nicht gestört dadurch, sie spürte nur Jacob neben sich, seine Wärme, die von ihm ausging, die Ruhe, die er ausstrahlte. Ihre Eltern setzten sich in die erste Reihe, aber Lena brauchte noch einen Moment, und so blieb auch Jacob stumm bei ihr stehen.

Jacobs Hand strich über ihren Arm nach unten und berührte ihre Hand, und plötzlich umschlossen seine Finger die ihren. Lena spürte seinen fragenden Blick von der Seite, doch anstatt ihm zu antworten, drückte sie nur sanft seine Hand, und sie fürchtete den Moment, wenn sie sie wieder loslassen musste.

Erst nach einer kleinen Ewigkeit trat auch sie einen Schritt zurück.

»Wollen wir uns setzen?«, flüsterte Jacob, und Lena nickte. Zu ihrer Überraschung nahm er einfach neben ihr in der ersten

Reihe Platz, aber es schien sich niemand daran zu stören, weder ihre Eltern noch die Halligbewohner, und die ganze Zeit über spürte sie seinen Arm an ihrem, seine warme Haut auf ihrer, die feinen Härchen, die sie bei jeder seiner Bewegungen leicht kitzelten. Lena war unheimlich froh und erleichtert über diesen sanften Kontakt.

Dann begann die Zeremonie. Es war ein würdevoller Abschied, aufrichtig und warmherzig, und Lena konnte mit einem ruhigen Herzen den Worten der Pastorin lauschen, die das Leben ihrer Großmutter in ihrer Rede nachzeichnete und kaum eine Besonderheit unerwähnt ließ. Man merkte, dass auch sie Alva gut gekannt hatte. Der Halligchor, in dem auch Alva Mitglied gewesen war, begleitete die Zeremonie mit drei bewegenden Liedern. Als die Pastorin geendet hatte, erhoben sich alle und gaben Alva das letzte Geleit.

Lenas Eltern gingen vorneweg, und als Lena ihnen folgen wollte, spürte sie wieder die warme Hand, die sich in ihre schob. Sie sah kurz auf, sah in Jacobs goldbraune Augen, in denen ebenfalls Tränen standen.

»Bereit?«, formten seine Lippen lautlos, und Lena nickte stumm.

Draußen läutete Hauke die Glocke im hölzernen Glockenstapel, die einzige Glocke der Kirche, während sich alle auf dem Friedhof versammelten. Lena beobachtete, wie der Sarg in die Erde gelassen wurde, die Pastorin ein letztes Gebet sprach, und ihre Eltern anschließend an das Grab traten. Dann gingen sie und Jacob nach vorne, warfen einen kleinen Büschel lilafarbenen Halligflieder auf Alvas Sarg, und Lena verabschiedete sich endgültig. Sie sah auf die Grabsteine, die vorne und hinten beschriftet wurden, denn die Toten hier teilten sich aus Platzgründen das Grab und den Grabstein, warf einen Blick auf den Stein von Alvas Grab, auf dem bald auch der Name ihrer Großmutter in schwarzen Lettern stehen würde, und las auf der Rückseite den Namen von Alvas bester Freundin Lilli. Nicht weit davon entfernt lag ihr Opa, der schon viele Jahre zuvor gestorben war, als Lena noch ein kleines Mädchen gewesen war. So hatte es Alva gewollt, und so war es umgesetzt worden.

Unzählige Beileidsbekundungen folgten, sogar Arnold, der kauzige Nachbar, war gekommen, um Alva das letzte Geleit zu geben.

»Also, ich hab deine Oma ja immer gemocht«, brummte er, und Lena verschlug es für einen Moment tatsächlich die Sprache.

Sie sah ihm noch kurz nach, wie er davonhumpelte, doch ihr blieb kaum Zeit zum Grübeln, denn schon sprach Bauer Kilian ihr sein Beileid aus. Lena war froh, dass Jacob nicht von ihrer Seite wich, während sie Hand um Hand schüttelte und feststellte, dass nahezu die komplette Hallig zu Alvas Beerdigung gekommen war. Jacob hatte recht gehabt, hier musste man niemanden einladen; es war selbstverständlich, dass man zu solchen Feiern kam.

Als der offizielle Teil vorüber war, trafen sich alle im Vier Gezeiten bei Marit auf der Ockenswarft. Wie Marit geplant hatte, waren sie heute eine geschlossene Gesellschaft, und der Raum platzte beinahe aus allen Nähten, so viele Gäste waren gekommen. Hauke und Finn hatten die Möbel am Vorabend bei Lena abgeholt, um sie wieder in das Café zurückzubringen, und Marit hatte alle Tische zu einer Reihe zusammengeschoben, sodass nun eine lange, eingedeckte Tafel in der Raummitte stand. Auf dem Tresen hatte Marit unzählige Kuchen bereitgestellt, darunter Alvas legendärer Bienenstich, Rhabarberkuchen und Nussschnecken mit Rosinen und Zuckergussglasur, einer schöner als der andere, und Lena war sich sicher, dass Alva jeden einzelnen davon gemocht hätte. Für die, die es lieber herzhaft mochten, gab es auch Platten mit belegten Brötchen. Neben dem Kuchenbüfett entdeckte Lena ihre Mutter, die mit Anne in ein Gespräch vertieft war. Bestimmt hatten sich die Freundinnen einiges zu erzählen, und Lena hoffte sehr, dass es ihrer Mutter dabei half, endlich Frieden zu finden.

Lena sah, dass sich draußen vor dem Wintergarten ebenfalls Leute versammelt hatten. Manche saßen in den Strandkörben auf der Terrasse, andere hatten es sich auf einer Decke im Gras bequem gemacht. Lena war überwältigt von so viel Anteilnahme. Auch als sie jetzt ihre kleine Rede hielt, in der sie den Hoogern für ihr Kommen dankte und in ein paar Anekdoten an ihre Oma erinnerte, nickten die Gäste immer wieder und schmunzelten sogar bei ihren Erinnerungen an Alva.

Wie es sich gehörte, schüttelte Lena auch hier weitere Hände, führte freundliche Gespräche, erinnerte sich mit Freunden von Alva an schöne gemeinsame Stunden und gab Auskunft darüber, was sie mittlerweile auf dem Festland machte. Sie lernte Finns Eltern, Nora und Ole, kennen und erfuhr, dass sie erst vor Kurzem nach Hooge gezogen waren. Mit Nora sprach sie eine Weile über die ersten schweren Wochen auf der Hallig, die es gebraucht hatte, bis sie sich so langsam eingelebt hatte. Doch immer wieder glitt Lenas Blick suchend über die Gäste, bis sie den einen ausmachte, den sie zu finden hoffte: Jacob. Dieses Mal stand er in der anderen Ecke des Raumes mit der

Pastorin ins Gespräch vertieft, doch er schien Lenas Blick zu spüren, denn er sah auf, wandte den Kopf in ihre Richtung, und ihre Blicke trafen sich über die Köpfe der anderen hinweg. »Alles okay?«, schien er stumm zu fragen, und Lena nickte kaum merklich. Die Gespräche wurden zu einem wabernden Stimmengewirr, die Wortfetzen zu einem rauschenden Klang wie das Meer. Wieder hatte Lena den Eindruck, dass es auf einmal nur noch sie und Jacob in diesem Raum gab, dass sie aus der Zeit gefallen waren, dass die Welt für einen Sekundenbruchteil stehen geblieben war, um diesen intensiven Moment möglich zu machen. Sie hatte das Gefühl, als wäre der ganze Raum plötzlich elektrisch aufgeladen, als läge eine Spannung in der Luft, die hundert Lampen zum Bersten bringen würde.

»Lena?«

Sie fuhr herum. Neben ihr stand ihre Mutter mit einem sanften Lächeln auf den Lippen.

»Das hast du toll hinbekommen. Ich bin so stolz auf dich.«

»Danke, Mama.« Lena umarmte ihre Mutter. »Wie geht's dir?«

»Na ja.« Rieke seufzte leicht und sah nach draußen auf das Meer, auf dem ein Boot vorbeischaukelte. »Irgendwie gut. Das klingt eigenartig, oder?« Unsicher sah sie ihre Tochter an. »Ich dachte, es wird ganz seltsam, wenn ich wieder auf die Hallig komme. Ich hatte geglaubt, dass mich die Hooger meiden würden, seit dem heftigen Streit damals mit Alva, wo wir doch die Hallig verlassen haben. Ich bin nie das Gefühl losgeworden, dass wir als die betrachtet werden, die gegangen sind, als hätte ich meine Mutter im Stich gelassen. Aber so ist es gar nicht.« Sie legte eine kurze Pause ein. »So viele haben Verständnis, dass ich mit Magnus damals weggezogen bin, dass der Streit notwendig, aber nicht schlimm gewesen war, dass es in Ordnung war, dass ich mich für ein Leben auf dem Festland entschieden habe. ›Man kann nicht auf der Hallig bleiben, wenn man nicht bereit dazu ist‹, hat mir vorhin Anne gesagt.«

»Das ist wahr«, stimmte Lena ihr zu. »Ich wünsche dir so sehr, dass du nun mit allem abschließen kannst.«

»Ich hoffe, dass du es auch kannst, meine Große. Jacob war dir heute bestimmt eine große Stütze. Es ist so gut, dass ihr euch ausgesprochen habt.«

Lena hörte das Blut in ihren Ohren rauschen. Natürlich, für ihre Eltern hatte das mit Sicherheit so ausgesehen. Aber das hatte sie ja nicht. Sollte sie das richtigstellen? Lena wollte Luft holen, entschied sich dann aber dagegen. Das hier waren ihre Probleme, mit denen musste sie alleine klarkommen. Jetzt sollte sie ihre Mutter nicht mit neuen Dingen belasten. Sie lächelte leicht.

»Oh, da steht Hauke«, sagte Rieke, »kann ich dich kurz alleine lassen? Ich wollte noch etwas mit ihm besprechen.«

»Geh nur«, meinte Lena. Sie sah ihrer Mutter nach, die deutlich gelöster durch den Raum ging. Hoffentlich fand sie nun ihren Frieden. Vorsichtig suchte Lena wieder nach Jacob, aber dieses Mal entdeckte sie ihn nicht. Also entschied sie, nach draußen zu gehen und sich einen Moment Ruhe zu gönnen. Sie verließ das Café und steuerte auf einen der Strandkörbe mit Blick auf das Meer zu, nahm darin Platz und lehnte sich an. Seufzend sog sie die salzige Meeresluft ein, lauschte den rauschenden Wellen, dem Wind und dem Schrei der Möwen. Der Moment der Ruhe tat ihr gut.

Als ihr Smartphone vibrierte, zog sie es aus ihrer Handtasche und warf einen Blick darauf. Eine Nachricht von Mats.

Entschuldige, dass ich heute nicht dabei war, ich halte hier die Stellung für uns. Ich wünsche dir weiterhin viel Kraft für den Tag.

Lena wurde es eigenartig zumute. Sie wusste nicht, was sie darauf antworten sollte, also sperrte sie den Bildschirm wieder und steckte das Smartphone zurück.

»Darf ich mich setzen?«

Lena sah auf und brauchte kurz, um die Person gegen das Sonnenlicht zu erkennen. Sie schirmte mit der Hand ihre Augen ab und stellte fest, dass es Jacob war, der da vor ihr stand. Lena nickte.

Jacob nahm neben ihr Platz und ließ ebenfalls das Bild der endlosen See auf sich wirken.

In Lenas Innerem schaukelte es plötzlich wie die Wellengipfel vor ihr auf dem Meer. Jacobs Nähe, nach diesem emotionalen Tag, brachte sie vollkommen durcheinander. Sie spürte die Wärme, die sein Körper neben ihr abstrahlte, aber durfte sie ihn jetzt noch einmal berühren? Und warum sollte sie das überhaupt tun? Es gäbe keinen Grund, der das rechtfertigte. Lena spürte, dass sie erschöpft war und am liebsten ihren Kopf auf Jacobs Schulter gelegt hätte, so vertraut wie früher, doch sie traute sich nicht. Also blieb sie starr neben ihm sitzen und schloss ihre Hände noch ein wenig fester um die Träger ihrer Handtasche.

»Das war eine schöne Zeremonie«, sagte Jacob.

Lena wandte den Blick und sah ihn jetzt direkt von der Seite an. »Findest du?«

Jacob nickte. »Alva hätte es sicherlich gefallen.«

Ein Lächeln huschte über ihre Lippen. »Die Blumen hätte sie bestimmt auch schön gefunden.«

»Obwohl ich sie aus ihrem Garten geklaut habe und mich

dafür beinahe Ekke Nekkepenn zur Rechenschaft gezogen hätte?«

Lena errötete und verpasste ihm einen gespielten Stoß mit dem Ellbogen zwischen die Rippen. »Ich wollte mich nur verteidigen können, falls nötig.«

»Hey!«, protestierte Jacob und rieb sich die Stelle. »Aber mal im Ernst. Geht's dir mittlerweile wieder besser?«

»Na ja, das Make-up überdeckt die letzten Rötungen ganz gut.«

Jetzt beugte sich Jacob ziemlich dicht zu ihr, dass Lena sein Aftershave wahrnehmen konnte, und sah sie einen Moment prüfend an.

»Die zarte Röte auf deinen Wangen sehe ich gerade trotzdem«, murmelte er. »Das muss wohl an mir liegen.«

»Was?« Lena riss die Augen auf. »Du spinnst ja.«

Jetzt stupste ihr Jacob mit dem Zeigefinger auf die Nasenspitze. »Ich will dich doch nur necken«, sagte er zwinkernd.

»Sehr witzig.« Lena verschränkte die Arme.

»Dein Gesicht gerade schon«, neckte Jacob sie.

Lena spürte, wie sie sich ärgerte. Noch heute Mittag war er so nett und ihr so nahe gewesen, und jetzt sagte er so etwas? Sie kam sich dumm vor und fühlte sich hilflos.

»Für die Zukunft haben meine Eltern jedenfalls vorgesorgt und mir einen Imkeranzug geschenkt.«

»Wirklich?« Jacob musste lachen. »Den brauchst du nicht, wenn du weißt, wie man mit Bienen umgeht.«

»Ich weiß es aber nicht!«, rief Lena aufgebracht. Es wurmte sie, dass sie vor Jacob eine Schwäche zugeben musste.

»Nun, ich könnte es dir zeigen, wenn du willst.«

Lena verengte die Augen zu Schlitzen und sah ihn prüfend

an. Was steckte hinter diesem Angebot? Wollte er sich einen Spaß daraus machen, zu sehen, wie sie sich noch einmal mit Alvas Insekten anlegte? Oder hatte er sein Angebot vielleicht doch aufrichtig und ernst gemeint, nachdem er ihr auch heute den ganzen Tag zur Seite gestanden hatte?

»Aber du musst mich schon darum bitten«, setzte er dann hinzu.

»Ha!« Lena stieß abfällig die Luft aus. »Das hättest du wohl gerne.«

»Sonst erklärst du mir nur wieder, dass ich mich unerlaubt in deinem Garten aufhalte. Ach, Moment, in unserem Garten«, verbesserte er sich.

Zerknirscht sah Lena ihn an. Dass er sie darauf hinwies, dass sie für dieses Problem ebenfalls eine Lösung suchen musste, nervte sie nur noch mehr.

»Ach, Lena, hier bist du.« Magnus war jetzt vor den Strandkorb getreten und sah die beiden lächelnd an. »Entschuldigt, ich hoffe, ich störe euch nicht.«

»Ganz und gar nicht«, beeilte sich Lena zu sagen.

»Deine Mutter und ich wollten uns verabschieden. Wir müssen leider aufbrechen, sonst verpassen wir die Fähre.«

Lena stand auf. »Bleibt doch noch«, schlug sie vor. »Ihr könntet in der Kate übernachten.«

»Nein, fürs Erste ist es genug«, wehrte Magnus ab. »Deine Mutter ist sehr erleichtert, wie sich alles entwickelt hat, aber sie braucht jetzt erst einmal Zeit, um das alles sacken zu lassen. Ich bin mir aber sicher, dass sie bald mal wiederkommen möchte.«

»Das ist doch schön«, entgegnete Jacob mit einem Lächeln. »Ihr seid hier immer herzlich willkommen.«

Magnus sah Jacob mit einem wohlwollenden Blick an. »Du bist ein netter Kerl, Jacob. Ich bin froh, dass Lena dich an ihrer Seite hat. Du warst ihr heute eine große Stütze.«

»Papa!«, rief Lena entsetzt.

»Entschuldige, Mädchen.« Magnus lächelte sie warm an. »Ich werde auf meine alten Tage wohl doch noch sentimental.« Er zwinkerte. »Aber jetzt lasse ich euch beide lieber mal allein. Ihr habt sicherlich noch eine Menge zu besprechen. Mach es gut, meine Große.«

Er umarmte Lena zum Abschied, dann klopfte er Jacob väterlich auf die Schulter. Jetzt kam auch Lenas Mutter zu den beiden, verabschiedete sich mit einer langen Umarmung von Lena und nahm dann Jacobs Hände in ihre. »Danke, dass du heute für Lena da warst«, sagte sie und blinzelte die aufsteigenden Tränen weg. »Ich wusste doch, dass ihr das hinbekommt.« Dann hängte sie sich bei ihrem Mann ein, und gemeinsam gingen sie zum Café zurück. Lena sah ihnen kurz nach, ehe sie sich mit einem tiefen Seufzen wieder neben Jacob in den Strandkorb fallen ließ.

»Eltern …«, murmelte sie.

»Hab ich was verpasst?«, fragte Jacob.

»Unsere Versöhnung«, erklärte Lena mit säuerlicher Miene.

»Oh.« Jacob sah sie betroffen an. »Stimmt, die ist mir in der Tat entgangen … Ich dachte, wir überspringen das einfach.«

»Danke, dass du vor meinen Eltern mitgespielt hast«, sagte Lena knapp. Das Gespräch nahm eine Richtung an, die ihr nach dem Tag überhaupt nicht gefiel.

»Ja, gern.«

Warum war er auf einmal so kurz angebunden? Hatte sie ihn mit ihren Worten etwa verletzt? Prüfend warf sie ihm einen

Blick zu, aber Jacobs Gesichtsausdruck war verschlossen. Sie hatte keine Ahnung, was in ihm vorging oder was er dachte.

»Jacob, damals …«, begann sie zögernd, doch im selben Moment wurde sie von der Pastorin unterbrochen, die sich ebenfalls verabschieden wollte.

Lena wechselte noch ein paar höfliche Worte mit ihr, und als sie schließlich gegangen war, stand auch Jacob auf.

»Okay, dann geh ich mal«, sagte er.

»Warte!«, rief Lena und war selbst überrascht, wie impulsiv das gekommen war. »Könntest du mir …« Sie zögerte kurz. »Hilfst du mir bei den Bienen?«

»Jetzt doch?« Jacob sah sie mit einem verschmitzten Lächeln an, und in seinen Augen blitzte etwas auf. Jedenfalls glaubte Lena das. Oder war das nur die Reflexion der Sonne in seiner goldbraunen Iris?

»Lass dich nicht so bitten, Jacob.«

»Also schön, ich bin ja schließlich kein Unmensch«, stimmte Jacob zu. »Heute gegen achtzehn Uhr bei dir?«

Lena sah ihn überrascht an. Dass er gleich heute noch bei ihr vorbeikommen wollte, wunderte sie. Plante er etwas, oder wollte er einfach nur nett sein?

»Deine Eltern fahren doch jetzt ab, dann wärst du später nicht so alleine«, setzte er hinzu.

Da hatte er natürlich recht. Lena hatte sich den ganzen Tag über unwohl bei dem Gedanken gefühlt, später allein in Alvas Haus zurückzukehren. Dass er ihr jetzt anbot, noch vorbeizukommen, rührte sie.

»Das ist lieb von dir.« Lena lächelte ihn an. Vielleicht hatten sie ja doch die Möglichkeit, Freunde zu werden, überlegte sie, doch ihr Herz schrie in diesem Moment verräterisch laut, und so begrub sie den Gedanken besser schnell wieder. »Aber bilde dir bloß nichts darauf ein«, setzte sie dann hinzu und reckte ihr Kinn ein wenig nach vorne.

»Keine Sorge, ich mache das nur für die Bienen.«

12.

Jacob war erleichtert, dass Lena ihn jetzt doch um Hilfe gebeten hatte. Als er sie so traurig in der Kirche gesehen hatte, so allein und verletzlich, hatte es ihm das Herz zusammengezogen. Er hatte sie in diesem Moment einfach umarmen müssen. Und als er dann Lenas Nähe gespürt hatte, hatte er gewusst, dass er sie nicht einfach so wieder gehen lassen konnte, ohne um sie gekämpft zu haben. Und dass sie sich gleich treffen würden und er ihr bei den Bienen half, war doch immerhin ein Anfang, oder?

Jacob packte seine Sachen zusammen und machte sich zur Ipkenswarft auf. Als er vor Alvas alter Halligkate stand, zögerte er. Sollte ihm tatsächlich die Hälfte davon gehören? Das fühlte sich unwirklich und irgendwie falsch an. Wieder spielte er mit dem Gedanken, Lena die andere Hälfte einfach zu überlassen, doch das wollte er in Ruhe mit ihr besprechen. Er klingelte neben dem aus Salzteig hergestellten Namensschild, und kurz darauf hörte er Schritte hinter der Haustür. Als Lena öffnete, jedenfalls glaubte er, dass es Lena sein musste, fuhr er erschrocken zurück.

»Du lieber Himmel! Haben wir Schädlinge im Haus?«, fragte er mit bestürztem Blick auf Lenas weißen Imkeranzug, sogar ihr Gesicht war mit einem Fliegennetz verschleiert.

»Das ist meine Imkerausrüstung«, erklärte Lena. »Hast du keine?«

Jacob schüttelte den Kopf. »Ich wollte nach den Bienen sehen und nicht zum Mars fliegen. Das Ding, das du da trägst, sieht eher so aus, als hättest du gleich einen Termin mit der NASA.«

»Ich werde mich jetzt jedenfalls nicht vor dir ausziehen, falls du darauf wartest«, konterte Lena spitz, und Jacob musste schmunzeln. Zugegeben, die Vorstellung gefiel ihm, aber das musste er Lena ja jetzt nicht unbedingt auf die Nase binden.

»Na schön, wenn du meinst, dass du das brauchst, bitte sehr. Wo willst du anfangen? Bei den Bienen im Garten?«

»Okay.« Lena folgte ihm in den Schuppen.

»Du hast aufgeräumt«, stellte Jacob überrascht fest, als er die freie Fläche in der Raummitte durchschritt.

»Ich hab nur ein wenig Platz gemacht, damit ich Marits Möbel restaurieren konnte.«

»Gefällt mir. Alva wollte ja so gerne neue Bienenstöcke bauen, aber dann ist sie doch nicht mehr dazu gekommen.« Lena hatte den Imkerschleier nach oben geklappt und sah ihn traurig an, und Jacob merkte, dass die Stimmung zu kippen drohte, also beeilte er sich, noch etwas zu sagen. »Und wo hast du die Imkersachen versteckt?«

»Sie liegen immer noch hinten in der Ecke.«

Jacob ging zum Regal, nahm Besen, Stockmeißel, Smoker und Refraktometer, und machte sich dann mit Lena auf den Weg in den Bauerngarten.

»Mehr brauchst du nicht?«, wunderte sie sich, während sie ihn begleitete.

»Bei den Bienen liegt das Geheimnis darin, dass weniger

mehr ist, und je ruhiger man selbst ist, desto ruhiger sind auch die Bienen.«

»Ja, das habe ich schon gemerkt«, gab Lena zerknirscht zu. »Hoffentlich sind sie nicht nachtragend.«

»Normalerweise sollten sie sich nach der Zeit beruhigt haben.«

Jacob füllte den Smoker mit einer Bodendecke Holzpellets, zündete einen Grillanzünder an und legte ihn obendrauf.

»Jetzt pumpe ich mit dem Blasebalg etwas Luft in den Smoker, damit sich das Feuer entfacht.«

Er gab noch eine Handvoll Pellets hinzu und pumpte noch etwas Luft in den Smoker, und bald darauf stießen in Schüben kleine Rauchwolken aus dem silbernen Metallgerät.

»Du kannst auch noch etwas Gras auflegen, wenn du willst. Das kühlt den Rauch ein wenig, und die Asche bleibt im Smoker.« Er betätigte nochmals den Blasebalg, bis der Rauch gleichmäßig und dick hervorquoll. »So sieht es gut aus«, entschied er.

»Und jetzt imitierst du damit ein Buschfeuer?«, fragte Lena.

Jacob musste schmunzeln. »Sozusagen. Wir besänftigen sie damit. Die Bienen saugen sich ihre Honigmägen mit Honig voll und können dann nicht mehr stechen. Und wir kommen dann in Ruhe und Sicherheit an ihre Bienenbeute.«

Vorsichtig blies er ein paar Hübe Rauch durch das Flugloch, wartete ein bisschen und nahm dann mit einer ruhigen Handbewegung den Deckel von dem Bienenkasten ab. Dann winkte er langsam mit einer Hand, um die anderen Bienen, die noch in der Luft herumflogen, nicht zu erschrecken.

»Los, komm, das musst du dir ansehen.«

Lena blickte ihn skeptisch an, klappte wieder ihren Imkerschleier vors Gesicht, krempelte sich die Handschuhe über die Ellbogen und trat dann ein paar Schritte auf ihn zu. Sie legte ihre Hände auf seine Schultern und beugte sich über Jacob, um an ihm vorbeizuspähen.

»Siehst du das?« Andächtig beobachtete er die krabbelnden Bienen. Es herrschte ein emsiges Gewusel im Honigraum. »Ein Volk besteht aus bis zu sechzigtausend Arbeiterinnen. Dazu kommen vierhundert bis tausend Männchen, die Drohnen, und eine Königin, die die Eier legt.«

»Hast du keine Angst vor ihnen?«, wunderte sich Lena.

»Angst nicht«, sagte Jacob. »Ich würde es eher Respekt nennen. Kein Volk gleicht dem anderen. Diese Königin hier ist lieb, ihr kann ich mich auf jeden Fall ohne Schutzausrüstung nähern. Außerdem spüren die Bienen, wie man sich selbst fühlt. Ist man hektisch und unruhig, überträgt sich das auch auf die Tiere. Deshalb gehe ich nie zu ihnen, wenn ich Zeitdruck habe. Ich brauche Ruhe, wenn ich am Volk arbeite.«

»Jacob, der Bienenflüsterer«, zog Lena ihn auf.

»Neidisch?«, fragte er und warf ihr einen Seitenblick zu.

»Schon ein bisschen«, gab Lena zu. »Ich glaube, ich habe in den ersten zwei Minuten nahezu alles falsch gemacht, was man falsch machen kann.«

»Ach, Unsinn.« Jacob lächelte ihr aufmunternd zu. »Wichtig ist: Vermeide den ersten Stich. Denn sobald sich eine Biene angegriffen fühlt, sondert sie einen Duftstoff aus. Das ist das Alarmsignal für die Wächterbienen, und dann hast du innerhalb kürzester Zeit das halbe Volk aufgehetzt und wirst gestochen.«

»Ja, daran erinnere ich mich.« Lena schnitt eine Grimasse.

»Mach dir nichts daraus. Bienenstiche tun zwar weh, aber

man gewöhnt sich daran. Und solange du nicht allergisch reagiert, ist das halb so schlimm. Wusstest du übrigens, dass man Rheuma mit Bienengift behandeln kann?«

»Zum Glück musste ich mich damit bisher noch nicht beschäftigen.«

»Sieh nur, wie schön sie sind«, murmelte Jacob bedächtig. »Wenn du genau hinsiehst, erkennst du, dass sie unterschiedliche Farben haben. Ihre Körperbehaarung unterscheidet sich in Nuancen. Das liegt am Erbgut der Väter, weil die Königin mit bis zu fünfzehn bis zwanzig Drohnen auf Hochzeitsflug geht.«

»Oha, dann hat sie mit dir ja schon fast was gemeinsam.«

Jetzt drehte sich Jacob überrascht zu ihr um, und Lena nahm ihre Hände von seinen Schultern. »Was soll das denn heißen?«, fragte er verwundert.

»Nicht so wichtig.« Lena wich seinem Blick aus. »Erklär mir lieber, was ich hier jetzt genau machen muss.«

Noch immer etwas gekränkt von Lenas Kommentar, wandte sich Jacob wieder den Bienen zu. »Zwischen Mai und Juli musst du einmal in der Woche kontrollieren, ob die Bienen nicht ausgeschwärmt sind. Die Schwarmverhinderung gehört zu den wichtigsten Aufgaben für dich als Imkerin. Das passiert, wenn sich die Bienen eine neue junge Königin heranziehen. Dann schart die alte alle Flugbienen um sich und verlässt ihr Reich. Du musst sie dann wieder einfangen, weil sie draußen wegen bestimmter Schädlinge alleine keine Überlebenschance haben. Seit die Bienen domestiziert wurden, brauchen sie Unterstützung vom Imker.«

»Das klingt ja nicht gerade toll«, meinte Lena.

»So pauschal kann man das nicht sagen«, widersprach Jacob.

»Ein ausgeschwärmtes Volk wieder einzufangen, ist zwar etwas knifflig, aber der Vorteil ist, dass du so deine Bienenvölker vermehren kannst.«

Lena beugte sich vorsichtig über die Bienenbeute. »Also, so wie es hier schwirrt und quillt, scheinen noch alle da zu sein.«

Jacob grinste. »Sehr gut beobachtet. Dann lass uns doch mal prüfen, ob der Honig schon so weit ist.«

»Und wie geht das?«

»So eine Bienenbeute besteht aus mehreren Kästen. Oben ist der Wabenraum oder Honigraum. Dort legen die Bienen ihren Wintervorrat, den Honig, an. Und unten ist der Brutraum. Da sind die Nachkommen. Den lassen wir jetzt aber in Ruhe. Wir wollen ja nur an ihr Gold, die Nahrung der Nachkommen, was die Bienen über Kilometer gesammelt haben.«

»Das ist aber schon ganz schön fies, dass wir ihnen jetzt ihr Essen klauen.«

»Das stimmt«, sagte Jacob lachend. »Aber Honig ist nun mal seit jeher flüssiges Gold. Geimkert wird schon seit Jahrtausenden, es ist ein Handwerk, das weit in die Menschheitsgeschichte zurückreicht.«

»Woher weißt du das alles?«, wunderte Lena sich.

»Ich hatte eine gute Lehrerin.« Jacob zwinkerte ihr zu. Er hoffte, dass seine Anspielung auf ihre Großmutter sie ein bisschen erfreuen würde.

»Und jetzt bist du mein Imker-Pate.« Lena schmunzelte.

»Wenn du willst«, sagte Jacob, und plötzlich fühlte er sich wieder magisch zu Lena hingezogen. Besser, er konzentrierte sich auf die Bienen, bevor sie seine Unachtsamkeit merkten oder er etwas überstürzte. »Dann lass uns doch mal schauen, wie weit der Honig schon ist.« Er nahm aus dem Honigraum ein Rähmchen heraus, in den die Bienen ihre Waben gezogen hatten.

»Mmh, das riecht aber gut«, murmelte Lena. »Ein bisschen nach Wachs und Nektar.«

»Das ist der besondere Geruch der Wabenräume. Ich mag ihn auch sehr gerne. Hier, in den Rähmchen, lagern die Bienen ihren goldgelben Schatz.« Er zog vorsichtig einen Holzrahmen heraus, der über und über mit Bienen voll war, die darauf herumkrabbelten.

»Achtung, lass dich nicht stechen!« Lena trat einen Schritt zurück.

»Das wird gleich noch heftiger«, sagte Jacob. Er nahm den Rahmen und schüttelte ihn, und Lena schrie entsetzt auf.

»Was machst du denn? Bist du übergeschnappt? Da sitzen doch noch die Bienen drauf!«

»Denen passiert nichts, keine Sorge. Ich teste so, ob der Honig schon erntereif ist. Sobald kein Wasser mehr herausspritzt, ist er gut. Die Bienen reichen den Nektar untereinander weiter, reichern ihn so mit Enzymen an und entziehen ihm Wasser. Dann lagern sie ihn in ihren Waben und fächeln ihm Luft zu, bis er noch einmal eine ordentliche Menge Wasser verloren hat, und wenn sie zufrieden sind, verschließen sie ihn mit einem Wachsdeckel.«

»Und dieser hier ist fertig?«, fragte Lena, die sicherheitshalber noch ein paar Schritte zurückgewichen war.

»Ja, ich denke, er ist erntebereit. Alva hat das immer so gewusst, aber ich teste es lieber noch einmal mit dem Refraktometer.«

»Refrakto-was?«

»Mit dem hier.« Er nahm das kleine Messgerät, das er ebenfalls mitgebracht hatte, und zeigte es Lena. »Damit kann man den Wassergehalt ablesen.«

Jacob kratzte mit einem Kaffeelöffel etwas Wachs von den Waben und fing geschickt den fließenden Honig auf, der gleich darauf herauslief. Auf die Löffelspitze kletterten gleich ein paar Bienen und naschten davon.

»Den wollt ihr mir wohl gar nicht hergeben, was?«, flüsterte er den Insekten zu. »Aber keine Sorge. So wie Alva lasse ich euch natürlich auch etwas davon übrig.« Er strich den Honig in das Refraktometer und blickte durch. »Achtzehn Komma fünf«, sagte er.

»Das erklärst du mir dann natürlich noch mal genau, was du da machst, damit ich das auch kann«, forderte Lena.

»Natürlich, wenn du bleibst, mache ich das. Aber fürs Erste muss dir die Schnelleinweisung genügen.«

Er bemerkte, wie Lena von einem Fuß auf den anderen trat. Er hätte sie nicht so unter Druck setzen sollen. Jetzt musste ihm etwas einfallen, um die Situation wieder zu entspannen. Also legte er das Messgerät beiseite und nahm den Löffel.

»Willst du mal probieren?«, fragte er und bot ihn Lena an.

Lena streckte die Hand danach aus, und als Jacob ihr den Löffel übergab, berührten sich ihre Fingerspitzen wieder. Es durchzuckte Jacob, wie wenn ihn eine Biene gestochen hätte, obwohl Lenas zarte Finger in den dicken Handschuhen steckten, doch gleichzeitig war das Gefühl auch honigsüß, und er hätte gerne mehr davon gekostet.

»Hm, schmeckt das lecker.« Lena wartete, bis sich der Honig auf ihrer Zunge ganz aufgelöst hatte. Dabei betrachtete sie die goldbraune Farbe der cremigen Flüssigkeit. »Er hat ein sehr liebliches Aroma«, sagte sie nach kurzem Überlegen. »Und ein bisschen mild-süß. Was haben die Bienen da gesammelt?«

»Das ist Alvas Sommerblütenhonig. Er schmeckt jedes Jahr ein bisschen anders, je nachdem, welchen Nektar die Bienen bei den Blumen gesammelt haben. Alvas Kräutergarten ist da natürlich eine tolle Nahrungsquelle für sie, und der Honigtau einiger Bäume. Ihr Zwetschgenbaum steht bei den Bienen ebenfalls hoch im Kurs. Je nachdem, was sie finden, verändert sich auch der Farbton ein bisschen.«

Lena nickte anerkennend. »Also, ich mag ihn.«

»Das freut mich«, sagte Jacob. »Aber nach Alvas Vorliebe ist er leider noch ein klein wenig zu flüssig. Wenn er zu feucht ist, könnte er später im Glas gären. Du wirst dich also noch etwas gedulden müssen. In ungefähr einer Woche können wir noch mal danach sehen.«

»Da hilft wohl nur abwarten und Alvas Honigbonbons naschen.« Sie lächelte ihn an, und Jacob erwiderte ihren Blick. Auch er erinnerte sich nur zu gut an die Momente, wenn Alva aus ihrer Jackentasche zwei Bonbons für Lena und ihn herausgezogen und ihnen zugezwinkert hatte.

»Wir können ja mal bei den anderen Bienenstöcken gucken, ob es da schon was zu holen gibt.«

»Wie viele Völker hatte Alva denn?«

»Siebzehn.«

Lena klappte die Kinnlade nach unten. Anscheinend war sie von deutlich weniger ausgegangen.

»Aber keine Sorge, die ersten Sorten sind schon durch. Der Löwenzahnhonig zum Beispiel wird schon im Frühjahr geerntet. Er zählt zu den frühsten Honigernten im Jahr. Er ist übrigens auch eine sehr seltene Spezialität, weil keine Rapsfelder in der Nähe sein dürfen. Die könnten nämlich die Reinheit beeinträchtigen, da die Bienen dann nicht mehr nur Löwenzahnnektar sammeln.«

Lena nickte. »Und welches ist der späteste?«, fragte sie neugierig.

»Der Salzwiesenhonig. Er ist erst im Spätsommer so weit. Von der Meerstrandaster sogar erst im Spätherbst. Das ist übrigens auch der seltenste und teuerste Honig. Die Herbststürme gefährden die Bienen und hindern sie am Fliegen, sodass es in manchen Jahren überhaupt keinen Salzwiesenhonig gibt.«

Lena sah ihn beeindruckt an. »Und trotzdem holen ihn die Bienen?«

Jacob nickte. »Sie mögen die Blüten. Genauso besonders ist der Salzwiesenhonig vom Strandflieder. Der ist sogar noch seltener und exklusiver als von der Aster.«

»Weil der Halligflieder auch erst jetzt Mitte Juli bis Mitte August blüht?«

»Ja, aber er kann nur in den ersten zwei Wochen der Blüte als reiner Strandfliederhonig gewonnen werden. Später sammeln die Bienen dann auch Heideblüten. Und durch die Blütezeit, die man abwarten muss, kann man erst relativ spät eine Behandlung gegen die Varroamilbe durchführen. Das birgt ein hohes Risiko, die Völker zu verlieren.«

»Und trotzdem hat Alva es gewagt und ihre Bienen diesen Honig dann sammeln lassen?«, wunderte sich Lena.

»Deine Oma hatte es im Gespür, wann der richtige Zeitpunkt für die Ernte gekommen war, und sie wusste am Flug der Bienen abzulesen, ob ein Unwetter naht. Sie war die Bienenkönigin ihrer Völker. Und jetzt bist du das.«

Lena lächelte gerührt, doch dann wurde ihr Gesicht wieder ernst. »Dabei weiß ich fast nichts über Bienen.«

»Das, was mir Alva gezeigt hat, kann ich an dich weitergeben. Ich bin doch dein Imker-Pate.« Er stupste sie mit dem Ellbogen freundschaftlich in die Seite, doch Lena blieb ernst. »Hey, was ist los?«, fragte er besorgt.

»Was wird aus den Bienen, wenn ich die Hallig wieder verlasse?«, fragte Lena. »Jemand muss sich doch um sie kümmern. Ich kann sie schließlich nicht sich selbst überlassen.«

Jetzt wurde auch Jacob ernst, und er merkte, dass ihm das Herz schwer wurde. Den Gedanken, dass Lena demnächst abreisen könnte, hatte er in der letzten Stunde mit ihr hervorragend verdrängt.

»Ich kann das machen, Lena. Wenn du das willst. Ich kann nach deinen Bienen sehen, wenn du sie mir anvertraust.«

»Anvertraust?« Lena lachte gequält. »Jacob, sie wären bei dir in den besten Händen. Sieh mal, ich habe keine Ahnung, und du kennst beinahe schon jede Biene mit Namen.«

»Noch kann ich ihren Namen nicht tanzen wie die anderen Völkermitglieder«, widersprach er, aber Lena lachte nicht über seinen Witz.

»Ich verstehe einfach nicht, wieso Alva sie ausgerechnet mir vermacht hat.«

Jetzt wurde auch Jacob ernst. »Mir geht es ähnlich, wenn ich darüber nachdenke, wieso ich die andere Hälfte der Halligkate erben soll.«

Sie blickten sich einen Moment in die Augen, und Jacob las in Lenas Blick ihre Verzweiflung, und ganz tief, auf dem Grund ihrer Seele, sah er ihre Sehnsucht, ihren Schmerz, den sie vor ihm zu verbergen versuchte.

»Lena … Was das angeht … Ich werde das Erbe natürlich nicht antreten. Die Kate gehört dir, Alva war deine Oma, das Haus sollte in eurer Familie bleiben.«

»Nein, Jacob«, widersprach Lena mit fester Stimme. »Es war Alvas Letzter Wille, und den sollten wir achten. Aber ich habe nicht das Geld, um sie dir abzukaufen. Ich stecke selbst bis zum Hals in Schulden.«

Jacob wollte etwas sagen, doch Lenas offene Art überraschte ihn. War das vielleicht der Grund, wieso sie Alva nicht mehr besucht hatte? Hatte sie ihrer Großmutter nichts von ihren Problemen erzählen wollen? Oder hatte ihr womöglich einfach die Zeit gefehlt, weil sie auf dem Festland ihr Leben regeln musste?

»Das … das wusste ich nicht«, sagte er verblüfft. »Lena, das tut mir sehr leid zu hören. Was ist passiert?«

Lena zögerte und schien abzuwägen, ob sie Jacob davon erzählen sollte.

»Wollen wir reingehen?«, fragte sie, und Jacob nickte.

E-MAIL-ENTWURF VOM 05. OKTOBER 2010

An: lena.hendriksen@hoogemail.de
Von: Jacob-Flemming@blumenmeer.de

Betreff: Ich muss dir was sagen

Lena, ich habe Svea geküsst …

13.

Lena ging die Flaschen in Alvas bunt bemaltem Hochzeitsschrank durch. Sie brauchte jetzt etwas Stärkeres als Apfelschorle.

»Es ist nur Met da«, sagte sie und hielt eine Flasche mit einem handbeschrifteten Etikett in die Höhe.

Jacob zuckte mit den Schultern. »Mir ist das recht«, meinte er, ging in die Küche und kam gleich darauf mit zwei Weingläsern und einem Korkenzieher zurück.

Lena nahm auf dem hellgrauen Sofa mit seinen blau-weißgestreiften Sofakissen Platz, entkorkte die Flasche und schenkte Jacob und sich ein. Sie schwenkte das Glas, beobachtete, wie die golden schimmernde Flüssigkeit an der Innenwand zurücklief, und schnupperte. Der Honigwein roch verlockend, und so nippte sie daran. Die schwere Süße benetzte ihre Lippen und stieg ihr sofort in den Kopf, und Lena atmete erleichtert durch. Genau das hatte sie jetzt gebraucht.

»Ich bin froh, dass der Tag heute vorbei ist«, gab sie leise zu.

»Das verstehe ich«, sagte Jacob. »Aber ich bin mir sicher, dass sich Alva sehr gefreut hätte, dass du wieder auf Hooge bist.«

Jetzt hob Lena den Blick und sah Jacob direkt in die Augen.

»Ihr habt viel miteinander gesprochen in letzter Zeit, oder?«

»Ich habe immer mal wieder nach ihr gesehen, da blieb das nicht aus«, entgegnete Jacob schulterzuckend. »Seit sie öfter mal im Krankenhaus war …«

»Sie war öfter im Krankenhaus?«, unterbrach Lena ihn.

»Ja, wusstest du das nicht?«

Lena schüttelte den Kopf und richtete sich ein wenig auf. »Sie hat nie etwas gesagt. Willst du mir erzählen, was mit meiner Oma los war? Wann ist sie so krank geworden?«

»Sie hatte mehrfach Probleme mit dem Herzen. Die Ärzte haben bei ihr Arteriosklerose festgestellt und wollten ihr einen Stent setzen, um die Verengung der Gefäße zu unterbinden, aber Alva hat abgelehnt. Sie meinte, in ihrem Alter lässt man sich nicht mehr operieren. ›Der liebe Gott entscheidet, wann meine Zeit gekommen ist, nicht irgendwelche Mediziner‹, hat sie immer gesagt.«

»Wieso hat sie uns davon nichts erzählt?«, murmelte Lena mehr zu sich selbst. »Ich hätte doch nach ihr gesehen.«

»Ich glaube, sie wollte nicht, dass ihr euch verpflichtet fühlt.«

»Aber wir sind doch ihre Familie!«, widersprach Lena ungläubig.

»Ich weiß, aber sie wollte, dass ihr sie aus freien Stücken besuchen kommt.«

Lena traf diese Antwort wie eine schallende Ohrfeige. Sie war in den letzten Jahren nur immer mal wieder für ein paar Tage zu Besuch gekommen und hatte sich ansonsten um die Schreinerei und ihre Beziehung mit Mats gekümmert. Wenn sie gewusst hätte, dass Alva krank gewesen war, dann hätte sie doch ihre Angst, Jacob zu begegnen, heruntergeschluckt und nach ihrer Oma gesehen.

»Alva wusste sehr gut, wie sie ihre Symptome vertuschen

konnte. Auch ich habe lange gebraucht, bis ich dahintergekommen bin, dass es ihr nicht gut geht.«

Lena sah auf ihre Fingerspitzen, die den schlanken Stil des Weinglases umfasst hielten.

»Das Krankenhaus sagte, dass sie einen Herzinfarkt hatte«, murmelte Lena.

Jacob nickte kaum merklich. »Als ich vor ein paar Tagen morgens bei ihr im Garten war, um Blumen für meine Gebinde zu schneiden, ist mir aufgefallen, dass Alva nicht wie sonst im Haus herumwerkelt. Also bin ich reingegangen und habe sie oben in ihrem Alkoven gefunden. Ich habe sofort den Notarzt gerufen.« Er hielt einen Moment inne, um sich zu sammeln. »Der Rettungshubschrauber hat sie dann ins Krankenhaus nach Sankt Peter-Ording gebracht.«

Lena konnte sich nur zu gut vorstellen, welcher Trubel auf der kleinen Hallig geherrscht haben musste, als der Hubschrauber gelandet war. Auf Hooge gab es lediglich eine Krankenpflegestation auf der Hanswarft, und wenn sich einmal ein Urlauber ernstlich verletzt hatte oder ein sonstiger Notfall war, gerieten die Hooger immer gleich in helle Aufregung.

»Warst du bei ihr, als es passiert ist?«, fragte Lena mit brüchiger Stimme.

Jacob schüttelte den Kopf, und Lena sah, dass es ihm sehr schwerfallen musste, sich zu erinnern. »Ich habe sie noch bis ins Krankenhaus begleitet«, sagte er halblaut. »Dort habe ich dann an ihrem Bett gesessen und ihre Hand gehalten, bis sie eingeschlafen ist. Ich habe sie immer wieder gefragt, ob ich dich oder deine Eltern anrufen soll, aber sie hat abgelehnt.« Er brauchte einen Moment, um sich zu sammeln. »Sie hatte sich so sehr gewünscht, dass du zurückkommst.«

Lena blinzelte gegen die aufsteigenden Tränen an. »Aber wieso hat sie denn dann nie etwas gesagt?«

»Weil sie wollte, dass du dich selbst dafür entscheidest.«

Lena seufzte tief. Mit dem Ärmel ihrer Strickjacke wischte sie sich die Tränen aus den Augen.

»Sie war der felsenfesten Überzeugung, dass du hierher zurückkommst, in die alte Halligkate ziehst und wir wieder ein Paar werden.«

Jetzt lachte Lena, doch es war bitter und hilflos zugleich. Sie fühlte sich so verloren, so einsam, und die Schuldgefühle bohrten sich wie Messerklingen tief in ihr Innerstes. Sie schämte sich entsetzlich, weil sie nicht mehr nach Alva gesehen hatte, und dass ihre Oma allein gestorben war, brach ihr das Herz.

»Ich hätte da sein müssen«, murmelte sie.

»Es hätte nichts geändert«, sagte Jacob, und seine Stimme war sanft wie Seide und hüllte Lena ein in einen tröstenden, wohligen Mantel. »Sie ist friedlich eingeschlafen, und die Ärzte haben mir bestätigt, dass sie, nachdem ich weg war, nicht mehr aufgewacht ist.«

Lena schluchzte auf, doch sie biss sich auf die Lippen, um nicht weinen zu müssen.

Jacob rutschte ein Stück auf sie zu und drückte ihre Hand. Es war nur eine kurze, freundschaftliche Berührung, aber sie reichte, um Lenas Haut zum Kribbeln zu bringen und das Feuer von damals wieder zu entfachen. Die Erinnerungen überrollten sie wie eine Welle. Lena zog vorsichtig die Hand weg und fuhr mit der Fingerspitze über den Rand ihres Weinglases. Sie hatte Angst davor, Jacob noch einmal so nahezukommen wie heute Mittag. Würde sie jetzt, wo sie alleine waren, der Sehnsucht, die immer wieder in ihr aufwallte, standhalten können?

Würde es ihr weiterhin gelingen, ihre Gefühle in Schach zu halten? Die Erinnerung an damals war wieder und wieder hochgekommen, die Schmetterlinge in ihrem Bauch, wenn sie an ihren ersten Kuss dachte, die Liebe, die sie für Jacob empfunden hatte, und der Schmerz, nachdem er ihr das Herz gebrochen hatte. Lena trank einen großen Schluck Wein, um das unangenehme Gefühl, das sich in ihr ausbreitete, herunterzuspülen.

»Danke, dass du das gemacht hast«, murmelte sie. »Ich hätte an ihrer Seite sitzen sollen, aber ich war nicht für sie da.«

»Mach dir keine Vorwürfe. Das, was du vorhin im Garten angedeutet hast, klingt so, als ob du selbst einiges um die Ohren hattest.«

Lena nickte nachdenklich. »Ehrlich gesagt, habe ich mir mein Leben irgendwie anders vorgestellt«, gab sie seufzend zu.

»Dann bist du nicht glücklich mit deiner Schreinerei?«, fragte Jacob verwundert. »Du hast doch als Kind immer schon gerne gebaut. Ich erinnere mich noch, wie du kleine Geschenke aus Strandgut gebastelt und versucht hast, sie den Touristen zu verkaufen. Und weißt du noch, dein Weihnachtsbaum?«

»Das stimmt.« Lena lächelte, als sie sich an ihren selbst gezimmerten Weihnachtsbaum aus angespülten Planken erinnerte. Er hatte erbärmlich ausgesehen, aber Alva hatte ihn stolz mit ihren alten Holzäpfeln und Strohsternen behängt und war davon überzeugt, dass es der schönste Baum sei, den sie je gesehen hatte. »Aber zu solchen Dingen komme ich fast überhaupt nicht mehr. Das Tagesgeschäft sieht anders aus.«

»Also baust du jetzt Schränke und Tische und solche Dinge?«, fragte Jacob interessiert.

»Ja, aber wir haben trotzdem Probleme, die Raten unseres Kredits zu tilgen.«

»Sieht es so ernst aus?« Jacob nippte an seinem Wein, ließ Lena dabei jedoch nicht aus den Augen.

»Wir haben jede Menge Schulden, auch wenn Mats und ich fast rund um die Uhr in der Schreinerei stehen. Manchmal stelle ich in meiner Freizeit noch ein paar Sachen her, aber die reißen es auch nicht raus. Ehrlich gesagt kauft das leider kaum jemand. So etwas ist höchstens auf Weihnachtsmärkten gefragt, aber selbst da greifen die Leute lieber zu den billig produzierten Waren aus China.«

»Schade, ich habe deine Sachen immer gerne gemocht.«

Lena lachte unglücklich. »Da bist du anscheinend der Einzige. Mats hält das, was ich da mache, für eine ziemliche Spinnerei.«

»Es läuft momentan nicht so gut zwischen dir und deinem Freund, oder?«

Lena sah auf. Sie war verwundert, dass Jacob das so direkt ansprach.

»Ich meine nur, weil er heute nicht da war, um dich zu unterstützen.«

Das stimmte, und seine Abwesenheit verdüsterte Lenas Herz wie eine Novembernacht, in der weder der Mond noch ein einziger Stern zu sehen war.

»Er hat sich um einen wichtigen Auftrag gekümmert«, versuchte sie ihren Freund im Schutz zu nehmen.

»Und das lässt du dir einreden?« Jacob sah sie empört an. »Lena, deine Großmutter wurde heute beerdigt. Was könnte wichtiger sein, als dich an diesem Tag zu unterstützen und für dich da zu sein?«

Um nicht antworten zu müssen, trank Lena ihr Weinglas aus und schenkte sich nach. »Er hat mir geschrieben«, wich sie aus. »Aber du hast recht, es kriselt immer mal wieder zwischen ihm und mir.« Sie wusste nicht, warum sie Jacob das erzählte.

»Na ja, so eine Situation ist natürlich immer eine Belastungsprobe für eine Beziehung.«

»Der wir nicht standgehalten haben«, sagte Lena tonlos.

»Wie meinst du das?«

Lenas Lippen wurden schmal, und ihr Blick wanderte zu der Holztruhe, auf der das Foto von Jacob, Alva und ihr stand. »Er hat mich betrogen«, murmelte sie.

»Was? So ein Idiot.«

Lena wandte überrascht den Kopf und funkelte Jacob an.

»Entschuldige, das war wohl zu direkt. Wir reden hier ja immer noch über deinen Freund, und im Grunde geht es mich auch nichts an.«

»Nein, du hast schon recht«, sagte Lena. »Das war absolut nicht in Ordnung von ihm.«

»Warum bist du dann noch mit ihm zusammen?«

Sie zuckte mit den Schultern. Wieder erinnerte sie sich an den Schmerz, den sie damals empfunden hatte, als Mats ihr von seinem Fehltritt berichtet hatte. Es hatte ihr den Boden unter den Füßen weggerissen. Seitdem war die Angst zu groß, erneut verletzt zu werden, zu tief die Furcht, wieder diesen Schmerz erleiden zu müssen. Sie wusste nun, dass sie nicht gut genug war, dass sie nicht dazu in der Lage war, das zu geben, was jemand anderes bei ihr suchte. Es brannte in Lenas Herzen, wünschte sie sich doch so sehr, endlich in offenen Armen anzukommen, einen sicheren Hafen zu finden, ein Zuhause, zu dem sie zurückkehren, bei dem sie bleiben konnte.

»Wir haben eine Paartherapie gemacht«, sagte sie ausweichend. »Es ist okay.«

»Okay?« Jacob zog die Brauen zusammen und schenkte ihr und sich noch einmal Met nach. »Lena, eine Beziehung sollte nicht einfach nur okay sein. Oder reicht dir das etwa? Du hast doch früher immer an die große Liebe geglaubt.«

»Ja, das war früher.« Lena nahm einen großen Schluck. »Aber da wusste ich es auch noch nicht besser.«

»Ich verstehe, dass ihr es momentan nicht einfach habt. Ich weiß, wie es ist, Schulden zu haben und sich jeden Tag zu fragen, ob das die richtige Entscheidung war. Seit ich die Gärtnerei meiner Eltern übernommen habe, verstehe ich, wieso sie sich manchmal abends gestritten haben, und jetzt, wo ich selbst in der Situation bin, habe ich eine Vorstellung davon, wie sehr so etwas eine Beziehung belasten kann.«

Lena versuchte in seinem Gesicht zu lesen, doch die Antwort auf ihre Frage, die sie sich nicht auszusprechen traute, fand sie dort nicht.

»Gibt es denn jemanden in deinem Leben?«, fragte sie ihn schließlich vorsichtig.

Jacob schüttelte den Kopf, und für eine Weile saßen sie nur schweigend nebeneinander und tranken ihren Met.

»Jacob, ich glaube, Mats betrügt mich wieder.« Lena wusste selbst nicht, wieso sie das gesagt hatte, doch als sie jetzt vorsichtig ihren Blick hob, lag so viel Mitleid, so viel Sehnsucht in Jacobs Augen.

»O Lena …« Seine Stimme war nur ein Flüstern, ihr Name kaum mehr als ein Hauch, doch es reichte aus, dass sich ihr Herz vor Sehnsucht zusammenzog. Sie fühlte sich wieder wie damals mit sechzehn, als sie geglaubt hatte, dass es niemals eine andere Liebe in ihrem Leben geben würde, dass Jacob und sie für immer zusammengehörten.

Er nahm ihr das Weinglas aus der Hand, stellte es zusammen mit seinem auf den Glastisch, rutschte die wenigen Zentimeter, die sie auf dem Sofa voneinander trennten, zu ihr und zog sie in seine Arme. Dort lehnte sie ihren Kopf an seine Schulter, schloss die Augen und sog den ihr so wohlbekannten Duft von Jacob ein, der sich mit seinem Aftershave, dem des Salzwassers der Nordsee und des süßen Honigweins vermischt hatte. Sie fühlte sich ausgelaugt und leer nach diesem Tag, ihr Kopf war schwer vom Wein und vermittelte ihr den Eindruck, als wäre alles wie von Watte gedämpft. Lena spürte Jacobs warmen Atem, der zart über ihren Hals strich, sie spürte sein sanftes, beständiges Streicheln auf ihrem Rücken, die Wärme, die von ihm ausging. Seine Nähe beruhigte sie, füllte die Leere aus, die dieser Tag in ihr zurückgelassen hatte, und der Met ließ ihre Gedanken in der klebrigen Süße langsamer fließen.

Warum konnte es so nicht immer sein?, fragte sie sich, und wieder breitete sich die Sehnsucht und Melancholie in ihr aus. Sie seufzte leise, und dann spürte sie, wie Jacob ihr zärtlich einen Kuss ins Haar hauchte. Vorsichtig löste sie sich ein wenig von ihm, richtete sich auf und sah in seine dunkelbraunen Augen, in denen die goldenen Sprenkel wie kleine Feuer funkelten. Ihre Gesichter waren sich so nahe, dass Lena auch jetzt wieder seinen Atem auf ihrer Haut spürte.

Jacob lächelte sie liebevoll an, doch in seinem Blick lag auch die Sehnsucht, die Lena selbst spürte und die ihr tief ins Herz schnitt. Zärtlich streichelte er über ihre Wange und steckte ihr eine ihrer honigblonden Haarsträhnen hinters Ohr, eine so vertraute Geste, die Lenas Herz zum Stolpern brachte.

»Jacob«, flüsterte sie, doch er legte ihr nur einen Finger auf die Lippen und schüttelte sanft den Kopf.

»Entschuldigung«, flüsterte er.

Lena sah ihn verständnislos an. »Wofür?«, hauchte sie.

»Dafür«, murmelte Jacob, und noch ehe sie etwas erwidern konnte, senkte er seine Lippen auf ihre.

Sie schmeckte den süßen Honigwein, der seine Lippen benetzte, spürte den sanften Druck, mit dem er sie küsste, und Lena ließ ihn nur zu gern gewähren. Ein Schauer, heiß und kalt, durchrieselte sie, lief durch ihren ganzen Körper und erfüllte sie mit Sehnsucht und dem Wunsch nach mehr. Sie öffnete ihre Lippen und erwiderte seinen Kuss mit der gleichen Begierde, dem gleichen Verlangen, das sie schon damals mit sechzehn gespürt hatte. Seine Lippen waren die ersten, die sie geküsst hatte, damals noch unbeholfen und zaghaft, und sie hatte geglaubt, dass ihnen niemals andere folgen würden. So lange war es schon her, doch ihr ganzer Körper schien sich sofort wieder daran zu erinnern, wie es sich angefühlt hatte, denn ihre Bewegungen verschmolzen miteinander, als wären sie die letzten elf Jahre niemals getrennt gewesen.

Lena presste sich an ihn, schlang die Arme um seinen Nacken und ließ es zu, dass Jacob sie an sich zog. Sie setzte sich auf seinen Schoß, vergrub ihre Hände in seinem dunklen Haar, strich ihm durch den Ansatz seiner Locken. Es fühlte sich so gut an, ihn endlich wieder so dicht bei sich zu spüren, die Lücke, die er hinterlassen hatte, mit ihm auszufüllen, denn nur er war es, der ganz genau hineinpasste.

Doch plötzlich löste er sich von ihr, hielt sie mit seinen Händen fest an ihren Oberarmen und schob sie ein Stückchen von sich. Atemlos sahen sie sich an, ihre Oberkörper hoben und senkten sich rasch, beschleunigt von dem schnellen Atem, die Gesichter erhitzt und mit einer sanften Röte überzogen. Lenas

Herz klopfte wild gegen ihre Rippen, jede Faser ihres Körpers schrie danach, wieder zu Jacob zurückzuwollen, aber sie musste sich beherrschen.

»Das geht nicht«, brachte er mit rauer Stimme hervor. »Es tut mir leid. Das war falsch.«

Er ließ seine Arme sinken und sprang auf, und obwohl sein Griff fest und fast schon ein bisschen schmerzhaft gewesen war, vermisste Lena jetzt seine Berührung, war es doch die letzte Nähe, die er ihr gegeben hatte.

Sie wollte etwas sagen, aber ihre Stimme gehorchte ihr nicht. Also griff sie nach seiner Hand, wollte ihn wieder zu sich aufs Sofa ziehen, den Moment zurückholen, die Kälte, die sie plötzlich umgab, erneut mit seiner Wärme vertreiben, aber Jacob schüttelte ihre Hand ab.

»Nein!«, rief er, und Lena hatte das Gefühl, als träfe sie ein Peitschenhieb. »Ich muss gehen.« Mit raschen Schritten lief er zur Tür.

»Jacob!« Lena war jetzt ebenfalls aufgesprungen und rannte ihm nach. »Warte! Bitte …«

An der Tür drehte sich Jacob noch einmal zu ihr um, bedachte sie mit einem Blick voller Sehnsucht und Schmerz und schüttelte dann sanft den Kopf.

»Es tut mir so leid«, flüsterte er noch einmal, dann zog er die Tür hinter sich ins Schloss.

Lena zuckte bei dem zufallenden Geräusch zusammen. Da stand sie nun, allein, verlassen und verletzt. Und mit tausend Fragen, die in ihrem Kopf herumschwirrten wie Alvas Bienen in ihrem Stock.

14.

Lena hatte nach diesem Abend noch lange in ihrem Alkoven wach gelegen und auf ihr Smartphone gestarrt. Aber es hatten sich weder Jacob noch Mats gemeldet. Auch jetzt lag sie noch in ihrem Bett, umhüllt von den weichen Kissen und dem Duft von Lavendel aus Alvas Garten, den Blick an die niedrige Decke direkt über ihr gerichtet. Immer wieder dachte sie über Jacobs Worte nach, darüber, was sich ihre Oma bis zuletzt für sie gewünscht hatte. Wie sollte das gehen, auf die Hallig zurückzukommen? Ihr Leben auf dem Festland konnte sie nicht so einfach aufgeben. In der Stadt warteten ihre Freunde auf sie. Dort war ihre Wohnung. Ja, es war ihr oftmals zu laut und zu viel, aber das lag sicherlich daran, dass sie in letzter Zeit rund um die Uhr gearbeitet und sich nach Ruhe und Erholung gesehnt hatte. Auf Hooge hingegen hätte sie diese Ruhe, zwangsweise, wie sie sich mit einem schmalen Lächeln erinnerte. Hier gab es Natur und endlose Weite, romantische Sonnenuntergänge und Meeresrauschen, Strände und den rauen Wind. Doch ohne jemanden zusammen konnte das alles auch recht schnell erdrückend werden, das wusste Lena nur zu gut. Für so etwas musste man bereit sein, denn hier war man abgeschnitten von der Außenwelt, wenn die Natur ihre eigenen Pläne machte, und, wenn man sich nicht um Kontakte und Anschluss bemühte, auch sehr schnell sehr einsam und allein. Ja, sie hatte Marit, aber es würde dauern, bis sie sich einen neuen Freundeskreis aufgebaut hatte. Allein Ronjas Blick, als sie ihren Junggesellinnenabschied im Vier Gezeiten geplant hatte, hatte ihr deutlich gemacht, dass sie hier nicht mehr dazugehörte. Dafür war sie einfach schon zu lange weg. Aber ganz abgesehen davon konnte sie auch nicht einfach alles so hinter sich lassen. Sie hatte ja auch Verpflichtungen. Da war ihr Job, den sie über alles liebte. Wovon sollte sie auf Hooge leben? Von einer Ein-Zimmer-Vermietung? Das war vielleicht für Alva mit ihrer Rente gegangen, aber Lena hatte einen Kredit, den sie bedienen musste. Sie seufzte. Der Kredit für ihre Schreinerei, ihr Herzensprojekt, für das sie so lange gekämpft hatte und es immer noch tat. Ja, sie hatten noch immer finanzielle Schwierigkeiten, aber vielleicht änderte sich das nun mit dem neuen Auftrag. Und einfach die Flinte ins Korn zu werfen, als ob es die letzten Jahre, in denen sie so hart gearbeitet hatten, nicht gegeben hätte, konnte sich Lena nur schwer vorstellen. Und wollte sie das überhaupt? Sie hatte auf so viel verzichtet, sogar darauf, ihre Oma zu besuchen; etwas, das sie mittlerweile bitterlich bereute. Wenn sie jetzt einfach so abhaute, wäre das nicht feige? Und unfair Mats gegenüber? Sie wusste, wie viel Herzblut, wie viel Schweiß und Tränen sie beide in die Schreinerei gesteckt hatten. Sollte das jetzt alles umsonst gewesen sein?

Überhaupt, Mats. Ihre langjährige Beziehung, der Wunsch, sich mit ihm ein gemeinsames Leben aufzubauen. Aber hatte sie ihre Oma nicht genau davor gewarnt? Es ärgerte sie, dass Alva recht behalten und Mats sie enttäuscht hatte. Trotzdem, kam es nicht in jeder guten Beziehung einmal zu Reibereien und Diskussionen? Und es gab ja auch andere Zeiten. Sie dachte daran, wie sie damals den Bauernschrank restauriert hatten, ihr erstes gemeinsames Stück. Sie hatten ihn auf einem historischen Stadtmarkt entdeckt und sofort gewusst, dass sie diesem Stück eine zweite Chance geben wollten. Und dann hatten sie sich an die Arbeit gemacht. Hatten Holz bestellt, Beschläge geprüft. Lena hatte stundenlang im Netz nach kunstvollen Bemalungen recherchiert, hatte sich in Ornamenteschnitzen geübt, und immer wieder war Mats zu ihr gekommen, hatte ihr einen Kuss gestohlen, sie mit dem gleichen Verlangen und der Leidenschaft angesehen, das auch in ihrem Inneren brannte, und einmal hatten sie sich sogar auf der Werkbank ihrer Schreinerei geliebt … Lena erinnerte sich, als ob es gestern gewesen wäre. Sie spürte noch immer seine heißen Küsse auf ihrer Haut, wenn sie die Augen schloss und daran dachte. Wo war diese Begierde nur hin? Wann war das Feuer zwischen ihnen erloschen? Oder gab es vielleicht doch noch eine Möglichkeit, es wieder zu entfachen? Sie konnte doch nicht einfach so die letzten acht Jahre ihres Lebens wegwerfen … für ihre Jugendliebe. Oder doch? Nein, das mit Jacob hatte sicher keine Zukunft. Es war ein Kuss, den sie getauscht hatten. Ein Kuss nach so vielen Jahren. Natürlich war da das Verlangen und die Leidenschaft groß und drohten sie mitzureißen wie eine Hooger Sturmflut. Aber wahrscheinlich ebbte auch das bald ab. Trotz allem hinterließ der Gedanke an Mats bei Lena einen schalen Beigeschmack. Er hatte ihr gestern bloß einmal geschrieben, und dass er nicht zur Beerdigung gekommen war, kränkte sie noch immer.

Lena ließ die Beerdigung noch einmal Revue passieren. Wieder war sie tief berührt von dieser bewegenden Zeremonie, von dem schönen Moment, als ihre Oma endlich heimgekommen war. Hoffentlich würde sie ihren Frieden finden. Trotz der Traurigkeit und des Verlustes spürte Lena auch eine tiefe Ruhe in sich, und auf einmal bemerkte sie, dass auch sie sich so einen Ort wünschte, an den sie eines Tages einmal heimkehren würde. Aber war das Hooge?

Keine Frage, Alva hatte zur Hallig gehört wie die Ringelgänse im Frühjahr, die Touristen im Sommer und die Stille im Winter, wenn keine Fähre mehr anlegte, weil es die Gezeiten unmöglich machten. Ihr Tod würde eine besonders große Lücke hinterlassen, doch all die vielen Geschichten und Momente, die sie mit ihr erlebt hatte, die würden bleiben und zu einem untrennbaren Teil der Halliggeschichte werden. Ob Lena das auch konnte? Oder war sie das vielleicht längst schon? Wenn sie sich an die Blicke von Hauke, Jacobs Eltern oder Bauer Kilian erinnerte, an die vielen Gerüchte, die schneller das Eiland umrundet hatten als sie selbst, dann musste sie sich eingestehen, dass auch sie seit ihrer Kindheit ein Teil davon war. Und was war mit ihrer Liebesgeschichte mit Jacob? Hatte diese vor elf Jahren ein trauriges Ende genommen, oder würde man sich später, wenn sie selbst alt und grau war, von ihrer zweiten Chance, ihrem Wiedersehen nach all den Jahren erzählen?

»Das führt doch zu nichts!« Lena schlug aufgebracht die Decke beiseite und setzte sich auf. Sie durfte sich nichts vormachen, sie verfing sich in der Erinnerung an einen einzigen Kuss. Einen, der zugegebenermaßen noch immer auf ihren Lippen brannte …

Ihr Smartphone brummte, und Lena warf einen Blick darauf. Es war Mats, der ihr geschrieben hatte. Sie öffnete die Nachricht.

Wann kommst du zurück?

Lena spürte, wie die Wut in ihr hochkochte. Kein einziges Mal hatte er sie gefragt, wie es ihr ging oder wie sie sich gestern gefühlt hatte. Ganz im Gegensatz zu Jacob, der sie nahezu den ganzen Tag nicht aus den Augen gelassen hatte. Lena erinnerte sich wieder daran, wie sie immer wieder seinen Blick in Marits Café auf sich gespürt hatte, wie er stets in ihrer Nähe gewesen war, ihr Halt gegeben und ihre Hand gehalten hatte … Und abends, als sie schon befürchtet hatte, jetzt für den Rest dieses bewegenden Tages mit sich und ihren Gedanken allein sein zu müssen, hatte er keine Sekunde gezögert und war vorbeigekommen. Auf einmal merkte Lena, dass sie überhaupt keine Lust mehr hatte, nach Bremen zurückzufahren. Vielleicht würde es ihr ganz guttun, wenn sie mal für eine Weile hierblieb und sich eine Auszeit nahm, sich den Kopf vom Wind freipusten ließ. Vielleicht würde sie sich dann auch über ihre Gefühle für Jacob klar werden.

Ich habe noch zu tun, schrieb sie Mats deshalb zurück und hoffte, dass er sich mit dieser unverbindlichen Antwort zufriedengeben würde. Doch da hatte sie sich getäuscht. Kaum eine Sekunde später klingelte ihr Telefon.

»Was soll das heißen, du hast noch zu tun?«, fragte Mats aufgebracht. »Ich dachte, die Beerdigung ist vorbei.«

»Ja, das ist sie auch, aber ich habe trotzdem noch einiges zu erledigen«, antwortete Lena ärgerlich.

»Und was? Ich brauche dich hier, Lena. Ich halte hier die ganze Zeit für uns die Stellung, und du lässt mich einfach so hängen!«

»Was? Das ist nicht fair, Mats, und das weißt du selbst. Ich habe meine Oma verloren, und du hast mich nicht einmal gefragt, wie es mir geht. Und du warst gestern nicht hier, um mich zu unterstützen.« Sie wusste, dass sie ihn gerade ungerecht behandelte, und ihre Gedanken an Jacob engten sie ein wie eine Schlinge um ihren Hals.

»Das ist der Dank dafür, dass ich deine Kundenanfragen regle?«

»Jetzt tu nicht so, als ob du dich damit völlig überarbeitest«, fauchte Lena. »Du weißt selbst, dass das nicht stimmt.«

»Umso schlimmer, dass du dir hier eine Auszeit nimmst und die Seele baumeln lässt, während ich alles versuche, um unsere Schreinerei über Wasser zu halten!«

»So denkst du von mir?«, fragte Lena, und ihre Augen verengten sich zu Schlitzen. »Weißt du was, Mats? Ich glaube, ich brauche jetzt tatsächlich eine Auszeit.«

Einen Moment war es still am anderen Ende der Leitung, und Lena befürchtete schon, dass die Verbindung unterbrochen worden war.

»Wie meinst du das?«, erkundigte sich Mats. Seine Stimme klang verändert.

»Ich muss mir darüber klar werden, wie es weitergeht, darüber, was ich wirklich möchte.«

»Mit uns?«, fragte Mats unsicher.

»Ja, auch mit uns.« Lenas Stimme war fest, und sie wunderte sich selbst darüber.

»Und wie lange wird das dauern?«

Sie blähte die Wangen und blies kurz darauf die Luft aus. »Ehrlich gesagt, weiß ich das nicht. Vielleicht eine Woche, vielleicht einen Monat … Ich habe keine Ahnung.«

»Ist das jetzt die Retourkutsche dafür, dass ich fremdgegangen bin? Für diesen einen Ausrutscher?«

Lenas Herz zog sich bei der Erinnerung daran erneut schmerzlich zusammen, doch dann wanderten ihre Gedanken zu ihrem Kuss mit Jacob gestern Abend, und ihr wurde bewusst, dass sie keinen Deut besser war als Mats. Wenn Jacob sie nicht von sich geschoben hätte, wer wusste, wie dieser Abend dann geendet hätte …

»Vielleicht war es einfach einmal zu oft, Mats.« Kurz überlegte sie, ihm von ihrem Fehltritt zu erzählen, ließ es dann aber bleiben.

Mats schnappte am anderen Ende der Leitung nach Luft. »Wir haben eine Paartherapie gemacht. Du hast gesagt, es wäre okay!«

»Ich weiß.« Lena presste sich Daumen und Zeigefinger gegen ihren Nasenhügel. »Aber vielleicht ist es das doch nicht. Oder mir reicht ein Okay einfach nicht mehr …«

»Weißt du überhaupt, was du willst?«, ereiferte sich Mats.

»Nein«, sagte Lena gelassen. »Deshalb brauche ich ja die Auszeit.«

»Und wie stellst du dir das vor? Drücken wir jetzt in unserer Beziehung einfach die Pausetaste?«

Lena dachte nach. »Ja, sozusagen.«

Wieder herrschte kurze Stille.

»Dann erwarte aber nicht, dass ich hier einfach nur herumsitze und auf dich warte, bis es dir auf deiner kleinen Insel langweilig wird.«

War das eine Drohung? Lena schüttelte ungläubig den Kopf. Irgendwie hatte sie gehofft, dass Mats ihr die Zeit geben würde, die sie brauchte, aber sie hätte es besser wissen müssen, schließlich kannte sie ihn mittlerweile gut genug.

»Ist in Ordnung«, sagte sie mit ruhiger Stimme. »Wenn du

meinst. Und übrigens ist eine Hallig keine Insel, sondern ein Eiland.«

Sie musste schmunzeln, als sie bei sich den wiedererweckten Halligstolz bemerkte. Vielleicht gehörte sie ja doch mehr nach Hooge, als sie es bisher geahnt hatte.

»Na, wie du willst«, giftete Mats zurück.

»Bis dann, Mats«, sagte Lena entschieden und beendete das Gespräch.

Um nicht weiter gestört zu werden, schaltete sie ihr Smartphone aus. Das erste Mal seit Monaten, wie Lena lächelnd feststellte. Auf dem Festland hatte sie immer das Gefühl gehabt, ständig erreichbar sein zu müssen. Jetzt wollte sie sich erst mal ein kleines Frühstück in ihrem Garten gönnen – und zwar in Ruhe.

Sie ging die Treppe nach unten, richtete sich die Frühstückssachen auf einem Tablett zusammen und trat in den vielversprechenden Morgen. Noch war der Tag trüb und wolkenverhangen, aber Lena konnte schon die ersten Sonnenstrahlen erkennen, die am Horizont ein Zelt aus Licht malten, wo sie durch die Wolkendecke brachen. Sie grüßte Arnold, der gerade das Haus verließ, mit einem Lächeln und einem fröhlichen »Moin!« und musste daran denken, was er auf der Beerdigung über Alva gesagt hatte. Vielleicht schätzte sie vieles anders ein, als es tatsächlich war. Von Arnold hatte sie seitdem jedenfalls ein anderes Bild, und sie nahm sich vor, ihm noch mal eine Chance zu geben.

Lena betrachtete die Buchsbäume, die Alvas üppig blühende Blumenbeete umrandeten, und entschied, dass sie sie heute Nachmittag ein wenig zurückschneiden wollte. Und dann würde sie die Friesenbank vor dem Haus wieder in Schuss bringen, damit sie wie früher mit ihrer Oma mit einer Honigmilch in der Hand vor dem Haus sitzen und über die Warft blicken konnte. Vielleicht kam jemand zum Klönschnack vorbei, die Kohnerts möglicherweise, die hatten oft bei ihnen gesessen, als Lena noch klein war, vielleicht blieb sie auch allein und hing ihren Gedanken nach. Was machte es für einen Unterschied? Lena konnte mit beiden Vorstellungen im Moment gut leben. Sie beobachtete den anmutigen Tanz der Schmetterlinge über den Blumenbeeten und lauschte dem Brummen der Bienen und Hummeln in den Beerenhecken ihrer Oma. Unter dem Reetdach entdeckte sie ein Schwalbennest und lächelte, als sie die ersten Flugversuche der Tiere sah. Sie würde sich aus Alvas Holunder und den anderen Beeren aus ihrem Garten eine rote Grütze mit Vanillesoße kochen, den Fensterladen reparieren und den Lattenzaun streichen, und später, wenn sie sich dazu bereit fühlte, würde sie damit beginnen, Alvas Sachen durchzusehen, und sich eine Lösung für die halbe Halligkate überlegen. Eines wurde Lena in diesem Moment völlig klar: Langweilig, wie Mats es vermutet hatte, würde es ihr hier, auf ihrer kleinen Hallig, ganz sicher nicht werden.

E-MAIL-ENTWURF VOM 25. DEZEMBER 2010

An: lena.hendriksen@hoogemail.de
Von: Jacob-Flemming@blumenmeer.de

Betreff: Merry Christmas

Schöne Weihnachten, Lena, und einen guten Rutsch ins neue Jahr.

Ich bin morgen bei Sveas Familie zum Essen eingeladen. Soll ich da wirklich hingehen?

15.

Die Nachricht, dass Lena sich dazu entschieden hatte, sich auf der Hallig eine Auszeit zu nehmen, hatte sich schneller verbreitet als ein Lauffeuer. Natürlich hatte auch Jacob innerhalb kürzester Zeit davon erfahren, und seine Gedanken überschlugen sich seitdem. Ob Lenas Entscheidung etwas mit ihrem Kuss zu tun hatte? Es war besser, wenn er nicht weiter darüber nachdachte, denn sobald er sich daran erinnerte, begann er, sich nach mehr zu sehnen. Es hatte ihn größte Willenskraft gekostet, Lena an dem Abend von sich zu schieben, denn ein einziger Kuss hatte gereicht, um die alten Gefühle in ihm wieder zu entflammen. Nie hätte er sich träumen lassen, dass seine Sehnsucht und das Brennen, das ihre Lippen auf seinen hinterlassen hatte, noch immer so stark sein konnten. Ob sie dasselbe für ihn empfand? Jacob wusste, dass er sich in seinen Gedanken verstrickte und sich wie ein Fisch im Netz darin zu verheddern drohte.

Lena hatte einen Freund, wenn auch keinen sonderlich guten, wie er fand, aber das war seine subjektive Meinung, und zugegeben, er war ziemlich voreingenommen, was dieses Thema anging. Noch immer machte es ihn wütend, wenn er daran dachte, dass Mats sie bei der Beerdigung ihrer Oma einfach im Stich gelassen hatte, und es brodelte regelrecht in ihm, wenn er sich vorstellte, wie einsam sich Lena deswegen fühlen musste. Doch war das gleichzeitig seine Chance gewesen, Lena auf diese Weise wieder näherzukommen, auch wenn er ein bisschen über das Ziel hinausgeschossen war. Er hatte wirklich nur für sie da sein und ihr die Schulter zum Anlehnen bieten wollen, die sie an diesem Tag gebraucht hatte. Es war nicht seine Absicht gewesen, sie zu küssen, aber in jenem Moment in Alvas Döns hatte er sich nicht mehr zurückhalten können. Wer wusste schon, ob sich ihm jemals wieder eine solche Chance geboten hätte, und das Verlangen, noch einmal Lenas Lippen zu kosten, war einfach zu groß gewesen …

Jacob stellte die Blumen, die er gerade angeschnitten hatte, in eine Vase, als das Windspiel über seiner Ladentür klingelte.

»Moin«, grüßte er den Postboten, der ihm wie jeden Tag die Briefe vorbeibrachte.

»Moin.« Auf Hooge nutzte er selten die Briefkästen, viele Bewohner hatten sogar gar keinen und ließen sich die Post lieber auf den Küchentisch oder in den Hausflur legen. Oft übergab er die Sendungen auch einfach persönlich und tauschte dann bei einem Klönschnack Neuigkeiten aus. »Alles fit?«

»Jo.« Jacob nickte. »Und bei dir?«

»Watt mutt, dat mutt«, brummte der Postbote und übergab Jacob seine Briefe. »Hab gehört, Lena bleibt noch eine Weile auf der Hallig.«

Das war ja klar, dass sogar der Briefträger innerhalb kürzester Zeit Bescheid wusste.

»Hm«, brummte Jacob, und zu seinem Glück wurde hier in Norddeutschland diese Wortkargheit nicht als Unfreundlichkeit, sondern als vollständiges Gespräch aufgefasst.

»Arme Deern. Tut mir sehr leid mit ihrer Großmutter.«

»Ja«, stimmte Jacob zu.

»Zum Glück hast du dich ein büsschn um sie gekümmert auf der Beerdigung.«

Natürlich war das keinem Hooger entgangen. Da konnte er sich in den nächsten Tagen auf einiges an Gerüchten einstellen, und dass Lena jetzt auch noch entschieden hatte, länger zu bleiben, würde die Spekulationen der Halligbewohner sicherlich nur noch mehr befeuern.

»Ehrensache«, meinte Jacob deshalb ausweichend.

»Gut, ich muss weiter.« Der Postbote tippte sich an seine Mütze und verließ die Gärtnerei wieder.

Jacob sah die Briefe durch. Einer fiel ihm dabei besonders ins Auge. Es war ein etwas größerer Umschlag aus grobem Papier, von Hand beschriftet, ohne Absender. Schon einmal hatte er so einen Brief erhalten, vor knapp einer Woche. Jacob legte die anderen Briefe beiseite, griff nach einem Messer, das er sonst zum Blumenschneiden benutzte, und schlitzte das Kuvert auf. Der Briefbogen darin war ebenfalls aus handgeschöpftem Papier. Jacob erkannte deutlich die Pflanzenfasern, und als er es auseinanderfaltete, bemerkte er, wie auch beim letzten Brief, das Wasserzeichen, die Form einer Lilie.

Auch dieses Blatt war nur mit einem Satz beschriftet:

Bitte einen Wildblumenstrauß am Dienstag vor die alte Halligkate auf der Ipkenswarft legen, Geld anbei.

Jacob fischte den Zwanzigeuroschein aus dem Umschlag und schüttelte nachdenklich den Kopf. Was sollte das? Hatte Lena einen geheimen Verehrer? Oder war das ihr Freund, der sie auf diesem Weg aufheitern wollte? Er wurde nicht schlau aus diesen wenigen Worten, hängte aber den Brief zu den anderen Notizzetteln an die Pinnwand.

Am Abend traf er sich mit Piet auf ein Bier. Die beiden saßen gemütlich draußen auf einer der Fennen und sahen den Schafen beim Fressen zu.

»Lena bleibt also erst mal auf Hooge«, sagte Piet schließlich.

»Ja.«

»Wie geht's dir damit? Freust du dich?«

Jacob zuckte mit den Schultern. »Ich bin mir nicht sicher.«

»Was? Ich dachte, du willst sie zurückerobern. Dann passt es doch perfekt.«

»Einerseits ja, aber ich bin unschlüssig, ob das richtig ist.«

»Wieso? Das war doch dein Plan. Bei Alvas Beerdigung hast du dich jedenfalls mächtig ins Zeug gelegt. Ist nicht nur mir aufgefallen. Rosalie meinte, es hätte ganz schön geknistert zwischen euch …«

»Vielleicht war das gar nicht so gut.« Jacob knibbelte an dem Etikett seiner Bierflasche herum. »Dann wäre es auch nicht zu dem Kuss gekommen.«

Abrupt richtete sich Piet auf und sah seinen Freund überrascht an. »Du hast sie geküsst? Wann?«

»Am Abend nach der Beerdigung«, sagte Jacob zögernd. »Ich wollte nicht, dass sie allein ist. Und dann ist es einfach passiert.«

»Aber das ist doch super, oder?«

Jacob wiegte den Kopf hin und her. »Sie hat mir erzählt, dass sie in einer Beziehung ist, aber es anscheinend nicht so gut läuft. Und dass das unter anderem auch ein Grund war, wieso sie Alva nicht mehr besucht hatte.«

»Siehst du, das sind doch sehr gute Neuigkeiten. Dann ist sie also doch noch immer die Lena, in die du dich damals verliebt hast.«

»Ja, nur dass sie einen Freund hat, der sie zwar auf der Beerdigung hängen lässt, ihr aber schon wieder einen Blumenstrauß schickt.«

»Dann hast du also schon wieder so einen Brief bekommen?«

Jacob nickte. »Heute Vormittag war er in der Post. Ohne Absender.«

»Vielleicht ist der Strauß wirklich von Lenas Freund und er bereitet auf diesem Weg einen Heiratsantrag vor.«

Jacob drehte es bei dem Gedanken den Magen um. So elend hatte er sich nicht einmal nach dem letzten Lachsbrötchen bei dem vergangenen Sommerfest auf der Hanswarft gefühlt, als eine Shanty-Band im Spritzenhaus die Hallig gerockt und er durch die gute Stimmung ein Bier zu viel getrunken hatte. »Oder sie hat einen heimlichen Verehrer«, mutmaßte er.

»Noch einen?«, fragte Piet und zwinkerte seinem Freund zu.

»Na ja, so heimlich war das ja jetzt nicht mehr«, entgegnete Jacob mit einem schiefen Lächeln.

»Habt ihr denn seitdem noch mal gesprochen?«

Jacob schüttelte den Kopf. »Ich wollte ihr heute eigentlich schreiben, um herauszufinden, was sie über den Kuss denkt, aber nachdem ich den Auftrag für den nächsten Blumenstrauß bekommen habe, lasse ich es lieber.«

»Mensch, Jacob, du musst am Ball bleiben. Wenn ihr Freund wirklich ein schlechtes Gewissen hat, weil er nicht für Lena da war, und davon gehe ich bei zwei Blumensträußen einfach mal aus, dann hast du doch gute Karten. Lass dir die Chance nicht durch die Lappen gehen.«

»Das ist auch wieder wahr. Und wenn er doch nicht von ihm, sondern von einem heimlichen Verehrer ist?«

»Dann musst du den auf jeden Fall aus dem Rennen schießen«, sagte Piet entschieden. »Oder hat dir der eine Kuss gereicht?«

Ohne es verhindern zu können, tauchten vor Jacob wieder die vertrauten Bilder von Lena und ihm auf. Die Nähe, das Verlangen nach ihr … Der Wunsch, sie bei sich zu haben. Er konnte es nicht abstellen. Jetzt, wo er wusste, dass auch sie Probleme hatte, wollte er ihr nur zu gerne helfen und sie unterstützen. Vielleicht bekam er ja doch noch ein bisschen mehr heraus.

»Ach, ich ärgere mich einfach, dass ich möglicherweise mit dem einen Kuss alles schon wieder kaputtgemacht habe. Wir haben uns so gut verstanden, auf der Beerdigung, bei den Bienen … Es war fast so wie früher.«

»Na, vielleicht geht es ihr ja auch so«, sagte Piet. »Und jetzt wartet sie nur auf ein Zeichen von dir, damit sie weiß, wie sie reagieren soll.«

»Möglich.« Jacob trank grübelnd einen Schluck Bier. »Ich rede morgen mit ihr. Ich will sie ja auch nicht überrumpeln. Vielleicht braucht sie auch erst mal Zeit, um sich zu sortieren und in Ruhe über alles nachzudenken.«

»Also ihr beide macht es euch nicht gerade einfach, oder?«

»Nein«, gab Jacob zu, und dann musste er doch schmunzeln. »Fast ein bisschen wie Marit und du. Wieso sprichst du nicht noch mal mit ihr?«

»Weil sie nichts mehr von mir wissen will«, war Piet überzeugt.

»Da habe ich gestern im Vier Gezeiten aber einen ganz anderen Eindruck gehabt, nach dem Blick, den sie dir da zugeworfen hat.«

»Echt?« Piet sah seinen Freund überrascht an. »Krieg das mal mit Lena schleunigst auf die Reihe, damit du dann hinterher auch meine Beziehung richten kannst.«

Jacob musste schallend lachen. »Bin ich Amor, oder wie?«

»Wer weiß«, sagte Piet. »Versuchen kannst du es ja.«

11. September 1954

Ununterbrochen muss ich an Gunnar denken. Was er jetzt wohl macht? Wie es ihm geht? Ich kann nicht verstehen, warum er sich gegen uns entschieden hat. Wir waren uns doch so sicher, dass es funktioniert. Ich vermisse ihn unendlich. Wenn ich doch nur wüsste, wie ich ihn vom Gegenteil überzeugen könnte. Aber er wirkte so sicher in seiner Entscheidung. Und jetzt sitze ich hier, mit gebrochenem Herzen, und weiß nicht, wie ich weitermachen soll. Ich war davon überzeugt, dass er der Mann ist, mit dem ich durchs Leben gehen will. Und jetzt? Dieser Schmerz ist unbegreiflich. Es zieht schlimmer als der erste Bienenstich, den ich mir im letzten Sommer geholt habe. Und ich weiß nicht, ob es je wieder aufhören wird …

16.

»Das sind aber schöne Blumen.« Marit, die zum Essen bei Lena vorbeigekommen war, bewunderte den Wildblumenstrauß, der mitten auf dem dunklen Nussbaumtisch stand. »Sind die von Jacob?«

»Ich habe keine Ahnung«, gab Lena offen zu. »Sie lagen heute Morgen einfach vor meiner Tür. So wie der Strauß letzte Woche, als ich angekommen bin.«

»Oha, Lena, hast du etwa einen heimlichen Verehrer?«

Lena drehte sich überrascht zu ihrer Freundin um. »Meinst du?«

»Na ja, wenn das schon das zweite Mal ist, dass dir ein Unbekannter Blumen vor die Tür legt, würde ich das nicht ausschließen.«

»Oder es handelt sich um eine Verwechslung, und die Blumen sind gar nicht für mich.«

»Auf einer Hallig?« Marit sah sie spöttisch an. »Hier leben gerade mal hundert Leute. Ich glaube nicht, dass sich da jemand an der Tür irrt.«

»Stimmt auch wieder«, sagte Lena. »Aber vielleicht kommen sie ja auch von einem Feriengast, der sich bei Alva bedanken möchte.«

»Das könnte sein. Frag doch mal Jacob, ob sie bei ihm in

Auftrag gegeben wurden. Möglicherweise kann er dir sagen, wer sie bestellt hat.«

»Wenn sie der geheimnisvolle Unbekannte für meine Oma nicht vom Festland mitgebracht hat.«

Marit gluckste. »Wieso werde ich das Gefühl nicht los, dass du gerade versuchst, Jacob aus dem Weg zu gehen?«

»Tue ich das?« Lena spürte, wie ihr die Röte ins Gesicht stieg. »Das kommt dir nur so vor.«

»Ach so. Genauso wie Jacobs Fürsorge auf der Beerdigung. Wie war es eigentlich noch danach?«

»Was meinst du?«, fragte Lena mit gespielter Unschuldsmiene.

»Ich habe gehört, dass er dir danach noch bei den Bienen geholfen hat.«

Lena schüttelte amüsiert den Kopf. »Woher weißt du das denn schon wieder?«

»Finn hat euch bei einem Spaziergang zusammen im Garten gesehen.«

»Hier bleibt wirklich nichts verborgen, oder?«

»Hm, die Vorhänge kannst du dir jedenfalls sparen.« Marit zwinkerte ihr zu. »Also, war's schön?«

»Ehrlich gesagt, hat mir Jacob da nur eine paar Dinge zu den Bienen erklärt.«

»O ja, er war häufig bei Alva und hat ihr geholfen. Darüber hat sie sich sehr gefreut.«

Lena wurde ernst, und ihr Blick glitt aus dem Fenster. Sie erinnerte sich an Jacobs Worte, an seine Erzählungen von der gemeinsamen Zeit mit ihrer Oma, an ihre Krankheit und daran, dass er sie ins Krankenhaus begleitet hatte. »Ich weiß«, murmelte sie. »Er hat es mir abends erzählt.«

»Dann war da also doch mehr als bloßes Imkern?«

Lena verdrehte die Augen. »Okay, ich gebe es ja zu. Wir haben danach noch was zusammen getrunken. Ich war froh, nicht allein sein zu müssen, und da haben wir dann ein bisschen geredet … und uns geküsst.«

»Ihr habt euch geküsst?«, fragte Marit mit großen Augen. »Hui … Das sind ja mal Neuigkeiten. Ich dachte, du bist mit Mats zusammen.«

»Ähm … ja und nein.« Lena verzog die Lippen. »Ehrlich gesagt, habe ich mich geärgert, weil er mich so hängen lässt. Und er hat mich kein einziges Mal gefragt, wie es mir geht. Stattdessen bedrängt er mich, wieder nach Bremen zurückzukommen.«

»Deshalb also eine Auszeit?«, schlussfolgerte Marit, und Lena nickte.

»Ich brauche einfach mal eine Pause, um mir über alles klar zu werden. Ich weiß überhaupt nicht mehr, was ich will.«

»Das ist auch alles ganz schön viel gerade«, sagte ihre Freundin mitfühlend.

»Los, komm, lass uns etwas zu essen machen, das bringt uns auf andere Gedanken!«

»Absolut!« Marit stand auf und ging zu Lena an den Küchentresen. »Was gibt es Feines?«

»Ich habe aus Alvas Kochbuch ein Rezept für eine Feigentarte mit Ziegenkäse, Walnuss und Thymian herausgesucht.« Lena schob ihr die entsprechende Seite zu, und Marit überflog den Text.

»Klingt lecker. Mir läuft schon das Wasser im Mund zusammen.«

»Ich habe mir gedacht, dass du vielleicht den Boden vorbereitest, während ich mich um den Belag kümmere.«

»Alles klar.«

Marit knetete aus den Zutaten einen Mürbteig, nahm sich ein paar zerkleinerte Thymianblättchen und arbeitete diese nach und nach ebenfalls in die Teigmasse ein. Sofort breitete sich das herbe Kräuteraroma in der ganzen Küche aus.

»So schmeckt es nachher noch intensiver«, verriet sie Lena.

Während der Teig ruhte, schnitt Lena die Feigen und den Ziegenkäse und hackte anschließend mit einem Wiegemesser die Walnüsse in grobe Stückchen. Marit gab den Teig in eine gefettete Tarteform, und Lena bestrich ihn mit ein paar Esslöffeln rotem Feigensenf. Gemeinsam schichteten sie die Feigenscheiben und den Ziegenkäse in einer Blütenform darauf und bestreuten die Tarte mit den gehackten Walnüssen und ein paar Thymianblättchen.

»Jetzt fehlt nur noch der Honig«, sagte Lena.

Marit zog das Kochbuch zu sich heran und überflog das Rezept. »Alva schreibt, dass es ein zart fließender Honig sein soll, zum Beispiel Blütenhonig.«

»Okay, ich sehe mal nach, was sie noch dahat.« Lena sortierte die Gläser und überflog die Etiketten. »Halligblütenhonig«, las sie vor. »Besteht aus Weißklee und Rotklee. Meinst du, das ist was?«, fragte sie dann an Marit gewandt.

»Klingt gut. Lass uns doch mal probieren, wie er schmeckt.«

»Gute Idee.« Lena schraubte das Glas auf und holte zwei Kaffeelöffel. Vorsichtig tippte sie die Löffelspitze in den bernsteinfarbenen Honig, den sie sich dann auf der Zunge zergehen ließ. »Mmh, er hat einen sehr lieblichen Geschmack«, stellte sie fest.

»Das passt bestimmt gut zu dem Ziegenkäse.«

»Also, dann nehmen wir den«, entschied Lena. Sie griff nach dem Honiglöffel aus Olivenholz, dessen ovales Kopfstück von einer Spirale durchzogen war, in der sich der Honig sammeln konnte, um dann gleichmäßig wieder herauszufließen. Fast sah das Kopfstück mit seinen Rillen so aus wie ein Bienenstock, fand sie, und sie überlegte, ob sie vielleicht so etwas produzieren und auf Weihnachtsmärkten verkaufen könnte. Einen hochwertigen Honiglöffel würden die Leute vielleicht zu schätzen wissen. Sie sah der goldglänzenden Flüssigkeit dabei zu, wie sie langsam über die Tarte floss, träufelte hier und da noch einmal ein wenig Honig nach. Dann legte sie zufrieden den Löffel beiseite.

»Ich habe noch etwas Teig übrig«, sagte Marit. Sie suchte in Alvas Schubladen nach einem Ausstecher, fand eine Kleeblattform und stach mehrere Teigstückchen damit aus, die sie dann auf die Tarte legte.

»Wow, jetzt sieht sie aus wie ein richtiges kleines Kunstwerk«, fand Lena. »Man merkt eindeutig, dass Backen deine Leidenschaft ist.«

Aus dem restlichen Teig machten sie Plätzchen, die Lena mit Feigensenf bestrich und Marit mit einer halben Walnuss verzierte, auf die sie dann ebenfalls einen Klecks Honig gaben.

»Ab in den Ofen damit«, entschied Lena.

Während die Tarte jetzt eine gute halbe Stunde im Ofen backte, deckten Lena und Marit draußen den Tisch.

»Es ist immer noch so märchenhaft wie damals«, sagte Marit verträumt und ließ ihren Blick über die Blumenbeete gleiten. Ein Zaunkönig hüpfte über den mit Muschelkalk bestreuten Weg, und von irgendwoher hörte man den besonderen Gesang eines Gelbspötters.

»Ich weiß, das finde ich auch.« Lena schenkte Marit und sich Weißwein ein, den sie heute Mittag beim Halligkaufmann zusammen mit den anderen Zutaten besorgt hatte. Sie sah dabei zu, wie das Glas von der Kälte beschlug und sich kleine Kondenstropfen bildeten, die langsam daran herunterkullerten.

»Hast du denn mittlerweile eine Idee, was du mit dem Haus machen willst?«, wollte Marit wissen.

Lena schüttelte den Kopf. »Ich muss mal mit Jacob besprechen, wie es damit weitergehen soll. Aber so oder so braucht es einige Reparaturen. Wenn wir es wirklich verkaufen wollen, sollte es gut in Schuss sein, und wenn wir es behalten wollen, würden ihm ein paar Renovierungen auch ganz guttun.«

»Dann denkst du also ernsthaft über einen Verkauf nach?«, fragte Marit.

»Ich weiß es nicht«, gab Lena offen zu. »Deshalb habe ich ja entschieden, erst einmal hierzubleiben. Ich glaube, ich brauche das jetzt für mich, um in Ruhe Abschied nehmen zu können.« Sie sah auf die Uhr. »Oh, die Tarte.«

Lena ging in die Küche, in der sich ein köstlicher Duft ausgebreitet hatte. Mit zwei selbst gehäkelten Topflappen von Alva nahm sie die Form aus dem Ofen und brachte sie zu Marit in den Garten.

»Oh, wow! Wenn das auch nur annähernd so gut schmeckt, wie es aussieht, hast du einen Job bei mir im Café sicher!« Sie zwinkerte Lena zu.

Lena schnitt die Tarte in Stücke und legte jeweils eines davon bei Marit und sich auf den Teller. Dann probierte sie neugierig ihr kleines Kunstwerk. Das Aroma der frischen Feigen mit ihrer samtig-lilanen Haut, dem purpurnen Fruchtfleisch und der grünen Maserung war fruchtig und mild und in Kombination mit dem würzigen Ziegenkäse ein Genuss. Und die leichte Schärfe des Feigensenfs und der kräftige Thymian aus

Alvas Garten machten dieses einfache Rezept aufregend. Abgerundet wurde das Ganze durch den nussigen Geschmack der Walnüsse, aber das i-Tüpfelchen war definitiv der Halligblütenhonig, der mit seiner Süße und dem lieblichen Geschmack wunderbar mit dem Ziegenkäse und den Feigen harmonierte.

»Meine Güte, ist das lecker!«, schwärmte Marit und ließ sich sofort den nächsten Bissen schmecken.

»Das stimmt.« Lena lächelte verschmitzt, denn auch sie konnte nicht widerstehen. Dieses Rezept von Alvas Feigen-Ziegenkäse-Tarte war so unkompliziert und doch so geschmacksintensiv. Überhaupt war hier auf Hooge alles intensiver: die Gerüche nach Salz und Meer, nach Alvas Kräutergarten und dem Bienenhonig, die Natur mit ihren Farben und Blüten, die endlose Weite vom Meer bis zum Horizont. Aber auch die Sehnsucht nach Liebe und der leise stechende Schmerz, die sich beide gleich wieder in ihr ausbreiteten. Lena seufzte. Es war gut, dass sie hier zur Ruhe kommen und einmal durchatmen konnte.

Nach dem Essen räumten sie zusammen die Küche auf. Marit stellte die Reste der Tarte in den Kühlschrank, sie spülten das Geschirr, und Lena fegte die letzten Krümel auf dem Küchentisch mit einer Serviette auf ihre Handfläche. Nachdenklich sah sie dabei auf den Wildblumenstrauß. »Meinst du, meine Oma hatte auch so ein Gefühlschaos?«

»Weil ihr ein heimlicher Verehrer so schöne Blumen schenkt?«

Lena nickte zögernd. »Möglich wäre es doch, oder? Mittlerweile bin ich mir fast sicher, dass der Strauß nicht für mich, sondern für meine Oma ist. Mats käme jedenfalls nie auf so eine schöne Idee. Aber von wem könnte er sein?«

»Hat Alva dir denn mal was von jemandem erzählt?«

»Nein, nie.« Lena seufzte. Vielleicht hätte sie das, wenn sie ihre Oma öfter besucht hätte, aber so blieb ihr Alvas Geheimnis verborgen.

»Vielleicht will ja wirklich jemand Alva auf diese Art seine Gefühle für sie zeigen«, überlegte Marit.

»Das ist irgendwie schön, oder? Und auch unfassbar romantisch.« Lena dachte einen Moment nach. »Aber wenn es da wirklich jemanden gibt, der meine Oma geliebt hat und den sie vielleicht auch geliebt hat, dann scheint er nicht zu wissen, dass sie gestorben ist.«

»Das wäre ganz schön traurig«, murmelte Marit.

Lena nickte. »Ich würde ihm ja sofort Bescheid sagen, aber woher soll ich wissen, wie ich ihn erreiche?«

»Du könntest Jacob danach fragen«, schlug Marit vor, aber Lena schüttelte direkt den Kopf.

»Lieber nicht«, murmelte sie.

»Wieso blockst du bei allem, was ihn betrifft, so ab?«

»Glaub mir, es ist besser so.«

»Warum?«, fragte Marit. »Ich verstehe es nicht.«

»Weil in der Vergangenheit einfach zu viel passiert ist …« Lena merkte, wie ihr die Stimme wegbrach.

»Was, Lena?«, flüsterte Marit. »Was ist damals genau passiert, das dich so verletzt hat?«

Lena seufzte tief, und sie überlegte einen Moment, ob sie Marit wirklich davon erzählen wollte.

E-MAIL-ENTWURF VOM 4. FEBRUAR 2011

An: lena.hendriksen@hoogemail.de
Von: Jacob-Flemming@blumenmeer.de

Betreff: Neuigkeiten

Hallo Lena,
ich denke, du solltest wissen, dass ich jetzt mit Svea zusammen bin.

Gruß Jacob

17.

»Fast ein Jahr waren wir damals zusammen«, begann Lena zögernd, »kurz vor dem Biikebrennen. Ich war fest entschlossen, meine letzte Nacht auf der Hallig, bevor ich mit meinen Eltern aufs Festland zog, zu etwas ganz Besonderem zu machen.«

Jacob und sie hatten sich schon oft geküsst, hatten beieinander übernachtet, aber es war nie zu mehr gekommen. Einmal hatte Jacob sie nackt gesehen, nach einer Party mit Lagerfeuer am Seglerhafen, als sie alle zusammen nachts im Mondlicht schwimmen gegangen waren … Sein Blick hatte auf ihr geruht, und Lena hatte die Anziehungskraft zwischen ihnen beiden deutlich gespürt, genauso wie gestern Abend, als er sie einfach nur festgehalten und getröstet hatte. Da hatte sie gewusst, dass Jacob und sie zusammengehörten. Und dann war das Biikebrennen gekommen.

»Ich war an dem Abend so aufgeregt. Die ganze Zeit über habe ich Jacob beobachtet. Als sich dann alle am Biikeplatz versammelt hatten und die Freiwillige Feuerwehr das Feuer entzündete, wurden zum Akkordeon die ersten Lieder angestimmt. Wenn sich dann alle die Hände mit Ruß schwarz färbten und ihre Gesichter mit Kohle verschmierten, hatte ich mich mit Jacob davonschleichen wollen, denn dann hätten wir ein bisschen Zeit für uns alleine gehabt.« Sie spürte, wie ihre Wangen zu glühen begannen.

»Überall in meinem Zimmer hatte ich Kerzen und Teelichter aufgestellt, hatte mein Bett mit Rosenblütenblättern geschmückt ...«

»Das klingt total romantisch«, flüsterte Marit und nippte an ihrem Wein. »Hat es Jacob gefallen?«

Lena zuckte mit den Schultern. »Er hat es nie gesehen«, sagte sie traurig. »Als ich zu ihm gehen wollte, stand er an eine Mauer unweit des alten Anlegers gelehnt. Er hat mich nicht bemerkt, als ich näher gekommen bin. Und dann habe ich gesehen, dass er da nicht allein war. Bei ihm war Svea, eine Mitschülerin von uns.«

»Oh ...« Marit sah sie mitfühlend an.

»Sie standen ganz eng beieinander. Ich habe nicht verstanden, worüber sie gesprochen hatten, doch sie waren sehr vertraut miteinander.« Lena brach ab und nahm einen großen Schluck Wein. »Und dann ist Svea ihm plötzlich um den Hals gefallen. Er hat ihr Gesicht gestreichelt, ihre Stirn geküsst, und dann hat sie ihren Kopf an seiner Schulter vergraben, und Jacob hat ihr immer wieder über den Rücken gestreichelt. Da habe ich, ehrlich gesagt, genug gesehen und bin gegangen.«

»Lena, das tut mir so leid ...« Marit griff über den Tisch nach ihrer Hand und drückte sie sanft.

»Er war meine erste große Liebe, Marit«, flüsterte Lena mit brüchiger Stimme. »Aber er hatte eine andere! Er hat mich betrogen ... Und ich musste alles mitansehen ...«

Die eisige Februarkälte hatte sich auf einmal in ihr Herz geschlichen, sich dort ausgebreitet und war seitdem nie mehr ganz verschwunden. Auch jetzt spürte sie wieder, wie sie bei der Erinnerung daran in jeden Winkel ihres Körpers kroch. Und ihr Herz hatte leise geknackt wie die gefrorenen Grashalme unter Lenas Schuhen, als sie, blind vor Tränen, nach Hause gerannt war. Dort hatte sie sich auf ihr Bett geworfen und geweint, geweint, geweint ... Bis schließlich keine Tränen mehr übrig gewesen waren. Ein Glück waren ihre Eltern davon ausgegangen, dass ihr schlichtweg der Abschied von Hooge und von Jacob so schwerfiel, denn so hatte sich Lena am nächsten Morgen nicht erklären müssen.

»Seitdem kann ich niemandem mehr richtig vertrauen. Ich habe es versucht, Marit, mehrfach schon, und ich habe wirklich geglaubt, dass es mit Mats anders ist. Aber ...« Sie merkte, wie ihr die Stimme versagte. Zu tief saß der Schmerz, erneut enttäuscht worden zu sein.

»Ach, Lena ...« Marit seufzte tief und sah sie mitfühlend an. »Es tut mir so leid, dass du von der Liebe enttäuscht wurdest. Gerade von Jacob hätte ich das nicht gedacht.«

Lena wischte sich verstohlen eine Träne aus dem Augenwinkel und fasste sich wieder. »Warum passiert so etwas immer ausgerechnet mir? Gibt es etwas, das den Männern bei mir fehlt? Müssen sie es sich bei einer anderen suchen?«

»Auf keinen Fall. So etwas darfst du nicht einmal denken, Lena. Natürlich hat es nichts mit dir zu tun«, widersprach Marit schnell. »Du hattest einfach Pech und bist an die Falschen geraten.«

»Meinst du?« Lena sah sie entmutigt an. So richtig konnte sie ihrer Freundin nicht glauben.

»Ich bin sogar überzeugt davon. Es gibt auch andere Männer.«

»Momentan habe ich davon trotzdem erst mal genug«, sagte Lena entschieden.

»Und deshalb hast du Jacob geküsst.«

Lena biss sich auf die Unterlippe. Da hatte sie natürlich recht. Doch so schön der Kuss auch gewesen war, er hatte nichts zu bedeuten. Es war ein Versehen, ein Ausrutscher, eine Reise in die Vergangenheit, die keine Zukunft hatte. Und wenn sie ehrlich zu sich selbst war, war sie keinen Deut besser als Mats. Das ärgerte sie ungemein. Ja, sie befand sich jetzt in einer Beziehungspause, aber sie hätte das vor dem Kuss regeln sollen und nicht erst danach, auch wenn dazwischen nur wenige Stunden gelegen hatten. Sie schämte sich dafür, diesen Fehltritt begangen zu haben. Vielleicht war es Mats genauso gegangen, vielleicht hatte auch er in dem Moment nicht darüber nachgedacht. Lena hatte ja selbst gemerkt, wie schnell sich ihr Kopf ausgeschaltet und ihre Gefühle die Führung übernommen hatten. Es war, als hätte ihr Körper noch immer mit jeder Faser gewusst, dass er zu Jacob gehörte …

»Es war blöd, dass ich ihn geküsst habe. Ich werde das richtigstellen und ihm sagen, dass es nichts zu bedeuten hat.«

»Wenn du meinst.« Marit sah sie prüfend an. »Für mich klingt das zwar eher so, als ob ihr beide die Vergangenheit noch nicht abgeschlossen habt, aber das müsst ihr selber wissen.«

Als Marit am Abend gegangen war, saß Lena noch eine Weile allein in Alvas Garten, blickte in den Sternenhimmel und dachte über die Worte ihrer Freundin nach. Hatten sie wirklich noch nicht mit der Vergangenheit abgeschlossen?

In diesem Moment brummte das Smartphone. Eine Nachricht von Jacob. Unwillkürlich klopfte ihr Herz schneller.

Bist du sauer, weil ich dich geküsst habe?

Nein, schrieb Lena zurück.

Oder weil ich danach so schnell abgehauen bin?

Lena musste schmunzeln.

Nein.

Sie dachte kurz nach, ehe sie weitertippte.

Im Gegenteil, ich bin froh, dass du abends noch da warst. Es war schön, nicht allein zu sein.

Obwohl sie nicht wollte, liefen in ihrem Kopf gleich wieder die Bilder von jenem Abend ab.

Das freut mich.

Lena wollte gerade etwas zurückschreiben, doch dann sah sie, dass Jacob erneut tippte.

Ich hätte mich wirklich geärgert, wenn du sauer wärst.

Ihr Herz schlug einen Purzelbaum, und als sie ihm jetzt schrieb, zitterten ihre Finger:

Wiederholen wir das bald?

Den Kuss?, schrieb Jacob, und jetzt breitete sich ein tiefes Lächeln auf Lenas Gesicht aus.

Das Treffen, tippte sie, doch sie konnte nichts gegen das wilde Pochen in ihrer Brust tun. Sie versuchte ruhig zu atmen, aber es gelang ihr nicht. Also schloss sie die Augen und sog tief die frische Abendluft ein. Erst jetzt verlangsamte ihr Herz seinen Schlag, geriet wieder in seinen Takt und klopfte im gleichen Rhythmus.

Ist das der Grund, warum du geblieben bist?

Vielleicht, schrieb sie zurück und wunderte sich selbst, wie ruhig sie auf einmal war. *Ich muss über einiges nachdenken.*

Über uns?

Auf Lenas Lippen legte sich wieder ein sanftes Lächeln.

Hooge wurde nun von einem eigentümlichen Zwielicht erleuchtet, das den Himmel in Apricot und Orange färbte. Im Sommer verschwand dieses helle Licht nie ganz, auch eine Besonderheit der Hallig, die Lena so sehr vermisst hatte. In Bremen hatte sie höchstens die Straßenlaternen, die ihr meistens sogar die Sicht auf den Abendhimmel mit seinen funkelnden Sternen verwehrten.

Auch, tippte sie zurück und legte dann ihr Smartphone weg. Ihretwegen konnte Jacob jetzt ruhig ein bisschen zappeln und über ihre knappe Antwort nachdenken. Er hatte sich schließlich auch einen Tag lang nicht mehr gemeldet.

Lena nahm sich das Notizbuch ihrer Großmutter und erstellte sich eine Liste mit den Dingen, die sie in den nächsten Tagen erledigen wollte: *Alvas Sachen durchsehen*, notierte sie ganz oben, doch fühlte sie sich dazu, wenn sie ehrlich zu sich selbst war, am wenigsten bereit. Also überlegte sie lieber, was es alles rund um die alte Halligkate zu tun gab: *Fensterladen reparieren*, schrieb sie auf. *Und streichen*. Ach ja, apropos Streichen. *Lattenzaun im Vorgarten streichen*. Lena dachte nach und tippte sich mit dem Kugelschreiber gegen das Kinn. Der Garten und die Friesenbank sahen mittlerweile schon wieder ganz gut aus, fand sie. Darum hatte sie sich heute Mittag, vor Marits Besuch, schon gekümmert. Ganz anders die Treppe in den ersten Stock. Die unterste Stufe wackelte noch immer, und der eine Pfosten im Geländer war locker. Also notierte sie sich *Treppe* auf ihrem Zettel. Möglicherweise musste sie dafür aufs Festland fahren, weil Alva nicht das passende Holz dahatte. Das meiste, was im Schuppen lagerte, war Kiefernholz für die Bienenstöcke, wie Jacob ihr erklärt hatte. Für die Treppe würde sie allerdings Eschenholz benötigen. Lena fing einen

Einkaufszettel an. Wenn sie schon aufs Festland fuhr, sollte sie sich überlegen, ob sie auch noch etwas anderes brauchte. Anders als in Bremen fuhr man hier nicht einfach mal so in die Stadt. »Auf den Kontinent zu reisen« – wie es manche Hooger scherzhaft bezeichneten –, um etwas zu erledigen, erforderte immer Planung und ein bisschen Umsicht, denn sonst konnte es passieren, dass man möglicherweise die letzte Fähre verpasste.

Lena erinnerte sich noch sehr gut daran, wie sie es damals als Kind empfunden hatte. Hier zu leben, war deutlich anders. Nicht nur gewisse Einschränkungen beeinflussten den Alltag, gelegentlich fiel eine Planung tidebedingt sogar sprichwörtlich ins Wasser. Dass man im Winter manchmal sogar ganz von der Außenwelt abgeschnitten war, machte es für die Halligbewohner oftmals nicht einfacher. Für so ein Leben musste man gemacht sein, das wusste Lena nur zu gut. Erneut beschlich sie der Gedanke, wie es wohl wäre, wenn sie in Alvas alte Halligkate zog. Würde sie sich an ein solches Leben mit derartigen Einschränkungen wieder gewöhnen können? Obwohl sie hier ihre Kindheit verbracht hatte, hatte sie sich auch an das Leben auf dem Festland mit all seinen Bequemlichkeiten, aber auch mit all dem Trubel und der Schnelllebigkeit gewöhnt. Aber die Auszeit hier tat ihr gut, das merkte sie deutlich. Nach all dem Lärm aus der Stadt kamen hier ihre Gedanken ein wenig zur Ruhe. Doch würde sie auch für den Rest ihres Lebens hier wohnen wollen? Im Geheimen bewunderte sie Alva dafür, dass sie sich für ein Leben auf der Hallig entschieden hatte. Und was bedeutete es, wenn sie feststellte, dass sie das für sich selbst nicht konnte? Sollte sie Jacob dann doch besser von einem Verkauf überzeugen?

Lena seufzte und schlug das Notizbuch zu. Heute würde sie darauf keine Antwort mehr finden, also entschied sie, ins Bett zu gehen. In den nächsten Tagen hatte sie einiges vor und war fest entschlossen, alles in die Tat umzusetzen. Das war sie ihrer Großmutter schuldig.

18.

Lena war erleichtert, dass sie die Nachmittagsfähre erreicht hatte, die sie nach ihren Erledigungen auf dem Festland zurück nach Hooge brachte. Wieder auf der Ipkenswarft zurück, maß sie noch einmal die Treppenstufe aus und sägte im Schuppen das Holz zurecht. Sie passte die Stufe an und kümmerte sich dann um den losen Pfosten. Sie war froh, dass sie ihn mit ein paar Handgriffen wieder befestigen konnte und er keinen Schaden genommen hatte, denn eine Drechselbank, um einen Ersatz herzustellen, gab es hier nicht. Danach schraubte sie an dem schräg stehenden Fensterladen herum, doch es wollte ihr nicht so wirklich gelingen, wie sie sich das vorstellte. Der Laden blieb einfach nicht in seinen Angeln, und wenn er gerade war, bekam sie ihn nicht mehr geschlossen.

»So ein Mist«, murmelte sie. Sie konnte sich einfach nicht erklären, woran es lag.

»Wie kommst du mit deiner Renovierung voran?«, erkundigte sich Marit am nächsten Morgen, als Lena bei ihr im Café zum Frühstücken war.

Lena stieß einen tiefen Seufzer aus. »Der Fensterladen hat sich gegen mich verschworen«, klagte sie. »Ich komme einfach nicht dahinter, was das Problem ist.«

»Frag doch mal Hauke«, schlug Marit vor. »Der kennt sich mit so etwas aus.«

»Hm.« Lena überlegte. Daran, die Hooger um Hilfe zu bitten, hatte sie noch gar nicht gedacht. Sie war es so gewohnt, in Bremen auf sich allein gestellt zu sein, dass sie ganz vergessen hatte, wie schön der Zusammenhalt auf der Hallig war. Damals, als ihre Eltern das Haus gekauft hatten, war es für die Menschen hier selbstverständlich gewesen, vorbeizukommen und ihre Hilfe bei der Renovierung anzubieten. Jeder hatte das getan, was er gut konnte. Bauer Kilian hatte sich um den Anschluss der Leitungen gekümmert, der Bürgermeister kannte sich mit dem Verlegen von Starkstrom aus … Und innerhalb kürzester Zeit hatten sie alle zusammen in einem frisch renovierten Häuschen gesessen und sich Riekes legendären Erbseneintopf schmecken lassen.

»Meinst du, dass ich ihn einfach so um Hilfe bitten kann?«, fragte Lena unsicher.

»Klar, warum denn nicht?«, entgegnete Marit verwundert, und ihre roten Korkenzieherlöckchen wippten wild um ihr Gesicht. »Das ist doch gerade das Schöne hier, der Zusammenhalt.«

Jetzt wurde Lena ganz still und sank in sich zusammen. »Ja, das stimmt«, murmelte sie. »Aber wieso haben dann die Hooger mir nicht von sich aus angeboten, zu helfen? Sie kennen mich doch von früher. Meinst du, ich gehöre nicht mehr dazu?«

Marit legte eine Hand auf ihre. »Lena, die Leute haben keine Ahnung, was du da gerade machst. Renovierst du das Haus, um es zu behalten? Oder willst du es verkaufen? Bleibst du? Gehst du wieder? Sie können dich nicht einschätzen.«

Lena nickte nachdenklich. »Das weiß ich ja selber alles nicht«, gab sie offen zu.

»Siehst du, und genau das merken sie. Wenn du willst, dass die Hallig etwas für dich tut, dann musst du auch etwas für die Hallig tun.«

»Und wie soll das gehen? Ich bin doch nur ganz kurz hier.«

»Auch dann kannst du doch etwas machen.« Marit dachte kurz nach. »Du könntest dich zum Beispiel um Alvas Bienen kümmern. Die Hooger mochten den Honig deiner Oma sehr gerne. Und wenn sie sehen, dass du dich jetzt um die Bienen kümmerst, greifen sie dir bestimmt unter die Arme. Außerdem sind die Bienen wichtig für die Bestäubung der Pflanzen. Ohne sie würde es in vielen Gärten nicht so üppig blühen. Alva hat ihre Bienenstöcke auf der ganzen Hallig verteilt und ist deshalb gar nicht so unbeteiligt daran. Das wissen die Hooger.«

»Also soll ich mich ihnen über die Bienen nähern?«, wunderte sie sich.

Marit lachte. »Warum denn nicht? Die Hooger sind ein Volk, und du bist eine Bienenkönigin. Das passt doch, oder nicht?«

Jetzt musste auch Lena lachen. »Eine bahnbrechende Logik«, stimmte sie amüsiert zu. »Aber ich würde lieber auf Nummer sicher gehen. Meinst du, du kannst Finn fragen, ob er bei mir den Lattenzaun vom Vorgarten streichen will? Ich glaube, ich könnte ein bisschen Unterstützung gut gebrauchen.«

Und weil Lena es nicht dabei belassen wollte, machte sie sich von der Ockenswarft auf zur Hanswarft, um bei Jacob im Blumenmeer vorbeizugucken.

»Moin, Lena, das ist ja eine Überraschung«, grüßte er sie, als sie seinen Laden betrat. »Schon genug nachgedacht?«

»Moin. Na, so mehr oder weniger. Hast du später schon was vor?«

»Wird das ein Date?«

Lena verdrehte amüsiert die Augen. »Du kannst es nicht lassen, oder?«

»Ich dachte, du versuchst hier gerade was klarzumachen?« Er zwinkerte ihr zu.

»Ich bräuchte deine Hilfe als Imker-Pate. Ich würde gerne noch mal nach Alvas Bienen sehen. Und sagtest du nicht, dass der Honig im Garten bald erntebereit ist? Was muss ich da genau machen?«

»Du willst Alvas Honig ernten?«, fragte er überrascht, und Lena nickte.

»Ist das schwierig?«

»Nicht unbedingt, wenn man weiß, wie es geht.«

»Ja, sehr witzig.«

»Hey, natürlich helfe ich dir. Soll ich heute Abend nach der Arbeit vorbeikommen?«

Auf Lenas Gesicht breitete sich ein Lächeln aus. »Das wäre super.«

Jacob kam viel früher, als sie erwartet hatte, und Lena hatte den Verdacht, dass er seinen Laden heute einfach ein bisschen eher als sonst geschlossen hatte. Wieder trug er nur Jeans und ein T-Shirt, während Lena in voller Imkermontur dastand.

»Aha, wie ich sehe, hast du dich schon für den Flug zum Mars vorbereitet. Dann kann es ja losgehen.« Lässig setzte sich Jacob einen Lederhut auf, und Lena war schon ein bisschen neidisch, dass er sich ohne Schutzausrüstung zu den Bienen traute. Ob sie das irgendwann auch konnte? Und würde das nicht bedeuten, dass sie dann hierbleiben musste? Mit einem leisen Seufzen schob sie den Gedanken beiseite. Vielleicht konnte sie so etwas ja auch lernen, wenn sie ihren Urlaub hier verbrachte, als Ferienkurs sozusagen. War das die Lösung? Einfach nur ab und zu auf die Hallig zu kommen, so wie Marit es immer getan hatte? Und würde sie dann eines Tages auch einfach bleiben? Oder würde sie gehen, wie es schon so viele vor ihr getan hatten und so viele nach ihr noch tun würden? Und was wurde dann aus der Kate … und aus Jacob? Sie schüttelte kaum merklich den Kopf, als könne das ihre Gedanken wieder ordnen.

»Alles okay?«, fragte Jacob.

»Ja, alles gut. Womit fangen wir an?«

»Wir entfernen die Honigräume und bereiten zuerst das Volk auf den Winter vor.« Jacob hob ächzend einen der Bienenkästen an, damit sie an den Brutraum kamen.

»Na, das klingt mir ja nach einem starken Mann an meiner Seite«, frotzelte Lena.

»Du hast gut reden«, antwortete Jacob. »So ein Bienenkasten kann, wenn er gut mit Honig gefüllt ist, locker zwanzig Kilo wiegen.«

»Was, so viel?«, wunderte sich Lena, und Jacob nickte. »Das ist ja körperliche Schwerstarbeit.«

»Ein Fitnessstudio brauchst du danach jedenfalls nicht mehr.«

Ohne es zu wollen, glitt ihr Blick wieder an seinem muskulösen Oberkörper entlang, der sich unter seinem T-Shirt abzeichnete, blieb an seiner von der Sonne gebräunten Haut hängen und an seinen großen Händen, schwielig und noch immer ein wenig mit Erde verschmiert. Lenas Atem ging unwillkürlich schneller. Sie sehnte sich danach, ihn zu berühren. Früher hätte sie einfach eine Hand nach ihm ausgestreckt und ihn gestreichelt, wäre mit ihren Fingerspitzen über seinen Rücken geglitten, hätte ihm durchs Haar gestrichen, ihn vielleicht sogar am Ohr gekitzelt, doch jetzt musste sie sich beherrschen und zusammenreißen.

»So, jetzt darfst du«, sagte Jacob.

Lenas Körper spannte sich an. Hatte er womöglich ihre Gedanken erraten? Doch Jacob war ganz konzentriert auf die Bienen, etwas, worauf auch Lena besser ihren Fokus legen sollte, wenn sie nicht wieder riskieren wollte, den Schwarm aufzuscheuchen.

»Du schiebst jetzt vorsichtig die Bruträhmchen beiseite, damit wir neue Wabenrahmen einsetzen können.« Er gab ihr einen Stockmeißel in die Hand. »Versuche dabei, vorsichtig vorzugehen, wenn du die Wabenrähmchen voneinander trennst. Je ruhiger du bist, desto ruhiger sind auch die Bienen. Sie merken, dass du ihnen nichts tun willst.«

Lena sah ihn nicht sehr überzeugt an. »Obwohl ich ihren Honig klaue?«

»Na ja, abgesehen davon …« Jacob schmunzelte. »Außerdem machen wir das ja erst später.«

Lena trat an den Bienenstock und schob den Stockmeißel zwischen die Rähmchen.

»Warte«, sagte Jacob mit ruhiger Stimme, und dann war er plötzlich hinter sie getreten, hatte seine Arme um sie gelegt, und seine Hand ruhte jetzt auf ihrer. Oder besser gesagt auf ihrem überdimensionalen Handschuh, der ihr bis weit über den Ellbogen reichte. Lena verfluchte in diesem Moment ihren

Schutzanzug, zu gerne hätte sie jetzt seine Haut auf ihrer gespürt. Mit einer sanften Bewegung lenkte er Lenas Hand, während die Bienen in aller Seelenruhe weiterhin auf den Rändern der Wabenrähmchen krabbelten. Lena hielt den Atem an, doch sie konnte nicht sagen, ob es an Jacobs plötzlicher Nähe lag oder an dem Respekt, den sie vor den Insekten hatte.

»Sehr gut«, sagte Jacob.

Er nahm einen leeren Rahmen, über den ein Drahtgitter gespannt war und in dessen Mitte eine Wachsplatte stand, und setzte ihn ein.

»Und wofür ist das?«, fragte Lena.

»In diesen Rahmen können die Bienen ihre Waben bauen, um sie dann zu bebrüten. Die Wachsplatte bietet ihnen sozusagen die Vorlage, an der sie sich dann entlangarbeiten.«

Lena sah sich das Rähmchen genauer an. Es bestand aus vier Holzleisten, die durch Nägel zusammengehalten wurden, und hatte an der Oberseite zwei überstehende Enden, damit man sie in den Bienenstock einhängen konnte. Sie erkannte das Holz der Weymouth-Kiefer, das sie auch schon in Alvas Schuppen gesehen hatte. Es zeichnete sich durch seine Leichtigkeit aus und war doch recht stabil.

»Ist das selbst gebaut?«, fragte sie interessiert.

»Ja. Man kann die Rähmchen auch fertig kaufen, aber Alva wollte sie lieber selbst bauen. Sie sagte, sie wollte auch im Winter etwas für ihre Bienen tun.«

Lena erinnerte sich an den Bauplan auf der Werkbank. »Wieso habt ihr das Holz nicht geschmirgelt?«, fragte sie. »So ziehst du dir doch leichter einen Splitter in die Haut, wenn du ohne Handschuhe arbeitest.«

»Das stimmt, aber für die Bienen ist das ein Vorteil. Sie können sich an dem rauen Holz besser festhalten. Wenn es dich interessiert, wie so etwas geht, kann ich dir zeigen, wie man sie baut.«

Lena nickte. Dann wandte sie sich wieder dem Bienenstock zu. »Und was passiert jetzt?«

»Jetzt bekommen die Bienen eine Futtertasche in den Stock, die wir mit Zuckersirup füllen, weil wir ihnen ja den Honig nehmen, den sie als Wintervorrat angelegt haben.« Jacob half ihr dabei, mit der Gießkanne richtig zu zielen und die Flüssigkeit vorsichtig einzufüllen. Als Lena wieder absetzte, hinterließ sie eine feine Spur.

»Siehst du, wie sie hier in Reih und Glied stehen und alles auffuttern?« Lächelnd beobachtete er die schwarz-gelbgestreiften Insekten, wie sie sich an der klebrigen Flüssigkeit zu schaffen machten.

»Unglaublich, innerhalb von zwei Minuten haben sie alles weggeputzt«, wunderte sich Lena.

»Ja, man denkt, dass sie dafür viel länger brauchen, oder?«

Lena nickte. »Tja, sie sind eben genauso verfressen wie du.«

»Hey!«, rief Jacob empört, aber Lena funkelte ihn mit großen Augen an. »Ich haue nur so rein, wenn es um Alvas leckeres Roastbeef mit Honigkruste geht.«

»Ertrinken die Bienen denn nicht, wenn sie jetzt versuchen, von dem Sirup zu naschen? Normalerweise haben sie doch ihre einzelnen Waben.«

»Ah, da zeigt sich eine gute Bienenkönigin. Sehr fürsorglich.« Jacob lächelte sie an und gab ihr ein paar Weinkorken. »Dafür sind die da«, sagte er. »Die geben wir jetzt in die Flüssigkeit, damit die Bienen daran hochklettern können.« Er wartete, bis Lena so weit war. »Jetzt setzen wir einen Spezialdeckel auf den Brutraum, eine sogenannte Bienenflucht.« Er legte das Brett mit der trichterförmigen Öffnung oben auf den Bienenkasten. »Die sorgt dafür, dass die Bienen vom oberen Honigraum in den unteren Brutraum krabbeln können, aber nicht mehr zurückkommen.« Jacob stellte den Kasten mit den Honigräumen wieder oben auf. »Du kannst jetzt noch die einzelnen Honigräume ein wenig auflockern.«

Lena nahm den Stockmeißel und löste die aneinanderklebenden Honigräume voneinander. Dabei passte sie genau darauf auf, keiner Biene zu nahe zu kommen, damit diese sich nicht bedroht fühlten. »Und jetzt ernten wir den Honig?«

»Nein«, lachte Jacob. »Jetzt brauchen wir wieder etwas Geduld. Die Bienenflucht sorgt dafür, dass wir den Honigraum nach und nach bienenfrei bekommen.«

»Und wie lange dauert das?«

»Zwei Tage müssen wir schon abwarten.«

Lena war enttäuscht. Sie hatte gehofft, heute noch den Honig zu ernten. »Und was machen wir so lange?«

»Wenn du willst, zeige ich dir morgen, wie man die Wabenrähmchen baut. Und seit wir über Alvas Roastbeef gesprochen haben, kann ich an nichts anderes mehr denken.«

Lena lachte. »Also gut. Rähmchenbau gegen Honig-Roastbeef?«, schlug sie vor, und Jacob nickte.

»Einverstanden.«

E-MAIL-ENTWURF VOM 29. SEPTEMBER 2014

An: lena.hendriksen@hoogemail.de
Von: Jacob-Flemming@blumenmeer.de

Betreff: Den Rat einer Freundin

Hallo Lena,
wahrscheinlich bist du absolut die falsche Person dafür, aber ich weiß nicht, wen ich sonst fragen soll. Svea will in Kiel studieren, aber ich bin gerade in den Blumenladen bei meinen Eltern eingestiegen. Da kann ich die beiden nicht gleich wieder im Stich lassen. Was würdest du tun? Macht es Sinn, eine Fernbeziehung zu führen?

Ach, Lena, ich weiß es nicht … Damals hatte ich geglaubt, wir beide könnten das auch … Aber du siehst ja, was daraus geworden ist.

Jacob

19.

Es war Freitagvormittag. Lena stand in einer alten Jeans und einer karierten Hemdbluse ihrer Großmutter vor dem Haus und begutachtete kritisch den Vorgarten. Die Kohnerts waren schon vorbeigekommen und hatten ihre Hilfe angeboten, aber Lena hatte abgelehnt. Sie musste sich erst einmal in Ruhe einen Überblick verschaffen. Als Erstes würde sie sich um den Gartenzaun kümmern, und danach wären die Fensterläden dran. Sie schritt den Zaun ab und zählte die Latten, prüfte, welche noch in Ordnung waren und welche sie ersetzen musste. Dann nahm sie Maß, notierte sich die Zahlen und ging in Alvas Schuppen, um die Bretter zurechtzuschneiden. Sie zeichnete sich die Schnittkanten an, griff zur Handkreissäge und machte sich an die Arbeit. Nachdem sie die Latten zurechtgesägt und die Kanten abgeschmirgelt hatte, nahm sie ein Paket Schrauben, suchte sich das passende Bit aus dem Werkzeugkasten und steckte es in den Akkuschrauber. So ausgerüstet, lief sie wieder in den Vorgarten und schraubte Latte für Latte an den Zaun. Zufrieden stemmte sie die Hände in die Hüfte und betrachtete ihr Werk. Jetzt musste der Zaun nur noch gestrichen werden.

»Moin.«

Lena zuckte zusammen und fuhr erschrocken herum. Vor

ihr stand Finn, der große blonde Junge, der als Aushilfe bei Hauke arbeitete.

»Moin«, grüßte sie zurück. »Na, das passt ja wie aufs Stichwort.«

»Marit meinte, dass du 'n büsschn Hilfe gebrauchen könntest.«

Lena verkniff sich ein Lächeln. Marit hatte recht: Hier auf Hooge war die Gemeinschaft so eng, dass man sich ihr unmöglich entziehen konnte. Also nickte sie nur und deutete über ihre Schulter zum Zaun. »Hast du Lust?«, fragte sie. »Ich zahle natürlich auch was dafür.«

»Klar.« Finn, der bis eben noch seine Hände in den Hosentaschen vergraben hatte, sah sich den Zaun an. »Also ich würde ja die alte Farbe runterholen und ihn komplett streichen«, meinte er nach einem prüfenden Blick. »Zwei Nachmittage werde ich dafür schon brauchen, aber ich habe einen Freund, der mir helfen kann.«

»Geschäftstüchtig«, brummte Lena und verschränkte die Arme, aber sie konnte nicht verhindern, dass ihre Mundwinkel zuckten.

»Na ja, wenn du dir jetzt schon die Arbeit machst, mach es lieber gleich richtig. Ansonsten fängst du zweimal an. Mein Papa hat früher als Maler und Lackierer gearbeitet, von daher weiß ich, wovon ich spreche.«

»Soso.« Jetzt legte sich tatsächlich ein Lächeln auf Lenas Lippen. Sie mochte den groß gewachsenen Jungen. »Und welche Farbe würdest du mir empfehlen?«

»Na, was Witterungsbeständiges.« Finn kratzte sich am Kopf, als ob er sich darüber wunderte, wie man so etwas nicht wissen konnte. »Oder meinst du jetzt, welchen Farbton? Weil davon hab ich keine Ahnung. Da musst du schon selbst wissen, was dir gefällt. Raumausstatter wollte ich nicht werden.«

Lena gluckste. »Okay, ich sehe schon, du bist auf Zack.«

Finn freute sich über das Kompliment und grinste breit. »Also, wenn es dir egal ist, ob es grün oder braun wird, dann haben wir vielleicht noch was in der Garage stehen.«

»Äh, also es wäre mir schon wichtig, dass es grün *oder* braun ist«, betonte Lena zur Sicherheit, denn sie befürchtete, dass Finn dazu in der Lage war, die Latten möglicherweise auch abwechselnd zu streichen.

»Ich frag mal, wie viel Eimer wir noch dahaben.« Er zog sein Smartphone aus der Tasche und führte ein kurzes Telefonat. »Vier Eimer in Braun und zwei in Grün«, ließ er Lena wissen. »Aber ein büsschn heller als das, was du momentan an den Fensterläden hast. Kein so Laubgrün, geht mehr so in Richtung Maigrün, sagt mein Vater.«

Lena zögerte nur kurz. »Was will er denn für alles zusammen haben?«

Finn winkte ab. »Da werden wir uns schon einig.«

Sie musste zugeben, dass sie den blonden Burschen schon jetzt ins Herz geschlossen hatte. Hoffentlich machte er auch seine Arbeit gut.

»Hat dein Freund denn auch übers Wochenende Zeit?«, fragte Lena. »Dann bräuchte ich mich nämlich nicht allein um die Fensterläden kümmern.«

Finns Gesicht hellte sich sichtbar auf, dann tippte er eine Nachricht auf seinem Smartphone. »Jo, geht klar«, sagte er zu Lena. »Mein Papa könnte so in einer halben Stunde die Farben vorbeibringen, und Leif hat so ab dreizehn Uhr Zeit, passt das?«

Lena nickte. Sie suchte im Schuppen nach Pinseln und einem Zweitritt und wurde dabei tatkräftig von Finn unterstützt. »Mensch, das ist ja eine richtige Schatzgrube.«

»Wenn ich dazu komme, wollte ich hier demnächst mal komplett entrümpeln. Soll ich mich melden, wenn etwas dabei ist, das ich nicht mehr brauche?«

Finns Augen leuchteten auf, und er nickte eifrig.

Als sie die Sachen in den Vorgarten getragen hatten, hörte Lena das Rattern eines Motors. Ein Auto hielt vor ihrem Zaun, und ein kräftiger blonder Mann stieg aus. Es war eindeutig zu sehen, dass er Finns Vater war.

»Moin«, grüßte Ole, den sie schon auf der Beerdigung kurz getroffen hatte.

»Moin.« Lena reichte ihm über den Gartenzaun die Hand.

»Mein Junge meinte, dass du Interesse an den Farben hast.«

Lena nickte, und gemeinsam luden sie den Kofferraum aus.

»Aber lass dich von dem da nicht übers Ohr hauen.« Er deutete auf seinen Sohn. »Falls das mit dem Ökologiestudium nichts wird, könnte er nämlich immer noch eine Lehre als Versicherungsmakler anfangen.« Er zerzauste Finn liebevoll das Haar, wobei der nur ärgerlich seinen Kopf wegzog.

»Mensch, Papa«, brummte er.

Lena musste kichern.

»Du bist auch erst seit Kurzem hier auf der Insel, hab ich recht?«

»Hallig«, verbesserte Lena ihn sofort. Es war ein alter Reflex, der sofort wieder in ihr aufgekommen war, seit sie Hooge betreten hatte. »Im Gegensatz zu einer Insel wird eine Hallig regelmäßig vom Meer überspült, durchschnittlich bis zu zehn Mal im Jahr.«

»Oh, das müssen Nora und ich erst noch lernen.« Er lächelte entschuldigend.

»Dann beeilt euch besser, die Hooger lassen sich nämlich gerne mal einen ausgeben, wenn man das verwechselt.«

»Dann ist dir das also auch schon mal passiert?«

»Nein«, sagte Lena lachend. »Ich bin Hoogerin.«

Jetzt stimmte auch Ole in ihr Lachen mit ein, und Lena genoss die Unbeschwertheit des Moments. Doch dann wurde ihr bewusst, was sie da gerade gesagt hatte.

»Oder, besser gesagt, ich war Hoogerin«, erklärte sie deshalb schnell. »Ich bin hier aufgewachsen und vor elf Jahren mit meiner Familie aufs Festland gezogen.«

»Der umgekehrte Weg also«, sagte Ole.

Lena nickte. »Aber nachdem meine Oma gestorben ist, will ich mich jetzt um ihre alte Halligkate kümmern.«

»Ein hübsches Häuschen.« Ole nickte anerkennend. »Schade, dass wir erst vor Kurzem was gekauft haben. Das hier hätte mir auch gefallen. Na ja, ich muss weiter. Ich hab noch ein bisschen was zu tun.«

Er verabschiedete sich, und Lena sah ihm nachdenklich hinterher. Bei seinen letzten Worten war ihr auf einmal ganz mulmig geworden. Wenn Ole wirklich an der Kate Interesse gehabt hätte, hätte sie sie ihm dann verkauft?

Finn hatte sich während des Gesprächs bereits an die Arbeit gemacht und rührte jetzt mit einem Stock die Farbe durch.

»Den Fensterladen kannst du so aber nicht lassen«, meinte er und deutete auf das schräge Ding, das traurig in den Angeln hing.

»Ich weiß.« Lena seufzte tief. »Mit dem führe ich momentan meinen persönlichen Kleinkrieg.«

»Hast du niemanden, der sich darum kümmern könnte?«

»Doch, ich glaube, es gibt da jemanden«, sagte sie ausweichend.

»Na, dann ruf ihn doch mal an.«

Für Finn schien die Welt ziemlich einfach zu sein. Er machte sich nichts aus gesellschaftlichen Regeln, und auch sein Vater schien sehr gut hierherzupassen. Sofortige Hilfsbereitschaft, ein kleiner Klönschnack am Gartenzaun … Sie würden sich hier bestimmt wohlfühlen. Und Lena merkte, dass sie es auch tat. Also rief sie Hauke an und bat ihn, sich den eigenwilligen Fensterladen einmal anzusehen. Er versprach natürlich sofort, am Nachmittag vorbeizuschauen.

Als am Abend die erste Hälfte des Zauns gestrichen war und der Fensterladen nun wieder seinen Dienst tat, kam Jacob vorbei. Lena bemerkte, dass er noch Grasflecken auf den Knien und Erde zwischen den Rillen seiner Sohlen hatte. Anscheinend war er also wieder auf direktem Weg zu ihr gekommen.

»Alter Schwede, du bist ja richtig weit gekommen!« Jacob nickte anerkennend.

»Ich hatte ein bisschen Hilfe«, gab Lena zu. »Wollen wir dann gleich mit den Wabenrahmen anfangen?«

»Ach Mensch, ich dachte, es gibt erst was zu essen.«

Lena boxte ihm freundschaftlich in die Seite. »Erst die Arbeit, dann das Vergnügen.«

»Du alter Sklaventreiber.« Jacob blinzelte ihr neckend zu.

»Honig-Roastbeef gibt es ein anderes Mal, dafür brauche ich ein bisschen Zeit.«

»Na schön, dann legen wir los.« Jacob ging mit Lena in den

Schuppen und suchte mit ihr zusammen die Sachen für die Wabenrähmchen zusammen.

Lena wählte eine Kiefernlatte in der richtigen Stärke aus und zeichnete die Schnitte mit den Maßen an, die Jacob ihr nannte.

»Kannst du das hier halten, während ich säge?«, fragte sie.

Als sie Jacob die Leiste übergab, berührten sich ihre Fingerspitzen. Lena durchzuckte es, es kribbelte unter ihrer Haut, und sie zog die Hand sofort wieder zurück. Auch Jacob blickte irritiert auf. Hatte er dasselbe gespürt, oder hatte er sich nur über ihre Reaktion gewundert. Sie war sich nicht sicher, konnte nichts in seinem Blick lesen. Aber ging sein Atem jetzt nicht auch flacher und ein wenig schneller? Lena versuchte, sich zusammenzureißen. Sie griff nach der Stichsäge und sägte die vier Leisten ab.

»Okay, jetzt müssen wir sie miteinander verbinden«, sagte Jacob. »Warte, ich hole eben die Nägel.«

»Du willst sie nageln?« Lena war entsetzt.

»Ja, wieso denn nicht?«

»Weil da die Gefahr besteht, dass die Leisten splittern. So etwas schraubt man, oder, besser noch, man dübelt und leimt es. Dann hält es wenigstens auch eine Weile.«

»Da spricht die Expertin«, gab Jacob sich geschlagen. »Wobei ich ja eher fürs Nageln gewesen wäre. Das geht schneller.«

»Das war ja klar, dass du eher fürs Nageln bist«, konnte sie sich einen Seitenhieb nicht verkneifen.

Jacob legte irritiert die Stirn in Falten. »Was soll denn das jetzt heißen?«

»Nichts, schon gut.« Lena nahm den Akkuschrauber und spannte einen Bohrer ein.

»Darf ich das machen?«, fragte Jacob.

»Wenn du willst.« Lena übergab ihm den Akkuschrauber. »Aber du musst ihn gerade halten, sonst passt es nachher nicht. Nicht wie damals im Werkunterricht, als du versucht hast, ein Flugobjekt von Da Vinci nachzubauen und es eher etwas von Picasso hätte sein können.«

»Jaja, wenigstens habe ich die Materialmenge richtig berechnet.«

Sie funkelten sich an, doch dann mussten beide lachen.

»Weißt du noch, wie es keine zwei Meter über den Deich geflogen und dann direkt abgesoffen ist?«

Lena nickte kichernd. »Wir haben beide eine fünf bekommen.«

»Und das war noch großzügig«, erinnerte sich Jacob. »Ich muss zugeben, dass meine handwerklichen Fähigkeiten seitdem nicht wirklich besser geworden sind.«

»Willst du deshalb das Wabenrähmchen selbst zusammenbauen?«

Dass Jacob jetzt bejahte, überraschte Lena. So viel Offenheit hätte sie ihm gar nicht zugetraut, und ein bisschen fühlte sie sich jetzt wie früher, als sie noch keine Geheimnisse voreinander gehabt hatten, sondern nur miteinander. Ob sie vielleicht noch mehr Dinge an ihm entdeckte, die sie von früher kannte?

Sie musste sich selbst ermahnen, um sich wieder auf das Wabenrähmchen zu konzentrieren. Jacob bohrte die ersten beiden Löcher, doch beim dritten korrigierte Lena mit einer resoluten Bewegung den Stand der Bohrmaschine. »Gerade, Jacob«, rief sie ihm in Erinnerung.

»Ist ja gut.« Er schüttelte den Kopf und arbeitete konzentriert weiter. »Also, dein Lehrling möchte ich nicht sein«, frotzelte er dann, nachdem er fertig war.

»Such lieber die 8er-Dübel.«

Jacob warf ihr einen verblüfften Blick zu. »Woher weißt du, welche Stärke wir brauchen?«

Lena musste schmunzeln. »Das ist mein Beruf, Jacob, außerdem habe ich vorhin den Bohrer eingespannt und Alvas Bauplan studiert.«

»Gelernt ist eben doch gelernt«, gab Jacob sich geschlagen.

Sie steckten Dübel in die Löcher, und Lena bestrich die Schnittkanten mit Holzleim. Dann bauten sie das Wabenrädchen zusammen, und Lena spannte es in eine Schraubzwinge.

»Na ja, wirklich gerade ist es nicht, aber fürs Erste wollen wir das mal gelten lassen.«

Jacob zuckte gleichmütig mit den Schultern. »N beten scheef hett Gott leev«, sagte er auf Plattdeutsch. »Ein bisschen schief hat Gott lieb.«

Lena musste lachen. Sie merkte, wie sehr sie seine ungezwungene Art vermisst hatte. Mats hätte das Rähmchen vermutlich noch einmal komplett auseinandergebaut und nach der Ursache gesucht.

»Also normalerweise würde man danach in die Seitenlöcher bohren, um den Draht zu spannen, aber ich vermute, dass Meisterin Lena dafür auch eine Musterlösung parat hat.«

Lenas Lippen verzogen sich zu einem Lächeln. »Ich wäre ja dafür, dass man Ösen einschlägt, damit das Holz …«

Jacob schlug sich die Hände über dem Kopf zusammen. »Ich hab's befürchtet, so werden wir nie fertig«, murmelte er, und jetzt musste Lena wieder lauthals lachen. »Okay, lassen wir das Ding da trocknen, und ich zeige dir, wie man die Wabenplatten für das Innere gießt. Dann sind wir nämlich wieder in meinem Metier, und da fühle ich mich deutlich wohler.«

Lena verkniff sich einen Kommentar dazu und ließ sich von Jacob die Arbeitsschritte erklären.

»Siehst du, so verhält man sich als aufmerksamer Lehrling. Man hört zu und lernt.«

»Als ob du das jemals in der Schule getan hättest.«

Etwas blitzte in Jacobs Augen auf, als er das sagte, und Lena erinnerte sich nur zu gut, wie sie zusammen in der Klasse herumgealbert hatten. Auch wenn sie nur eine Handvoll Schüler auf der Ockelützwarft gewesen waren, war ihnen beiden es immer gelungen, irgendwelche Streiche zu spielen und sich mit etwas völlig anderem als dem aktuellen Schulstoff zu beschäftigen.

»Sieht doch gar nicht so schlecht aus«, befand Lena, nachdem sie fertig waren.

»Finde ich auch«, stimmte Jacob zu. »Aber ob es hält, was es verspricht, werden wir erst sehen, wenn wir es dem Härtetest unterziehen und es in einen Bienenstock einsetzen.«

»Morgen?«, fragte Lena. »Ich denke, so lange wird der Holzleim brauchen, bis er getrocknet ist.«

»Morgen klingt gut«, sagte Jacob, und wieder lag etwas Unerklärliches in seinem Blick.

E-MAIL-ENTWURF VOM 4. NOVEMBER 2014

An: lena.hendriksen@hoogemail.de
Von: Jacob-Flemming@blumenmeer.de

Betreff: -

Lena,
Svea und ich haben uns getrennt.
Gruß J.

20.

Um kurz nach acht klingelte Jacob bei Lena Sturm.

Lena öffnete ihm barfuß und in einem von Alvas riesigen Nachthemden die Tür. »Was ist denn los?«, fragte sie verschlafen. »Bist du so wild darauf, den Bienenstock fertig zu bauen?«

»Quatsch. Wir haben einen Schwarm-Alarm!« Jacob drückte sich an ihr vorbei in die Kate.

»Schwarm-Alarm?«, wiederholte Lena ratlos und strich sich eine ihrer zerzausten, honigblonden Locken aus dem Gesicht. »Was soll das sein?«

»Eine deiner Bienenköniginnen hat ihre Arbeiterinnen um sich versammelt und ist geschwärmt.«

»Und was bedeutet das?«, fragte Lena verwirrt.

»Dass wir sie sofort wieder einfangen müssen. Wenn wir das nicht tun, sterben sie, weil sie verhungern oder von der Varroamilbe angegriffen werden.«

»Ich dachte, Bienen sind Wildtiere.«

»Nicht die gezüchteten Honigbienen. Die brauchen einen Imker, um zu überleben. Schnell, zieh dich an, vielleicht können wir deinen Schwarm noch rechtzeitig einfangen!«

Mit einem Mal war Lena hellwach. Sie griff nach ihrer Jeans, die im Badezimmer lag, wollte hineinschlüpfen, hüpfte dabei unbeholfen auf einem Bein herum und krachte beinahe gegen die Badezimmertür. Jacob konnte sie im letzten Moment gerade noch auffangen.

»Danke!«, sagte sie und löste sich schnell wieder aus seiner Umarmung.

Sie angelte nach einem Top, und Jacob konnte ihr nur wie gebannt zusehen. Eben noch war sie ihm so nahe gewesen, und ihr schien das überhaupt nichts auszumachen, während es ihn völlig aus der Bahn warf und er schwankte wie ein Fischkutter im Morgengrauen. Hatte ihr auch der gemeinsame Kuss nichts bedeutet? War es nur ein einmaliger Ausrutscher gewesen? Möglich wäre es, schließlich war Lena immer noch in einer Beziehung, während er mit seinen Gefühlen anscheinend in der Vergangenheit hängen geblieben war.

»Dreh dich um!«, sagte Lena mit energischer Stimme und holte ihn aus seinen Grübeleien zurück in die Wirklichkeit.

Jacob hatte gar nicht bemerkt, dass er sie noch immer angestarrt hatte, doch jetzt fiel ihm auf, dass Lena ihn verlegen ansah, weil er mitten in der Badezimmertür stand.

»Lena, ich hab dich schon mal nackt gesehen«, erwiderte er deshalb mit einem verschmitzten Lächeln, um sich nicht anmerken zu lassen, wie nervös er plötzlich war.

»Das war vor elf Jahren«, widersprach Lena.

Jacob gehorchte widerwillig und drehte ihr den Rücken zu. »Ich glaube nicht, dass du dich seitdem verändert hast«, gab er zu bedenken. »Oder hast du so zugenommen?« Im selben Moment spürte er, wie etwas dumpf an seinem Hinterkopf abprallte. Lena hatte ihm ihr Nachthemd an den Kopf geworfen. »Sexy«, murmelte Jacob und blinzelte verstohlen über seine Schulter.

»Umdrehen!«, fauchte Lena, und ein amüsiertes Lächeln

zuckte um seine Mundwinkel, während er gehorchte. Aus den Augenwinkeln beobachtete er Lena dabei, wie sie in ihr blau-weiß-gestreiftes Top schlüpfte. »Wo müssen wir hin?«

»Zur alten Fenja. Sie hat mich vorhin angerufen. Der Schwarm hängt in ihrem Kirschbaum.«

Lena hielt in der Bewegung inne. Anscheinend erinnerte auch sie sich noch gut an den warmen Nachmittag im August, als sie gemeinsam die Kirschen geklaut hatten.

»Und was müssen wir jetzt genau machen?«, fragte sie, als sie sich wieder gefasst hatte.

»Wir nehmen jetzt einen großen Eimer und eine Transportkiste und versuchen sie einzufangen.«

»Okay.« Lena nickte, als ob es für sie das Normalste auf der Welt wäre, doch Jacob spürte, dass sie angespannt war.

Gemeinsam packten sie ein paar Sachen zusammen. »Und nimm auch deine Schutzausrüstung mit«, sagte Jacob.

Lenas Augen wurden groß. »Jetzt auf einmal also doch?«, wunderte sie sich.

»Ja, du wirst sie brauchen.«

Auf der Lorenzwarft wurden sie schon aufgeregt von der alten Fenja erwartet.

»Sie hängen noch«, verkündete sie und humpelte, auf ihren Holzstock gestützt, in den Garten. Dann deutete sie mit ihrem Stock nach oben in den Kirschbaum. »Ich wollte eigentlich ein paar Kirschen für einen Kuchen pflücken«, sagte sie. »Aber dann habe ich dieses eigenartige Gebrumm gehört, und als ich die Bienen gesehen habe, habe ich dich sofort angerufen.«

»Danke, Fenja. Wichtig ist jetzt, dass wir die Tiere nicht beunruhigen, da wir sie sonst auseinandertreiben. Du darfst auf keinen Fall nach ihnen schlagen, und versuche auch darauf zu achten, keine Biene einzuatmen.«

Die alte Fenja nickte mit zusammengepressten Lippen.

Jacob wandte sich dem Bienenschwarm zu, der wie eine Traube in dem Ast hing. »Das ist ein eher kleiner Schwarm«, sagte er. »Ich schätze, es sind circa achtzehntausend Bienen.«

»Achtzehntausend?«, wiederholte Lena mit schriller Stimme. »Und das nennst du klein?«

Jacob zuckte mit den Schultern. »Im Grunde müssen wir nur die Königin einfangen«, sagte er. »Alle anderen Bienen folgen dann ihrem Geruch.«

»Klar«, stimmte Lena mit tonloser Stimme zu.

»Keine Sorge, das bekommen wir schon hin.« Er zwinkerte ihr zu. »Aber ich brauche deine Hilfe. Zieh bitte deinen Imkeranzug an, damit dir nichts passiert.«

Lena gehorchte ohne ein weiteres Wort.

»Und jetzt?«, fragte sie, als sie den Schleier vor ihrem Gesicht herunterklappte.

»Ich gehe nach oben und benetze die Flügel mit einem Wassernebel.«

»Hältst du das für eine gute Idee?«, fragte Lena mit angespannter Stimme. »Können wir sie nicht mit Rauch flugunfähig machen wie im Bienenstock?«

»Nein«, sagte Jacob, während er Fenjas Holzleiter unter der Bienentraube zurechtrückte. »Die Bienen haben sich vor dem Schwärmen bereits ihre Honigblase mit Honig gefüllt. Dadurch hätte der Rauch keine Wirkung, weil die Bienen gar keinen Honig mehr aufnehmen können. Ich besprühe sie deshalb mit Wasser und imitiere so einen Regenschauer. Dadurch kriechen die Tiere noch dichter zusammen und werden auch flugunfähiger.« Er nahm seinen Drucksprüher und füllte ihn an Fenjas Wasserhahn, kletterte damit auf die Leiter und benetzte die Bienen vorsichtig mit Wasser.

»Funktioniert es?«, fragte Lena, die mit dem Kopf im Nacken neben der Leiter stand und ihn genau beobachtete.

Jacob sah dabei zu, wie sich die Bienentraube zusammenzog und verkleinerte. Er sprühte noch einmal nach, bis die Bienen so weit zusammengekrochen waren, dass das Wasser wie bei einem Regenschauer außen an der Traube ablief.

»Sieht ganz gut aus«, meldete er zurück. Er kletterte wieder nach unten und sah Lena mit festem Blick an. »Erinnerst du dich, als wir vorgestern zusammen am Bienenstock gearbeitet haben?«

»Ja«, murmelte Lena, während sie ihm fest in die Augen blickte.

»Hattest du da Angst vor den Bienen?«

Lena schüttelte mit angehaltenem Atem den Kopf.

»Okay, dann gehst du jetzt da oben auf die Leiter und schüttelst den Ast, damit die Bienen in den Eimer fallen, den ich halte.«

»Das ist ein schlechter Scherz«, war alles, was Lena mit tonloser Stimme darauf erwiderte.

»Nein, das habe ich ernst gemeint.«

»Ja, sehr witzig.« Sie sah ihn mit spöttischem Blick an. »Willst du mich umbringen, oder was? Wieso machst du das nicht?«

»Weil ich schon den Eimer halte und mir dann eine dritte Hand fehlt.«

»Und wieso kann ich nicht den Eimer halten? Das klingt mir deutlich ungefährlicher.«

Jacob versuchte, ruhig zu bleiben. Was ihren Starrsinn anging, hatte sich Lena in den letzten Jahren kein bisschen verändert.

»Lena, ich weiß, du bist eine wirklich starke Frau, aber du musst den Eimer gut festhalten, wenn der Schwarm hineinfällt. Und ehrlich gesagt habe ich ein bisschen Angst um dich, wenn jetzt gleich Hunderte von Bienen hier wütend herumschwirren, weil sie nicht mehr wissen, wo ihre Königin ist. Glaub mir, da oben auf der Leiter ist der sicherere Platz, auch wenn es momentan nicht danach aussieht.«

»Okay.« Lena schien völlig paralysiert zu sein.

Also machte Jacob ein paar Schritte auf sie zu und legte ihr beruhigend die Hände auf die Schultern.

»Du kannst das«, sagte er. »Das weiß ich. Wichtig ist nur, dass du ganz ruhig bleibst. Traust du dir das zu?«

Lena zögerte, dann nickte sie. Sie kletterte die Leiter nach oben und machte sich bereit.

»Alles klar?«, fragte Jacob, der sich unter ihr mit dem Eimer in Position brachte.

»Alles klar«, sagte Lena entschlossen.

»Okay, dann schüttelst du auf mein Zeichen, ruhig, aber kräftig den Ast. Wir haben nur eine Chance, Lena. Wenn das schiefgeht, haben wir es hier gleich mit Abertausenden von sehr wütenden Bienen zu tun.«

»Danke für die Erinnerung«, presste Lena hervor, und Jacob musste schmunzeln. Anscheinend hatte sie zu ihrem Humor zurückgefunden.

»Bist du so weit?«, rief er und verengte die Augen zu Schlitzen.

Lena nickte.

»Okay, dann los!«

Gleich darauf bewegte Lena ruckartig den Ast. Die Bienentraube verlor ihren Halt, und Jacob gelang es, den herunterfallenden Teil mit dem Eimer aufzufangen. Wie er vorhergesehen hatte, zerstoben die restlichen Bienen in alle Himmelsrichtungen und flogen aufgebracht davon.

»Bleibt ganz ruhig!«, ermahnte er die beiden Frauen noch einmal, während er rasch das Absperrgitter auf den Eimer legte und mit einem großen Stein beschwerte. »Denkt immer daran, dass sie sich durchaus verteidigen können.«

Die alte Fenja war einige Schritte zurückgetreten, und Lena stand mit zusammengekniffenen Lippen oben auf der Leiter.

»Hat es geklappt?«, fragte sie aufgeregt.

Jacob riskierte einen vorsichtigen Blick in den Eimer und beobachtete die Bienen. Er bemerkte, dass sich immer mehr Bienen dem Eimer näherten und auch Tiere aus der Luft dazukamen. Das war ein gutes Zeichen, denn das bedeutete, dass sie die Königin eingefangen hatten und sich ihre Arbeiterinnen um sie versammelten.

»Hier sind auf einmal wieder ganz viele Bienen an dem Ast«, rief Lena, und Jacob konnte hören, dass ihre Stimme jetzt doch nervöser war.

»Das ist normal«, antwortete er. »Dort hängt noch der Duftstoff ihrer Königin.«

Doch im selben Moment verlor Lena den Halt und stürzte von der Leiter. Ohne darüber nachzudenken, breitete Jacob die Arme aus und konnte sie gerade so noch vor einem schweren Sturz bewahren, als er sie federnd auf seinen Armen auffing.

Atemlos sah Lena ihm in die Augen, und auch Jacob war

von ihrem Blick gefangen. Die Welt stand für einen Moment still, und es lag ein Kribbeln und Knistern in der Luft. Wenn da nicht der Bienenschleier vor Lenas Gesicht gewesen wäre, hätte Jacob sie jetzt sicherlich geküsst. Aber so blieb ihm nichts anderes übrig, als sie vorsichtig wieder auf die Füße zu stellen.

»Geht's dir gut?«, fragte er und musste sich dabei zwingen, sein wild klopfendes Herz wieder unter Kontrolle zu bringen.

Lena nickte vorsichtig. »Ja, alles okay. Danke«, setzte sie dann murmelnd hinzu. »Keine Ahnung, was passiert wäre, wenn du mich nicht aufgefangen hättest.«

»Ach was«, tat Jacob rasch ab. »Aber sieh mal die Bienen. Die ersten von ihnen sterzeln schon.«

»Sterzeln?«, wiederholte Lena und hob fragend die Brauen in die Höhe.

Jacob ging in die Hocke, um etwas Distanz zwischen Lena und sich zu bringen. Er war schon wieder kurz davor, sich Hals über Kopf in sie zu verlieben. Als er sie eben aufgefangen und sie auf seinen Armen getragen hatte, hatte er sich wieder an früher erinnert, als sie hier zusammen auf dem Baum gesessen und Kirschen geklaut hatten. Auch da war Lena in seine Arme gesprungen, als die alte Fenja sie erwischt hatte und sie schimpfend und mit drohend erhobenem Gehstock in den Garten gelaufen war. Jacob deutete auf die Bienen, die auf dem Absperrgitter ihr Hinterteil in die Höhe hoben und mit eifrigem Flügelschlagen den Duftstoff der Königin in die Luft fächelten. »Sie zeigen den suchenden Bienen, wo die Königin ist.« Er schob das Gitter einen Spaltbreit zur Seite.

Lena kniete sich neben ihn und beobachtete das Geschehen. »Sieh nur, wie sie nach und nach auf dem Gitter landen und einfach in den Eimer laufen.«

»Ja.« Jacob lächelte sie an.

Lena hatte wirklich eine gute Beobachtungsgabe. Sie würde das mit Alvas Bienenstöcken hinbekommen … wenn sie denn blieb. Sein Innerstes zog sich schmerzhaft zusammen. An diese Entscheidung wollte er lieber nicht denken …

»Warte mal, bis du siehst, wie sie einlogieren. Wenn die ersten Bienen zusammen mit der Königin in ihren neuen Bienenstock einlaufen und alle anderen ihnen in Richtung Flugloch folgen. Das ist so beeindruckend. Und, sieh mal hier, da ist die Königin. Sie ist ein bisschen größer als die anderen.«

Lena beobachtete den Schwarm. »Ich hatte eine richtige Gänsehaut, als ich da oben zwischen Tausenden von Bienen stand«, flüsterte sie.

Sie hob den Blick und sah Jacob mit glänzenden Augen an, und in seinem Bauch flatterte und summte es jetzt mindestens genauso wie in dem Eimer, der vor ihnen stand.

»Das war wirklich unglaublich.« Sie atmete tief durch. »Und merkst du, wie toll sie riechen?«

»Ja, ich weiß. Das ist ein magischer Moment, oder?«

Lena nickte zustimmend.

»Jetzt ist es also offiziell«, sagte Jacob. »Du bist die Besitzerin deines ersten eigenen Bienenschwarms.«

21.

Lena trat ans Fenster im ersten Stock und blickte hinaus. Der Morgen war grau und trüb, und den Leuchtturm von Amrum konnte sie in der Ferne nur erahnen. Aber sie kannte das Wetter auf Hooge. Auch wenn der Morgen wolkenverhangen war, konnte es gut sein, dass am Nachmittag doch noch die Sonne herauskam. Jacob hatte sie gestern auf einen Ausflug eingeladen, und wenn er sie mit aufs Meer oder ins Watt nehmen wollte, war es sicher besser, eine Sonnencreme einzustecken.

»Heute mal nicht im Nachthemd?«, hörte sie Jacobs Stimme.

Lena musste schmunzeln, als sie ihn am Gartenzaun hinter dem Haus stehen sah.

»Tja, der frühe Vogel …«, rief sie zurück.

Sie rannte polternd die Holztreppe hinunter und freute sich, dass die unterste Stufe jetzt nicht mehr wackelte. Auch der Gartenzaun war mittlerweile fertig gestrichen und sah fast wie neu aus.

»Bist du so weit?«, fragte Jacob, als sie zu ihm hinaus in den Garten getreten war.

Lena nickte. »Verrätst du mir jetzt endlich, wo wir hingehen?«

»Das wirst du schon noch früh genug sehen.«

Gemeinsam machten sie sich in Richtung Volkertswarft auf, doch dann verließen sie die Straße und liefen zum Strand.

»Wir gehen ans Meer?«, fragte Lena neugierig.

Etwas funkelte in Jacobs Blick, aber vielleicht war das auch nur die Reflexion des eigentümlichen Lichts, die sich darin spiegelte. »Ist dir das recht?«

»Und wie!«

Lena bemerkte jetzt erst, dass sie bisher noch überhaupt keine Zeit gefunden hatte, um im Meer zu schwimmen, und das, obwohl sie schon knapp zwei Wochen hier war. Bisher waren ihre Tage nahezu komplett ausgefüllt gewesen, dabei hatte sie es früher so sehr geliebt, abends einfach kurz zum Strand zu gehen und den Sonnenuntergang zu bestaunen oder morgens eine Runde im kühlen Wasser zu kraulen, wenn die halbe Hallig noch schlief und die Touristen noch nicht mit der Fähre angeschippert worden waren.

»Schade nur, dass das Wetter nicht so richtig mitspielt.«

»Du weißt doch, nirgends strahlt der Himmel so schön grau wie in Norddeutschland.«

Lena lachte schallend, und als Jacob jetzt seinen Arm um sie legte, ließ sie ihn gewähren und genoss es, sich so fast wieder ein bisschen wie damals zu fühlen. Sie erreichten die Abbruchkante des Deichs, und dahinter erstreckte sich in kräftigem Lila der Halligflieder, der sich mit dem leuchtenden Rosa der Strandgrasnelke abwechselte. Dazwischen funkelte das matte Silber des Strandwermuts, und Lena war sofort hin und weg. Sie betrachtete die Salzwiese, die in voller Blüte stand, verfolgte sie mit den Augen bis zum Watt, denn das Meer hatte sich zurückgezogen und einen von kleinen Furchen durchzogenen Boden freigegeben. Nicht weit entfernt von ihr entdeckte sie einen von Alvas Bienenstöcken, der inmitten des lilafarbenen Blütenmeers stand, und jetzt hörte sie auch das Brummen der Insekten.

»Sammeln hier die Bienen Alvas kostbaren Salzwiesenhonig?«

Jacob nickte. »Es war die Lieblingsstelle deiner Oma auf der ganzen Hallig, abgesehen von ihrer Kate natürlich.«

»Das kann ich gut verstehen«, flüsterte Lena. »Es ist so wunderschön hier. Das hatte ich mittlerweile ganz vergessen.«

Sie ließ den Anblick einen Moment auf sich wirken, genoss den Wind, der an ihren Haaren zog, und sog die salzige Meeresluft und den lieblichen Duft der Blüten ein, den er zu ihr herüberbrachte. Dann beobachtete sie einen Schwarm Knutts weit über dem Meer, die mit ihren schwarz-weißen Körpern ein anmutiges Ballett in den Lüften tanzten, und je nachdem, welche Seite ihres Körpers sie ihnen zudrehten, waren sie verschwunden oder glitzerten wie die Wellenoberfläche in der Ferne.

Lena wandte den Blick wieder zu Jacob. »Tja, das wird wohl nichts mit baden gehen.«

»Ich hab auch nicht gesagt, dass wir baden gehen«, widersprach Jacob. »Ich sagte, wir gehen ans Meer.«

Jetzt weiteten sich Lenas Augen, denn sie hatte verstanden, wohin Jacob sie führen wollte. »Wir wandern zum Japsand?«, fragte sie ungläubig.

Es war schon eine halbe Ewigkeit her, seit sie das letzte Mal auf der riesigen Sandbank gewesen war. Damals noch mit Alva, kurz nachdem sie Mats kennengelernt hatte. Der hatte sich leider kaum dafür interessiert. Ganz im Gegensatz zu Lena, die diese ferne, fremde Welt, einen Steinwurf entfernt von Hooge, schon immer fasziniert hatte. Lena zog ihre Schuhe aus und vergrub die Zehen in dem weichen Watt.

Jacob trat neben sie und schob seine Hand in ihre, und Lena ließ ihn gewähren, umschloss seine Finger mit ihren. Schweigend liefen sie nebeneinanderher, hinterließen zwei Spuren im Watt, die langsam wieder im weichen Boden versanken.

Sie liefen an der orangeroten Blinkertonne vorbei, eine gestrandete Riesenboje, die man sogar von Volkertswarft aus erkennen konnte.

»Schade, dass wir sie damals nicht zuerst entdeckt haben«, sagte Lena.

»Stimmt, die tausend Euro Finderlohn hätten wir gut gebrauchen können.«

»Ich hätte sie ja gespart«, sagte Lena.

»Unsinn, wir hätten alles für Süßigkeiten ausgegeben.« Jacob blinzelte ihr zu, und Lena musste kichern. Sie lauschte dem Ruf der Vögel, genoss den unbeschwerten Spaziergang, ließ ihren Blick über das Meer in der Ferne schweifen. Sie liebte es, draußen im Watt zu sein, denn hier, wo sich Himmel und Meer am endlos wirkenden Horizont vereinten, hatte sie das Gefühl, der Wirklichkeit entfliehen zu können. Hier gab es weder Zeit noch Raum, hier herrschte die Natur, die Stille und die Sehnsucht. Und auf einmal wurde sie von einem tiefen inneren Frieden durchflutet, erst ganz langsam, doch dann breitete sich das Gefühl zunehmend schneller in ihr aus, wie das Meer, wenn es zur Flut zurückkam. Und obwohl sich Lena in den letzten Tagen so allein gefühlt hatte, glaubte sie jetzt, mit Jacob an ihrer Seite, dass die Lücke in ihrem Inneren ausgefüllt war. Sie warf ihm einen scheuen Blick zu, musterte ihn verstohlen. Was wäre aus ihnen geworden, wenn sie geblieben wäre? Was, wenn Svea an jenem Abend nicht bei ihm gestanden hätte? Wären sie noch zusammen? Hätten sie eine Fernbeziehung überstehen können? Wäre Jacob mit aufs Festland gekommen, oder hätte Lena sich entschieden, mit achtzehn direkt zurückzukommen?

Jetzt wandte Jacob ihr sein Gesicht zu, und ihre Blicke trafen sich.

»Worüber denkst du nach?«, fragte er, doch Lena schüttelte bloß sanft den Kopf.

»Wie schön es hier ist«, sagte sie, »und wie sehr ich diese Stille vermisst habe. In Bremen gibt es immer irgendetwas, das mich ablenkt.«

»Ja, hier kann man vor seinen eigenen Gedanken nicht davonlaufen.«

Das stimmte. Lena hatte ja selbst gemerkt, wie oft sie in letzter Zeit zum Nachdenken gekommen war.

Als sie jetzt den Japsand erreichten, flüchtete eine Seehundkolonie unter heulendem Protest ins Wasser.

»O nein«, sagte Lena ein wenig enttäuscht. »Jetzt haben wir sie erschreckt. Schade.«

»Weißt du noch, wie Alva uns gezeigt hat, wie man sie wieder anlockt?«

»Du meinst, wir sollen uns als Seehunde ausgeben?«

Jacob zuckte gelassen mit den Schultern. »Ich weiß doch, wie gerne du sie magst, und ein bisschen Zeit haben wir noch, ehe die Flut kommt und wir wieder zurückmüssen.« Er zog seine Strickjacke aus, breitete sie auf dem Sand aus und setzte sich.

Lena nahm neben ihm Platz. »Siehst du sie noch?«, fragte sie.

»Ja, schau mal, dahinten guckt ein Kopf aus dem Wasser.« Jacob deutete auf die Wasseroberfläche, und Lena erkannte die gerundete Schnauze mit den Knopfaugen und den langen Barthaaren.

»Sie sind so unglaublich neugierig«, kicherte sie. »Und so niedlich! Los komm, wir versuchen sie zurückzulocken.« Gemeinsam legten sie sich nebeneinander auf den Bauch, winkelten die Beine an und wippten mit ihren sandigen Füßen auf und ab. »Du musst es gleichmäßig machen«, tadelte sie Jacob.

»Ich mach das gleichmäßig«, empörte er sich. »Aber du bist ein bisschen zu schnell.«

Lena passte ihr Tempo an, und als sie ihr eines Bein jetzt schwungvoll anwinkelte, schleuderte ein großer Klumpen nasser Sand direkt in Jacobs Nacken.

»Hey!«, rief er.

»Psst! So verscheuchst du die Seehunde.« Lena gluckste, als sie sah, wie Jacob sich den Sand aus dem Nacken wischte. »Bist du so empfindlich geworden?«

»Nein, aber das ist nass und unangenehm«, erwiderte Jacob. »Und nachher habe ich den ganzen Sand in meinem T-Shirt.«

Lena warf ihm einen spöttischen Blick zu. »Als ob man auf Hooge ohne Sand leben könnte.«

»Willst du auch mal?«, fragte er, und noch ehe Lena etwas erwidern konnte, hatte Jacob ihr eine Handvoll nassen Sand in den Nacken geschmiert.

Lena quietschte überrascht, denn auch ihr krochen die feuchten, kühlen Sandkörner direkt in ihre Bluse. »Igitt, ist das eklig.«

»Siehst du?«

»Du bist unfair. Das war viel mehr!« Sie grub ihre Finger ins Watt und schmierte Jacob eine ordentliche Ladung davon auf die Wange.

»Na warte!« Er griff ebenfalls neben sich und wollte ihr auch eine Portion Sand-Schlick-Gemisch ins Gesicht reiben, doch Lena sprang lachend auf. Jacob hielt sie am Arm fest und zog sie wieder zu sich herunter, und Lena konnte sich nicht wehren, als er jetzt damit ihre Haare einseifte.

»Ah, Jacob, nicht!«, prustete Lena und versuchte sich wegzuducken, aber Jacob kannte kein Erbarmen, und so griff Lena lachend immer wieder in den feuchten Japsand und warf ihn nach Jacob, um sich an ihm zu rächen. »So sehen wir die Robben nie!«, rief sie zwischen zwei Lachanfällen.

»Dann musst du leiser sein«, sagte Jacob. »Und nicht so herumzappeln. »Ich hätte da eine Idee.«

Er kletterte auf sie und setzte sich behutsam auf ihre Hüfte, und als er ihr jetzt in die Augen blickte, wurde Lena tatsächlich ganz ruhig. Sie sah zu ihm auf, und auch er musste im selben Moment realisiert haben, wie nah sie sich gerade waren. Lena wagte kaum zu atmen. Sie spürte sein Gewicht auf sich, ihr Atem wurde flacher und ihre Brust hob und senkte sich schneller. Und dann legte sie ihre von Watt und Schlick verschmierten Hände an sein Gesicht, zog ihn zu sich herunter und küsste ihn, wie sie noch nie einen anderen Menschen geküsst hatte. Voller Verlangen und Begehren kostete sie von seinen Lippen, hielt atemlos inne, nur um gleich darauf sein zärtliches Spiel zu erwidern.

Sie schlang die Arme um seinen Nacken, und Jacob ließ sie gewähren, senkte sich auf sie und steckte ihr eine Haarsträhne hinters Ohr. Lena hörte nur noch das Meer um sich rauschen, hörte aus der Ferne einen vom Wind verwehten Möwenschrei, spürte den Luftzug auf ihren nackten Oberarmen, doch ihr war nicht kalt, denn in ihr brannte das Feuer, das Jacob entfacht hatte.

Als Jacob jetzt den Kuss beendete, seufzte Lena wehmütig. Dass ihre Lippen sich nun voneinander lösten, empfand sie fast als körperlichen Verlust.

»Wir müssen zurück«, flüsterte Jacob. »Die Flut kommt bald.«

Er richtete sich auf, reichte Lena eine Hand, und gemeinsam liefen sie schweigend die anderthalb Stunden in Richtung Hooge zurück. Sie gingen dicht nebeneinander, und immer wieder streiften sich ihre Arme, und Jacobs warme, sonnengebräunte Haut zu spüren, verursachte in Lena jedes Mal eine Gänsehaut und ein aufregendes Prickeln, und dieses Mal war sie es, die ihre Hand in seine schob, und Jacob umfasste sie fest und strich mit seinem Daumen über ihren Handrücken.

Hooge, das sich am Horizont als flacher Erdhügel erhob, schien zum Greifen nahe, und obwohl es noch knapp zwei Kilometer bis auf die Hallig waren, ging Lena der Rückweg viel zu schnell.

Als sie jetzt den Deich erreichten und gemeinsam die rasch steigende Anhöhe hinaufliefen, versuchte Lena, sich den Schlick und den Sand aus dem Gesicht zu wischen und aus den Kleidern zu klopfen.

»Hoffentlich sieht das keiner«, murmelte sie, aber Jacob lachte nur mit blitzenden Augen, wie er es auch schon bei ihrer Wattschlacht getan hatte.

»Lena, diesen Satz kannst du hier, auf Hooge, getrost aus deinem Wortschatz streichen.«

»Aber was sollen denn die Leute denken, wenn sie uns so sehen?«

Jetzt breitete sich ein sanftes, liebevolles Lächeln auf Jacobs Lippen aus. Er legte seine Hand unter ihr Kinn und hob ihren Blick zu sich empor. »Sollen die Hooger denken, was sie wollen, Lena«, flüsterte er und küsste sie wieder.

22.

Es kostete Lena größte Mühe, sich an diesem Abend von Jacob zu trennen. Aber es war besser so, denn sie wollte nichts überstürzen. Der Ausflug mit ihm zum Japsand hatte Spaß gemacht. Schon lange hatte Lena nicht mehr so schöne und unbeschwerte Stunden verbracht, völlig losgelöst aus der Welt. Doch als sie die Hallig wieder erreicht hatten, hatten sie aus ihrem Refugium heraustreten und wieder in der Wirklichkeit ankommen müssen.

Unter einem letzten Kuss, der noch einmal das Feuer auflodern ließ und den Lena noch immer auf ihren Lippen zu spüren glaubte, verabschiedeten sie sich schließlich voneinander, denn Lena wollte jetzt allein sein und brauchte die Zeit zum Nachdenken. Schweren Herzens gab sie sich einen Ruck und versuchte, wieder in ihr Leben zurückzukehren. Sie zog sich die feuchten, sandigen Kleider aus, stellte sich unter die Dusche und wusch den Sand und den Nachmittag von sich ab. Mit einem wehmütigen Blick sah sie dabei zu, wie Sand, Staub und der Duft von Jacob langsam mit dem Wasser davongespült wurden und im Ausguss verschwanden. Auch das flauschige Badetuch, von der Heizung gewärmt, in das sich Lena hüllte, konnte seine Umarmung nicht ersetzen oder den Wunsch, noch einmal Haut auf Haut zu spüren.

Lena schlüpfte an diesem Abend wieder in Alvas Nachthemd, zog sich ein paar dicke Socken an und ging dann in die Küche, um sich eine heiße Milch mit Honig zu machen, die sie dann, vor dem Haus sitzend, in eine Decke gewickelt, trank, während die Sonne glutrot im Meer versank und den Himmel in Flammen setzte. An diesem Abend fühlte Lena sich so, als wäre sie endlich angekommen, als könnte dieses Leben ihr gehören, doch sie wusste, dass sie noch den letzten Schritt dafür tun musste. Doch wäre sie dafür überhaupt schon bereit? Sie brauchte noch etwas mehr Zeit für ihre Entscheidung. Sie wollte ergründen, ob das mit Jacob nur ein Urlaubsflirt, die kurze Erinnerung an eine Romanze aus längst vergangenen Tagen war, oder ob ihre Gefühle ernst waren. Würden sie Bestand haben für ein ganzes Leben? Ein Leben hier auf der Hallig? Lena vermochte es nicht zu sagen.

Sie entschied, dass sie morgen damit beginnen wollte, Alvas Sachen durchzusehen, denn ewig konnte sie das nicht vor sich herschieben. So schön es hier auf Hooge auch war, sie hatte noch ein Leben in Bremen. Da wartete nicht nur Mats, sondern auch ihre Schreinerei, ihr Traum von der Selbstständigkeit, ihre Arbeit, die sie über alles liebte. Ihre Freundinnen. Wollte sie das alles einfach so aufgeben? Sie hatte in ihrem Leben nur die Pausetaste gedrückt und konnte jederzeit dahin zurück. Aber wollte sie das jetzt noch? Lena war sich nicht sicher, sie hatte den Eindruck, ihre Gefühle waren wie Ebbe und Flut. Sie kamen und gingen, ohne dass sie die Macht darüber hatte, doch jedes Mal rissen sie sie entweder fort oder gaben etwas in ihr frei, von dem sie längst geglaubt hatte, dass sie es für immer verloren hatte.

Lena ging ins Haus zurück, räumte ihre Tasse auf und legte

sich in den gemütlichen Alkoven. Sie kuschelte sich in das dicke Federkissen und schloss die Augen, sog wieder Alvas Duft nach Lavendel, Seife und dem ihr wohlvertrauten Waschpulver ein, und fast hatte sie damit gerechnet, dass sie noch lange wach liegen würde, aber die Erinnerungen an den heutigen Tag stiegen in ihr auf, setzten sich zu einem Film zusammen und zogen an ihrem geistigen Auge vor ihr vorbei. Und während sie Jacob und sich lachend herumalbern sah, kreischte im Hintergrund eine Möwe und trug sie auf ihren Schwingen in ihre Träume davon.

Als Lena erwachte, spürte sie ein ihr wohlvertrautes Ziehen in den Waden und Oberschenkeln. Das lange Schlicktreten, Jacob hatte sie immerhin fünf Stunden und knapp zehn Kilometer durchs Watt geführt, war nicht spurlos an ihr vorübergegangen. Aber Lena nahm den Muskelkater als positiven Schmerz auf, zog sich an und machte sich ein Frühstück. Sie brühte sich einen Kräutertee mit dem wunderbar klingenden Namen »Alvas Klostergarten« auf, sicherlich eine Mischung, die ihre Oma selbst zusammengestellt hatte, schnitt sich eine Scheibe Vollkornbrot ab und bestrich sie mit dem cremigen, leuchtend gelben Löwenzahnhonig.

Na, schon wach?, erhielt sie eine Nachricht von Jacob.

Lena lächelte. Also hatte er anscheinend auch ununterbrochen an sie gedacht.

Ja klar. Meine Beine meinen, sie wären einen Marathon gelaufen!

Unser Stadtkind. Einfach nichts mehr gewöhnt.

Lena verdrehte die Augen.

Du hättest Wattführer werden sollen. Bei den ausgiebigen Wanderungen.

Mit achtzehn hab ich tatsächlich mal drüber nachgedacht, das zu machen.

Das hatte Lena nicht gewusst, und diese Tatsache versetzte ihr tatsächlich einen kleinen Stich. Jacob hatte ein Leben ohne sie geführt, eins, in dem sie keine Rolle gespielt hatte. Lena legte ihr Honigbrot beiseite und griff zu ihrem Smartphone. Sie musste wissen, ob da mehr war, musste herausfinden, ob sie eine gemeinsame Zukunft haben konnten.

Hast du heute Abend Zeit?, schrieb sie, und in ihrem Herzen flatterte es wie in Alvas Blumengarten.

Lena wartete, doch Jacob schrieb nicht zurück. Vielleicht hatte er zu tun, überlegte sie. Möglicherweise hatte ein Kunde den Laden betreten, den Jacob jetzt ausführlich beriet. Ein bisschen enttäuscht legte sie ihr Smartphone beiseite und beendete das Frühstück.

Als sie den Tisch abräumte, hörte sie endlich das vertraute Brummen. Mit fliegenden Fingern öffnete sie die Nachricht.

Das wird leider nichts. Ich habe zu tun.

Lena sank das Herz auf Grund. Natürlich, im Gegensatz zu ihr ging Jacob hier ja seiner Arbeit nach, hatte seinen Alltag und seine Verpflichtungen. Sie wartete, ob er noch etwas schrieb, doch sie bekam keine Nachricht mehr von ihm.

»Ich sollte wohl auch besser mal loslegen«, murmelte sie.

Lena sah sich in der alten Halligkate um und überlegte, womit sie anfangen wollte. Sollte sie das Haus behalten wollen, könnte sie das meiste ja ohnehin stehen lassen, und würde sie sich für einen Verkauf entscheiden, mussten auf jeden Fall Alvas persönliche Sachen durchgesehen werden.

Lena entschied sich dafür, mit Alvas Kleidern anzufangen. Sie hängte sie nach und nach von den Bügeln ab, faltete sie zusammen und steckte sie in einen großen Sack, doch es tat ihr weh, den Schrank leer zu räumen. Je mehr Kleider sie abhängte, desto mehr hatte sie das Gefühl, als würde ihre Oma auf einmal aus der Halligkate verschwinden. Und war es nicht auch genau so? Ein beklemmendes Gefühl stieg in Lena hoch, kroch in ihr Herz und nistete sich darin ein wie ein unwillkommenes Tier. Lena seufzte tief. Sie brauchte eine Pause. Vielleicht würde es ihr helfen, wenn sie die Fotoalben durchsah, überlegte sie. Sicherlich hatte Alva darin nur die schönsten Erinnerungen bewahrt, und das war es jetzt, was Lena unbedingt brauchte. Also machte sie sich auf den Weg nach unten in die Döns, zog ein Fotoalbum aus dem Bücherregal und setzte sich in Alvas knarzenden Korbsessel. Sie schlug das in Stoff eingebundene Buch auf und betrachtete die Fotos ihrer Eltern, wie sie damals das Haus renoviert hatten und kurz darauf eingezogen waren. Lena lächelte wehmütig, als sie ihre jungen Eltern auf den Bildern erblickte. Bestimmt hatten sie sich damals ausgemalt, wie schön ihr Leben hier werden würde, wie sie hier ihre Zukunft verbringen, ihr Kind großziehen und dann gemeinsam alt werden würden. Und dann war ihnen das Leben dazwischengekommen, und alles entwickelte sich ganz anders als erwartet.

Magnus hatte als Bauingenieur einen Job auf dem Festland angeboten bekommen, kurz nachdem sie das Haus gekauft und renoviert hatten. Anfangs war er noch von Hooge aufs Festland gependelt, aber als er ein paar Jahre später eine Teilhaberschaft in der Firma angeboten bekommen hatte, hatte er schnell festgestellt, dass es so nicht weiterging. Bei wichtigen Terminen hatte er anfangs oft die Fähre verpasst, war unter der Woche dann meistens auf dem Festland geblieben, sodass

Lena und ihre Mutter ihn nur noch an den Wochenenden sahen. Also hatten sie schweren Herzens entschieden, das Haus wieder zu verkaufen und alle zusammen aufs Festland zu ziehen. Sie hatten lange mit sich gerungen, denn das eigene Haus war Riekes Herzenswunsch gewesen, nachdem sie mit ihrer kleinen Familie nach sieben Jahren endlich aus der Dreizimmerwohnung in ihr eigenes kleines Refugium gezogen waren. Alva hatte sie gedrängt zu bleiben, hatte sie daran erinnert, dass Rieke eine Hoogerin war und dass man Haus und Hof nicht so einfach verlassen konnte. Wenn man von der Hallig ging, dann nur, weil einen das Meer davontrug. Rieke hatte sich furchtbar über Alvas Engstirnigkeit aufgeregt und sie darauf hingewiesen, dass nun einmal nicht alle auf Hooge Arbeit fanden, doch davon hatte Alva nichts hören wollen. Und als Rieke ihre Mutter dann noch gebeten hatte, ihr vorzeitig ihr Erbe auszuzahlen, damit sie einen kleinen Handarbeitsladen auf dem Festland eröffnen konnte, war der Streit endgültig wie ein Sommergewitter über die beiden hereingebrochen. Sie hatten sich wüst beschimpft, Alva hatte ihrer Tochter vorgeworfen, sie im Stich zu lassen, während Rieke sich von ihrer Mutter unverstanden gefühlt hatte, da sie nicht ihre kleine Familie entzweireißen wollte. Den Streit zwischen ihrer Mutter und Alva hatte Lena bis heute nicht vergessen, und auch sie war damals das Gefühl nicht losgeworden, dass die Hooger sich seitdem distanzierter ihr gegenüber verhielten. Doch offenbar war es gar nicht so schlimm gewesen, dass ihre Familie aufs Festland gezogen war. Oder die Hooger hatten ihnen verziehen. Sie wussten, dass man für ein Leben auf der Hallig gemacht sein musste, und vielleicht waren sie einfach davon ausgegangen, dass Magnus das nicht war. Sie kannten es, dass viele davon träumten, auf einer Hallig zu wohnen, den Traum dann aber doch schnell wieder aufgaben, wenn die Realität sie einholte.

Lena erinnerte sich, wie froh ihre Mutter gewesen war, dass ihr die Hooger nichts nachgetragen hatten. So gesehen waren die Halligbewohner doch ein Volk, das man einfach lieb gewinnen musste. Gehörte man einmal dazu, blieb man anscheinend auch in der Gemeinschaft. Das hatte Lena ja selbst gemerkt, als sie damit begonnen hatte, das Haus zu renovieren. Zugegeben, Marit hatte den Hoogern ein bisschen auf die Sprünge geholfen, aber sie hatten Lena dann doch nicht hängen lassen, und, wie sie fand, war der neu gestrichene Gartenzaun und die Fensterläden wirklich hübsch geworden. Finn und sein Freund hatten sich am Wochenende sehr ins Zeug gelegt. Lena dachte darüber nach, dass sie als Nächstes womöglich das gesamte Haus streichen würde, wenn sie denn länger blieb, und sie wollte sich an den Bau eines neuen Bienenstocks machen. Immerhin war sie jetzt ja stolze Besitzerin ihres ersten eigenen Volkes, und da sollten die Bienen ein Zuhause haben, in dem sie sich wohlfühlten, so wie sie es hier tat …

Jetzt hatte sie wirklich genug Zeit in der Vergangenheit verbracht. Lena entschied sich, Alvas Holztruhe durchzusehen, legte den Krimi und das Foto beiseite und klappte den Deckel auf. Als sie den Inhalt sah, musste sie lächeln. Ihre Oma hatte darin anscheinend ihre liebsten Sachen verstaut. Da war ein selbst gemaltes Kinderbild von Lena, das Alva und sie im Watt bei den Seehunden zeigte, ein ziemlich zerfledderter Gartenratgeber mit handgeschriebenen Randbemerkungen ihrer Großmutter, ein Haarkamm, den Lena von dem Hochzeitsfoto ihrer Eltern kannte, ein kleiner selbst gestrickter Kinderpullover mit einem Marienkäfer darauf … Selbst Lena verfiel jetzt in Nostalgie. Das alles mussten Dinge sein, die für Alva die wichtigsten Stationen ihres Lebens markiert hatten. Sie entdeckte einen vergilbten Briefumschlag, auf dem vorne nur Alvas Name stand. Lena zog den Bogen Papier heraus, ein schweres handgeschöpftes Papier und faltete es auseinander. Es war eine kleine Schrift, die die ganze Seite füllte.

Liebe Alva,
ich weiß nicht, ob es richtig ist, dir diesen Brief zu schreiben, doch ich habe mich nun dennoch dazu entschlossen. All die Jahre habe ich mich gefragt, ob meine Entscheidung damals richtig war, aber darauf werde ich wohl nie eine zufriedenstellende Antwort bekommen. Doch viel wichtiger ist: Bist du glücklich geworden? Ich hoffe es so sehr für dich.

Immer wieder muss ich an dein Lachen denken, an unsere Spaziergänge am Strand, an deinen köstlichen Honigkuchen … Weißt du noch, unsere Bienen? Hast du dein erstes Volk damals durchgebracht? Hast du ein zweites daraus ziehen können? Oder war dir nach meiner Abreise die Lust am Imkern vergangen?

Ich sehe dich noch immer vor mir, wie du in deinem geblümten Schürzenkleid in deinem Garten stehst, mit deinem Kopftuch, umschwirrt von den Bienen. Da wusste ich, dass ich mir so ein Leben mit dir vorstelle. Doch es ging nicht, Alva. Ich konnte nicht bleiben.

Aber jetzt … jetzt würde ich gerne zurückkommen. Ist es zu spät für meine Entscheidung?

In tiefer Verbundenheit
Gunnar

Ratlos blickte Lena auf die Zeilen. Von einem Gunnar hatte sie noch nie etwas gehört. Sie las sie noch ein weiteres Mal, doch sie waren zu kryptisch. Lena konnte sich keinen Reim darauf machen. Ob er ein Freund ihrer Oma gewesen war? Ein Verehrer? Ihr Geliebter? War er der Mann auf den Fotos, die sie vor einiger Zeit gefunden hatte? Lena suchte in der Truhe nach einem weiteren Bild von ihm, doch sie fand nichts. Es gab nur diesen Brief, der weder einen Absender trug, noch eine Briefmarke hatte. Er musste persönlich abgegeben worden sein.

Seltsam, dachte sie. Welches Geheimnis aus der Vergangenheit hatte Alva da wohl mit sich ins Grab genommen? Es musste etwas sehr Großes, Bedeutsames für sie gewesen sein, denn sonst hätte sie diesen Brief nicht in der Truhe verwahrt. Und es stand offensichtlich in Zusammenhang mit ihren Bienen, die ihr so viel bedeutet hatten.

E-MAIL-ENTWURF VOM 15. MAI 2016

An: lena.hendriksen@hoogemail.de
Von: Jacob-Flemming@blumenmeer.de

Betreff: Wann kommst du?

Hallo Lena,
ich weiß, das mit uns ist schon ewig her, aber ich habe gehört, dass du deine Sommerferien auf Hooge verbringen willst. Alva sagte, dass du sie besuchen kommst. Können wir uns treffen? Ich würde so gern mit dir reden. Hast du Zeit?

Lieben Gruß
Jacob

23.

So nah waren sie sich gekommen. So bedeutsam hatte sich ihr Ausflug zum Japsand angefühlt. Und jetzt starrte Jacob wieder auf einen dieser mysteriösen Briefe, der ihm erneut auftrug, einen Wildblumenstrauß vor die Tür der alten Halligkate auf der Ipkenswarft zu legen. Gestern hatte er ihn erhalten, als er sich überlegt hatte, nach Feierabend bei Lena vorbeizugehen, und es dann sein lassen. Mittlerweile war er der felsenfesten Überzeugung, dass die Blumensträuße nur von Lenas Freund kommen konnten. Wäre der Auftraggeber nur ein Verehrer, hätte er die Chance doch genutzt und Lena, die momentan allein auf der Hallig ihr Leben sortierte, besucht. Also musste es ihr Freund sein, der sie mit dieser Geste wieder für sich gewinnen wollte. Und es war auch wirklich eine rührende Idee, das musste Jacob zugeben. Zu dumm, dass er nicht selbst darauf gekommen war.

Als der Postbote ihm den Brief gestern vorbeigebracht hatte, hatte Jacob einen Moment lang überlegt, den Auftrag nicht auszuführen, doch es gab keinen Absender, bei dem er sich hätte melden können, keine Adresse und auch keine Kontonummer, an die er das Geld hätte zurücküberweisen können. Lediglich eine Briefmarke klebte darauf, gestempelt am Samstag in Hamburg. Jacob seufzte.

Schweren Herzens hatte er sich dann darangemacht, Wildblumen zu schneiden, dieses Mal jedoch nicht aus Alvas Garten, denn das wäre nun wirklich geschmacklos, Lena die eigenen Blumen wieder vor die Tür zu legen. Also hatte er sich heute Morgen vor der Arbeit auf den Weg an den Deich gemacht und dort an der Abbruchkante der Priele, in der im Frühjahr die Küstenseeschwalben genistet hatten, nach passenden Blumen gesucht.

»Du bist mir nicht treu«, murmelte er, während er die Astern anschnitt, »ich bin schon vergeben.« Er arrangierte die farbenfrohen Dahlien dazu. »Und durchschaut habe ich dich auch«, murrte er, während er einen Zweig Brennnesselblüten mit in den Strauß band. Diese Botschaft musste doch auch bei Lena ankommen, dachte er grimmig, obwohl es ihm leidtat, dass dieser schöne Blumenstrauß so eine schreckliche Aussage überbringen musste. Aber vielleicht verstand Lena den Hinweis so, wenn er ihn ihr sprichwörtlich durch die Blume gab. Wenn ihr Freund nämlich wirklich so ein feiner Kerl wäre, wie der, für den er sich hielt, dann hätte er Lena in dieser Zeit nicht alleingelassen, dann wäre er hier nach Hooge gekommen und hätte um sie gekämpft. Jetzt konnte Jacob nur darauf hoffen, dass seine Blumenauswahl ihr die Augen öffnete.

Er verstaute den Strauß in der Weinkiste, der Gepäckkorb seines Fahrrads, radelte zur Ipkenswarft und legte die Blumen auf Lenas Schmutzfangmatte. Im selben Moment wurde die Tür von innen geöffnet.

»Was soll das?«, fauchte Lena ohne Vorwarnung.

Jacob zuckte erschrocken zurück. »Was das soll? Das müsstest du wohl eher deinen Verehrer fragen.«

»Meinen Verehrer? Was meinst du? Ich dachte, die Sträuße kommen von dir.«

»Ganz bestimmt nicht.« Jacob sah sie mit festem Blick an.

»Was? Das verstehe ich nicht.«

»Ich binde die Sträuße und bringe sie hierher, aber auf meinem Mist ist diese Idee ganz sicher nicht gewachsen. Wahrscheinlich sind sie von deinem Freund«, erwiderte Jacob.

»Ja, sehr witzig.« Lena sah ihn spöttisch an. »Warum sollte Mats das tun?«

»Um dich zurückzugewinnen vielleicht?«

Der Gedanke an Lenas Freund verletzte Jacob, obwohl er wusste, dass es dafür überhaupt keinen Grund gab. Lena war nicht seine Freundin, sie waren nicht zusammen, und Jacob hatte überhaupt nicht das Recht, eifersüchtig zu sein. Trotzdem war er es.

»Glaub mir, von Mats sind sie ganz sicher nicht. Romantik ist für ihn ein Fremdwort.« Sie dachte einen Moment nach.

»Dann sind die Blumen wohl tatsächlich für Alva«, murmelte sie. »Aber von wem kommen sie?«

»Das wüsste ich selbst gerne«, sagte Jacob.

Jetzt stieß Lena abfällig die Luft aus. »Du wirst doch wohl wissen, wer dich dafür beauftragt hat«, sagte sie ungläubig.

»Ich habe wirklich keine Ahnung, Lena, das musst du mir glauben. Seit drei Wochen bekomme ich per Brief die Anweisung, einen Wildblumenstrauß vor deine Tür zu legen. Dabei liegt ein Zwanzigeuroschein. Mehr nicht. Auf dem Kuvert steht nicht mal ein Absender.«

»Das denkst du dir doch jetzt aus«, sagte Lena schnippisch.

»Nein, wirklich, so ist es. Wenn du mir nicht glaubst, kannst du ja mit in die Gärtnerei kommen und dir die Briefe ansehen.«

»Ja, das würde ich wirklich gerne tun. Ich glaube nämlich mittlerweile, dass meine Oma einen geheimnisvollen Verehrer hatte.«

Nachdem Jacob ihr im Blumenmeer den Brief überreicht hatte, überflog Lena ihn mit gerunzelter Stirn. Sie drehte das Kuvert um, doch natürlich fand auch sie nichts auf der Rückseite.

»Seltsam«, murmelte sie, aber dann zögerte sie. »Warte mal, diese Schrift … Die hab ich schon mal irgendwo gesehen. Könnte die nicht von Gunnar sein …?«

Jacob sah sie verständnislos an. »Wer ist Gunnar?«

»Das wüsste ich auch gerne.«

Jetzt verstand Jacob überhaupt nichts mehr. »Ja, unglaublich lustig, Lena. Du kennst also die Schrift eines Mannes, den du selbst nicht kennst?«

»Ich weiß nicht, wer Gunnar ist. Er hat einen Brief an meine Oma geschrieben, aber ich habe keine Ahnung, woher sie sich kennen, oder wie sie zueinander standen. In dem Brief stand, dass er eine wichtige Entscheidung seines Lebens bereut. Und anscheinend hat er meiner Oma sehr nahegestanden. Jedenfalls liest sich sein Brief so.«

»Du meinst, Alva hatte eine Affäre? Ausgeschlossen. Das hätte ich mitbekommen müssen. Ich war doch täglich bei ihr.«

»Und wer ist er dann?«, fragte Lena und sah Jacob ratlos an.

Jacob zuckte mit den Schultern. »Ich habe keine Ahnung, aber ich hätte große Lust, es herauszufinden.«

24.

Lena und Jacob hatten beschlossen, dass sie sich als Erstes beim Bürgermeister erkundigen wollten, ob ein gewisser Gunnar hier auf der Hallig gemeldet gewesen war. Also schloss Jacob in seiner Mittagspause die Gärtnerei und ging mit Lena hinüber ins Bürgerbüro. Dort konnte man ihnen jedoch nicht wirklich weiterhelfen. Die Einträge des Meldeamts unterlagen dem Datenschutz, aber der Bürgermeister konnte sich auch so an keinen Gunnar erinnern.

»Vielleicht hat er vor seiner Zeit hier gelebt«, überlegte Lena, während sie sich in der Deichstube ein Seelachsfilet auf Senf-Safran-Soße mit Reis, Mandelbrokkoli und Salzkartoffeln schmecken ließen, eine Spezialität von Piet und heutige Empfehlung des Hauses. »In Alvas Fotoalben habe ich auf sehr alten Bildern immer wieder einen Mann in der Nähe meiner Oma gesehen, aber die Aufnahmen waren nicht sehr gut.«

»Vielleicht kennt ihn jemand«, überlegte Jacob. »Möglicherweise war er in irgendeinem Haus ein Feriengast.«

»Meinst du, dass sich die Leute bei so vielen Urlaubern nach der langen Zeit noch an jemanden erinnern?« Lena war nicht sehr ermutigt.

»Wenn es sich um einen besonderen Gast gehandelt hat, schon«, widersprach Jacob.

»Also schön, dann fragen wir auf der Hallig nach.«

»Und ich frage mal bei meinen Gästen nach, wie mein Essen so ankommt«, sagte Piet, der gerade aus der Küche getreten war. »Schmeckt es euch?«

»Es ist wunderbar wie immer«, versicherte Jacob. »Wenn ich mal irgendwann ein Date haben sollte, würde ich sie auf jeden Fall hierher einladen.« Als Jacob das sagte, blitzte etwas in seinen Augen auf, und er sah Lena herausfordernd an.

Hatte er soeben probiert, seine Chancen bei ihr auszuloten? »Ich finde es auch fabelhaft«, sagte sie. »Du solltest darüber nachdenken, ein eigenes Restaurant zu eröffnen.«

»Oh, was das angeht, hätte ich momentan sogar die Möglichkeit, hier die Küche zu übernehmen, aber das ist eine lange Geschichte.«

»Ich glaube, einen Teil davon kenne ich schon.« Lena lächelte gezwungen.

»Ach ja, der Halligklatsch. Und dann noch die beste Freundin von Marit.« Piet tippte sich mit der Hand gegen die Stirn. »Jo, da kennst du natürlich die Geschichte aus der anderen Perspektive.«

»Oh, keine Sorge, ich bin da auf völlig neutralem Boden unterwegs. Ich habe gerade selbst genug zu tun.« Jetzt warf sie ihrerseits Jacob einen vielsagenden Blick zu, doch dieser wich ihr aus.

»Na, dann lass ich euch mal allein«, meinte Piet, klopfte mit der Faust zwischen ihnen auf den Tisch und ging dann wieder in die Küche zurück.

»Weißt du ungefähr, wann dieser Gunnar hier auf Hooge war?«, fragte Jacob, nachdem Piet gegangen war.

Lena schüttelte den Kopf. »In dem Brief stand nichts, aber

wenn wir davon ausgehen, dass es sich vielleicht wirklich um den Mann auf den Fotos handelt, muss meine Oma ihn vor meinem Opa kennengelernt haben.«

»Und wann war das?«

»Lass mal überlegen.« Lena legte nachdenklich das Besteck beiseite. »Meine Großeltern haben sich Mitte der Fünfzigerjahre kennengelernt und 1958 geheiratet.«

»Also müsste es Ende der Vierziger, Anfang der Fünfziger gewesen sein«, sagte Jacob. »Das heißt, dass sich, wenn überhaupt nur die Älteren an ihn erinnern.«

»Von ein paar Hoogern weiß ich, dass sie damals schon eine Pension oder Ferienwohnung hatten. Andere haben später erst eröffnet oder die Unterkünfte von jemandem übernommen.«

»Dann bräuchten wir ein Gastwirtverzeichnis von damals.« Jacob rieb sich das Kinn. »Vielleicht gibt es so etwas im Bürgerbüro.«

»Ich mache mich mal schlau, und falls ja würde ich uns für morgen einen Termin machen.«

»Ich kann mich auch mal bei meinen Eltern erkundigen«, sagte Jacob. »Vielleicht wissen sie etwas. Sie hatten ja früher hier die Gärtnerei und haben da sicher auch einiges mitbekommen.«

»Gerne. Und bei Marit frage ich auch gleich noch mal nach. Sie erfährt doch in ihrem Café so einiges.«

»Das klingt doch nach einem guten Plan«, schloss Jacob und winkte nach dem Kellner, um die Rechnung zu verlangen.

Am nächsten Vormittag durchforstete Lena das Gästeverzeichnis der Fünfzigerjahre, eine endlos langweilige und langatmige Liste. Neben den verfügbaren Bettenkapazitäten, wurde auch gelistet, ob man mit Voll- oder Halbpension, mit Frühstück oder als Selbstversorger buchen konnte. Lena notierte sich ein paar Adressen, doch von manchen wusste sie, dass die Besitzer weggezogen waren oder ihre Ferienwohnung verkauft hatten. Trotzdem wollte sie ihr Glück versuchen.

Gegen Mittag kam Jacob zu ihr, um ihr zu helfen. »Kommst du voran?«, fragte er.

Lena schob ihm ihre zweiseitige Liste zu. »Das sind nur die, die in die engere Auswahl kommen, weil sie noch auf Hooge leben. Bei den anderen habe ich überhaupt keine Chance mehr, etwas herauszubekommen.«

»Oje, dann mal frohes Schaffen«, sagte Jacob.

»Ich denke, dass ich bis zum Abend durch bin, dann kann ich mich morgen mal durchklingeln.«

»Wenn du willst, kann ich mich auch noch mal umhören«, bot Jacob an.

Lena nickte. »Das wäre nett.«

Sie wusste selbst nicht genau, wieso dieses Geheimnis aus der Vergangenheit sie so beschäftigte. Vielleicht weil sie Gunnars Brief gelesen hatte und sich jetzt fragte, was wohl zwischen ihm und ihrer Oma vorgefallen war. Wenn Gunnar tatsächlich jeden Dienstag einen solchen Blumenstrauß an Alva schickte, mussten sie sich mal sehr nahegestanden haben. Und offenbar wusste er auch noch nichts davon, dass Alva nicht mehr da war.

»Ich würde ihn so gerne ausfindig machen und mit ihm sprechen«, seufzte sie. »Ich will wissen, was damals gewesen ist und wieso er meiner Oma immer noch Blumen schickt.«

»Wir bleiben dran«, sagte Jacob, doch Lena merkte, dass auch er nicht sehr zuversichtlich klang.

Lenas Kopf brummte wie einer von Alvas Bienenstöcken. Das Gästeverzeichnis zu studieren, war schrecklich ermüdend, und so freute sie sich an diesem Abend auf ihr Bett. Trotzdem gab sie die Hoffnung nicht auf. Morgen würde sie bei den Besitzern der Ferienwohnungen und Pensionen klingeln und sich nach diesem geheimnisvollen Gunnar erkundigen.

Wie Lena vermutet hatte, gestaltete sich die Suche äußerst schwierig. Die meisten Pensionswirte hatten keine Ahnung mehr, wen sie in den Fünfzigerjahren bewirtet hatten. Lena wunderte das nicht, und sie konnte es ihnen auch nicht verdenken. Nur einer der Wirte kratzte sich nachdenklich am Kopf. »Gunnar, Gunnar«, murmelte er. »Warte mal ... Irgendwas klingelt da. Ich glaube, ich hatte mal einen Gast, der so hieß. Ein lustiger, aufgeweckter Mann. Hat immer was gedichtet, vor allem abends bei einem Gläschen Wein.«

Lenas Herz hob sich hoffnungsvoll. Vielleicht hatte sie ja doch Glück.

»Komm rein, meine Frau bewahrt alle Gästebücher von uns auf. Vielleicht finden wir da einen Anhaltspunkt.« Er nahm Lena mit auf den Dachboden, und im selben Moment sank ihr Herz auch schon wieder, denn dort erwarteten sie drei Kisten voller Bücher mit dankbaren Grüßen der Pensionsgäste. Zwar konnten sie den Zeitraum ein bisschen einschränken, aber Lena blätterte sich trotzdem den restlichen Nachmittag alleine durch unzählige »so schön war's hier, wir kommen gerne wieder« und »eine Perle mitten in der Natur«. Manche hatten sogar Zeichnungen angefertigt, von Fähren, Leuchttürmen oder den Seehunden auf der Sandbank, doch von einem Gunnar fehlte jede Spur.

»Da, ich hab's!«, rief der Pensionswirt plötzlich. »So schön wie auf See – bei tosenden Stürmen, juche. Landunter ist's bald, doch hier war's uns nie kalt. Ganz herzliche Grüße – den Kopf in den Wolken, den Sand um die Füße. Günther Bertram und Familie aus München.«

»Sagten Sie Günther?«, fragte Lena, und der Wirt nickte.

»Nein, ein Günther war es leider nicht. Ich suche einen Gunnar.«

»Bist du dir ganz sicher?«

Lena nickte betrübt.

Der Wirt schlug das Buch mit einem dumpfen Knall zu und packte es wieder in die Kiste zurück. »Tja, tut mir leid, Lena, dann kann ich dir wohl auch nicht helfen.«

»Macht nichts«, sagte Lena und versuchte, sich ihre Enttäuschung nicht anmerken zu lassen. »Danke schön, dass Sie es dennoch versucht haben.«

»Wie ist es gelaufen?«, fragte Jacob, als Lena kurz vor seinem Feierabend bei ihm in die Gärtnerei kam.

Lena ließ betrübt die Schultern fallen.

»Also kein Ergebnis?«, erkundigte er sich, und sie schüttelte den Kopf.

»Ich habe lediglich einen reimenden Günther aus München ausfindig machen können«, sagte sie und rezitierte seinen Gästebucheintrag.

»Das ist ja schrecklich!«, rief Jacob entsetzt, und dann mussten sie beide lachen. »Ein Glück ist er das nicht«, sagte er. »Stell dir mal vor, zu dem hätten wir Kontakt aufnehmen müssen.«

Lena lächelte, doch dann erstarrte ihr Lächeln auf ihren Lippen, fiel ab, und sie wurde wieder ernst. »Ja, vielleicht wäre das blöd gewesen, aber dann hätte er wenigstens Klarheit gehabt«, sagte sie nachdenklich. »Jetzt sitzt da draußen immer noch irgendwo ein Mann, der darauf hofft, dass sich meine Oma wieder bei ihm meldet und sie sich aussprechen können.«

Jacob war überrascht, dass Lena das so mitnahm. Er streichelte ihr kurz über den Rücken. »Hey, wir suchen weiter, okay?«

»Und wo?«, fragte Lena entmutigt. »Mittlerweile habe ich die ganze Hallig nach ihm abgeklappert und keinen Hinweis erhalten, wer er ist oder woher er kommt und warum er meiner Oma diese Wildblumensträuße schickt.«

»Ja, das ist in der Tat rätselhaft«, stimmte Jacob ihr zu.

»Moin, Lena«, grüßte Jacobs Mutter sie, die gerade aus dem Lagerraum kam. »Wie geht's dir denn?«

»Ganz okay.« Lena lächelte unverbindlich.

»Es ist so schön, dass du wieder auf Hooge bist. Ich habe schon gehört, dass du die Halligkate renovierst. Alva hätte sich sicherlich darüber gefreut. Kommst du denn voran?«

Jacob sah seine Mutter an und machte ihr ein Zeichen. Das war nicht das beste Thema, doch er hatte noch keine Gelegenheit gehabt, mit ihr darüber zu sprechen.

»Momentan versuchen wir noch, weitere Hinweise zu diesem Gunnar zu bekommen.«

»Ach ja, der heimliche Verehrer deiner Oma.« Seine Mutter zwinkerte ihnen zu. »Versucht es doch mal in der Halligchronik. Da findet ihr vielleicht noch etwas, das euch weiterbringt.«

»In der Halligchronik?«, wiederholte Lena.

»Ja, das Heimat- und Halligmuseum hat doch dreihundert Jahre Halliggeschichte zusammengetragen. Da könnte es doch gut möglich sein, dass auch der geheimnisvolle Unbekannte irgendwo auftaucht.«

»Noch mal unzählige Bücher wälzen und Listen durchgehen?« Lena legte entmutigt den Kopf in den Nacken und seufzte schwer. »Bitte nicht ...«

»Kann Jacob dir nicht dabei helfen?«, fragte seine Mutter jetzt.

»Das versuche ich ja, aber so viel Zeit habe ich nun mal nicht, weil ich ja hier im Laden sein muss.«

»Ich kann dich doch vertreten«, bot sie an. »Wenn Lena deine Hilfe braucht, dann solltest du sie jetzt nicht hängen lassen, finde ich.«

Jacob sah seine Mutter überrascht an. Er wusste, dass sie schon immer der Meinung gewesen war, dass Lena und er perfekt zusammenpassten. Sie hatte damals überhaupt nicht begreifen können, wieso die beiden von einem auf den anderen Tag nicht mehr miteinander gesprochen hatten, als Lena mit ihren Eltern aufs Festland gezogen war. Sollte das jetzt etwa ein Schubs von ihr gewesen sein, sich noch einmal mit Lena auszusprechen?

»Na ja, wenn dir das nicht zu viel ist«, sagte er zögernd, doch seine Mutter winkte nur ab.

»Das bekommen dein Vater und ich schon hin. Außerdem ist es ja nur für ein paar Stunden.«

»Danke, das ist wirklich nett«, beeilte sich Lena zu sagen. Jetzt lächelte sie wieder, und Jacob sah, dass es ein Lächeln war, das ihre Augen erreichte.

29. Mai 1952

Mein Herz schlägt wild, wenn ich dich sehe. Meine Gedanken kreisen nur um dich. O Gunnar, was machst du nur mit mir?

Heute waren wir auf Fenjas Geburtstagsfeier. Ich hatte meine Tracht an, und Gunnar hat mir ununterbrochen Komplimente zugeraunt. Noch jetzt spüre ich, wie meine Wangen glühen. Wie soll ich da noch länger meine Gefühle für ihn verheimlichen? Dabei ist das auf einer Hallig ohnehin kaum möglich. Und ich möchte es auch gar nicht mehr länger tun. Ich war so glücklich, als wir heute Abend miteinander getanzt haben. Am liebsten würde ich ganz Hooge erzählen, was zwischen uns ist, doch Gunnar will noch eine Weile warten. Er muss sich erst ganz sicher sein. Aber wahrscheinlich haben es ohnehin schon alle mitbekommen …

25.

Lena warf Jacob einen scheuen Blick zu. Den ganzen Morgen hatten sie damit verbracht, die Halligchroniken durchzublättern, in der Hoffnung, irgendeinen Hinweis zu finden.

»Aber du bist dir schon sicher, dass dieser Gunnar keine Einbildung von dir ist, oder?«, fragte Jacob, als er mit der Chronik von 1956 fertig war.

»Habe ich die Briefe von ihm bekommen oder du?«, fragte Lena.

»Auch wieder wahr.« Jacob seufzte und nahm sich das Buch von 1955 vor, während Lena immer noch im Jahr 1957 festhing.

Sie hatten entschieden, die Chroniken rückwärts durchzugehen und mit der zu starten, in der Alva schon mit Lenas Opa zusammen war.

»Sieh mal«, sagte Lena und schob Jacob das Buch über den Tisch zu. »Da ist meine Mama, als sie klein war.« Sie deutete auf ein Foto, das Rieke und Alva auf dem Museumsmarkt zeigte. Rieke musste darauf ungefähr ein Jahr alt sein, denn sie klammerte sich mit beiden Händen an die Zeigefinger ihrer Mutter und übte fleißig laufen. »Und da ist Hauke als Kind.« Lena musste lachen. »Der sieht sich aber wirklich ähnlich.«

»Unverwechselbar«, stimmte Jacob ihr zu.

Lena blätterte durch die Chronik, durch die Erinnerungen ihrer Familie, die Geschichten, die man sich so oft beim gemütlichen Beisammensitzen erzählte. Die Halligchronik zu blättern, war ein bisschen wie das eigene Fotoalbum aus dem Regal zu nehmen, so untrennbar waren die Familien mit diesem kleinen Eiland verknüpft. Es war eine Reise in die Vergangenheit ihrer Familie, doch würde sie dabei auch das fehlende Puzzlestück finden? Als sie vorne angekommen war, schlug sie die Seiten zu und nahm sich die nächste Chronik.

»Was machen wir, wenn wir ihn nicht finden?«, fragte sie nach einiger Zeit und hielt inne.

»Dann müssen wir wohl oder übel aufhören«, antwortete Jacob.

»Und die Blumensträuße?«

Er zuckte mit den Schultern. »Vielleicht stellt er irgendwann seine Briefe ein. Oder er fährt mal persönlich hierher, um nachzusehen, wieso Alva nicht darauf reagiert.«

»Das wäre was!«, entfuhr es Lena. »Aber dann musst du mich unbedingt sofort anrufen, wenn ich nicht da bin.«

Ihr wurde bewusst, was sie da gerade gesagt hatte. Stand ihr Entschluss denn schon fest? Würde sie wieder zurück nach Bremen gehen? Seit sie auf Hooge nach Gunnar zu suchen begonnen hatte, hatte sie sofort das Gefühl gehabt, wieder zur Gemeinschaft dazuzugehören. Und diese alte Liebesgeschichte von damals erinnerte sie auch ein bisschen an ihre eigene. Sie fühlte sich wohl, genoss die Auszeit und die Ruhe, und sie wusste, dass sie irgendwann eine Entscheidung treffen musste. Mats hatte sich noch immer nicht bei ihr gemeldet. Anscheinend ließ er ihr die Zeit, die sie brauchte. Oder er vergnügte sich schon wieder anderweitig, flüsterte eine leise Stimme in ihrem Kopf, und Lena wünschte, sie zum Schweigen bringen zu können. Doch war sie denn so viel besser als er?

Verstohlen warf sie Jacob einen Blick zu. Keiner von ihnen hatte ihren Kuss im Watt angesprochen, und Jacob hatte auch seitdem nicht mehr versucht, sich ihr zu nähern. Zugegeben, sie hatten mit der Suche nach Gunnar ziemlich viel zu tun, doch es musste einen anderen Grund geben, wieso er so zurückhaltend war. Kämpfte auch er mit den Geistern der Vergangenheit? Zum ersten Mal fragte sich Lena, wie es ihm wohl damit gegangen war, dass sie weggezogen und ihr Kontakt einfach so abgebrochen war. Hatte es ihn nicht weiter gestört, weil da Svea gewesen war? Oder hatte es ihn doch verletzt, und war das jetzt möglicherweise ein Grund, wieso er jetzt so zögerlich war?

»Was starrst du denn so?«, fragte Jacob, der ihren Blick bemerkt haben musste.

»Was, ich? Ich starre nicht«, beeilte sich Lena zu sagen.

»Doch, du starrst«, beharrte Jacob. »Du guckst mich jetzt seit bestimmt fünf Minuten ununterbrochen an. Habe ich irgendwas im Gesicht, von dem ich nichts weiß?«

Lena kicherte. »Nein, alles, wie es sein sollte«, erklärte sie zwinkernd.

Früher hätte sie ihm jetzt wahrscheinlich über die Wange gestrichen, und vielleicht hätte er dann sein Gesicht in ihre Hand geschmiegt und ihr einen Kuss auf die Handfläche gehaucht. Lena hob leicht die Hand, doch dann hielt sie inne. Sie musste sich erst einmal selbst darüber klar werden, was sie wollte, bevor sie Jacob mit in ihr Gefühlschaos hineinzog, das wäre sonst nicht fair. Und sie wusste auch, dass sie um eine Aussprache nicht herumkam. Aber wollte sie wirklich wissen, warum Jacob eine andere geküsst hatte? Wie er und Svea ein Paar geworden waren?

Gedankenverloren blätterte sie die nächste Seite um und ließ den Blick über die Fotos und den danebenstehenden Text gleiten. Sie zuckte zusammen. Da war er. Der Mann, den sie auch schon in Alvas Fotoalbum gesehen hatte. Und Alva stand in ihrer Tracht direkt neben ihm.

»Jacob, da ist er!«, sagte Lena atemlos. »Ich habe ihn gefunden.« Sie schob Jacob die Chronik zu und tippte auf das Bild. »Hier, neben meiner Oma. Siehst du, wie dicht sie beieinanderstehen? Das kann doch kein Zufall sein!«

Jacob beugte sich zu ihr, und Lena nahm wieder seinen Duft wahr, der sich mit dem Staub und dem wundervollen Geruch der alten Bücher mischte. Ihre Gesichter waren sich plötzlich so nahe, dass Lena wieder seinen sanften Atem auf ihrer Haut spürte. Sofort jagte eine wohlige Gänsehaut über ihren Rücken. Sie dachte wieder an ihren Ausflug ins Watt und an die Leidenschaft, mit der sie sich dort geküsst hatten. Als er jetzt das Buch zu sich zog, musste Lena sich zusammennehmen und zwingen, ruhig zu atmen, und sie hoffte sehr, dass Jacob nicht sah, wie sehr ihre Hand zitterte.

Jetzt beugte sich auch Lena noch ein wenig mehr zu ihm, und nun berührten sich ihre Köpfe tatsächlich. Jacob sah auf, und Lena versank erneut in seinen dunkelbraunen Augen, in denen die feinen Goldfünkchen zu tanzen begannen. Sie öffnete die Lippen leicht und hoffte beinahe darauf, dass er sie noch einmal küssen würde. Sie meinte sogar, das Knistern zu hören, das jetzt zwischen ihnen in der Luft lag, aber da wandte Jacob doch wieder den Blick ab und starrte auf das Foto. Der Moment war vorüber.

»Ist das die alte Fenja da neben ihnen?« Jacob kniff die Augen zusammen.

»Du hast recht«, murmelte Lena, die sich erst wieder fassen musste. »Das ist Fenja, nur war sie damals ungefähr halb so alt wie jetzt.«

Sie sahen sich an, blickten einander in die leuchtenden Augen, und dann kicherten sie wieder.

»Also, auf zu Fenja?«, fragte Jacob amüsiert, und wieder blitzte etwas in seinen Augen auf.

Es brauchte eine Weile, bis Fenja nach dem Klingeln endlich öffnete. Wie immer war sie auf ihren Stock gestützt, beäugte sie kritisch durch ihre dicken Brillengläser und nickte ihnen dann kurz zu.

»Habe ich schon wieder Bienen im Garten?«, fragte sie.

»Nicht mehr als sonst auch«, scherzte Jacob, doch Fenja lächelte nur spöttisch über seinen Witz.

Na, das konnte ja heiter werden. Trug sie es ihnen immer noch nach, dass sie damals ihre Kirschen geklaut hatten? Lena hätte sie nur zu gerne danach gefragt, aber sie wollte sich die Chance, etwas über Gunnar zu erfahren, nicht kaputtmachen.

»Fenja, wir wollen dich etwas fragen«, setzte sie daher an. »Wir haben dich auf einem alten Foto in der Halligchronik gesehen, und würden gerne ein wenig mehr dazu wissen.«

»Keine Zeit für so etwas«, brummte sie.

»Aber Fenja, du bist doch quasi die Seele der Hallig, wenn du nicht die schönsten Geschichten erzählen kannst, wer dann?«, schmeichelte Jacob. »Und jetzt, wo Lena endlich mal wieder da ist, wäre es doch schön, wenn wir bei einem Schnack ein bisschen zusammensitzen und über früher plaudern könnten. Sie freut sich sicherlich, noch etwas von Alva zu erfahren.«

Fenja knurrte, doch dann trat sie beiseite. »Also schön, kommt rein«, sagte sie. »Aber lange habe ich nicht Zeit.«

Lena warf Jacob einen dankbar-überraschten Blick zu. »Wow!«, formte sie mit ihren Lippen, denn dass Fenja bei sich zu Hause Gäste empfing, kam äußerst selten vor. Meistens flanierte sie nur über den Deich, grüßte hier und da die alten Hooger, hob ihren Stock, um den entfernteren zu winken, fragte kurz, wie es ging, und wollte dann auch schon wieder weiter. An langen Gesprächen hatte sie kaum Interesse, doch die Neuigkeiten trugen sich ihr zu wie Herbstlaub im Wind. Und sie verwahrte sie, gab sie an der richtigen Stelle preis und sorgte stets dafür, dass es auf Hooge genügend Gesprächsstoff gab.

Sie ging vorweg in die Küche, in der eine Holzbank mit drei Fellkissen vor einem halb abgeräumten Küchentisch stand. In einem Metallsieb lagen pralle dunkelrote Kirschen, daneben war eine Backform mit einem Mürbteig ausgelegt.

»Oh, was machst du denn da Gutes?«, fragte Lena, um das Gespräch ein bisschen in Gang zu halten.

»Ich backe Kuchen«, sagte Fenja. »Nachdem mir dieses Jahr keiner die Kirschen geklaut hat, gibt's Kirschkuchen.«

Dann hatte sie es also nicht vergessen, wie Lena und Jacob sich damals in ihren Garten geschlichen hatten. Lena wäre am liebsten im Boden versunken und warf Jacob einen vielsagenden Blick zu, doch der ließ sich davon nicht einschüchtern.

»Wer macht denn so etwas?«, fragte er verblüfft. »Das ist ja wirklich allerhand. Werden unsere Halligbesucher mittlerweile schon so dreist? Dabei haben wir doch extra die rot gepflasterten Straßen, damit sie wissen, wo die öffentlichen Wege verlaufen und die privaten Auffahrten und Grundstücke beginnen.«

Die alte Fenja schob mit einem ächzenden Laut ihre Katze vom Küchenstuhl und setzte sich, Lena und Jacob nahmen auf der Holzbank ihr gegenüber Platz.

»Also, was wollt ihr wissen?«, fragte sie, während sie weiter die Kirschen entsteinte. Der rote Saft lief über ihre faltigen Hände, und Lena hätte nur zu gerne eine von den Kirschen probiert, aber sie traute sich nicht zu fragen.

»Wir sind auf der Suche nach jemandem«, sagte Jacob, schlug die Seite der Chronik auf und zeigte ihr das Bild. »Der Mann, der da zwischen dir und Alva steht. Wer ist das?«

Fenjas Augen wurden schmal. »Moment, da muss ich meine Brille holen.«

Sie stand auf, putze sich die Hände an einem karierten Geschirrtuch ab und ging zu ihrer Küchenanrichte, um eine Schublade aufzuziehen. Nach kurzem Wühlen darin fand sie, wonach sie gesucht hatte, und setzte ihre Brille auf.

»Das war ein Sommergast von Alva.« Nachdenklich legte sie die Stirn in Falten. »Guntram … Oder so … Nein, Moment, Gunnar hieß er. Das ist Gunnar.«

Bingo!, dachte Lena, und jetzt konnte sie nicht verhindern, dass ihr Herz aufgeregt zu schlagen begann.

»Ich glaube, Alva hatte sich damals in ihn verguckt.«

Lena sah überrascht auf. »Dann war er der Freund meiner Oma? Vor meinem Opa?«

Fenja wiegte den Kopf hin und her. »Etwas Genaues weiß man nicht, aber es wurde hier und da so manches gemunkelt.«

»Weißt du denn etwas mehr über ihn?«, fragte Jacob mit ruhiger Stimme.

»Er war Ornithologe. Hatte damals ein Buch über die Vögel auf der Hallig schreiben wollen.« Sie streckte Lena das Sieb mit den Kirschen entgegen. »Hier, nimm dir eine, sonst guckst du dir noch die Augen aus dem Kopf.«

Lena wurde so rot wie die Kirschen vor ihr auf dem Tisch. Der alten Fenja entging wirklich nichts.

»Aus Hamburg war er, glaub ich.«

»Und weißt du vielleicht auch noch, wie er mit Nachnamen hieß?«

Bedauernd schüttelte sie den Kopf. »Er hat sich uns nur mit Gunnar vorgestellt. Damals hatte er ein Zimmer bei Alva gemietet über den Sommer. Ich weiß nicht, was aus ihm geworden ist. Ich dachte ja, er kommt wieder, so wie er Alva immer angesehen hat. Und sie ihn.« Sie zuckte mit den Schultern. »Seht ihr, so kann man sich täuschen.«

Lena spürte den leisen Schmerz, der sich jetzt in feinen Rissen durch ihr Herz zog. Dann war ihre Oma also doch in ihn verliebt gewesen. Aber warum hatte es nicht geklappt? Hatte auch Alva eine traurige Erfahrung machen müssen und war, so wie sie, von der Liebe enttäuscht worden?

»Aber was weiß ich schon«, brummte sie weiter vor sich hin. »Bei euch beiden hätte ich ja früher auch meine Hand ins Feuer gelegt, dass aus euch mal ein Paar wird.« Sie sah abwechselnd von einem zum andern. »Aber vorbei ist das noch nicht mit euch zweien, das sieht so eine alte Frau wie ich.«

Das Blut rauschte in Lenas Ohren, und sie fühlte sich auf eigentümliche Weise ertappt.

»Oh, bekomme ich eigentlich auch eine?«, fragte Jacob und griff in das Sieb mit den Kirschen.

Die alte Fenja schlug ihm tadelnd mit einem leichten Klaps

auf die Hand. »Kein Anstand, der Junge«, sagte sie und schüttelte den Kopf. »Sonst hättest du Lena schon längst mal gefragt, was sie mit ihrer halben Halligkate machen will und ob sie hierbleibt.«

»Vielleicht wissen wir das ja schon längst«, sagte Jacob mit einer Ruhe in der Stimme, um die Lena ihn nur beneiden konnte. Hatte er seine Entscheidung etwa schon getroffen?

»Ach ja?« Jetzt hob Fenja die Brauen und sah ihn unverwandt an. »Bleibt doch zum Kaffee, der Kuchen braucht nur eine gute halbe Stunde im Ofen …«

»Wie du die alte Fenja um den Finger gewickelt hast!«, prustete Lena, als sie die Lorenzwarft verlassen hatten. »Ich dachte ja, ich bekomme einen Herzinfarkt, als sie die Kirschen angesprochen hat.«

Jacob zuckte gleichmütig mit den Schultern und vergrub seine Hände in den Hosentaschen. »Tja, gelernt ist eben doch gelernt.«

»Und wo hast du das gelernt?«, fragte Lena neugierig.

»Ich bin seit ein paar Jahren Mitglied im Hooger Speeldeel.«

»Du spielst Theater?«, wunderte sich Lena.

»Warum denn nicht?«

»Stimmt, dein Auftritt vorhin in der Küche war wirklich filmreif.« Lena warf ihm einen Blick von der Seite zu, und wieder wurde sie von einer eigenartigen Melancholie ergriffen. »Ich weiß mittlerweile so vieles nicht mehr von dir.«

Jacob blieb kurz stehen und sah sie nachdenklich an. »Dann frag mich doch.«

»Okay.« Lena dachte kurz nach. »Was ist dein größtes Geheimnis, das ich nicht von dir kenne?«

Jacob musste lachen. »Ehrlich? So etwas fragst du? Du gehst ja mal wieder gleich in die Vollen.« Doch als er jetzt in Lenas Augen blickte, die geheimnisvoll und herausfordernd zugleich funkelten, gab er sich einen Ruck. »Ich habe dir früher E-Mails geschrieben, aber nie abgeschickt.«

»E-Mails?«, wiederholte Lena. »Und was stand dadrin?«

»Ach, so dies und das …«

»Nein, sag schon«, forderte Lena.

»Na ja, das, was mich damals eben so beschäftigt hat … Und warum du gegangen bist, ohne dich von mir zu verabschieden.«

Lena biss sich auf die Lippe und schwieg.

»Und was du bestimmt auch nicht weißt: Ich wollte eigentlich Hotelier werden und überall auf der Welt meine Hotels eröffnen, am liebsten natürlich direkt am Meer. Geblieben ist davon aber nicht wirklich was.«

»Aber deine Eltern haben doch das Gästezimmer, das sie vermieten.«

»Das ist aber nicht dasselbe«, sagte Jacob und sah sie spöttisch an. »Ich hatte von Häusern mit zweihundert Zimmern geträumt.«

Jetzt musste auch Lena lachen. »Bei dir geht's immer gleich in große Dimension, was? Ich weiß noch, wie du als Junge unbedingt Hubschrauberpilot werden wolltest.«

»Na, daraus ließe sich doch etwas machen. Dann könnte ich jetzt mit den Feriengästen über Hooge fliegen und sie anschließend in meinem Hotel unterbringen.«

»Das Rundum-sorglos-Paket also.« Lena sah ihn mit funkelnden Augen an. »Als Wattführer machst du dich übrigens auch sehr gut. Das war ja mal mein Wunsch.«

»Wattführerin?«, fragte Jacob verdutzt. »Ich dachte immer, du wolltest Tierärztin werden.«

»Wollte ich auch, aber nur weil ich die Seehunde so süß fand.«

»Ach, deshalb also auch Wattführerin.« Völlig selbstverständlich legte Jacob wieder seinen Arm um sie, und gemeinsam liefen sie nebeneinanderher. »Aber das könntest du ja eigentlich immer noch machen.«

»Tierärztin werden?«

»Quatsch. Wattführerin.«

Lena schüttelte den Kopf. »Dafür bin ich viel zu selten hier. Um ins Watt zu gehen, braucht man eine Menge Erfahrung. Ich war zwar als Kind immer mit Alva dort, aber nicht so oft, und es ist auch schon viel zu lange her. Außerdem, was hätte ich davon? In Bremen brauche ich das ja nicht.«

»Na ja, du könntest es nutzen, wenn du nach Hooge kommst, um nach der Kate deiner Oma zu sehen«, sagte Jacob. »Und du könntest es lernen, wenn du da bist.«

Lena schwieg eine Zeit lang nachdenklich. »Weißt du eigentlich wirklich, was du mit deiner Hälfte der Kate anstellen willst?«, fragte sie dann.

Jacob nickte. »Aber ich werde es dir nicht sagen, weil ich möchte, dass du für dich alleine entscheidest, was du mit deiner Hälfte machen willst.«

26.

Lena blinzelte, als sie in ihrem Alkoven erwachte. Von draußen kam das helle Licht durch die Fenster, die Sonne spiegelte sich anscheinend auf dem Wasser und erleuchtete Lenas kleines Gästezimmer noch intensiver als sonst. Etwas brummte neben ihr, und Lena dachte erst, dass es Alvas Bienenstock aus ihrem Traum war, bis ihr klar wurde, dass das Geräusch von ihrem Smartphone kam.

»Hallo?«, murmelte sie verschlafen.

»Ich hab ihn!« Das war Jacob.

Lena fuhr sich mit der Hand über die Stirn und strich sich die blonden Haare aus dem Gesicht. »Du hast wen?«, fragte sie verwirrt.

»Gunnar! Ich habe ihn gefunden.«

Abrupt setzte sich Lena auf. »Erzähl!«

»Ich habe heute Morgen im Internet nach seinem Buch gesucht. Dabei bin ich auch auf seine Internetseite gestoßen, auf der er über seine Reiseberichte und Vogelbeobachtungen schreibt. Unter anderem gab es auch einen kleinen Bericht von Hooge. Warte, ich schicke dir den Link.«

Lena hörte, dass sie im Hintergrund eine Nachricht erhielt.

»Im Impressum ist übrigens seine vollständige Adresse mit Telefonnummer angegeben.«

»Ach was«, sagte Lena.

»Wenn ich es dir sage. Was meinst du, sollen wir ihn anrufen?«

»Warte, ich muss mir erst mal überlegen, was ich ihm sagen will.«

Sie lief hinunter in die Döns und wollte sich an Alvas Sekretär etwas zu schreiben holen, doch dann blieb sie vor dem Bücherregal stehen.

»Das gibt's ja nicht«, murmelte sie. »Gerade sehe ich ein dickes Buch über Vogelkunde. Geschrieben von Gunnar Heinrich.« Sie zog das Buch heraus, und dabei fiel ihr eine Mappe aus Leder vor die Füße, die danebengestanden hatte, und aus der nun unzählige Seiten herausgefallen und zu Boden gesegelt waren. »Mist.«

»Lena, alles okay?«

Lena klemmte sich das Telefon zwischen Ohr und Schulter. »Ja, alles gut, mir sind hier nur gerade einige Zettel entgegengeflogen.« Sie wollte sie aufheben, doch dann hielt sie in der Bewegung inne, als sie die Schrift ihrer Großmutter erkannte. »Jacob, ich ruf dich nachher zurück. Das sind irgendwelche Notizen von meiner Oma.«

Lena hockte sich auf den Boden und begann damit, die Blätter wieder einzusammeln. Dann setzte sie sich in Alvas Korbsessel, der vertraut unter ihr knarzte, als sie Platz nahm, und begann zu lesen.

16. März 1954

Gunnar sagte mir heute am Telefon, dass er im April nach Hooge kommen und die Ringelgänse beobachten will. Ich bin so aufgeregt, ihn endlich wiederzusehen. Mittlerweile reicht es mir kaum noch, nur seine

Stimme zu hören. Ich will endlich wieder in seinen Armen liegen. Und dann muss ich ihn unbedingt fragen, ob er dieses Mal für immer bleibt …

Das waren Gedanken von Alva, noch dazu sehr persönliche, wohl eine Art Tagebuch. Sie schrieb von Gunnar, der anscheinend vorgehabt hatte, hierher auf die Hallig zu ziehen. Welche Rolle hatte er wohl in Alvas Leben gespielt, dass sie über einen solchen Schritt nachdachten? Waren sie ein Paar gewesen? Hatten sie sich geliebt? War es doch mehr als eine einfache Ferienromanze gewesen? Vielleicht würde sie in diesen Nachrichten von Alva Antworten finden.

Lena nahm sich mit klopfendem Herzen das nächste Blatt und las weiter. Sie war gespannt, was ihre Großmutter noch schrieb, und erfuhr, dass Alva ihre Leidenschaft fürs Imkern anscheinend von Gunnar hatte, offenbar hatte er ihr auch ihre erste Bienenkönigin geschenkt. Doch was war dann zwischen ihnen passiert? Lena wollte es unbedingt herausfinden. So, wie Alva von ihm schrieb, musste es eine sehr bedeutsame, eine große Liebe gewesen sein. Wieso hatte sie ihrer Familie nie davon erzählt?

Als sie auf der letzten Seite angekommen war, sah sie ratlos auf den Blätterstapel. Das hier waren also Alvas letzte Gedanken zu Gunnar, oder jedenfalls ihre letzten, die sie dazu notiert hatte. Das Foto aus der Chronik musste demnach eines der letzten sein, das Gunnar und ihre Oma zusammen zeigte. Vielleicht war er nach dieser Aufnahme nie mehr auf der Hallig gewesen. Lenas Herz wurde von Traurigkeit durchspült. Das, was die beiden in diesen drei Jahren erlebt hatten, musste für ihre Oma sehr bedeutungsvoll gewesen sein. Und für

Gunnar? Sie stand auf und ging zum Bücherregal. Dort nahm sie Gunnars Bildband heraus. Auf der ersten Seite fand sie eine Widmung.

Für Alva!
Du hast mir den Ort gezeigt, an dem Himmel und Erde sich berühren.
In Erinnerung an unser kleines Paradies.
In ewiger Liebe
Gunnar

Warum hatte es nicht funktioniert? Was hatte zwischen ihnen gestanden? Lena hätte nur zu gern ihre Oma danach gefragt. War sie deshalb so gerne bei den Bienen gewesen? Weil sie sie an Gunnar und ihre glückliche gemeinsame Zeit damals erinnerten? Sie blätterte durch den Bildband, sah sich die Fotos der Ringelgänse, Kiefernkreuzschnäbel, Blaukehlchen, Seidenschwänze und Wintergoldhähnchen an, und sie konnte sich gut vorstellen, wie Alva mit ihm zusammen über die Hallig gegangen war und ihm die besonderen Tiere und ihre Nistplätze gezeigt hatte. Lena war ja früher selbst gerne mit Alva unterwegs gewesen. Sie hatte ihre Oma immer um ihr Wissen und ihre Verbundenheit zur Natur beneidet. Aber so war es vielleicht, wenn man hier auf Hooge lebte, man passte sein Leben den Gezeiten an, lernte, mit eisigem Wind, stürmischen Wellen oder sengender Sonne klarzukommen, man lernte, die Vorboten zu deuten, wurde eins mit der Natur, wurde ein kleiner Stein in einem bedeutenden großen Ganzen.

Lena stellte das Buch ins Regal zurück und entschied, den Link zu öffnen, den Jacob ihr geschickt hatte. Was auch immer

Gunnar und ihre Oma miteinander verbunden hatte, es musste mehr als eine Ferienromanze gewesen sein, und jetzt hatte er wenigstens ein Recht darauf zu erfahren, dass Alva nicht mehr lebte, dass der Versuch seiner Versöhnung zu spät kam. Nachdem Lena sich ihre Worte zurechtgelegt hatte, wählte sie Gunnars Nummer.

E-MAIL-ENTWURF VOM 12. APRIL 2018

An: lena.hendriksen@hoogemail.de
Von: Jacob-Flemming@blumenmeer.de

Betreff: Was ist los?

Liebe Lena,
was ist los bei dir? Alva sagt, dass du gerade ziemlich viele Probleme hast. Kann ich dir helfen? Willst du drüber reden? Kommst du deshalb nicht mehr nach Hooge?

Bitte, melde dich doch …

Jacob

27.

»Heinrich«, meldete sich eine heisere Männerstimme, und Lena hatte sofort ein Bild vor Augen, wie dieser ältere Herr inzwischen aussehen musste.

»Hallo, Herr Heinrich, mein Name ist Lena Hendriksen, ich bin die Enkeltochter von Alva. Ich rufe Sie an, weil Sie meiner Oma seit Kurzem immer so nette Blumensträuße schicken.«

»Oje, wenn Alva schon ihre Enkeltochter vorschickt, um mich anzurufen, dann freut sie sich also nicht darüber.« Lena hörte, wie betrübt er darüber war.

»Doch, sie hätte …« Lena zögerte. »Sie hätte sich bestimmt darüber gefreut«, sagte sie und merkte, wie auch ihr das Herz schwer wurde. »Leider muss ich Ihnen sagen, dass meine Oma Ihre schönen Sträuße gar nicht mehr bekommen hat.«

»Nicht?«, fragte Gunnar verwundert. »Warum? Ist sie weggezogen?«

Lena seufzte tief. »Sie ist Anfang des Monats gestorben.«

»Gestorben?« Seine Stimme war nur noch ein Flüstern, und als er dann gar nichts mehr sagte, befürchtete Lena schon, die Verbindung sei getrennt worden. »Dann kommen meine Blumen also zu spät«, murmelte er schließlich, und Lena hatte den Eindruck, dass er für einen Moment vergessen hatte, dass er mit ihr telefonierte.

Ihn so niedergeschlagen zu hören, machte auch sie selbst traurig. »Es tut mir sehr leid, dass ich keine besseren Nachrichten für Sie habe.«

»Nein, mir tut es leid, dass ich es nicht eher versucht habe. Vielleicht wäre alles dann ganz anders gekommen.« Einen Moment war es still, und Lena wusste nicht, ob sie jetzt etwas sagen sollte. Sie erinnerte sich nur zu gut, wie es ihr selbst den Boden unter den Füßen weggezogen hatte, als sie vom Tod ihrer Oma erfahren hatte. Anscheinend ging es Gunnar ganz genauso.

»Sagen Sie, kann ich auf die Hallig kommen und persönlich von ihr Abschied nehmen? Das würde mir wirklich viel bedeuten.«

Diese Antwort überraschte Lena, und sie brauchte einen kurzen Augenblick, bis sie sich wieder gefasst hatte.

»Selbstverständlich«, sagte sie dann sofort. »Wann möchten Sie denn vorbeikommen?«

»Wäre es Ihnen denn recht, wenn ich gleich morgen käme? Jetzt habe ich ja gesehen, was passieren kann, wenn man Dinge zu lange aufschiebt.«

Das brach Lena beinahe das Herz. Sie verabredeten, dass sie Gunnar am nächsten Morgen von der Vormittagsfähre abholen würde. So hätte er genügend Zeit, um sich von Alva zu verabschieden und am Abend wieder nach Hause zu fahren.

»Hallo, Lena, was gibt's Neues?«, fragte Marit gut gelaunt, als Lena am Nachmittag ihr Café betrat.

»Jacob und ich haben Gunnar gefunden«, sagte Lena.

»Der Freund deiner Oma«, erinnerte sich Marit. »Was man so hört, habt ihr zwei ja beinahe jeden Stein und jede Muschel hier auf Hooge umgedreht, um nach ihm zu suchen.«

Lena nickte ernst und erzählte Marit von Alvas Notizen, die sie gefunden hatte, und davon, dass Gunnar sich durch die Wildblumensträuße anscheinend mit Alva wieder hatte versöhnen wollen. »Es bricht mir das Herz, dass der alte Mann zu spät ist. Ein paar Wochen nur, ein paar Tage vielleicht, und Alva hätte es noch miterlebt.«

»Das ist wirklich traurig«, fand auch Marit. »Aber vielleicht habe ich hier was, das dich ein bisschen aufheitert. Alvas legendärer Bienenstich«, sagte sie und schob ihr einen Teller über die Theke zu. »Als ich damals meinen ersten Liebeskummer hier auf Hooge hatte, hat Alva ihn für mich gebacken.«

»Ach, ist das süß.« Lena war gerührt. »Den kann ich jetzt wirklich gut gebrauchen.«

Sie stach mit der Gabel durch das knusprige Mandeltopping, fiel durch einen fluffigen Hefeteig und landete dann in der weichen Puddingcreme. Als sie den Kuchen probierte und sich der liebliche sahnige Vanillegeschmack in ihrem Mund ausbreitete, fühlte sie, wie ihr Herz genauso weich wurde wie die Creme, und der Geschmack des Honigs, mit dem die Mandeln kandiert worden waren, spendeten ihrer Seele etwas Tröstliches, als ob sie nach einer langen Reise nach Hause zurückkehren würde. Alva hatte einfach gewusst, wie man ein gebrochenes Herz umsorgte.

»Das ist wirklich ein Seelentröster.«

»Ich weiß«, seufzte Marit. »Ich hatte ihn bitter nötig.«

»Noch immer Ärger mit Piet?« Lena sah sie mitfühlend an.

»Ich habe einfach keine Ahnung, wie es mit uns weitergehen soll.«

»Kenne ich«, sagte Lena. »Aber mal im Ernst. Könnt ihr zwei nicht einfach noch mal miteinander reden? Ich habe den

Eindruck, dass es ihm schon ziemlich nahegeht, dass ihr euch gestritten habt.«

Marit sah sie mit großen Augen an. »Wieso? Hat er was gesagt?«

»Na ja, er hat sich quasi in friesischer Mentalität das Herz ausgeschüttet. Oder wie sagt man so schön? Auf dem Meer wird nicht geschnackt.« Lena zog eine Grimasse. »Aber nach dem, was ich so durchgehört habe, vermisst er dich schon sehr.«

»Gut so! Dann kann er ruhig noch eine Zeit lang schmoren.« Entschlossen lehnte sich Marit zurück und nippte an ihrem Kaffee. »Was gibt es eigentlich neues von Jacob und dir? Habt ihr euch schon entschieden, was ihr mit der Halligkate machen wollt?«

Lena schüttelte den Kopf und hielt dann plötzlich inne. »Wobei, Jacob weiß anscheinend schon, was er mit seiner Hälfte anstellen will, aber er sagt es mir nicht, weil er mir Zeit lassen will, selbst zu entscheiden.«

»Das ist ja schon irgendwie süß«, meinte Marit. »Findest du nicht? So schnell solltest du ihn nicht mehr von der Angel lassen.«

»Marit!«, rief Lena empört. »Jacob und ich sind doch überhaupt nicht zusammen.«

»Ich glaube, die Einzigen, die das so sehen, sind Jacob und du. Der Rest der Hallig schmiedet schon eifrig Hochzeitspläne.«

»Ernsthaft?«

Lena blieb beinahe das Stück Kuchen im Hals stecken. Ob jemand Jacob und sie zusammen auf dem Japsand gesehen hatte? Oder als er auf dem Heimweg von der alten Fenja seinen

Arm um sie gelegt hatte? Oder als sie so dicht beisammen im Heimatmuseum gesessen und die Halligchronik studiert hatten? Wenn sie jetzt so darüber nachdachte, verstand sie sehr gut, wieso die Hooger da auf die Idee kamen, dass zwischen ihnen doch wieder etwas lief, vor allem, nachdem Jacob sie darauf hingewiesen hatte, dass auf Hooge nichts ungesehen blieb.

»Ich habe immer noch einen Freund«, gab sie zu bedenken.

»Bei dem du auf die Pausetaste gedrückt hast«, erinnerte Marit sie.

»Ja, weil ich mir über einiges klar werden muss.«

»Mensch, Lena, jetzt schieß den Döspaddel in den Wind. Was willst du denn mit dem? Der hat dich betrogen.«

»Jacob auch«, murmelte Lena, und jetzt sah Marit sie mit festem Blick an.

»Irgendwie kann ich das nicht glauben, Lena. Du solltest mal mit ihm darüber reden.«

»Aber so war es. Ich habe es damals selbst gesehen.« Wieder zog sich Lenas Herz bei der Erinnerung daran schmerzhaft zusammen.

»Komm schon, vergiss, was damals war. Das zwischen euch beiden ist noch nicht vorbei, das sieht jeder. Du gehörst hier auf die Hallig, und tief in deinem Inneren weißt du das auch.«

»Hast du mir deshalb die Renovierungshilfe vorbeigeschickt?«

Marit hob entschuldigend die Schultern. »Bist du mir jetzt böse?«

»Nein«, sagte Lena. »Ich finde es gut, dass die Kate wieder in Schuss ist. Jetzt muss ich mir nur noch überlegen, was ich will.«

28.

Wie besprochen, stand Lena am nächsten Morgen gegen elf Uhr am Fähranleger und wartete. Es war ein trüber Morgen, doch Lena hatte Hoffnung, dass der Himmel noch aufklarte. Ohne genau zu wissen, warum, merkte sie, dass sie nervös war. Wie Gunnar Heinrich wohl war?

Die Fähre legte an, und obwohl viele Leute das Schiff verließen, erkannte Lena den älteren Herrn sofort. Er trug eine graue Anzughose mit Bügelfalte, dazu ein kariertes Hemd, über das er einen schlammgrünen Pullunder gezogen hatte. Unter seiner Schiebermütze standen die weißen Haare wirr von seinem Kopf, und auf der Nase trug er eine dicke Brille, die seine Augen größer wirken ließ. Als er sich jetzt suchend umschaute, winkte Lena ihm.

»Sie müssen Lena sein«, sagte er sofort, als er sie bemerkte. »Das gleiche liebliche Gesicht wie Ihre Oma damals. Wenn ich es nicht besser wüsste, würde ich denken, Alva stünde vor mir …«

Lena fühlte sich geschmeichelt. »Hallo, Herr Heinrich.«

»Ach, bitte nicht so förmlich«, sagte Gunnar. »Ich bin Gunnar. Darf ich Lena sagen?«

»Sehr gerne.« Lena wurde sofort von seiner Herzlichkeit eingenommen.

»Sag, gibt es das Pferdetaxi noch? Ich möchte gerne zuerst zur Hanswarft.«

Lena nickte, und so ließen sie sich mit dem Planwagen über die Hallig kutschieren. Für Lena war es selbst eine Besonderheit, inmitten all der Touristen und Tagesgäste zu sitzen und Hooge einmal auf diese Weise kennenzulernen. Bei der Hanswarft stiegen sie aus, und Gunnar blickte sich um.

»Was suchst du denn?«, fragte sie.

»Die Gärtnerei Blumenmeer«, sagte Gunnar. »Ich möchte dort noch etwas abholen.«

Lena lächelte und zeigte ihm den Weg.

»Hallo, Jacob«, grüßte sie. »Darf ich dir Gunnar vorstellen? Gunnar, das ist Jacob. Mein Freund. Also, ein Freund von mir, meine ich.«

Der ältere Herr musterte sie kurz, doch dann streckte er Jacob die Hand entgegen, und Jacob schüttelte sie. »Sehr erfreut«, sagte er. »Dann sind Sie also der nette Mensch, der sich um die Blumensträuße für Alva gekümmert hat?«

Jacob nickte. »Und Sie sind demnach der geheimnisvolle Kartenschreiber.«

»So ist es.«

»Sagen Sie, warum haben Sie sich eigentlich so bedeckt gehalten?«

Ein wissendes Lächeln zuckte um Gunnars Mundwinkel. »Sie als Hooger sollten das doch am besten wissen«, sagte er. »Wenn man hier auf der Hallig etwas tut, bleibt es den anderen für gewöhnlich nicht lange verborgen.«

»Das stimmt«, sagte Jacob schmunzelnd.

»Und ich wollte nicht, dass Alva sich verpflichtet fühlt oder auf unsere alten Tage noch über sie geredet wird. Ich wusste ja nicht, wie sie meine Blumen aufnehmen würde.« Jetzt wurde er seltsam ernst, und auch Lena merkte, dass die Stimmung kippte. »Schade, dass sie sie nicht mehr erhalten hat.«

»Nun, den hier bekommt sie jetzt ja.« Jacobs Worte waren tröstlich, und als er jetzt einen üppigen Strauß aus dem Lager holte, den Gunnar wohl bei ihm in Auftrag gegeben haben musste, nickte der ältere Herr zufrieden.

»Er ist wunderschön geworden«, sagte er. »Sieht fast aus wie das Original draußen auf den Wiesen.«

»Wie bestellt«, bestätigte Jacob. »Soll ich ihn zur Kirchwarft bringen?«

»O ja, das wäre nett, oder stört es dich, wenn wir Begleitung haben?«, fragte er an Lena gewandt.

Lena schüttelte den Kopf, und zu dritt machten sie sich zu Fuß zur Kirchwarft auf. Sie brauchten deutlich länger als sonst, aber Lena störte das überhaupt nicht.

»Es ist so schön, wieder hier zu sein.« Gunnar war stehen geblieben und ließ seinen Blick über die Fennen schweifen, auf denen Kühe mit ihren Kälbern standen, die besonderen Sommergäste der Hallig. »Ich habe es ja immer geliebt, wenn mich der Wind so richtig durchgepustet hat. Da habe ich immer den Kopf frei bekommen.« Sie überquerten einen der Priele, der sich durch die Marsch schlängelte, und Lena betrachtete das lilafarbene Blütenmeer aus Klee und Halligflieder, über dem emsig Schmetterlinge flatterten. Wenn sie genau hinhörte, nahm sie auch wieder das ihr mittlerweile vertraute Brummen wahr.

Sie erreichten die Kirchwarft und gingen zu Alvas Grab. Jacob gab Gunnar den Wildblumenstrauß, und Gunnar legte ihn auf die dunkle Erde. Dann senkte er den Kopf, nahm seine Schiebermütze ab, und für eine lange Zeit blieben die drei einfach nur schweigend nebeneinanderstehen.

Schließlich wischte sich Gunnar eine Träne von der faltigen Wange, setzte sich die Mütze wieder auf und nickte Lena und Jacob zu.

»Danke, dass ihr mir das ermöglicht habt«, sagte er. »Das war sehr wichtig für mich.«

»Das verstehen wir doch. Mach dir deswegen bitte keine Gedanken. Hast du Lust, noch etwas trinken zu gehen?«, fragte Lena. »Eine Freundin von mir betreibt ein Café auf der Ockenswarft.«

»Oh, ich fürchte, das ist mir zu weit«, erklärte Gunnar mit bedauertem Blick.

»Ich könnte rasch das Auto holen«, bot Jacob an.

Obwohl Gunnar versicherte, dass er keine Umstände machen wollte, hatte Jacob ihn schnell überzeugt, und so saßen sie wenig später im Wintergarten des Vier Gezeiten bei Kaffee und Kuchen.

Marit war natürlich schrecklich neugierig auf Gunnar, aber da um die Mittagszeit immer sehr viel in ihrem Café los war, blieb ihr keine Zeit, sich zu ihnen zu setzen.

»Wie habt ihr mich eigentlich ausfindig gemacht?«, fragte Gunnar neugierig. »Ich hatte doch extra keinen Absender auf meine Briefe geschrieben.«

»Das war wirklich nicht so einfach«, stimmte Jacob zu. »Aber Lena war fest entschlossen, nichts unversucht zu lassen. Sie hat stundenlang alte Gastwirtverzeichnisse durchgeblättert und viel auf Hooge herumgefragt.«

»Oje, dann habe ich ja vermutlich noch mehr Aufmerksamkeit erregt, als wenn ich einfach den Absender darauf geschrieben hätte.« Gunnar wirkte unglücklich, aber Lena schüttelte lächelnd den Kopf.

»So hatte es etwas Geheimnisvolles«, sagte sie. »Man wühlt sich schließlich nicht täglich durch die Halliggeschichte.« Als sie das sagte, blitzte etwas in Jacobs Augen verräterisch auf, und die goldenen Sprenkel begannen wieder wild zu tanzen. »So bin ich auch selbst meiner Familiengeschichte wieder ein Stückchen nähergekommen. Und außerdem hatte ich ja auch Hilfe. Am Ende war es dann Jacob, der dich gefunden hat.« Sie lächelte Jacob an, und dieser warf ihr einen so liebevollen Blick zu, dass es in Lenas Magengrube wild zu flattern und zu schwirren begann wie vorhin über dem Halligflieder.

»Das freut mich«, sagte Gunnar. »Ihr zwei versteht euch sehr gut, was?«

»Wir sind schon ziemlich lange befreundet«, sagte Jacob sachlich.

Seine Antwort enttäuschte Lena. Irgendwie hatte sie gehofft, dass da vielleicht doch mehr zwischen ihnen war, aber vielleicht wollte Jacob das vor Gunnar auch nur nicht offen zugeben. Immerhin wussten sie ja selbst nicht, wo sie gerade standen.

»Ach, ich wünschte, das hätten wir auch gekonnt, Alva und ich.« Gunnar seufzte leise.

»Darf ich fragen, was damals genau zwischen euch passiert ist?«, erkundigte sich Lena behutsam.

»Hat Alva denn nie etwas erwähnt?«, wunderte er sich, und Lena schüttelte den Kopf. »Wie schade. Dann hatte sie mich wohl endgültig aus ihrem Leben gestrichen.«

»Das hat sie nicht. Sie hat dein Vogelkundebuch mit der schönen Widmung aufgehoben, und deinen Brief, in dem du sie um Verzeihung gebeten hast.«

»Ja, der Brief.« Gunnar sah aus dem Fenster auf das Meer. Die Sonne hatte es tatsächlich noch geschafft, sich durchzusetzen, die Wolkendecke war verschwunden. »Ich hätte ihr so gerne alles erklärt. Aber sie hat sich nie darauf gemeldet. Deshalb hatte ich Hoffnung, dass sie vielleicht ein Wildblumenstrauß umstimmt. Einer wie damals, als wir uns kennengelernt haben.« Er lächelte versonnen. »Ich hatte ein Zimmer bei ihr gemietet. Und als ich die Halligkate erreicht hatte, saß sie im Garten. Da war es sofort um mich geschehen. Ich wollte sie unbedingt für mich gewinnen. Und dann habe ich aus ihrem Vorgarten einen Blumenstrauß gepflückt und ihr an der Haustür überreicht, als sie mir öffnete. An einem Dienstag war das.«

»Ach, deshalb also die Dienstagssträuße«, sagte Jacob.

»Und was ist dann passiert?«, fragte Lena.

»Alva hat natürlich sofort gemerkt, dass es ihre Blumen sind, und gelacht. Wir haben einen wundervollen Sommer zusammen verbracht. Alva zeigte mir die Natur und die Vögel, und ich konnte viel für mein Buch recherchieren. Ein halbes Jahr später hat sie mich zum Biikebrennen wieder eingeladen, wir hatten uns oft geschrieben bis dahin und manchmal auch telefoniert. An jenem Abend hatten wir Pläne geschmiedet, wie ein Zusammenleben aussehen könnte. Wir waren sehr verliebt.« Er zwinkerte den beiden zu. »Also blieb ich, und in diesem Sommer habe ich ihr gezeigt, wie man imkert. Ich schenkte ihr ihre erste Bienenkönigin. Alva hat es sehr geliebt. Ich glaube, in diesen Stunden waren wir am glücklichsten zusammen. Doch irgendwie wussten wir, dass unser Glück auf Sand gebaut war. Wir hatten es beide gespürt, obwohl wir es nicht wahrhaben wollten.«

»Warum?«, wollte Lena wissen. »Es klang doch so, als ob ihr alles geklärt hättet.«

»Das stimmt, doch als es dann ernst wurde, habe ich mir Bedenkzeit erbeten. Ich wollte mir das alles noch einmal ein Jahr lang durch den Kopf gehen lassen. Das hat Alva sehr verletzt.«

»Jetzt verstehe ich, was sie damit meinte, als sie meiner Mutter bei dem heftigen Streit vorgeworfen hat, wir würden sie früher oder später alle allein lassen«, murmelte Lena.

Gunnar sah sie betrübt an. »Für Alva war alles klar. Ich sollte zu ihr auf die Hallig ziehen, wir würden beide in der Kate wohnen, imkern und von Vogelführungen und ihren Feriengästen leben. Wir hatten viele Diskussionen damals, und als ich im April noch einmal auf die Hallig kam, um die Ringelgänse zu beobachten, wollte sie, dass ich mich entscheide.« Er seufzte schwer, und jetzt veränderte sich sein Blick, wurde wehmütiger und nachdenklich. »Ich sagte ihr, dass ich es nicht könnte. Für ein Leben auf einer Hallig muss man bereit sein, doch ich war es nicht. Ich konnte mich nicht auf dieses Wagnis einlassen, konnte mir nicht vorstellen, jeden Tag mit der Befürchtung zu leben, dass einem eines Tages das Meer alles entreißen könnte.«

»Dann haben Sie sich also getrennt?«, fragte Jacob.

»Ich hatte Alva gebeten, mitzukommen, mich aufs Festland zu begleiten. Aber sie wollte nicht. Ihr Herz gehörte hierher, so wie sie. Sie hätte weder Hooge noch ihre Halligkate verlassen, für nichts in der Welt, nicht einmal für ihre große Liebe.«

»Wie traurig«, flüsterte Lena. »Ihr müsst euch sehr geliebt haben.«

»O ja, das haben wir.« Gunnar nickte eifrig. »Ich habe deine Oma nie vergessen. Mit dem Alter wird man sentimental.

Wenn man merkt, dass das Leben endlich ist, dann fragt man sich, was man bereut, was man gerne anders gemacht hätte. Also habe ich angefangen, Alva zu schreiben, doch meine Briefe blieben unbeantwortet. Dann kam mir die Idee mit den Wildblumen, denn ich hatte gehofft, dass sie sich daran erinnert, wie ich damals mit ihren eigenen Blumen vor ihrer Tür stand und sie zum Lachen gebracht habe.«

»Es tut mir sehr leid, dass es nicht mehr geklappt hat, Gunnar.«

»Nun ja, so ist das Leben. Es hat keinen Platz für vertane Chancen und ungenutzte Gefühle. Es geht weiter, und ein Zurück gibt es nicht.«

Lena dachte an ihre Beziehung mit Mats, an ihre Enttäuschung, an Jacob ... Betreten blickte sie auf die Tischplatte vor sich.

»Alva hat Lena ihre Bienen vermacht«, durchbrach Jacob schließlich die Stille.

»Was? Das ist aber schön.« Auf Gunnars Gesicht breitete sich ein Lächeln aus. »Das ist eine große Ehre, Lena. Pass gut auf sie auf.«

»Das mache ich«, versicherte Lena. Jetzt, da sie wusste, wie glücklich Alva bei den Bienen mit Gunnar gewesen sein musste und wie viel sie ihr bedeutet hatten, würde sie sie noch mehr in Ehren halten. Und jetzt verstand sie auch, was Alva damit meinte, dass die Bienen einem den Weg zur großen Liebe zeigten. Ohne es zu wollen, dachte sie wieder an ihre gemeinsame Zeit, in der sie mit Jacob geimkert hatte.

»Ich habe dir etwas mitgebracht, Gunnar«, sagte Lena dann. Sie suchte in ihrer Tasche nach dem Foto ihrer Oma und reichte es Gunnar.

Gunnar betrachtete lange die Aufnahme, die Alva neben einem ihrer Bienenstöcke zeigte, diese kleine zarte Frau, mit ihren feinen, silbergrauen Haaren, die sich jetzt in wilden Löckchen auf ihrem Kopf rankten.

»So habe ich sie mir immer vorgestellt«, sagte er wehmütig. »Alva und ihre Bienen. Ich glaube, wenn sie Hooge verlassen hätte, wären sie und ihre Völker eingegangen. Sie war ihre Bienenkönigin, und ein Volk ohne Königin kann nicht überleben. Aber auch die Königin braucht ihre Untertanen. Sie brauchen den sozialen Kontakt zu den anderen Bienen, sie leben durch die Kommunikation, durch die Berührung.«

Lena blickte wieder zu Jacob, und jetzt verstand sie noch mehr, wieso sich Alva den Bienen so verbunden gefühlt hatte. Ihr ging es ja kaum anders. Seit sie hier auf Hooge war, hatte sie das Gefühl, wieder richtig zu leben, sie selbst zu sein, etwas zu empfinden. Sie sehnte sich so sehr nach Jacobs Nähe, sehnte sich nach seinen Berührungen, seinen Küssen, aber auch danach, mit ihm ihre Sorgen zu teilen, ihre Gedanken und all die schönen Momente, die das Leben für einen bereithielt. Lena sah Jacob an, mit einer Sehnsucht, die jetzt wieder in ihr brannte, obwohl er nur auf der anderen Seite des Tisches saß. Wie gern hätte sie ihren Arm zu ihm hinübergestreckt und seine Hand genommen, hätte ihm mit ihrem Daumen über den Handrücken gestreichelt und gewusst, dass er da war, dass ihre Freundschaft echt war, dass sie füreinander da waren. Sie wünschte sich wieder ihren besten Freund an die Seite, ihre große Liebe, der Mensch, der zu ihr gehörte, seit sie denken konnte. Doch würde sie ihn wirklich wagen, den Schritt ins Unbekannte? Konnte sie ihr bisheriges Leben einfach so aufgeben? Lena wusste es nicht.

»Was ist eigentlich aus Alvas Halligkate geworden?«, fragte Gunnar, als ob er ihre Gedanken gehört hätte.

»Lena und ich haben jeweils die Hälfte geerbt«, sagte Jacob schließlich, als Lena nicht antwortete.

»Wie schön.« Gunnar sah sie abwechselnd an und nickte. »Da ist sie in den besten Händen.« Er warf einen Blick auf seine Armbanduhr und wurde ernst. »Nun, so nett es auch mit euch beiden ist, ich muss los. Die Fähre kommt bald.«

Nachdem Jacob sie zum Anleger gebracht und sich verabschiedet hatte, setzte Lena sich noch für eine Weile mit Gunnar auf eine Bank, um auf die Fähre zu warten. Gemeinsam blickten sie hinaus aufs Meer.

»Ihr steht euch sehr nahe, Jacob und du, nicht wahr?«, fragte Gunnar plötzlich.

»Früher einmal, ja«, antwortete Lena mit rauer Stimme.

»O nein, auch jetzt noch«, widersprach Gunnar. »Man merkt, dass da noch immer etwas zwischen euch ist.«

Das überraschte Lena. Sogar ein völlig Fremder schien die Anziehungskraft zwischen Jacob und ihr zu spüren.

»Ich glaube, ich stehe momentan vor derselben Entscheidung wie du damals, Gunnar«, sagte Lena nachdenklich. »Gehen oder bleiben.«

Gunnar legte eine Hand auf ihre und drückte sie sanft. »Dann mach nicht denselben Fehler wie ich und triff die richtige Entscheidung.«

29.

Lena stand noch lange am Anleger und blickte der Fähre hinterher. Wenn sie sich entschloss, die Hallig endgültig zu verlassen, würde sie dann eines Tages möglicherweise auch denken, dass sie den größten Fehler ihres Lebens gemacht hatte? Ein beklemmendes Gefühl ergriff sie, wickelte sie ein wie ein Fischernetz, aus dem sie nicht mehr herauskam und in dem sie sich mehr und mehr verhakte, je stärker sie versuchte, sich davon zu befreien. Aber sie konnte doch nicht einfach alles aufgeben, was sie sich mit Mats aufgebaut hatte. Wie sollte das funktionieren? Ihr gemeinsames Leben, die Schreinerei, die sie sich so sehr gewünscht hatte. Sie dachte daran, wie sie mit Mats einen historischen Schreibtisch zusammengezimmert hatte, sie ihn daraufhin für das Doppelte wieder verkauft hatten und anschließend von dem Geld romantisch Essen gegangen waren. Es war nicht alles schlecht mit ihm. Sie erinnerte sich, wie sie zusammen ein Boot gemietet hatten und über die Weser gefahren waren, wie sie bei einem Picknick den Sonnenuntergang am Ufer betrachtet und sich zärtlich geküsst hatten. Wieso hatte es so nicht immer sein können? Sie waren doch einmal glücklich gewesen. Wo war das alles hin? Sie hatte sich für ihn entschieden, hatte sich eine Zukunft mit ihm aufgebaut, eine, die sie sich – zugegebenermaßen – anders vorgestellt hatte. Aber deshalb konnte sie jetzt doch nicht einfach alle Zelte abbrechen, ihr bisheriges Leben hinter sich lassen und irgendwo noch einmal neu beginnen, bloß weil sie aktuell mit Schwierigkeiten zu kämpfen hatte. Und Lena wusste, dass auch auf Hooge nicht alles reibungslos laufen würde. Was wäre zum Beispiel, wenn sie feststellte, dass Jacob und sie sich doch so sehr verändert hatten, dass sie einander nichts mehr zu sagen hatten? Jetzt mochte mit Jacob noch alles neu und aufregend sein, die Sehnsucht war wieder da, der Wunsch, dort anzuknüpfen, wo sie vor elf Jahren aufgehört hatten. Aber was wäre dann? Wenn das erste Feuer der Leidenschaft erloschen war? Wenn sich auch bei ihnen Probleme auftaten? Wenn Jacob ihr wieder nicht treu wäre … Dieser Gedanke schmerzte Lena so sehr, dass sie ein Brennen in ihren Augen spürte.

Sie entschied, den Deich zu verlassen und ans Meer zu gehen. Sie musste dringend auf andere Gedanken kommen.

Sie erreichte den vom Wasser freigegebenen Wattboden, lief entlang des Spülsaums, der sich immer wieder aufs Neue bildete und den ein oder anderen Schatz freigab. Muscheln und Schneckenhäuser, kleine Stöcke und manchmal auch eine Vogelfeder. Früher hatte Lena immer gehofft, irgendwann einmal Bernstein zu finden, bislang aber kein Glück gehabt. Über ihr zog ein Schwarm Alpenstrandläufer hinweg, und Lena lauschte dem Rauschen der Flügelschläge. Sie beobachtete, wie sich die Sonne im Wasser spiegelte, wie der Wind die Meeresoberfläche kräuselte, und als sie in der Ferne das erste Leuchten des Quermarkenfeuers von Langeneß erkannte, stieg das Gefühl von Sehnsucht in ihr auf, das, seit sie hier war, immer auch von ein bisschen Schmerz begleitet wurde.

Wenn sie die Wahl hätte, frei entscheiden könnte, sie würde

womöglich bleiben. Gunnar hatte sie nicht umsonst ermuntert, endlich den alten Streit zwischen Jacob und ihr zu begraben. »Man braucht einander auf dieser kleinen Erhebung mitten im Meer. Ansonsten kann man hier nicht überleben, Lena.« Und Lena wusste, wie recht Gunnar damit hatte. Wenn die Gezeiten eine Überfahrt unmöglich machten, wenn wegen Wind und Sturm die Schifffahrt aussetzte, wenn die Fähre nicht kam und man von der Außenwelt abgeschnitten war, dann brauchte man einander umso mehr. Und mittlerweile fragte sich Lena, ob sie womöglich Jacob auch sonst brauchte, seine Nähe, sein liebevolles Lächeln, sein funkelnder Blick, in dem mehr lag, als Worte jemals sagen konnten …

Gunnar war damals überzeugt gewesen, dass er das nicht konnte, und so hatte er sich entschieden, zu gehen. »Man bereut die Dinge, die man nicht getan hat. Denn am Ende kommt es nur darauf an, dass man mit den Menschen zusammen war, die man geliebt hat«, hatte er gesagt, kurz bevor er die Landungsbrücke der Fähre betreten hatte. Dann hatte er sich umgedreht, Lena herzlich umarmt und sich bedankt für seinen Aufenthalt auf Hooge. Und Lena hatte ihm das Versprechen abgenommen, dass er bald einmal wiederkommen musste.

Nachdenklich war Lena zurückgeblieben, doch je weiter sie hier am Strand entlanglief und die Wellen ihre Füße umspülten, desto sicherer wurde sie sich. Das Meer, der Wind und die Einsamkeit halfen ihr, ihre Gedanken zu ordnen. Sie hatte in den letzten drei Wochen hier auf Hooge zu sich selbst gefunden, hatte ihre innere Stärke wiederentdeckt, ihre Träume und Wünsche. Sie hatte seit langer Zeit wieder das Gefühl gehabt, richtig zu leben. Selbst wenn das mit Jacob und ihr nichts werden würde, so wusste sie doch mit einem mal ganz sicher, dass das mit Mats und ihr keine Zukunft hatte. Egal, wie schön es einmal zwischen ihnen gewesen war, diese Zeit war endgültig vorbei. Sie liebte ihn nicht mehr, und seit ihrem Gespräch mit Gunnar am Fähranleger wusste sie, dass sie nicht mehr mit jemandem zusammen sein wollte, wenn sie keine Gefühle für ihn hatte. Sie wollte nicht weiterhin in einer Beziehung festhängen, die sie nicht glücklich machte.

Sie zog ihr Smartphone aus der Tasche und rief Mats an.

»Lena, wie geht es dir?«, fragte er mit ruhiger Stimme.

»Gut«, sagte Lena und merkte im selben Moment, dass es stimmte. Sie fühlte sich wirklich gut; erleichtert und befreit, und sie war fest entschlossen, an diesem Gefühl auch weiterhin festzuhalten. »Mats, ich habe mich entschieden. Das mit uns hat keine Zukunft. Ich möchte, dass wir uns trennen.«

»Lena, aber … Warum?« Sie hörte, wie Mats' Stimme brach, wie er nach Worten rang und doch keine fand. »Ich weiß, ich habe einen Fehler gemacht, aber bitte, gib uns noch einmal eine Chance. Seit du weg bist, ist mir klar geworden, was wir aneinander haben.«

Lena musste schlucken. Sie hatte so gehofft, dass Mats irgendwann einmal solche Worte zu ihr sagte, doch jetzt kamen sie zu spät.

»Nein, Mats«, sagte sie entschieden. »Es fühlt sich nicht mehr richtig an. Ich kann dir nicht mehr vertrauen, und ich bin nicht mehr glücklich mit dir. Es wäre falsch, wenn wir weiterhin an dieser Beziehung festhalten würden.«

»Okay«, kam es gedämpft aus ihrem Telefon. »Und wie geht es dann weiter? Was ist mit unserer gemeinsamen Schreinerei? Mit dem Kredit, den wir aufgenommen haben?«

Lena atmete tief durch. »Ich weiß es, ehrlich gesagt, nicht,

Mats. Aber ich bin mir sicher, wir werden irgendeine Lösung finden. Ich überlege mir was.«

Nachdem sie das Gespräch beendet hatte, fühlte Lena sich mit einem Mal unglaublich erleichtert und befreit. Jetzt wusste sie, dass dieser Schritt längst überfällig gewesen war. Ein Seeadler flog mit großen Schwingenschlägen über sie hinweg, und Lena sah ihm lächelnd nach. Sie ging weiter bis zur Volkertswarft, lief dort die steile Wiese hinauf und setzte sich inmitten des Halligflieders. Hier, an Alvas Lieblingsstelle, beobachtete sie die Bienen, wie sie ihre Abendrunde drehten, und spürte plötzlich eine tiefe Zufriedenheit in sich. So hatte es sich früher angefühlt, als sie noch mit ihren Eltern hier auf der Hallig gelebt hatte, und Lena war sich sicher, dass es sich so auch wieder anfühlen könnte, wenn sie blieb.

E-MAIL-ENTWURF VOM 6. OKTOBER 2019

An: lena.hendriksen@hoogemail.de
Von: Jacob-Flemming@blumenmeer.de

Betreff: Lena …

Gerade habe ich mich von Kathrin getrennt. Du kennst sie nicht, sie hat diesen Sommer ihren Urlaub hier auf Hooge verbracht.

Mist, ich sollte dir das alles gar nicht schreiben. Wahrscheinlich hatte ich ein Bier zu viel, aber ich kann einfach nicht aufhören, an dich zu denken. Keine andere Frau ist so wie du, Lena. Ich habe es probiert, wirklich … Ich habe versucht, dich zu vergessen, aber ich kann nicht. Was du jetzt wohl gerade machst? Wie es dir geht? Bist du glücklich?

Beim Ausmisten habe ich alte Fotos von uns gefunden. Weißt du noch, damals auf dem Japsand? Du und deine Robben … Du warst so vernarrt in sie. Verdammt, ich hab eindeutig zu viel getrunken, Lena. Ich höre jetzt besser auf, sonst schreibe ich noch etwas, das ich später bereue. Zum Beispiel, dass ich dich immer noch liebe …

30.

»Ich habe uns einen Wein mitgebracht.« Jacob hielt eine Flasche in die Höhe.

»Sag bloß, du hast den Met satt.«

»Auf keinen Fall, aber ich dachte, zum Honig-Roastbeef passt ein Rotwein besser.«

»Ja, das stimmt auch wieder.« Lena, die in der Küche mitten in den Vorbereitungen für das Abendessen steckte, nahm die Flasche entgegen und holte zwei Weingläser aus Alvas Küchenschrank.

»Das sieht hier ja alles sehr vielversprechend aus.«

Lena hatte auf der Küchenanrichte die Zutaten bereitgelegt, die sie heute Mittag beim Halligkaufmann besorgt hatte. Interessiert ließ Jacob seinen Blick darüberschweifen: Er sah ein herrliches Stück Roastbeef, das Lena schon herausgestellt hatte, damit es Zimmertemperatur bekommen konnte, Salat, Kartoffeln, mehrere Gewürze, darunter unterschiedliche Pfeffersorten, Paprikapulver, Meersalz und Chili, Senf und natürlich ein Glas von Alvas Honig. Jacob hob das Glas an und betrachtete den goldgelben Honig.

»Du hast dich für Sonnenblumenhonig entschieden«, sagte er.

»Woher weißt du das?«, fragte Lena verblüfft.

»Ich erkenne es an der Farbe.«

»Wirklich?« Lena sah ihn mit großen Augen an, doch Jacob schüttelte den Kopf und zwinkerte ihr zu.

»Nein, ehrlich gesagt, nicht, aber schön wäre es, und Alva konnte das tatsächlich, aber so weit bin ich noch lange nicht mit meiner Imkerkunst. Ich kann dir lediglich die Grundlagen zeigen. Alva hat großen Wert darauf gelegt, den größten Teil noch immer selbst zu machen. Jetzt, seit ich Gunnar kennengelernt habe, weiß ich auch, warum. Aber das, was sie mir gezeigt hat, gebe ich gerne an dich weiter, und alles andere müssen wir uns eben selbst aneignen oder uns von Gunnar zeigen lassen. Ich weiß aber, dass die goldgelbe Farbe typisch für den Sonnenblumenhonig ist. Und ich weiß, dass Alva immer diesen Honig für ihr Roastbeef verwendet hat. Er passt gut, weil er sehr aromatisch ist.« Er stellte das Glas zurück auf die Anrichte.

»Gunnar ist toll, oder?«, fragte Lena mit einem kleinen Lächeln auf den Lippen. »Ich kann gut verstehen, warum sich meine Oma damals in ihn verliebt hat.«

»Und ich verstehe jetzt, warum sie dir die Bienen vermacht hat. Wenn sie mit ihm beim Imkern die glücklichsten Stunden ihres Lebens verbracht hat, ist es absolut nachvollziehbar, dass sie wollte, dass du ihre Bienenvölker bekommst. Sie hat sich immer so gewünscht, dass auch du dein Glück findest.«

Lena wurde jetzt eigentümlich still, und Jacob fürchtete, dass er vielleicht zu viel gesagt hatte. Also trat er zu ihr an die Kochinsel.

»Was kann ich dir helfen?«, fragte er jetzt und gab sich Mühe, seine Stimme unbeschwert klingen zu lassen.

»Wenn du willst, kannst du die Kartoffeln zubereiten, während ich mich ums Fleisch kümmere. Ich dachte, wir machen Potato Wedges dazu und einen Salat.«

»Klingt gut. Das bekomme ich hin«, sagte Jacob zuversichtlich.

Potato Wedges waren seine Spezialität. Er wusch die Kartoffeln und schnitt sie in gleichmäßige Spalten. Dann vermengte er mit einer Gabel Chilipulver, Paprika und Olivenöl und wendete die Kartoffelspalten darin, bis alle Wedges gleichmäßig mariniert waren. Er erinnerte sich noch gut daran, dass es die damals zu seinem sechzehnten Geburtstag gegeben hatte. Lena und er hatten gar nicht genug davon bekommen können und währenddessen *Zweiohrküken* gesehen – ein Film, den Lena sich unbedingt gewünscht hatte, obwohl Jacob viel lieber *Avatar* geguckt hätte. Aber wenigstens hatte sie ihn mit *Twilight* verschont.

»Was ist denn so lustig?«, fragte Lena, die schwarzen Pfeffer, Langpfeffer, rosa Pfeffer und Szechuanpfeffer mit einem Mörser zerstieß und dann das Senfpulver unterrührte.

»Ich musste gerade daran denken, was für einen schrecklichen Filmgeschmack du hast.«

»Ich? Wie kommst du denn jetzt darauf?«

»Ich sage nur *Zweiohrküken*.«

Als Lena ihn jetzt ansah, blitzte etwas in ihren Augen auf. Auch sie erinnerte sich anscheinend an seinen Geburtstag.

»Unglaublich, dass Til Schweiger weiterhin noch Filme drehen darf!«

»Wieso? Ich fand ihn niedlich.«

»Til Schweiger oder *Zweiohrküken*?«, fragte Jacob. Im nächsten Moment landete ein Geschirrtuch auf seinem Gesicht.

»Zugegeben, *Keinohrhasen* war um Längen besser.«

»Da rollen sich mir die Fußnägel hoch!«, rief Jacob mit gespieltem Entsetzen und warf Lena das Geschirrtuch zurück, das sie geschickt auffing. »Wenigstens hast du mich mit glitzernden Vampiren verschont. Das ist noch viel schlimmer! Die müssen zu Staub zerfallen, wenn sie von der Sonne berührt werden.«

»Nein, die müssen glitzern!«, widersprach Lena sofort. »Und, ehrlich gesagt, Robert Pattinson hat definitiv nicht geglitzert! Aber der Film war trotzdem noch besser als deine blutrünstigen Werwolf-gegen-Vampir-Schocker.«

»Na, bei der Handlung von *Zweiohrküken* kann man ja auch nur Mordgelüste bekommen.« Jacob verteilte die Potato Wedges auf ein Backblech, achtete dabei darauf, dass sie genügend Abstand zueinander hatten, und griff dann nach der Salzmühle.

»Ich fand es schön, wie Anna und Ludo um ihre Liebe gekämpft haben«, sagte Lena halblaut. Sie hatte mittlerweile das Fleisch mit Fleur de Sel eingerieben und stellte jetzt aus drei Esslöffeln Honig und Olivenöl eine dicke Paste für die Honigkruste her.

»Aber das muss doch keiner sehen. Til Schweiger wollte einfach aus einem gut funktionierenden Konzept noch mal Geld herausschlagen.«

»Ich will das sehen«, widersprach Lena, und ihre Lippen waren nun eine Spur zu heftig zusammengepresst, als sie Jacob jetzt ansah. »Das ist wie im richtigen Leben. Da gibt es eben nicht nur Boy-meets-Girl, und dann bleiben sie glücklich und zufrieden zusammen bis an ihr Lebensende. Beziehungen haben Höhen und Tiefen, man wird verletzt, enttäuscht und muss sich überlegen, ob man dem anderen noch einmal eine

Chance geben will. Natürlich ist das Alltag, aber es ist trotzdem wichtig, so etwas auch in einem Film zu zeigen. So können Menschen auch mal wieder an die große Liebe glauben. Die muss nämlich nicht immer rosarot und perfekt sein, finde ich. Sie kann auch einfach mal anders sein, mit Knicken und Rissen und Umwegen und Sackgassen.«

Jacob sah, dass ihr Gesicht erhitzt war und eine sanfte Röte ihre Wangen überzog, als sie das sagte. Er war überrascht von ihrer flammenden Rede, doch er entschied, dazu lieber nichts mehr zu sagen. Es musste ein Thema sein, das Lena sehr aufwühlte, und was wusste er schon von Beziehungen? Nach Svea war er immer nur für ein paar Wochen mit jemandem zusammen gewesen. Und was die große Liebe anging: Das hielt er mittlerweile für eine Erfindung aus Hollywood. Vielleicht hatte Lena recht, und die Menschen brauchten einmal ein anderes Bild von Beziehungen, damit sie sahen, dass nicht perfekt auch gut sein konnte. So hatte er es bisher noch gar nicht gesehen.

»Soll ich den Salat putzen?«, begab sich Jacob auf weniger gefährliches Terrain.

»Wenn du willst«, antwortete Lena knapp. Dann legte sie das Fleisch in die Pfanne, und sofort spritzte und zischte es, und ein würzig-aromatischer Duft breitete sich in Alvas alter Landhausküche aus.

Jacob fühlte sich gerade ein bisschen wie das Roastbeef, das Lena scharf von allen Seiten anbriet. Er hatte ja gewusst, dass es nicht einfach sein würde, das Thema anzusprechen, aber dass es so hochexplosiv war, hatte er nicht vermutet.

Schweigend standen sie nebeneinander, Jacob, der den Salat zerkleinerte, und Lena, die aus Honig, Senf und Balsamico ein Dressing zubereitete.

»Vielleicht war ich ein bisschen zu vorschnell«, wagte Jacob einen vorsichtigen Vorstoß. »Du hast recht. Es ist wichtig, den Leuten zu zeigen, dass Liebe nicht immer rosarot sein muss.«

»Ist schon okay.« Lena holte das Fleisch aus der Pfanne und rieb es mit sanften Bewegungen mit der Pfefferhonigpaste ein. »Das hier muss jedenfalls rosarot sein.« Von Alva wusste er, dass man das erst nach dem kräftigen Anbraten tun durfte, da sonst der Pfeffer und der Honig verbrannten.

Lena ging mit dem Fleisch nach draußen, um es auf den Grill zu legen, den Alva für ihre Gäste bereithielt. Sie hatte immer gerne mit ihren Feriengästen gemeinsam im Garten gesessen und sich bei einem Abendessen ihre Urlaubserlebnisse angehört. Nicht selten hatte sie auch noch den ein oder andern Tipp gehabt, ein Ausflugsziel oder ein romantisches Picknick empfohlen, bei dem sie auch gerne bei den Vorbereitungen half.

Jacob wusste, dass das Roastbeef nun eine ganze Zeit auf dem Grill liegen würde, bis es die richtige Kerntemperatur hatte und gegessen werden konnte, genug Zeit also, um noch einmal bei Lena vorzufühlen.

»Glaubst du denn an die große Liebe?«, fragte er, als sie sich ihr Weinglas genommen und einen Schluck getrunken hatte.

Lena seufzte tief, ehe sie antwortete: »Das habe ich mal, ja.«

»Und jetzt?«, probierte es Jacob noch einmal.

»Ich weiß es nicht«, sagte Lena leise. »Ich würde es gerne, aber momentan habe ich keinen Grund dazu.«

»Wieso nicht?«

»Ich habe gestern mit Mats Schluss gemacht.«

Diese Nachricht traf Jacob mit voller Wucht, doch er versuchte, sich nichts anmerken zu lassen. »Das tut mir leid«, sagte er aufrichtig.

Lena schüttelte kaum merklich den Kopf. »Er war einfach nicht der Richtige, und seit er mich betrogen hat, kann ich ihm nicht mehr wirklich vertrauen.«

»Ich finde es gut, dass du dich getrennt hast«, entfuhr es Jacob, doch Lena funkelte ihn mit einem eigenartigen Blick an.

»Aber bin ich denn besser als er? Immerhin habe ich dich geküsst, da war ich noch mit ihm zusammen.«

»Genau genommen, hast nicht du mich geküsst, sondern wir haben uns geküsst. Also bin ich genauso charakterschwach.«

»Vielleicht ist es gerade das, was mich beschäftigt.«

»Dass ich charakterschwach bin?«, fragte Jacob perplex. Das konnte ja heiter werden. Sicherheitshalber trank er einen großen Schluck Wein. »Was habe ich denn deiner Meinung nach Schlimmes getan?«

Er wusste selbst nicht, wieso er auf einmal so forsch war. Vielleicht lag es am Wein, vielleicht am Adrenalin, das in seinen Ohren rauschte und durch seinen Körper pulsierte, vielleicht auch an Lenas Nähe oder der Aussicht, endlich zu erfahren, warum ihre Beziehung damals gescheitert war.

»Du hast mich damals doch auch betrogen«, murmelte Lena und starrte dabei in ihr Weinglas.

»Was?« Jacob verstand nicht. Wovon redete sie da? »Wie kommst du darauf?«

»Ach, komm schon, Jacob, jetzt tu doch nicht so. Ich hab dich doch gesehen.« Als Lena ihn jetzt anblickte, wurde ihm bewusst, dass sie es ernst meinte. Die Stimmung war gekippt.

»Äh, okay. Wenn du mir jetzt noch sagst, wobei, würde ich mich auch schuldig bekennen …«

»Svea und du?«, fragte Lena herausfordernd.

Jacob sah sie nachdenklich an. »Das kannst du mir doch jetzt nicht vorhalten«, sagte er erstaunt. »Da waren wir doch gar nicht mehr zusammen.«

»Doch, Jacob. Da waren wir noch zusammen. Oder hattest du damals beim Biikebrennen eine andere Definition unserer Beziehung?«

Verständnislos sah Jacob sie an. »Lena, du warst auf einmal weg. Ich habe dich den halben Abend gesucht und nicht mehr gefunden. Du bist auch nicht mehr an dein Handy gegangen, als ich versucht habe, dich anzurufen.«

»Und das wundert dich?« Lena sah ihn vorwurfsvoll an.

»Allerdings, weil ich wirklich nicht weiß, was ich falsch gemacht habe.« Hilflos zuckte Jacob mit den Schultern. »Vielleicht erzählst du mir einfach, was passiert ist, dann kann ich auch was dazu sagen. Okay?«

Lena schwenkte nachdenklich den Wein in ihrem Glas und sah der Flüssigkeit dabei zu, wie sie am Rand wieder nach unten rann.

»Ich bin zum Ufer gelaufen, wie verabredet«, begann sie mit brüchiger Stimme. »Weißt du noch? Wir waren dort verabredet.«

Jacob nickte beklommen. Er erinnerte sich noch sehr gut daran, wie er damals am alten Anleger auf sie gewartet hatte, aber Lena nicht gekommen war. Es war kalt und ungemütlich gewesen an jenem Abend im Februar, und die Unsicherheit, wo Lena wohl blieb, hatte ihr Übriges dazu beigetragen.

»Ich war ein bisschen früher dort, weil ich so nervös war.« Ein melancholisches Lächeln umspielte Lenas Mund.

»Ich war auch früher da«, sagte Jacob, und auch er erinnerte sich, wie wild und aufgeregt sein Herz geschlagen hatte.

»Ich weiß, aber du warst nicht allein. Svea war bei dir.« Als sich ihre Blicke jetzt trafen, erschauerte Jacob.

»Du hast uns gesehen?« Jetzt begriff er, was sie die letzten Jahre von ihm gedacht haben musste. »O nein, Lena … Es ist nicht so, wie du denkst.«

»Ach nein?«, fragte Lena, und Jacob bemerkte, dass sie mehrmals blinzeln musste. Anscheinend waren ihre Augen dabei, sich mit Tränen zu füllen, die sie tapfer verdrängen wollte. »Und wie ist es dann?«

»Du hast recht, Lena, Svea war an diesem Abend tatsächlich bei mir, aber das war Zufall. Sie hatte allein sein und nachdenken wollen, deswegen ist sie zum alten Anleger gegangen.«

»Und warum?«, fragte Lena mit leiser Stimme.

»Sie hat an diesem Abend erfahren, dass ihr Papa nicht ihr Papa ist und sich ihre Eltern trennen würden. Sie wollte allein sein, weil sie fest damit rechnete, dass schon die halbe Hallig davon erfahren hatte, und sie hat sich schrecklich geschämt. Dann noch zum Biikebrennen zu gehen und die mitleidigen Gesichter der Hooger zu sehen und die vielen Kommentare zu hören, hätte sie nicht verkraftet, also ist sie zum Anleger gegangen, um nachzudenken und sich auszuweinen.«

»Und dort ist sie dann dir begegnet.« Lenas Satz war mehr eine Aussage als eine Frage, trotzdem nickte Jacob.

»Ich habe sie getröstet. Was hätte ich tun sollen, als sie so verzweifelt vor mir stand, weinend und völlig fertig?« Er sah

Lena Hilfe suchend an. »Wahrscheinlich bist du genau in diesem Moment zum alten Anleger gekommen.«

»Ja«, murmelte Lena. »Und als ich gesehen habe, dass du nicht allein bist … dass Svea bei dir stand …« Ihre Stimme versagte. »Weißt du, dass sie dich immer schon toll gefunden hat?«

Jacob nickte mit grimmigem Blick. Er trank einen Schluck Wein, um den schalen Geschmack in seinem Mund herunterzuspülen.

»Dass wir dann kurz darauf tatsächlich zusammengekommen sind, muss für dich wie eine Bestätigung ausgesehen haben.«

Lena presste die Lippen zusammen und legte einen Arm um sich. Wie gern hätte Jacob sie jetzt an sich gezogen, sie schützend in den Arm genommen und sie einfach nur festgehalten, aber er konnte nicht, er durfte nicht. Noch immer war zu vieles ungeklärt. Und danach musste Lena entscheiden, ob sie der Vergangenheit entfliehen und ihnen noch einmal eine Chance geben konnte.

»Ich habe Svea dann nach Hause gebracht und bin einige Zeit bei ihr geblieben, bis sie sich beruhigt hatte. Auf das Biikebrennen hatte sie natürlich keine Lust mehr. Danach bin ich sofort zurück zum alten Anleger gerannt, aber du warst nicht dort. Ich hatte fest damit gerechnet, dass du es dir anders überlegt hast, aber ich wollte es nicht wahrhaben. Also habe ich dich angerufen, mehrfach, aber du hast nicht abgenommen.«

Lena schüttelte den Kopf, und als sie Jacob jetzt ansah, bemerkte er, dass Tränen in ihren Augen glitzerten. »Dich in den Armen einer anderen zu sehen, hat einfach zu wehgetan. Ich konnte damals nicht mit dir sprechen. Du warst meine erste große Liebe, Jacob, und du hast mir das Herz gebrochen.«

»Und ich dachte, du bist damals nicht gekommen, weil du dir so den Abschied leichter machen wolltest.« Er schüttelte kaum merklich den Kopf. Wenn er das gewusst hätte, wie anders wäre dann wohl alles verlaufen … »Ich hatte alles bis ins kleinste Detail geplant, hatte mir genau ausgemalt, wie unser letzter gemeinsamer Abend aussehen soll …«

»Ich auch«, gestand Lena, und jetzt legte sich wieder eine sanfte Röte auf ihre Wangen. »Ich wollte an diesem Abend das erste Mal mit dir schlafen.« Ihre Stimme war kaum lauter als ein Flüstern. »Es sollte etwas ganz Besonderes werden. Überall in meinem Zimmer hatte ich Rosenblütenblätter ausgestreut und Teelichter aufgestellt, damit es ganz romantisch wird. Ich bin sogar mit der Fähre aufs Festland gefahren, um Kondome zu kaufen, damit Klaas nicht weiß, was wir vorhaben, und es am nächsten Tag ganz Hooge erfährt.«

»Den Weg hättest du dir sparen können«, sagte Jacob trocken, und als Lena ihn verständnislos anschaute, fügte er hinzu: »Die habe ich bei ihm gekauft.«

Lena klappte die Kinnlade nach unten. Sie schien etwas sagen zu wollen, doch dann griff sie nur nach ihrem Weinglas und leerte es in einem Zug.

»Schade, dass ich dein Zimmer nicht gesehen habe«, sagte Jacob nach einem Moment der Stille. »Das hätte mir bestimmt gefallen.«

Lena blickte auf, und dann legte sich ein Lächeln auf ihre Lippen, ein echtes Lächeln, das blieb. »Willst du noch Wein?«, fragte sie, und als Jacob ihr sein Glas hinhielt, schenkte sie ihm und sich nach. »Meinst du, das hätte was geändert?«, fragte Lena schließlich. »Mit uns, meine ich.«

»Das habe ich mich gerade auch gefragt«, gab Jacob zu. »Ich

weiß nicht, ob wir heute noch zusammen wären. Ich denke schon. Ich war nämlich fest entschlossen, mit dir eine Fernbeziehung zu führen – so lange, bis du wieder zurückkommst.«

»Ich auch«, sagte Lena, doch dann wurde sie wieder ernst. »Zwischen Alva und mir hätte es ganz sicher etwas geändert«, sagte sie dann nachdenklich. »Wenn Svea und du nicht zusammengekommen wärt, hätte ich die Hallig nicht so häufig gemieden.« Sie sah Jacob kurz an. »Was nicht heißen soll, dass ich dir dafür die Schuld gebe. Ich hatte auch wirklich viel zu tun in Bremen. Aber ich habe selbst entschieden, nicht mehr nach Hooge zu fahren, weil ich nicht sehen wollte, wie glücklich du bist, während mein Herz immer noch in tausend Teile zerbrochen war.«

»Nun ja, wenn es das perfekte Glück gewesen wäre, dann hätten Svea und ich vielleicht auch eine Fernbeziehung überstanden.« Jacob zuckte mit den Schultern. »Jetzt ist es so, wie es ist.«

Lena seufzte tief. »Jedenfalls bin ich froh, dass wir uns aussprechen konnten. Das alles stand viel zu lange zwischen uns.«

»Das finde ich auch«, stimmte Jacob zu.

»Vielleicht hat Alva deshalb jedem von uns eine halbe Kate vermacht, damit wir uns endlich zusammensetzen und miteinander reden.«

»Das könnte gut sein.«

»Seit ich weiß, wie sehr du dich um sie gekümmert hast, denke ich auch, dass es richtig ist, dass Alva dir die Hälfte vermacht hat. Und ich finde es gut, dass du dich um den Blumengarten kümmerst. Er wäre bei keinem anderen in besseren Händen.«

»Und dir hat sie die Bienen vererbt«, sagte Jacob. »Als ob sie damit andeuten wollte, dass beides zusammengehört und das eine nicht ohne das andere kann.«

Lena lächelte gerührt. »Stimmt«, sagte sie. »Irgendwie finde ich das sehr schön … Und sehr tröstlich.«

»Na komm«, sagte Jacob und legte einen Arm um sie. »Sollen wir mal nach dem Fleisch sehen? Mir knurrt der Magen.«

31.

Lena erwachte vom Brummen des Smartphones auf dem Nachttisch. Verschlafen tastete sie über die Glasplatte und nahm das Gespräch entgegen. Es war Jacob.

»Lena, wo bist du?«

»Im Bett«, murmelte Lena verschlafen. »Weißt du, wie spät es gestern war, als du gegangen bist?«

»Natürlich weiß ich das, aber dafür haben wir jetzt keine Zeit. Ein Sturm zieht auf.«

Lena setzte sich in ihrem Alkoven auf. »Was?«

»Der Wetterbericht hat ein heftiges Sommergewitter vorausgesagt mit Starkregen und Landunter. Wir müssen sofort alles in Sicherheit bringen.«

Lena durchrieselte es eiskalt. Als Kind hatte sie schon das ein oder andere Landunter miterlebt, aber damals hatten ihre Eltern dafür gesorgt, dass alles in Sicherheit war. Jetzt musste sie das tun. Sie wusste gar nicht, wo sie anfangen sollte.

»Die Bienen!«, murmelte sie.

»Ich schließe gerade meinen Laden, und dann fahre ich zu dir, um dir zu helfen«, hörte sie Jacob sagen. »In ungefähr zwanzig Minuten bin ich da.«

Lena schlüpfte in T-Shirt und Jeans, band sich das Haar zu einem Pferdeschwanz zusammen und begann damit, Alvas

Garten sturmsicher zu machen. Hoffentlich war es nur eine vorsorgliche Wetterwarnung gewesen. Manchmal fielen die Unwetter gar nicht so heftig aus, wie zunächst befürchtet. Lena überlegte, ob sie etwas aus dem Erdgeschoss in den ersten Stock retten musste, in dem sich der Schutzraum befand, der auch noch stand, wenn das restliche Haus davongespült wurde, doch bis auf Alvas kostbare Truhe, die Fotoalben und das Vogelkundebuch fiel ihr nichts ein. Ihre Hände waren schwitzig, als sie alles nach oben trug. Hoffentlich blieb Hooge verschont.

Jacob klingelte, und Lena öffnete ihm mit zitternden Händen die Tür.

»Gut, dass du da bist«, sagte sie und strich sich nervös eine Haarsträhne hinters Ohr, die sich aus ihrem Pferdeschwanz gelöst hatte. »Einen Teil von Alvas Sachen habe ich schon nach oben gebracht.«

In Bremen hatte Lena natürlich auch schon das ein oder andere Unwetter erlebt, aber sie wusste, dass das hier auf Hooge ganz anders laufen konnte.

Jacob nickte. »Sehr gut.«

Lena wollte sich gerade von ihm abwenden, da spürte sie plötzlich seine Hände auf ihren Schultern, und sein fester Blick nahm ihren gefangen.

»Lena, atme durch. Wir bekommen das schon hin, bevor das Unwetter kommt.«

Lena nickte mit zusammengepressten Lippen. Jacob, mit seiner Ruhe und seiner Zuversicht um sich zu haben, tat ihr gut.

»Okay«, brachte sie tonlos hervor. »Womit fangen wir an?«

»Als Allererstes müssen wir die Bienen auf den Salzwiesen in Sicherheit bringen. Sie könnten am ehesten überflutet werden.

Ich habe schon mit Hauke und Finn gesprochen, sie helfen uns danach mit den restlichen Bienenstöcken.«

Der Meeresspiegel war bereits deutlich gestiegen, als sie zur Volkertswarft kamen, und hatte den unteren Rand der Salzwiese überflutet. Es war stürmisch, die Blätter zitterten, und die Bäume bogen sich im Wind. Der Himmel war von einem eigenartigen Lila gefärbt, als ob er drohendes Unheil ankündigen wollte. Vor lilafarbenen Wolken hatte Alva sie immer gewarnt. Lenas Unbehagen wuchs.

Ein Großteil der Bienen saß noch vor dem Flugloch des Bienenstocks und döste. Nur ein paar brummten aufgebracht um den Stock herum.

»Sie merken das Unwetter«, sagte Jacob. »Wir haben Glück, dass wir so früh dran sind, da sind sie noch nicht losgezogen.« Er nahm einen Wassersprüher und benetzte das Volk vorsichtig damit.

»So denken sie, dass das schon der Regen ist, habe ich recht?«, fragte Lena, und Jacob nickte.

Sie beobachtete die ersten Bienen, die sich vor der kalten Dusche im Inneren ihres Bienenstocks in Sicherheit brachten.

»Normalerweise würde ich warten, bis sie von selbst hineinkrabbeln, aber jetzt müssen wir uns beeilen, wenn wir den Salzwiesenhonig ernten und das Volk nicht verlieren wollen.«

Lena sah ihm mit angehaltenem Atem dabei zu, wie er sich einen Handschuh überzog und die Bienen vorsichtig in den Stock zurückschob, um möglichst viele Bienen mitzunehmen. Selbst mit Handschuhen hätte sie sich das nicht getraut.

»Kannst du die Holzleisten aus dem Auto holen? Wir müssen die Fluglöcher damit verschließen.«

Lena lief mit raschen Schritten zu Jacobs Wagen zurück. Sie holte die Leisten, den Akkuschrauber und eine Pappschachtel mit Schrauben und half Jacob dann dabei, die Holzleisten zu befestigen.

»Das klingt dadrinnen, als ob jemand in ein Wespennest gestochen hätte.«

»Ja, man hört, wie nervös und aufgebracht sie wegen des Sturms sind«, sagte Jacob. »Bienen haben ein feines Gespür für so etwas. Alva sagte immer, wenn man gelernt hat, sie zu beobachten, braucht man keinen Wetterbericht mehr.«

Lena half Jacob dabei, einen Spanngurt um den Bienenstock zu legen, damit die einzelnen Bienenkästen beim anschließenden Transport nicht verrutschten und übereinanderfielen.

»Sehr gut«, sagte Jacob. »Ich gebe Hauke Bescheid, dass ich hier auf ihn warte. Zusammen können wir dann die Bienenstöcke verladen. Danach fahre ich sie zu dir in den Garten. Dort sollten sie sicher stehen.«

»Denkst du nicht, dass die Warften überflutet werden?«

Jacob schüttelte den Kopf. »Ich glaube, so schlimm wird es dieses Mal nicht, aber man weiß ja nie.«

Wie zur Bestätigung blies jetzt ein eisiger Wind. Lena fröstelte.

»Geh zurück auf die Ipkenswarft. Hier kannst du momentan nichts mehr tun.«

Lena nickte.

»Hast du einen Stock für den Rückweg?«

»Nein.«

»Dann nimm meinen Besenstiel aus dem Auto. Ich will nicht, dass du vom Weg abkommst.«

»Aber du kommst so schnell wie möglich nach, ja?« Wieder

zerrte der Wind an Lenas Haar, und ihr Inneres zog sich zusammen, wenn sie darüber nachdachte, dass Jacob noch länger hier draußen sein würde.

»Keine Sorge«, sagte er und zwinkerte ihr zu. »Das büsschn Wind haut mich nicht um. Schietwetter fängt doch erst bei Windstärke zwölf an.«

»Versprich es mir!«, rief Lena über das Tosen des Windes hinweg. Ihr war nicht mehr zum Scherzen zumute, denn das Unwetter kam rasch, viel schneller, als sie gedacht hatte.

»Versprochen«, sagte Jacob, und ohne darüber nachzudenken, beugte sich Lena jetzt zu ihm vor und küsste ihn.

Auf dem Rückweg sah Lena ein Boot, das auf den Wellen schaukelte und beinahe wie eine Nussschale hin und her geworfen wurde. Es sah verloren aus, so einsam auf weiter See. Hoffentlich war es gut vertäut, denn später, wenn das Wasser da war, waren Boote die einzige Möglichkeit, um von seinem eigenen Erdhügel herunterzukommen und jemanden zu besuchen, wenn einem der Sinn danach stand, ehe das Wasser wieder abgelaufen war. Lena beobachtete die Vögel, die sich auf den Warften in Sicherheit brachten. Später, wenn das Meer kam, würden sie zu ihren rettenden kleinen Inseln werden, auf denen sich Vieh und Fahrzeuge aneinanderdrängten und ausharrten, bis alles vorbei war.

Als Lena die Senke erreichte, die zwischen den zwei Warften lag, musste sie über eine Welle springen, um keine nassen Füße zu bekommen. Bei der nächsten Welle suchte sie Schutz auf einer Bank, die am Wegesrand stand. Dort zog sie ihre Schuhe aus, denn sie musste einen der Priele überqueren, der jetzt schon ordentlich mit Wasser gefüllt war. Sie war froh, dass sie

Jacobs Besenstiel hatte, mit dem sie im Wasser danach tasten konnte, wo die Straße aufhörte und der Graben anfing. So konnte sie sich am Wegesrand entlangtasten, würde nicht von der Straße abkommen und sich womöglich noch in der Flut verirren. Hoffentlich schaffte Jacob es rechtzeitig zurück auf die Warft, schoss es Lena durch den Kopf, und ohne etwas dagegen tun zu können, ergriff sie eine Angst um Jacob, wie sie sie noch nie gespürt hatte.

Als sie in der alten Halligkate angekommen war, stellte Lena als Erstes einen von Alvas Kupfertöpfen auf den Herd und füllte ihn mit Milch. Bestimmt würde Jacob sich aufwärmen wollen, wenn er hier eintraf. Es war fast ein bisschen wie früher in ihren Kindertagen. Lena war ihm so dankbar, dass er sich um den Bienenstock auf den Salzwiesen gekümmert hatte. Hoffentlich würde den Tieren der Transport nicht allzu sehr zusetzen. Sie wünschte sich so sehr, in den nächsten Tagen den Salzwiesenhonig ernten zu können. Wenn sie sich nur ausmalte, in welcher Gefahr ihr erster eigener Bienenstock sein könnte, dann wurde ihr ganz anders. Sie wusste nicht, ob sie jemals bereit sein würde, ihre Bienen einem solchen Risiko auszusetzen, nur um diesen seltenen Honig zu erhalten. Jetzt verstand sie, wieso Alva so häufig vom »Schatz der Bienen« oder dem »flüssigen Gold« gesprochen hatte, wenn sie von ihrem Honig erzählt hatte.

Lena ging zum Küchenfenster und sah hinaus auf ihren Bienenstock, den sie gemeinsam mit Jacob gebaut hatte und in dem ihr erster eigener Schwarm vor dem Unwetter Schutz gesucht hatte. Die ersten Regentropfen prasselten gegen die Scheibe, und mit jedem Tropfen beschleunigte sich auch ihr Herzschlag. Wo blieb Jacob bloß? Ob er womöglich keinen

Weg mehr auf die Ipkenswarft fand? Es war schon vorgekommen, dass so mancher Hooger mit den Reifen halb im Wasser noch auf seine Warft gefahren war.

Endlich hörte sie das wohlvertraute Rattern von Jacobs Pick-up. Lena stürzte zur Tür und lief durch den Vorgarten auf Jacob zu, der gerade aus dem Fahrerhäuschen sprang.

»Wo ist Hauke?«, rief sie verwundert, da Jacob allein war.

»Er ist nicht mitgekommen. Er wollte noch bei der alten Fenja vorbei. Sie braucht ebenfalls Hilfe.«

»Und die Bienen?«

»Die stehen auf meiner Ladefläche relativ sicher«, beruhigte Jacob sie.

Der erste Blitz zuckte durch den Himmel, und gleich darauf setzte der Regen in einer ungeahnten Stärke ein. Lena duckte sich und lief, gefolgt von Jacob, schnell ins Haus zurück, doch noch ehe sie über die Schwelle traten, waren sie beide nass bis auf die Haut.

»Was für ein Sauwetter!«, rief Lena. Das kalte Wasser lief ihr bereits in kleinen Rinnsalen vom Nacken über den Rücken.

»Aber Lena, Regen ist erst, wenn die Heringe auf Augenhöhe vorbeischwimmen, und Sturm, wenn die Schafe keine Locken mehr haben«, ermahnte Jacob sie schmunzelnd.

Lena sah ihn böse an, aber dann musste sie doch lachen. »Du bist so ein Spinner«, sagte sie.

Aus dem Badezimmer holte sie zwei Handtücher, wovon sie eines Jacob reichte. Mit dem anderen drückte sie sich ihre Haarsträhnen aus, in deren Spitzen noch immer Tropfen vom Regen hingen. In dem Moment fiel ihr die Milch auf dem Herd ein.

Sie ließ das Handtuch fallen und rannte in die Küche. Zum Glück war noch nichts übergekocht, und sie nahm den Kupfertopf von der Platte und goss die dampfende Milch in zwei Henkelbecher, die Jacob vom Querbalken, der durch die Küche verlief, abgenommen hatte. Dann rührte sie in beide zwei große Esslöffel Honig.

»Hier«, sagte sie, als sie einen der beiden Becher an Jacob überreichte. »Heiße Milch mit Honig, wie früher bei Alva. Das wärmt von innen.«

»Danke.« Jacob griff nach dem Becher, doch anstatt ihn zu nehmen, legte er seine Hände auf Lenas und hielt sie einen Moment lang mit seinem Blick gefangen.

Lenas Atem stockte. So hatte sie schon lange kein Mann mehr angesehen, und plötzlich summte und brummte es in ihrer Magengegend wie in dem Bienenstock, den Jacob vor der Flut gerettet hatte.

»Ich zünde wohl besser mal den Bilegger an«, sagte sie und ging zum Ofen, um ein Feuer zu machen.

Jacob stand beim Küchentisch und sah ihr dabei zu. Er zog sich eine Zeitschrift heran und überflog die Seite. »Stadt mit größtem Kirchturm«, las er halblaut vor. »Mit drei Buchstaben.« Er dachte kurz nach. »Ulm«, sagte er dann und trug es ein.

Lena blickte auf. »Das gibt es doch nicht«, sagte sie. »Weißt du, wie lange ich mir darüber den Kopf zerbrochen habe?«

»Du hättest mich auch einfach fragen können«, entgegnete Jacob gleichmütig. »Die Geografiefragen haben doch fast immer Alva und ich gelöst.«

Als das Feuer im Ofen prasselte, gingen Jacob und Lena hinüber in die Döns. Jacob stellte seinen Becher auf den Sofatisch, und dann streifte er auf einmal sein T-Shirt ab. Zum Vorschein kam sein muskulöser Oberkörper.

»Was machst du denn da?«, rief Lena beinahe entsetzt.

»Das Ding ist klatschnass, Lena. Das kann ich nicht anlassen.« Und noch ehe sie etwas erwidern konnte, war er auch aus seiner Hose geschlüpft.

Ihr Puls beschleunigte sich.

»Und du solltest auch besser aus deinen nassen Sachen, sonst erkältest du dich noch. Honig soll zwar eine heilende Wirkung haben, aber ich denke, wir sollten es nicht darauf ankommen lassen.«

Obwohl sie wusste, dass er recht hatte, zögerte sie. Doch dann trat Jacob auf sie zu, legte seine Hände an ihre Hüften und sah sie liebevoll an.

»Darf ich?«, flüsterte er und schob ihren Pullover ein wenig nach oben.

Lena konnte nur noch nicken. Ihr Herz schlug auf einmal Purzelbäume. Sie hatte Mühe, sich zu konzentrieren, während draußen der Wind um die alte Halligkate pfiff und der Regen herunterprasselte. Als Jacob den Stoff so weit nach oben geschoben hatte, dass ihr BH zum Vorschein kam, hob sie die Arme über den Kopf und half ihm dabei, ihr T-Shirt abzustreifen. Sie war froh, dass sie sich heute für ihren Spitzen-BH entschieden hatte und nicht für den bequemen Sport-BH, doch Jacob wäre das vermutlich egal gewesen. Seine Hände wanderten nun über ihre Arme entlang nach unten, dann fasste er sie bei den Händen und zog sie sanft ein Stück dichter zu sich heran. Die goldenen Sprenkel in seinen tiefbraunen Augen tanzten und sprühten, und Lena öffnete ihre Lippen, was Jacob anscheinend als Einladung verstand. Er ließ seine Hände auf ihren Rücken wandern, fuhr mit seinen warmen Fingern über ihre Haut und zog Lena noch ein Stückchen dichter zu sich heran, und Lena kam ihm nur zu gerne entgegen. Sie schlang einen Arm um seinen Nacken, wanderte mit der anderen Hand seine Brust hinauf, und kaum eine Sekunde später hatten sich ihre Lippen gefunden, in einem Kuss, der brannte und knisterte wie das Feuer im Ofen.

Lenas Herz setzte einen Schlag aus, beschleunigte sich dann und klopfte wild und heftig in ihrer Brust, während sie sich auf das Sofa setzte und Jacob dabei mit sich zog. Seine Fingerspitzen fanden den Bund ihrer Hose, er öffnete den Kopf ihrer Jeans, doch dann unterbrach er ihren Kuss und sah Lena fragend an. Aber Lena wollte jetzt nicht nachdenken, also nickte sie nur. Sie schloss die Augen und legte den Kopf mit einem wohligen Seufzen in den Nacken, als Jacobs Lippen eine heiße Spur von ihrem Ohrläppchen über ihren Hals bis hinunter zu der Kuhle ihres Schlüsselbeins zogen. Dann verloren sich ihre Gedanken endgültig, und ihr ganzer Körper war für eine sehr lange Zeit nur noch Gefühl …

»Ich liebe dich«, flüsterte Jacob an ihrem Ohr, und Lena zog ihn noch ein Stückchen dichter zu sich, während sie sich gemeinsam vor dem Bilegger unter einer Decke aneinanderkuschelten. So also hatte es sich angefühlt, ihr erstes Mal, so intensiv, leidenschaftlich und vollkommen. Und Lena war sich plötzlich sicher, dass sie es nie so echt, so überwältigend empfunden hätte, wenn sie damals mit sechzehn schon miteinander geschlafen hätten.

»Warum kicherst du?«, fragte Jacob, der seine Wange an ihr Haar geschmiegt hatte.

»Weil ich froh bin, dass wir damals nicht miteinander geschlafen haben.« Sie sah ihn mit funkelnden Augen an. »Verstehst du?«

»Nein«, sagte Jacob und rückte ein Stückchen von ihr ab, um sie komplett ansehen zu können. »Jetzt, wo ich weiß, was ich verpasst habe, bereue ich es nur noch mehr, dass wir es nicht getan haben.«

»Das meine ich nicht«, murmelte Lena und schmiegte sich direkt wieder an ihn.

»Dann war es also so schlecht?«, fragte er überrascht.

Lena schüttelte lachend den Kopf. »Nein, im Gegenteil. Das ist es ja. Ich glaube, wenn ich damals als Teenager mit dir geschlafen hätte, völlig verunsichert, wie es geht und ob ich alles richtig mache, da wäre es lange nicht so schön geworden.«

Jacob dachte kurz nach und nickte dann. »Stimmt«, murmelte er, und seine Stimme war noch immer rau.

Dann küsste er Lenas Stirn, ihre Schläfe, ihre Schulter, und Lena schloss ihre Augen wieder, vergrub ihre Hände in seinen vollen dunklen Haaren und streichelte über seinen Hinterkopf, während er mit seinen Küssen langsam hinab bis zu ihren Brüsten und dann weiter bis zu ihrem Bauchnabel wanderte. Lena bog sich ihm entgegen, und wieder hatte sie das Gefühl, dass sie nur noch aus Lust und Verlangen bestand, das Jacob in ihr entfacht hatte, und das nur er stillen konnte. Jetzt wusste sie, was sie in all den Jahren in ihrer Beziehung mit Mats vermisst hatte und wonach sie sich gesehnt hatte. Lena richtete sich auf, zog Jacob zu sich heran, setzte sich auf ihn und küsste ihn voller Leidenschaft. So schmeckte also das Glück – honigsüß …

32.

Arm in Arm lagen sie beieinander, lauschten dem Regen, der gegen die Fensterscheiben prasselte und langsam nachließ. Das Gewitter war weitergezogen, und der Wind blies jetzt sanfter. Jacob strich Lena liebevoll über den Hinterkopf, steckte ihr eine Haarsträhne hinters Ohr und küsste sie auf die Stirn.

»Jetzt hat sich doch alles zusammengefügt, was zusammengehört«, sagte sie mit einem sanften Lächeln auf den Lippen.

»Was meinst du?«, fragte Jacob.

»Die Bienen und der Blumengarten, die beiden Hälften der Halligkate, Alvas Garten und das Haus, wir beide …« Sie machte eine kleine Pause. »Fast so, als ob meine Oma das alles so eingefädelt hätte.«

»Wer weiß«, murmelte er und vergrub seine Nasenspitze wieder in Lenas Haaren, atmete ihren unverwechselbaren Duft ein, nach Honig und ihrem blumigen Parfüm. »Vielleicht kann man manche Dinge einfach nicht voneinander trennen.«

Lena nickte nachdenklich und schmiegte sich wieder an ihn. »Ich könnte mir so gut vorstellen, das alles hier als Feriendomizil in Alvas Sinne weiterzuführen. Wir könnten unseren Gästen Imkerkurse anbieten und ihnen zeigen, wie man Bienenstöcke baut.«

»O ja, und du machst eine Schulung zur Wattführerin, das hast du dir doch schon immer gewünscht.«

»Einen Lehrer habe ich ja schon«, sagte Lena und zwinkerte ihm zu. »Oder sind deine Plätze alle schon belegt?«

»Tja, eigentlich muss man die Kurse bei mir Jahre im Voraus buchen, aber für dich mache ich doch gerne eine Ausnahme.«

Lena kicherte, doch dann wurde sie wieder ernst. »Vielleicht könnte ich mir in Alvas Schuppen eine kleine Werkstatt einrichten und dort aus Strandgut Mitbringsel für die Gäste herstellen. Was denkst du?«

»Ich finde, das klingt wundervoll«, murmelte Jacob und küsste sie auf die Schläfe.

Lena streichelte mit ihrer Hand über seine Brust, und ihre Finger fanden die Herzmuschel an dem Lederband, die Jacob noch immer trug. Sie hob sie an und betrachtete sich die beigegraue Struktur. »Die ist schön«, flüsterte sie.

»Eine Erinnerung an Alva«, sagte Jacob, und als Lena ihn mit großen Augen ansah, setzte er hinzu: »Die hat sie mir bei unserem letzten Spaziergang durchs Watt geschenkt. Ich habe sie in der Gärtnerei in einer Schublade wiedergefunden, kurz vor ihrer Beerdigung.«

»Wie schön, ein bisschen wie ein letzter stiller Gruß von ihr«, murmelte Lena.

Jacob richtete sich ein wenig auf, zog sich die Kette über den Kopf und hängte sie Lena um den Hals.

»Für mich?«, fragte sie verdutzt, als Jacob mit seinen Fingerspitzen sanft über ihr Dekolleté strich und die Muschel ausrichtete.

»Jetzt hast du auch eine letzte schöne Erinnerung an sie«, flüsterte er und küsste sie sanft.

Er konnte sehen, wie bewegt Lena von seiner Geste war. Und da dachte er an Alvas Worte damals, daran, dass man um sein Glück kämpfen musste und man im Leben nichts geschenkt bekam, und daran, dass die Menschen für einen zum sicheren Hafen im Sturm werden konnten. Er hatte gekämpft, und jetzt lag Lena in seinen Armen, sein sicherer Hafen, sein Zuhause. Das, was er nicht mehr zu hoffen gewagt hatte, war eingetreten. Lena, seine große Liebe, war zurückgekommen, und dieser innige Moment der Zuneigung gehörte nur ihnen allein.

»Was für ein Sturm«, murmelte sie, und Jacob überlegte für einen Moment, ob sie von dem Unwetter draußen sprach oder von ihrer Leidenschaft. »Ich habe ganz vergessen, wie heftig hier die Naturgewalten sein können.«

»Alva hat erzählt, dass es in ihren jungen Jahren einmal so schlimm gewesen sein musste, dass sie sich auf ihrem Hausdach am Schornstein festgebunden hat, um von der peitschenden See oder dem Sturm nicht weggerissen zu werden.«

Jacob hörte, wie Lena amüsiert die Luft ausstieß. »Alva und ihre Geschichten. Das kann man sich gar nicht richtig vorstellen, oder? Mir hat sie einmal erzählt, dass sie einen Flamingo auf der Hallig gesehen hat. Wahrscheinlich ein Ausreißer.«

»Und was ist mit dir?«, wagte Jacob schließlich einen Vorstoß.

»Was soll mit mir sein?«

»Bist du auch ein Ausreißer?«

Lena schüttelte irritiert den Kopf. »Was meinst du?«

»Bleib«, raunte er mit rauer Stimme dicht an ihrem Ohr, und mit seiner Nasenspitze strich er zärtlich über ihre Wange, küsste und liebkoste sie. »Bitte, bleib …«

Jetzt richtete Lena sich endgültig auf. »Ich weiß nicht, ob ich das kann.«

»Wieso nicht? Ich sehe doch, wie sehr du es dir wünschst.«

Sie wurde nachdenklich. »Das stimmt, aber ich weiß nicht, ob ich mit der Angst leben könnte, jederzeit alles zu verlieren.«

»Das hast du doch woanders auch. Es könnte ein Feuer ausbrechen, oder jemand könnte vom Lastwagen überfahren werden. Eine Garantie fürs Leben hat man nie.«

»Das stimmt, aber hier ist das doch noch einmal etwas völlig anderes. Wenn die Halligen zehnmal im Jahr überflutet werden, bekommt man das schon noch einmal ganz anders vor Augen geführt.«

»Es wird dir bewusst, dass alles irgendwann endet«, stimmte Jacob ihr zu. »Aber dafür begreift man auch, wie kostbar das Leben ist. So, wie Gunnar gesagt hat.«

Lena lächelte, beugte sich zu ihm vor und küsste ihn zärtlich. »Ich glaube, genau das habe ich all die Jahre vermisst.« Sie stand auf, zog ihm die Decke weg und wickelte sie sich um den Körper.

»Hey!«, protestierte Jacob. »Was machst du denn da?«

»Ich stehe auf. Wir können hier schließlich nicht ewig herumliegen.«

»Und was ist mit mir?«

»Du kannst dich ja schon mal unter die Dusche stellen, während ich mir was zum Anziehen raussuche. Deine Kleider müssten mittlerweile ja wieder trocken sein.«

Jacob setzte sich auf und sah Lena sehnsüchtig an. »Kommst du dann nach?«, fragte er sie neckend.

Zur Antwort warf Lena ihm sein T-Shirt ins Gesicht. »Spinner!«

Jacob fing es geschickt mit der Hand auf und zog es sich über. »Schade, aber man wird ja noch träumen dürfen.«

Wenig später saßen sie zusammen an dem großen Nussbaumtisch, der herrlich mit Walnussbrot, Honig und Roastbeefscheiben von vorgestern gedeckt war. Lena hatte Tomaten und Paprika aufgeschnitten und einen Kaffee aufgebrüht, und der aromatische Duft schwebte durch die Küche.

So könnte es immer sein, dachte Jacob, während er Lena gegenübersaß und sie gemeinsam frühstückten.

Nach dem Essen gingen sie in den Garten und kümmerten sich um den Bienenstock aus den Salzwiesen. Jacob öffnete das Flugloch, und sofort schwirrten die Bienen heraus in die Freiheit.

»Na, die sind aber gut drauf«, sagte Lena und sah den aufgebrachten Insekten bei ihrem Flug zu.

»Keine Sorge, sie werden sich schon wieder beruhigen, wenn sie jetzt ein bisschen geflogen sind.«

Er ließ seinen Blick über die Warft schweifen, die jetzt nur noch ein kleiner Erdhügel, umgeben von Wasser, war, bis das Meer wieder abfloss und den Boden zurückgab. Er mochte es, so abgeschnitten von der Außenwelt zu sein, genauso wie er es liebte, abends mit Freunden und einer kühlen Flasche Bier in den Salzwiesen zu sitzen und aufs Meer zu blicken, während die Sonne glutrot am Horizont versank.

»Sieh nur, die Wabenrähmchen sind fast alle verdeckelt. Das deutet auf eine gute Honigernte hin«, sagte Jacob am nächsten Nachmittag zu Lena, als sie den kostbaren Honig endlich ernten wollten.

»Ich wüsste trotzdem nicht, ob ich das den Bienen zumuten will, sie solchen Gefahren auszusetzen«, meinte Lena.

»Warte, bis du den Honig probiert hast.«

Jacob griff zu einem Kaffeelöffel und kratzte etwas Wachs von den Waben. Er fing den herauslaufenden Honig ab und bot ihn Lena zum Probieren an.

Lena kostete und schloss verträumt die Augen. »Er schmeckt wie früher«, flüsterte sie. »Das ist die Sorte, an die ich mich aus meiner Kindheit am meisten erinnere. Wie sehr habe ich diesen Geschmack vermisst, dieses angenehm würzige und zugleich milde Aroma. Ich wusste gar nicht, dass das der Salzwiesenhonig war.«

Auch Jacob probierte jetzt einen Löffel davon, genoss das intensiv blumige, schwere Aroma und den leicht herben Geschmack, der den Honig nicht zu süß werden ließ. Er spiegelte ganz genau das raue Küstenklima der Hallig wider. Kein Wunder, dass dieser Honig als Delikatesse und als Geheimtipp galt.

»Wusstest du, dass sich Alva einen Spaß daraus gemacht hat, ihn ihren Gästen zum Probieren zu geben? Die Leute haben ihr dann erzählt, dass sie angeblich das Salz herausschmecken würden.«

Lena musste kichern. Sie nahm noch einmal einen Löffel und schmeckte dem besonderen Aroma nach. »Er hat eine ganz feine Karamellnote«, sagte sie.

Jacob nickte. »Genau deshalb liebe ich ihn so sehr. So wie dich.«

Er beugte sich vor und küsste sie zärtlich, und Lena erwiderte seinen Kuss voller Liebe. Es war ein Kuss, der nach Sehnsucht und Ankommen schmeckte, nach Melancholie und

Hoffnung, so herb und süß zugleich wie der kostbare Salzwiesenhonig. Lena musste einfach bleiben.

»Jedenfalls ist es einer der besten Honige, die ich jemals probiert habe«, sagte sie, als sich ihre Lippen wieder voneinander gelöst hatten. »Ich finde, wir sollten Gunnar ein Glas davon schicken.«

»Unbedingt«, stimmte Jacob ihr zu. »Er hat ja so von diesem Honig geschwärmt.«

Lena nickte, und auf ihren Gesichtszügen breitete sich jetzt eine eigentümliche Melancholie aus. »Eigenartig, nicht? Noch so ein stiller Gruß von Alva …«

Jacob trat auf sie zu, legte seine Arme um sie und hielt Lena einfach nur fest. So standen sie mehrere Minuten dicht aneinandergeschmiegt, genossen die Nähe des anderen und waren einander selbst genug. Es fiel Jacob schwer, Lena schließlich wieder loszulassen.

»Komm, lass uns den Honig ernten«, sagte er, um auf andere Gedanken zu kommen. Es machte ihn verrückt, dass Lena noch immer nicht endgültig wusste, ob sie bleiben konnte. Es fühlte sich alles so richtig, so vollkommen an, das spürte sie doch auch. Und trotzdem konnte er ihr Zögern verstehen. Womöglich ginge es ihm genauso, wenn er an ihrer Stelle gewesen wäre.

Sie entfernten mit einer Entdeckelungsgabel das Wachs von den Waben und fingen den glänzenden Honig in einem Eimer auf. Jacob erinnerte er mit seiner dunkelgelb bis bräunlichen Färbung immer ein wenig an Bernstein. Dann füllte er den Honig in die Honigschleuder, während Lena das Wachs in einer Schale sammelte.

»Kann man das Wachs eigentlich weiterverwenden?«

»Natürlich«, sagte Jacob. »Alva hat daraus die Wachsplatten für die Wabenrähmchen gegossen.«

»Ich könnte mir zum Beispiel auch vorstellen, daraus Kerzen oder andere Produkte für die Halliggäste herzustellen. Das wäre doch etwas, oder? Riech mal, wie es duftet! Und aus Holz könnte ich Frühstücksbretter und Honiglöffel herstellen, die wir dann zusammen mit unserem Imkerhonig verkaufen.«

Jacob sah sie überrascht an. Lena schien schon eine ganz genaue Vorstellung zu haben. »Dann heißt das also, du bleibst?« Ein leiser Hoffnungsschimmer breitete sich wie das erste Glitzern am Morgen auf den Wellen aus.

Aber Lena seufzte tief. »Ich weiß nicht, Jacob. Bitte, dräng mich nicht so.« Sie warf ihm einen unsicheren Blick zu und stützte sich mit einer Hand auf der Arbeitsplatte ab. »Weißt du, das ist ein großer Schritt für mich, der alles verändert. Es würde mein komplettes Leben auf den Kopf stellen.«

»Tut mir leid, Lena. Ich verstehe dich sehr gut. Es ist nur so, dass ich mir sehr wünsche, dass du dich dafür entscheidest, hier auf Hooge zu bleiben. Ein Leben ohne dich kann ich mir kaum noch vorstellen. Seit du wieder da bist, muss ich ununterbrochen darüber nachdenken, wie es wäre, mit dir hier zusammenzuleben.«

Lena sah ihn gequält an, und da konnte Jacob nicht anders, als sie zu sich zu ziehen und zärtlich zu küssen. »Du bist meine große Liebe, Lena, und ich würde alles dafür tun, damit wir zusammen sein können. Ich will später nicht auf mein Leben zurückblicken und bereuen müssen, nicht um dich gekämpft zu haben.«

Lena lächelte ihn an und streichelte ihm mit ihren Fingerrücken liebevoll über die Wange.

»Trau dich, Lena«, flüsterte Jacob und küsste sie wieder. »Spring ins kalte Wasser. Ich werde da sein.«

»Ach Jacob«, murmelte sie. »Wenn es so einfach wäre.«

»Es ist so einfach, Lena.« Jacob legte zärtlich seine Hände an ihre Oberarme und schob sie ein Stückchen von sich, um ihr in ihre smaragdgrünen Augen zu sehen. »Ruf Mats an und löse die gemeinsame Schreinerei auf. Du kannst deinen Arbeitsplatz ausschreiben, sodass jemand anderes bei ihm einsteigen und deinen Teil des Kredits übernehmen könnte. Es gibt bestimmt jemanden, der eine Werkstatt für seine Ideen sucht, und du hättest den Raum dafür, wenn du ihn freigibst.«

Lena seufzte nachdenklich. »Und bis dahin?«, fragte sie.

»Bis dahin kannst du Mats anbieten, deinen Teil des Kredits weiterhin zu übernehmen. Du hast Einnahmen aus den zwei Ferienzimmern, die du dafür verwenden könntest. Ich verzichte auf meinen Teil, damit dir das Geld zur Verfügung steht«, bot er an.

»Du bist wirklich süß.« Lena lächelte ihn an. »Und was mache ich, wenn es doch nicht klappt? Dann habe ich gar nichts mehr. Dann kann ich nicht mehr nach Bremen zurück. Ich müsste komplett bei null anfangen. Noch einmal.«

»Ich weiß, es ist ein Wagnis, aber ich bin mir sicher, dass wir es schaffen können.«

»Wir haben doch gerade erst wieder zueinandergefunden«, gab Lena zu bedenken, »woher wissen wir da, dass es funktioniert?«

»Vielleicht, weil wir es schon immer gewusst haben.« Jacobs Blick war fest, als er Lena jetzt ansah. »Das zwischen uns ist keine Ferienromanze. Wir kennen uns nicht erst seit drei Wochen, sondern schon unser halbes Leben lang. Wir haben einander geliebt, lieben uns noch immer, obwohl wir elf lange Jahre voneinander getrennt waren. Und trotzdem sind unsere Gefühle füreinander nie ganz erloschen.«

»Das stimmt«, sagte Lena, und wieder lag diese Sehnsucht in ihrem Blick, als sie Jacob jetzt ansah.

»Du kennst alle meine Macken, meine Fehler … Du weißt, wer ich bin. Wir haben so viel zusammen erlebt, haben eine gemeinsame Vergangenheit, auf die wir zurückblicken können. Und jetzt haben wir durch Alva eine zweite Chance bekommen. Bitte, Lena, wirf das nicht einfach so weg. Komm, trau dich. Wir haben so lange aufeinander gewartet. Ich will nicht noch einen Tag länger ohne dich sein.«

Lena dachte über seine Worte nach, und Jacob befürchtete schon, dass sie sich gerade überlegte, wie sie ihm sagen sollte, dass sie das alles doch nicht konnte, doch dann nickte sie nach einer gefühlten Ewigkeit, legte ihre Hände an seine Wangen und sah ihm fest in die Augen.

»Also gut«, sagte sie und lächelte ihn aus tiefstem Herzen an. »Wir versuchen es.«

Jacob fühlte sich auf einmal wie berauscht. Lena hatte einer gemeinsamen Zukunft mit ihm zugestimmt. Sie wollte es probieren. Alles um ihn herum drehte sich und wankte wie auf einem Boot. Das musste der berühmte Glückstaumel sein, von dem so viele Menschen erzählten. Jetzt erlebte er ihn selbst. Jacob hatte beinahe das Gefühl, als würde das Glück aus ihm herauslaufen, es war zu viel für eine Person, also trat er ganz dicht an Lena heran, legte seine Arme um sie und küsste sie noch einmal. Ihr erster Kuss auf dem Weg in eine gemeinsame Zukunft.

E-MAIL-ENTWURF VOM 12. JUNI 2020

An: lena.hendriksen@hoogemail.de
Von: Jacob-Flemming@blumenmeer.de

Betreff: Alva

Liebe Lena,
Alva geht es nicht gut. Sie gibt es zwar nicht zu, aber ich kenne sie. Ich versuche ihr zu helfen, so gut ich kann, übernehme ihre Einkäufe oder sehe im Haus und im Garten nach dem Rechten. Ich glaube, sie vermisst dich …

Was ist los mit dir? Warum kommst du nicht mehr nach Hooge? Hast du Probleme?

Lena, ich weiß, ich sollte mich nicht einmischen, aber ich denke, es wäre wirklich gut, wenn du mal wieder nach ihr siehst. Es ist wirklich dringend.

Viele Grüße
Jacob

33.

Am nächsten Morgen strahlte die Sonne von einem leuchtend blauen Himmel. Und da Jacob noch in der Gärtnerei zu tun hatte, entschied Lena, sich einen richtig schönen Tag zu machen und all die Dinge zu tun, für die sie bislang keine Zeit gefunden hatte. Also nahm sie sich als Erstes ein großes Badetuch aus dem Regal, zog sich einen Bikini an und machte sich auf den Weg zum Badeplatz vor der Ipkenswarft. Dort legte sie ihr Badetuch ins Gras, lief den Grünstrand entlang bis zum Meer und ließ sich ihre Füße von den kleinen Wellen umspülen. Lena brauchte eine Weile, bis sie es ins Wasser geschafft hatte, denn jetzt, am Morgen, war das Meer noch ziemlich kühl, aber dafür auch angenehm erfrischend. Mit einem beherzten Sprung schaffte sie es schließlich hinein und kraulte erst einmal ins Meer hinaus. Sie liebte die Weite, die endlos zu sein schien, und das Gefühl von Freiheit, das sich jetzt in ihr ausbreitete. Beinahe hatte sie vergessen, wie glücklich man hier auf der Hallig sein konnte, wie ungebunden und frei, wenn man sich nur darauf einließ. Die Hooger waren ein stolzes Volk. Sie genossen es, ihr eigener Herr zu sein und ihr eigenes Ding zu machen. »Lieber tot als ein Sklave«, lautete ihr Wahlspruch, und Lena spürte, wie das Glück sie wie kribbelndes Brausepulver durchfloss, wenn sie daran dachte, dass auch sie bald dazugehörte. Sie sah es schon genau vor sich, wie sie sich in Alvas Schuppen ihre Werkstatt einrichtete, wie sie auf Regalen an den Wänden ihre Strandgutschätze neben den Bienenwachskerzen präsentierte, wie der Duft der Waben den Raum erfüllte und der Honig golden in den Gläsern glänzte. Sie dachte darüber nach, vielleicht sogar besondere Hallig-Möbel herzustellen. Im Fernsehen hatte sie einmal eine Reportage über einen Künstler gesehen, der aus Strandgut und Epoxidharz kostbare Designerstücke gefertigt hatte. Wieso versuchte sie so etwas nicht auch einmal?

Lena schwamm noch ein Stück weiter nach draußen, genoss die freie Sicht über das Meer mit seinen kleinen Wellengipfeln und bewunderte den funkelnden Weg der Sonne, den feinen goldenen Schimmer vor ihr auf dem Wasser, der aussah, als würde jemand flüssigen Honig ins Meer hineingießen. Am Horizont schipperte die Fähre aus Richtung Schlüttsiel entlang, und weiter hinten erhob sich das Quermarkenfeuer von Langeneß, das ihr jetzt wieder das Gefühl vermittelte, nach Hause gefunden zu haben.

Nachdem sie sich im Meer erfrischt hatte, frühstückte Lena im Garten, sah ihren Bienen dabei zu, wie sie sich an den letzten Blüten des Sommers labten und sich noch einen kleinen Vorrat für den Winter anlegten. Auch sie hatten ihre Arbeit getan, hatten den Honig eingetragen, den Jacob und sie dann geerntet hatten. Lena musste zugeben, dass sie schon ein bisschen stolz darauf war, ihren ersten eigenen Honig geerntet zu haben und jetzt auch Besitzerin ihres ersten eigenen Bienenschwarms zu sein. Als sie daran dachte, wie Jacob und sie ihn eingefangen hatten, musste sie lächeln, und sie beschloss, dass sie aus ihrem ersten geimkerten Honig etwas Besonderes machen wollte. Also nahm sie Alvas handgeschriebenes Kochbuch vom Regal und blätterte durch die Rezepte, bis sie an einem hängen blieb: Alvas Honiglebkuchen. Für die meisten Menschen waren Lebkuchen eine Nascherei zur Weihnachtszeit, doch Lena dachte bei dem Geschmack immer an die Hallig. Denn wenn sie früher vom Festland gekommen war und Alva besucht hatte, hatte sie als Begrüßungsgeschenk ihre legendären Honiglebkuchen für sie gebacken.

Lena stellte Mehl, Mandeln und Rohrzucker bereit und rieb mit einer Raspel die Schale von einer Orange und einer Zitrone ab. Der Duft der Zitrusfrüchte weckte in ihr das Gefühl nach Sommer und Glück, und so entschied sie sich, auf das Lebkuchengewürz zu verzichten, damit es nicht zu weihnachtlich wurde, und später nur eine Prise Zimt in den Teig zu geben. Sie nahm ein Glas Sommerblütenhonig aus Alvas Kräutergarten und erhitzte den Honig zusammen mit der Butter in einem Topf. Als diese sich verflüssigt hatte und ein bisschen abgekühlt war, gab sie den Rohrzucker, die Eier und das Bittermandelöl hinzu. Anschließend folgten das Mehl und die Gewürze. Sie hob die Nüsse unter und verrührte alles zu einem glatten Teig. Lena entschied sich für Herzformen, in die sie den Teig goss, und verzierte die Kekse im Anschluss mit geschälten Mandeln und Rosinen.

Schon während der Teig backte, schwebte der Duft aus ihrer Kindheit durch Alvas Landhausküche, und Lena konnte die halbe Stunde kaum abwarten, bis sie endlich einen von ihren Keksen probieren konnte. Sie schmeckten genauso himmlisch wie damals, doch durch die fehlenden Wintergewürze bekamen sie jetzt eine sommerlich leichte Note. Lena entschied, dass sie Marit unbedingt ein Tütchen zum Probieren vorbeibringen musste, und so nahm sie Alvas bonbonrosanes Rad und fuhr zu ihrer Freundin.

Im Vier Gezeiten war an diesen Samstagnachmittag einiges los. Vor allem die Tische im Wintergarten waren bis auf den letzten Platz belegt. Ein bisschen enttäuscht setzte sich Lena deshalb an einen Tisch in der Ecke das Cafés.

»Puh, entschuldige, dass ich erst jetzt zu dir komme, aber du siehst ja, was hier los ist!« Marit strich sich eine ihrer roten Korkenzieherlocken aus der Stirn. Sie sah ziemlich abgekämpft aus, aber nicht minder glücklich. »Ich wünschte, ich könnte mal kurz Pause machen.«

»Vielleicht hilft dir das hier weiter«, sagte Lena und überreichte ihr die Tüte mit den Keksen.

»Was ist denn das?«, fragte Marit verwundert, doch als sie die Tüte öffnete und Lenas hübsche Herzkekse darin erblickte, hellte sich ihre Miene auf. »Sind das etwa Alvas Lebkuchen?«

Lena schmunzelte. »Ich habe das Rezept ein bisschen abgeändert, damit es nicht zu winterlich ist.«

»Du hast gebacken?«, wunderte sich Marit, und Lena nickte.

»Ich habe entschieden, jetzt endlich all das zu machen, was ich hier auf der Hallig sonst immer gemacht habe. Heute Morgen war ich sogar endlich zum ersten Mal, seit ich hier bin, im Meer schwimmen.«

»Das finde ich super.« Marit nahm sich einen der Kekse und biss hinein. »Die schmecken fantastisch! Da musst du mir unbedingt das Rezept geben, damit ich sie hier in meinem Laden anbieten kann.«

»Oder ich backe sie einfach selbst«, schlug Lena vor.

Marit sah sie verständnislos an. »Und dann willst du sie mir schicken?«

»Nein, dann bringe ich sie dir persönlich vorbei.«

»Ich finde das ja wirklich schön, dass du jetzt öfter aus Bremen wieder hierherfahren willst, aber wird dir das nicht ein bisschen viel?«

»Ein paar Mal werde ich schon fahren müssen, fürchte ich, denn irgendwie muss ja mein Zeug hier auf die Hallig.« Lena lachte amüsiert, als sie Marits verdutztes Gesicht sah. »Okay, jetzt habe ich dich lange genug an der Nase herumgeführt. Jacob und ich haben beschlossen, dass wir es noch mal miteinander versuchen wollen. Ich bleibe.«

»Das ist ja großartig! Ich freu mich so sehr für euch beide.« Sie fiel Lena um den Hals und drückte ihre Freundin fest an sich. »Das wurde aber auch wirklich Zeit«, sagte sie dann tadelnd, und ihre Korkenzieherlöckchen wippten fröhlich. »Die halbe Hallig rätselt schon, wann ihr zwei es endlich einseht, dass ihr füreinander bestimmt seid.«

Lena runzelte die Stirn. Ganz so wohl war ihr dabei nicht, dass anscheinend halb Hooge schon die Hochzeitsglocken läuten hörte. Sie wollte weder sich noch Jacob solch einem Druck aussetzen.

»Jetzt mach dir keinen Kopf, Lena.« Marit kniff sie freundschaftlich in die Seite. »Ihr zwei kennt euch schon so lange. Ihr habt schon zusammen im Sand gespielt und Hooge mit euren Streichen unsicher gemacht. Das wird schon schiefgehen.«

»Ich hoffe, du hast recht«, sagte Lena. »Mir wäre wirklich wohler, wenn wir es erst einmal in Ruhe versuchen könnten, ohne dass da gleich so viele Leute eine Meinung drüber haben.«

»Na, da bist du aber auf der Hallig falsch.«

Das stimmte wohl. Lena musste sich geschlagen geben. Gleichzeitig war es auch schön, wieder dazuzugehören und so eng mit der Gemeinschaft verbunden zu sein. Sie bestellte bei Marit einen Milchkaffee und ein Stück Rhabarberkuchen und lehnte sich entspannt zurück. Das alles musste sich jetzt erst einmal bei ihr setzen, immerhin hatte sie mit ihrer Entscheidung ihr halbes Leben umgekrempelt. Lena ließ sich den Rhabarberkuchen mit dem knackigen Baiser schmecken, von dem sie glaubte, dass sie auch dort eine Spur Honig herausschmeckte, und beobachtete Marit bei ihren Kaffeebesuchern. Gerade bediente sie Kilian, der mit Hauke an einem Tisch saß. Ihre Freundin sah glücklich aus. Marit liebte ihre Arbeit und ging in ihrem Tun vollständig auf. Auch sie war vor ein paar Jahren ins kalte Wasser gesprungen, hatte ihr vertrautes Ufer hinter sich gelassen und es einfach versucht. Und ihre Entscheidung offensichtlich an keinem einzigen Tag bereut. Lena hoffte, dass es ihr bald genauso gehen würde. Schade nur, dass anscheinend doch nichts aus Marit und Piet geworden war. Die beiden hatten es nämlich noch immer nicht geschafft, noch einmal miteinander zu reden. Aber das Leben konnte schließlich viele Wendungen für einen bereithalten. Das hatte Lena bei Alva und Gunnar gesehen und gerade ja auch am eigenen Leib erfahren. Sie blickte sich um und bemerkte, dass zwischen den vielen Tagesgästen auch einige Hooger hier waren.

»Hast du gesehen, wie Jacob strahlt?«, drang plötzlich ein Gesprächsfetzen aus dem allgemeinen Rauschen der Unterhaltungen zu ihr hinüber. Die Frau, die das gesagt hatte, musste ganz in ihrer Nähe sitzen. Lena vermutete, dass sie hinter dem Pfosten im Wintergarten Platz genommen hatte. »Vorhin war ich bei ihm in der Gärtnerei, er sah so glücklich aus.«

»O ja, Lena und er. Das perfekte Paar«, sagte ihre Tischnachbarin mit einem ironischen Unterton.

Lena hätte nur zu gerne gewusst, wer die beiden waren, die sich da so angeregt über Jacob und sie unterhielten, aber sie hatte keine Chance, etwas zu erkennen. Von der Tonlage ihrer Stimme vermutete sie, dass es sich um zwei Frauen in ihrem Alter handeln musste, und in Lenas Kopf erstellte sich sofort eine Liste der infrage kommenden Personen. War das Nora? Nein, mit ihr hatte sie sich auf der Beerdigung eine Weile unterhalten. Sie hatte eine andere Tonlage und auch keinen Grund, so über sie zu sprechen. Möglicherweise Karin oder Rosalie aus der Deichstube? … Und vielleicht auch Ronja, ihre ehemalige Schulfreundin? Lena konnte es ganz schwer einschätzen.

»Eigentlich hat er es ja verdient, glücklich zu werden«, hörte sie wieder die erste Frau sprechen. »Aber ausgerechnet mit Lena? Da wäre doch jede Urlaubsromanze besser.«

Beinahe wäre Lena ein Bissen ihres Rhabarberkuchens im Hals stecken geblieben. Sie spitzte die Ohren.

»Das stimmt. Ich glaube ja, dass Lena ganz nach ihrer Mutter kommt.« Das war eindeutig Ronja. Lena war sich plötzlich ganz sicher. »Rieke hat Alva damals ja einfach im Stich gelassen.« Eine kurze Pause entstand, und Lena vermutete, dass sie vielleicht einen Schluck trank oder etwas von Marits köstlichem Kuchen aß. »Die beiden haben sich heftig gestritten, kurz bevor Rieke mit ihrem Mann aufs Festland gezogen ist.«

»Ja, davon habe ich gehört. Sie soll Alva sogar vorzeitig um ihr Erbe gebeten haben. Unglaublich, oder?« Die erste Frau seufzte hörbar auf. Ihr konnte Lena kein Gesicht zuordnen. Wahrscheinlich kannte sie sie nicht. »So etwas finde ich unmöglich. Mutter und Tochter gehen aufs Festland und lassen die arme alte Alva hier alleine zurück. Wenn Lena genug von Jacob hat, wird ihn dasselbe Schicksal ereilen.«

»Das stimmt. Jacob würde es wohl kaum verkraften, wenn sie ihn noch einmal so im Stich lässt.«

»Mit dir wäre er da sicherlich besser dran.«

»Ach, das ist vorbei. Und ich bin ja jetzt auch verlobt.«

Was? Ronja war früher einmal in Jacob verliebt gewesen? Lena wurde es auf einmal ganz flau im Magen. Deshalb also die Abneigung gegen sie. Nicht nur, dass Ronja eifersüchtig gewesen war, weil Lena aufs Festland gezogen war. Sie war damals ja auch noch mit Jacob zusammen gewesen. Wie bitter musste es für Ronja gewesen sein, als er dann mit ihrer Freundin Svea zusammengekommen war. Doch da war noch etwas, das Lena beschäftigte: Das, was sie gerade über ihre Mutter gehört hatte, verletzte sie sehr. Aber hatten Ronja und ihre Freundin recht? War sie selbst am Ende auch nicht besser als Rieke? Immerhin hatte sie Alva im Stich gelassen, hatte nicht mehr nach ihr gesehen. Die Schreinerei und die schwierige Beziehung zu Mats hatten all ihre Zeit in Anspruch genommen. Um Lena begann sich plötzlich alles zu drehen. Was, wenn sich in ein paar Wochen oder Monaten herausstellte, dass das zwischen Jacob und ihr nichts werden konnte?

Mit einem dumpfen Schmerz in der Brust dachte Lena wieder daran, dass Mats sie betrogen hatte. Was, wenn sie auch Jacob nicht genug war? Wenn er bei ihr etwas suchte, das sie ihm womöglich nicht geben konnte? Angebote gab es für ihn ja offensichtlich wie Sand am Hooger Badestrand. Und etwas hatte Mats ja gefehlt, sonst hätte er sie damals nicht betrogen, und wenn auch Jacob danach bei ihr suchte und sie es ihm nicht geben konnte? Wenn sich dieser Schmerz, den sie damals durch

Svea erlebt hatte, wiederholen würde? Wenn Jacob sie dieses Mal tatsächlich betrügen würde? Wenn er die Frau kennenlernen würde, die sich ein Leben mit ihm vorstellen konnte? Ohne Wenn und Aber, ohne Kompromisse, ohne Zögern? Konnte sie noch einmal damit leben, ihr Vertrauen verschenkt zu haben? Wieder breitete sich die alte Unsicherheit in ihr aus, nahm sie gefangen, als ob man einen schwarzen Umhang über sie gebreitet hatte, und nach Lenas Herz griff eine kalte Faust und presste es zusammen. Plötzlich war da nicht mehr nur die Angst, erneut betrogen zu werden, jetzt war da auch ein Gefühl von Verantwortung Jacob gegenüber. Es stimmte, er war von der Liebe enttäuscht worden, nicht zuletzt durch sie, wie ihr in diesem Moment schmerzlich bewusst wurde. Konnte sie sich da so leichtfertig auf eine Beziehung mit ihm einlassen, obwohl sie wusste, dass sie womöglich scheiterte?

Ja, die letzten Tage mit ihm waren wundervoll gewesen, generell die Zeit, die sie hier auf der Hallig verbracht hatte, und natürlich auch die Zeit damals aus Kindertagen. Sie verstanden sich gut, hatten ähnliche Interessen, konnten zusammen lachen, und natürlich war da auch die körperliche Anziehungskraft, das konnte Lena nicht leugnen. Aber reichte das für ein ganzes Leben? War sie wirklich die Richtige für Jacob? Von drei Wochen Urlaubsromanze, Auszeit aus dem normalen Leben, ließ sich das doch nicht beantworten. Da sah natürlich alles rosarot und perfekt aus, vor allem noch getrübt aus der Erinnerung und dem Wunsch aus der Vergangenheit. Aber würde diese Liebe auch Bestand haben? Sie waren damals gerade sechzehn gewesen, fast noch Kinder, als sie an ein Leben zusammen geglaubt hatten, und schon damals hatte es nicht funktioniert. Sie hatten es ja nicht einmal geschafft, eine

Fernbeziehung zu führen. Lenas Gedanken wurden immer bitterer, und auf einmal fühlte sie sich wie Treibholz im Sturm. Die Hoffnung, hier auf Hooge ein Zuhause zu finden, zerrann ihr zwischen den Händen wie Sand. Sie hatte geglaubt, endlich angekommen zu sein, hatte das Gefühl gehabt, wieder ganz dazuzugehören, doch dieses Gespräch der beiden Frauen zeigte ihr, wie die Halligbewohner wirklich von ihr dachten. Und das schmerzte.

Mit einem Mal waren ihre Gedanken trüb wie der Himmel an einem Herbstmorgen auf Hooge und ihr Herzschlag dumpf, als würde sie einem Boot zusehen, das träge auf den Wellen hin und her schaukelte. Sie wusste, was sie zu tun hatte, denn sie durfte Jacob nicht noch einmal verletzen. Das hatte er nicht verdient, dafür war er ein zu perfekter Mensch. Und sie gehörte nicht hierher, wie ihr gerade klar vor Augen geführt worden war. Lena lächelte wehmütig, wenn sie an ihre gemeinsamen Stunden bei den Bienenstöcken dachte, daran, wie Jacob und sie den Schwarm eingefangen hatten, wie er sie aufgefangen und sie in seinen Armen gelegen hatte. Es war alles so schön, doch es durfte nicht sein. Sie erinnerte sich an ihren ersten Kuss kurz nach Alvas Beerdigung, an die vielen weiteren, die gefolgt waren, und ihre Haut wusste noch jeden Zentimeter, wo Jacob sie überall berührt und geküsst hatte, als sie – endlich – nach all den Jahren des Wartens und Sehnens ihr erstes Mal miteinander erlebt hatten … Die Bilder, die vor ihrem inneren Auge vorbeizogen, schnürten ihr die Kehle zu, und Lena hatte Mühe, Luft zu holen und ihr schwer gewordenes Herz, das in einem letzten heftigen Pochen bei den Erinnerungen rebellierte, im Zaum zu halten. Jacob hatte es verdient, endlich glücklich zu werden. Er brauchte Sicherheit und eine

Frau an seiner Seite, auf die er sich verlassen konnte, und Lena musste sich eingestehen, dass sie nicht wusste, ob sie das war. Ja, sie liebte ihn, und ja, sie wünschte sich ein Leben auf der Hallig, konnte es sich vorstellen, aber was, wenn es scheiterte? Das Risiko war einfach zu groß. Jetzt konnte sie noch zurück, konnte wieder bei Mats in der Schreinerei einsteigen, nicht mehr als Liebespaar, aber als Geschäftspartner auf Augenhöhe.

Der Traum von Jacob und ihr auf Hooge war schön, doch es war eben nichts mehr – nur ein Traum. Es hatte kein Fundament, oder eines, das auf Sand und Sehnsucht gebaut war, das beim nächsten Sturm, ja vielleicht sogar schon bei der nächsten Flut wie der Wattboden überspült werden und verschwinden würde. Und was blieb dann zurück? Die Erinnerung an schöne Momente wie Geheimnisse aus dem Spülsaum …

Lena stand auf und ging an den Tresen, hinter dem Marit gerade zwei Tassen Cappuccino zubereitete.

»Was ist denn mit dir passiert? Du siehst aus, als ob du ziemlich starken Seegang gehabt hättest.«

»Mir ist auch ganz flau«, stimmte Lena ihr zu.

»Oje, sag bloß, dir ist mein Kuchen nicht bekommen.«

»Nein, mit dem Kuchen ist alles wunderbar. Nur mit Jacob und mir nicht.«

Marit zog nachdenklich die Brauen hoch. »Was soll denn das heißen?«

»Dass ich noch etwas zu erledigen habe«, sagte Lena.

Sie machte auf dem Absatz kehrt, flüchtete aus dem Café und lief mit einem beklommenen Gefühl den Weg zurück zur Halligkate.

34.

»Lena!« Auf Jacobs Gesicht breitete sich ein Lächeln aus, als Lena am späten Nachmittag das Blumenmeer betrat. »So eine Überraschung.« Er wollte auf sie zugehen und sie umarmen, doch dann bemerkte er Lenas veränderten Gesichtsausdruck. »Was ist los mit dir? Stimmt etwas nicht?«

»Ich habe nachgedacht«, sagte sie tonlos, und Jacob merkte, dass er unsicher wurde. So eine Ankündigung bedeutete selten etwas Gutes.

»Okay, und worüber?«

»Über uns.«

Jacob wartete, ob sie weitersprach, aber Lena schien sich erst sammeln zu müssen.

»Was ist passiert, Lena?«, fragte er besorgt, und nun ging er doch einen Schritt auf sie zu und nahm ihre Hand in seine. »Was hast du?«

»Ich kann das nicht«, flüsterte Lena, und als sie jetzt den Blick hob, hatten sich ihre Augen mit Tränen gefüllt. »Das mit uns, Jacob, das geht nicht«, schluchzte sie.

Jacob war völlig verwirrt. »Was redest du denn da?«, fragte er mit sanfter Stimme. »Natürlich geht das, das siehst du doch.«

»Es geht vielleicht jetzt, weil es neu ist, weil es aufregend ist und weil wir beide es uns wünschen und all die Jahre geglaubt haben, dass wir etwas verpasst haben, aber wir machen uns etwas vor.«

Lenas Worte trafen ihn wie eine schallende Ohrfeige. »Wieso sagst du das?«, fragte er verständnislos. »Spürst du nicht, was uns verbindet? Haben dir die letzten Tage nichts bedeutet?«

»Doch, aber sie zählen nicht.«

»Wieso nicht?«

»Weil das hier nicht die Realität ist.« Lena sah ihn hilflos an. »Das hier ist nicht mehr als eine Ferienromanze von zwei Menschen, die verträumt an die große Liebe glauben.«

»Das heißt, all das, was zwischen uns war, bedeutet dir nichts?«

»Es war nicht bedeutungslos, aber wir machen uns etwas vor. Wir haben versucht, an etwas anzuknüpfen, das elf Jahre her ist.«

»Und ich finde, das ist uns gelungen.«

»Das mag sein, aber wird uns das auch über die Zeit gelingen?«

Jacob zuckte mit den Schultern. »Keine Ahnung, Lena. Woher soll ich das wissen? Lass es uns einfach versuchen.«

Lena sah ihn schweigend an. Ihre Augen wanderten über sein Gesicht, schienen nach etwas zu suchen, das sie nicht fand, und dann presste sie die Lippen zusammen und schüttelte kaum merklich den Kopf.

»Ich kann nicht«, murmelte sie. »Ich kann nicht hierbleiben.«

Jacob hatte das Gefühl, als hätte ihm jemand den Boden unter den Füßen weggezogen.

»Was? Warum?«

Er wollte es wenigstens verstehen. War er zu vorschnell gewesen? Hatte er sie zu sehr bedrängt?

»Ich gehöre nicht hierher. Ich habe es geglaubt, habe es mir gewünscht, aber Hooge ist nicht mehr mein Zuhause. Ich werde immer die sein, die weggegangen ist, die Alva im Stich gelassen hat, und das werde ich mein Leben lang zu spüren bekommen, wenn ich bleibe. Und wenn es nicht klappt mit uns, bin ich diejenige, die dich erneut enttäuscht hat, und wir zwei stehen wieder mit gebrochenem Herzen da. Das will ich nicht. Du hast jemand besseren verdient.«

»Vielleicht darf ich das selbst entscheiden?«, sagte Jacob mit säuerlicher Miene. Es war ja wirklich nett, dass Lena glaubte, sich um ihn und seine Gefühle Gedanken machen zu müssen, aber Liebe war nun mal ein Wagnis, und sich auf jemanden einzulassen, bedeutete zwangsläufig auch, sich dem Risiko auszusetzen, verletzt zu werden. Ja, natürlich wussten sie nicht, ob es funktionierte. Das wusste man nie. Aber es dann gar nicht erst zu versuchen, hielt er für den völlig falschen Weg.

»Ja, du hast recht. Ich kann das nicht für dich entscheiden. Aber ich kann für mich entscheiden, dass ich es nicht kann. Ich kann dir nicht mehr vertrauen.«

»Und warum nicht?«, fragte Jacob und verschränkte die Arme. »Ich habe dir doch gesagt, dass mit Svea nichts war.«

Lena nickte schwach. »Ich weiß, aber meine Angst, erneut so verletzt zu werden, ist einfach zu groß. Und ich gehöre hier nicht hin, das ist mir mittlerweile leider klar geworden.«

Einen Moment sahen sie sich einfach nur an. Jacob konnte nicht glauben, was gerade passierte. Das war alles ganz falsch. Er fühlte sich wie in einem Albtraum und konnte nicht verstehen, wieso Lena sich so plötzlich gegen ihn entschieden hatte. Warum konnte sie nicht über ihr verspieltes Vertrauen hinweggehen? Er wäre dieses Wagnis ohne zu zögern eingegangen, obwohl er damals ebenso verletzt worden war. Aber sie konnte und wollte es nicht. Er spürte, wie die Wut in ihm emporstieg.

»Und wie geht es dann weiter?«, fragte er, und sein Mund fühlte sich trocken an, als hätte er eine Handvoll Sand gegessen.

Lena seufzte tief. »Ich denke, es ist das Beste, wenn wir Alvas alte Halligkate und die Bienenstöcke verkaufen.«

»Verkaufen?«, wiederholte Jacob ungläubig. Er glaubte, sich verhört zu haben. »Hast du deswegen alles renoviert?«

»Ja … nein …« Lena fuhr sich mit der Hand über die Stirn. »Ich weiß es nicht, Jacob. Ich weiß überhaupt nicht, was in den letzten drei Wochen war. Sie stehen jedenfalls in keinem Zusammenhang zu meinem Leben, und ich denke, dass es so das Beste für uns beide ist.«

»Ich fasse es nicht.« Jacob sah sie abschätzig an. »Du lässt mich hier alles auf Vordermann bringen, lässt mich dir bei den Bienen helfen, tust so, als ob wir das glücklichste und verliebteste Paar auf ganz Hooge sind, und dabei denkst du, seit du hier bist, über einen Verkauf nach? Das ist ganz schön hinterhältig.«

»Ich habe ja nicht gesagt, dass ich das schon von Anfang an so wollte«, verteidigte sich Lena, und Jacob konnte hören, dass ihre Stimme eine Spur zu hart war. »Ich habe es nur nie ausgeschlossen.«

»Und jetzt willst du also Nägel mit Köpfen machen.« Seine Tonlage war kühl wie der Nordwind, seine Worte peitschend wie die raue See.

»Hast du eine bessere Idee?«, fragte Lena gereizt. »Was willst du denn mit einem halben Haus? Und was soll ich mit einer halben Kate? In den Urlaub kann ich nicht hierherfahren, weil ich mir ständig darüber Gedanken machen müsste, ob du vielleicht gerade hier bist, und du hast nichts davon, weil du mich ständig um Erlaubnis fragen müsstest, wenn du etwas an der Kate oder den Bienenstöcken ändern willst. Keiner von uns beiden hat das Geld, um den anderen auszubezahlen. Wir haben beide einen Kredit, den wir abstottern, da können wir uns jetzt nicht noch ein Ferienhaus ans Bein binden.«

»Hast du mal gehört, wie du redest?« Jacob stieß enttäuscht die Luft aus. »Das war Alvas Haus, es waren ihre Bienen. Das alles hat ihr viel bedeutet, und sie hat sich nichts mehr gewünscht, als dass du es einmal übernimmst.«

»Dann hätte sie mich vielleicht mal vorher fragen sollen, ob ich das auch will!« Lenas Wangen waren auf einmal fleckig und gerötet. »Und dasselbe gilt auch für dich. Du hast mich kein einziges Mal gefragt, ob ich überhaupt bereit dafür bin, hierherzuziehen. Du hast das einfach entschieden und gebettelt und gedrängt. Für dich war das von Anfang an beschlossene Sache. Aber nur, weil ich hier schon einmal gelebt habe, heißt das nicht, dass ich es mir jetzt immer noch vorstellen kann. Ich bin hier nicht willkommen, das habe ich vorhin mehr als deutlich zu spüren bekommen. Und außerdem könnte hier jeden Tag auf einmal alles weg sein, weil das Meer kommt und alles überflutet. Ich habe es vor ein paar Tagen selbst miterlebt. Dafür bin ich nicht gemacht, Jacob.«

»So ist es nun mal hier, aber ich kann dir versichern, dass wir Hooger zusammenhalten und einander helfen, wo es nur geht. Das hast du ja ebenfalls selbst gesehen, und es tut weh, dass dir das anscheinend nicht genügt.«

»Ja, das habe ich gesehen«, erwiderte Lena ironisch. »Ihr haltet fest zusammen – vor allem, wenn es darum geht, jemanden spüren zu lassen, dass er nicht hierhergehört.«

»Was soll denn das jetzt schon wieder heißen?« Jacob verstand überhaupt nichts mehr. »Fühlst du dich hier nicht willkommen? Ganz Hooge spricht von uns bereits schon als Paar.«

»Das ist auch so etwas! Diese ganzen dummen Kuppelversuche. Kann man denn nicht mal irgendwas alleine entscheiden, verdammt noch mal?«

»So ist es nun einmal auf einer Hallig, das weißt du doch. Schließlich hast du hier auch mal gelebt. Abgesehen davon hat dich die Gemeinschaft sofort wieder aufgenommen.«

»Kommt darauf an, wen du fragst«, sagte Lena kühl.

»Na, ihre Hilfe hast du jedenfalls ohne zu zögern angenommen«, erwiderte Jacob, der sich jetzt ebenfalls ärgerte. »Aber natürlich, wenn du schon die ganze Zeit über einen Verkauf nachdenkst, dann kam dir das ja gerade recht.«

»So denkst du von mir?«, fragte Lena, und in ihren Augen blitzte die Wut.

»Momentan sehe ich keinen Grund, anders zu denken.« Dass alles, was er für sie getan hatte, nicht ausreichte, traf ihn hart. Hatte sie sich womöglich doch geändert? Erinnerte sie sich nicht mehr, wie schön das Leben auf der Hallig sein konnte? Wusste sie das, was Alva ihr vermacht hatte, überhaupt nicht zu schätzen? »Und dass die Hooger über uns reden, ist doch normal. Sie machen sich nun mal ihre Gedanken, und jetzt freuen sie sich, dass wir nach der langen Zeit wieder zusammen sind. Und was auch immer sie anscheinend über dich gesagt haben, sind Gerüchte.«

»Gerüchte über mich und meine Familie. Was, wenn sie

recht haben? Wenn es nicht funktioniert? Dann wissen alle sofort Bescheid und fühlen sich bestätigt.«

Jacob zuckte mit den Schultern. »Dann ist das eben so«, sagte er gleichmütig. »Aber warum sollte es nicht funktionieren? Du bist meine große Liebe, Lena, und die ganze Zeit habe ich mich gefragt, ob wir nicht doch noch einmal eine Chance haben. Alle Beziehungen danach habe ich an unserer gemessen, alle Frauen, die ich kennengelernt habe, mit dir verglichen. Für mich ist die Entscheidung gefallen.«

»Für mich auch.« Lena sah ihn unglücklich an. »Ich werde immer die sein, die abgehauen ist, die Alva enttäuscht hat. Die dich enttäuschen wird. Ich wollte nichts überstürzen. Das hier geht mir zu schnell. Und wenn ich ehrlich bin, weiß ich gar nicht, ob ich überhaupt jemals wieder jemandem vertrauen kann.«

»Dann lass es uns versuchen«, sagte Jacob, aber Lena schüttelte den Kopf, und dann glitt ihr Blick an ihm vorbei.

»Das kann ich nicht«, murmelte sie, und ihre Stimme brach. »Du hast es verdient, endlich glücklich zu werden. Du brauchst eine Frau an deiner Seite, die sich ein Leben mit dir hier vorstellen kann, und nicht nur die nächsten Wochen. Ich kann dir das alles nicht geben.«

»Lena … «, flüsterte Jacob.

»Es war ein Traum, Jacob. Ein schöner Traum, aber dennoch nichts weiter, als ein Traum. Das mit uns hat keine Zukunft.«

»So siehst du das?«, fragte er und hatte Mühe, ruhig zu bleiben. Und als Lena jetzt nickte, wurde er wütend. Dass sie ihre gemeinsame Zeit so sehr mit Füßen trat, schnitt ihm ins Herz.

»Es tut mir leid«, flüsterte Lena, und Jacob entging nicht, dass in ihren Augen Tränen glitzerten. Aber er war zu verletzt von ihren Worten, zu enttäuscht darüber, dass ihr das alles nichts bedeutete, dass sie nicht bereit war, über ihren Schatten zu springen, dass ihre Liebe anscheinend nicht genug war, um dieses Wagnis einzugehen.

»Nein«, sagte Jacob mit tonloser Stimme, »mir tut es leid, dass ich so dumm war und geglaubt habe, dass du mich auch liebst.«

»Aber ich liebe dich doch«, brachte Lena schluchzend hervor.

»Anscheinend nicht genug«, sagte Jacob. »Es ist wohl besser, wenn du jetzt gehst.«

E-MAIL-ENTWURF VOM 8. JULI 2021

An: lena.hendriksen@hoogemail.de
Von: Jacob-Flemming@blumenmeer.de

Betreff: Alva ist im Krankenhaus!

Hallo Lena,
Alva sagt, ich soll dir nicht schreiben, aber ich kann nicht anders. Deine Oma ist gestern ins Krankenhaus nach Sankt Peter-Ording gekommen. Sie hatte einen Herzinfarkt. Komm nach Hooge! Am besten, sobald du kannst. Es ist ernst!!

Gruß Jacob

35.

Lena faltete ihr blau-weiß gestreiftes Top zusammen und legte es in den Koffer. Das war das letzte Kleidungsstück aus dem Schrank, das sie verstauen musste. Jetzt hatte sie fast alles gepackt. Sie war fest entschlossen, am nächsten Morgen die Fähre zurück nach Schlüttsiel zu nehmen und endgültig alles hier hinter sich zu lassen. Der Streit mit Jacob tat einfach zu weh, als dass sie noch eine Nacht länger hierbleiben konnte, und was hätte sie auch noch zu erledigen? Hier war so weit alles getan. Sie strich über den weichen Baumwollstoff und erinnerte sich an den Tag, an dem sie das Top getragen hatte. An dem Tag hatten Jacob und sie den Bienenschwarm eingefangen. Ihren ersten eigenen Bienenschwarm, dachte Lena, und wieder überrollte sie die Traurigkeit wie eine herannahende Welle. Was jetzt wohl aus dem Schwarm wurde? Sollte sie ihn verkaufen? Möglich wäre das sicherlich, immerhin hatte sie vor ein paar Wochen im Internet gelesen, dass in Frankreich Diebe sogar Bienenstöcke klauten und auf dem Schwarzmarkt in Portugal weiterverkauften. Lenas Herz krampfte sich zusammen, wenn sie darüber nachdachte, dass ihren Bienen etwas ähnliches passieren könnte, und noch trauriger wurde sie, wenn sie sich ausmalte, die Bienenstöcke tatsächlich wegzugeben. Sie bewunderte die Insekten. Seit Gunnar ihr erzählt hatte, wie weit

Bienen fliegen mussten, um Honig zu sammeln, hatte sie noch mehr Respekt vor ihnen. Und seit sie wusste, dass die Tiere einander brauchten und ohne die Berührungen der anderen nicht leben konnten, fühlte sie sich ihnen nur umso mehr verbunden. Sie dachte daran, wie sie mit Jacob die Bienenkästen gebaut und den Honig geerntet hatte. Und in diesem Moment wurde ihr bewusst, dass sie die schönsten Stunden ihres Lebens tatsächlich mit ihm hier auf Hooge verbracht hatte – und wie Alva die meiste Zeit bei den Bienen.

Sie setzte sich vor ihrem Koffer auf den Fußboden und zog die Beine an ihren Körper. Es stimmte, all die Jahre hatte sie Jacob vermisst, hatte immer wieder an ihn gedacht und sich gefragt, wie es ihm ging, was er wohl machte. Natürlich hatte sie von Alva dies und das erfahren, aber sie hatte sich selten getraut, nachzufragen. Zu groß war die Angst gewesen, dass dann der Schmerz wieder mit voller Härte zuschlug, wenn sie sich ausmalte, wie Jacob glücklich in den Armen einer anderen lag, wie er womöglich seine Hochzeit plante oder über Kinder nachdachte, während sie versuchte, Mats seinen Fehltritt zu verzeihen. Sie hätte es Jacob von ganzem Herzen gewünscht, dass er glücklich war, aber der Realität ins Auge zu sehen, dass nicht sie die Frau an seiner Seite war, hatte zu sehr geschmerzt. Jetzt hatten sie ihre Chance gehabt. Lena hatte die Tür zu einem Kapitel ihres Lebens geöffnet, von dem sie sich die ganze Zeit gefragt hatte, wie es wohl ausgesehen hätte. Sie hatte ein paar Tage in einer Welt verbracht, von der sie geglaubt hatte, sie würde für immer für sie verschlossen bleiben, und dann waren ihre Träume doch noch wahr geworden. Sie hatte gespürt, wie sich das Glück anfühlte, hatte einen Blick darauf werfen können, wie ihre Zeit mit Jacob wohl ausgesehen hätte, wie sie aussehen könnte, wenn sie sich trauen würde, sich noch einmal auf die Liebe einzulassen. Aber sie schaffte es nicht. Da saß noch immer der Schmerz wie ein Stachel in ihrem Herzen, der sie an den Verrat von Mats erinnerte, der ihr auch heute immer noch das Gefühl gab, nicht gut genug zu sein.

Als ihr Smartphone brummte, hob Lena den Kopf. Jemand hatte ihr eine Nachricht geschickt. Sie stand auf und lief zu dem runden Tisch, auf dem sie die zwei Kerzen angezündet hatte und zwischen denen ihr Smartphone lag. Sie hoffte so sehr, dass es Jacob war, der ihr geschrieben hatte, dass er noch einmal mit ihr über ihren Streit reden wollte, doch als sie die Nachricht öffnete, sah sie auch den Absender: Mats.

Lenas Herz setzte einen Schlag aus. Mit ihm hatte sie am wenigsten gerechnet. Mit einem seltsamen Kribbeln im Bauch überflog sie seine Nachricht.

Lena, ich vermisse dich. Können wir noch einmal reden? Es tut mir leid, was zwischen uns passiert ist. Ich weiß, ich habe Fehler gemacht, aber ich kann nicht akzeptieren, dass du jetzt einfach gehst. Bitte, lass uns noch einmal darüber sprechen.

Lena las die Nachricht ein zweites Mal. Sie konnte nicht glauben, dass sie tatsächlich von Mats kam. Mit einer Entschuldigung hatte sie nicht gerechnet, und irgendwie musste sie sich eingestehen, dass sie gehofft hatte, Jacob hätte all das geschrieben, aber das hatte er nicht. Sieben Jahre Beziehung warf man eben doch nicht so leichtfertig weg. Aber wollte sie das denn? Zurück zu Mats? Wieder musste sie an seinen Verrat denken, der wie eine sternenlose Nacht ihre Seele verdunkelte und ihr Herz einhüllte. In ihre Gedanken hinein erhielt sie eine zweite Nachricht, wieder von Mats:

Ich habe das Haus mit den Fotos, die du mir geschickt hast, übrigens online gestellt und schon ein paar Anfragen erhalten. Ein Interessent bietet eine ordentliche Summe. Genug, um unseren Kredit zu tilgen. Und auch für einen Neuanfang. Lass mich wissen, wann ich ihm einen Besichtigungstermin anbieten kann. Du bist doch noch dort, oder?

Das durfte doch wohl nicht wahr sein! Was dachte der sich? Wütend rief sie Mats an.

»Du hast was?«, fauchte sie. »Du kannst doch nicht einfach, ohne mein Einverständnis, das Haus inserieren!«

»Aber du hast selbst gesagt, dass du über einen Verkauf nachdenkst. Und das Angebot ist wirklich gut. Übrigens schön, dass du dich meldest.«

»Mats, das Haus gehört mir überhaupt nicht komplett.«

Stille. »Wie?«, fragte Mats schließlich verwirrt.

»Meine Oma hat das Haus zu gleichen Teilen an Jacob und mich vermacht.«

»Ist das dieser Typ von der Hallig? Dein Schulfreund?«

Lena verdrehte genervt die Augen. Sie hatte ihm Jacob damals nur als guten Bekannten vorgestellt, den sie aus Kindertagen kannte. Dass er einmal ihre große Liebe gewesen war, hatte sie Mats in weiser Voraussicht lieber verschwiegen, um keinen Streit zu provozieren.

»Wieso vermacht Alva ihm denn ihr halbes Haus?«

»Keine Ahnung, und das tut doch jetzt auch nichts zur Sache. Vielleicht, weil er ihr immer geholfen hat.« Und nicht nur ihr, setzte Lena in Gedanken hinzu. Auch für sie war er die ganze Zeit da gewesen, das wurde ihr jetzt, da er weg war, nur umso schmerzlicher bewusst. Sie fühlte sich schrecklich einsam, so allein in Alvas altem Haus, vor allem, da Jacob es die letzten Tage mit seiner Anwesenheit, seinem Lachen und

Scherzen, mit Leben gefüllt hatte. »Jedenfalls ist das jetzt so, und ich kann nicht alleine über so etwas entscheiden.«

»Na, dann rede mit ihm«, sagte Mats. Für ihn schien das alles keine große Sache zu sein. »Es ist zwar schade, wenn wir den Erlös teilen müssen, aber der Gewinn ist trotzdem immer noch ganz ordentlich. Soll ich dir die Unterlagen schicken?«

Lena schloss für einen kurzen Moment die Augen und atmete tief durch. »Nein«, sagte sie dann entschieden. »Mats, du sollst überhaupt nichts mehr.«

»Was soll das heißen?«

»Dass ich von deinen Alleingängen jetzt endgültig genug habe.« Lena wunderte sich selbst, dass sie so entschlossen war, aber auf einmal schien ihr Weg glasklar vor ihr zu liegen. »Ich werde jetzt zurück nach Bremen kommen, danach vereinbaren wir einen Termin bei der Bank und besprechen, wie wir den Kredit weiterhin laufen lassen. Dann inserieren wir zusammen die Schreinerei, und ich werde für meine Hälfte einen geeigneten Nachfolger suchen.«

»Bist du jetzt völlig übergeschnappt? Und wo willst du dann leben? Auf einer Insel, mitten im Nirgendwo?«

»Hooge ist keine Insel, sondern eine Hallig«, verbesserte Lena ihn. Sie hatte Mühe, dabei ruhig zu bleiben. »Und was auch immer ich mache und ob ich in das Haus ziehe oder es verkaufe, geht dich überhaupt nichts mehr an.«

»Lena, jetzt mach keinen Quatsch. Es ist ja okay, dass du eine kurze Auszeit gebraucht hast, und vielleicht hast du dich ja auf der Hallig« – er betonte das Wort ganz intensiv – »auch ein bisschen vergnügt, um dich an mir zu rächen …«

»Ich habe mich nicht vergnügt!«, rief Lena aufgebracht, und als sie jetzt wieder an Jacob dachte, an ihre gemeinsame Nacht im Sturm, wurde ihr bewusst, wie bedeutsam dieser Moment für sie gewesen war. »Und denkst du ernsthaft von mir, ich würde mich rächen wollen?«

Mats lachte höhnisch. »Sag bloß, du hast wirklich jemanden kennengelernt.«

»Woher willst du denn wissen, dass ich mit jemandem was hatte?«, konterte Lena gereizt.

»Ach, komm schon, Lena, das ist doch offensichtlich. Du willst eine Beziehungspause, nimmst dir eine Auszeit, und dann beschließt du, dass du nicht mehr in dein altes Leben zurückwillst. Das liegt doch auf der Hand, dass du jemanden kennengelernt hast. Na schön, vielleicht wolltest du mir nur eins reinwürgen und es ist tatsächlich mehr daraus geworden, aber willst du für ein bisschen Sex deshalb wirklich dein bisheriges Leben wegschmeißen?«

Jetzt reichte es Lena. Mats hatte es eindeutig zu weit getrieben. Und das mit Jacob war auch nicht nur »ein bisschen Sex«, wie er es bezeichnete. In ihr brannte die Wut wie der Biikehaufen in der Februarnacht.

»Ich bin nicht wie du, Mats. Ich steige nicht einfach nur mit jemandem ins Bett. Wenn ich mich auf jemanden einlasse, dann, weil ich wirklich Gefühle für ihn habe. Und das, was du damals gemacht hast, war einfach das Letzte. Ich hätte dich eigentlich direkt verlassen sollen, aber ich war zu feige und bin geblieben. Ich habe geglaubt, dass wir eine gemeinsame Zukunft haben, dass das nur eine einmalige Sache war, aber ich kann dir nicht mehr vertrauen. Mit deinem Seitensprung hast du alles zerstört. Ganz sicher werde ich nicht mehr zu dir zurückkommen, und was auch immer ich sonst mache, mit wem ich zusammen bin, oder eben auch nicht, das geht dich schlicht und ergreifend einfach nichts mehr an. Mach's gut, Mats, und danke, dass du mir die Augen geöffnet hast.«

Lena beendete das Gespräch, ließ den Kopf in den Nacken fallen, schloss die Augen und atmete tief durch. Endlich hatte sie ihm all die Dinge gesagt, die sich schon viel zu lange in ihr angestaut hatten. Es ärgerte sie noch immer, wie abfällig er über Jacob gesprochen hatte. Auch wenn er ihn nicht wirklich kannte, hatten seine Worte sie hart getroffen.

Lena stand auf, legte sich eine Decke über die Schultern und ging die alte Holztreppe nach unten, die unter ihren nackten Füßen vertraut knarzte. Sie lief durch die gemütliche Landhausküche, erinnerte sich daran, wie sie hier mit Jacob das herrliche Roastbeef zubereitet hatte, wie der Duft der Honigkruste durch die Küche geschwebt war, daran, wie er hier an Alvas großem Holztisch mühelos das Kreuzworträtsel gelöst hatte. Sie betrat die Döns, sah den Bilegger, das Sofa, und wieder erinnerte sie sich an ihre erste gemeinsame Nacht mit Jacob, als sie hier dicht an dicht beieinandergelegen hatten, während der Wind draußen an den Fensterläden zerrte. Sie erinnerte sich an die vielen schönen Stunden, die sie hier mit Alva verbracht hatte, an ihre Uno-Partien nach den Strandspaziergängen mit Jacob und ihr. Marit hatte recht: Mit dem Haus würde sie auch all die schönen Erinnerungen verkaufen.

Eines wusste Lena nach dem Gespräch mit Mats jedenfalls ganz sicher: Auf keinen Fall würde sie wieder in ihr altes Leben in Bremen zurückkehren. Wie auch immer ihr Neuanfang aussah, Mats würde darin keine Rolle mehr spielen, und ob Jacob darin auftauchen würde, war mehr als fraglich nach dem Streit. Außerdem wusste sie ja selbst immer noch nicht, ob sie bereit für eine Beziehung mit ihm war, denn verletzen durfte sie ihn keinesfalls noch einmal, schon gar nicht, nachdem sie ihm heute Nachmittag schon wieder so wehgetan hatte. So gesehen hatte sie immer noch die Möglichkeit, einfach abzureisen. Das wäre der einfachste Weg, doch war es auch der beste? Ja, sie gehörte nicht wirklich nach Hooge, aber wenn sie darum kämpfte, würde es eines Tages vielleicht wieder so sein. Ihr Herz zog es hierher, das spürte sie, und von den meisten war sie doch freundlich empfangen worden. Wollte sie sich jetzt wirklich von einer einzelnen Lästerei so einschüchtern lassen? Nur weil Ronja vielleicht über alte Gefühle noch nicht hinweg war?

Lena erinnerte sich an Gunnar. Er hatte sich damals ein Leben auf der Hallig nicht vorstellen können, hatte sich gegen Alva und die Liebe entschieden. Und jetzt, nach all der Zeit, hatte er seinen Schritt da bereut? Lena hatte schon den Eindruck gehabt, dass er sich gefragt hatte, wie ein Leben auf Hooge, ein Leben mit Alva verlaufen wäre. Und hatte nicht auch sie selbst sich die letzten elf Jahre gefragt, wie wohl ihr Leben mit Jacob ausgesehen hätte? In den dunkelsten Stunden, wenn Mats und sie sich gestritten hatten, wenn er manchmal erst spätabends oder mitten in der Nacht nach Hause gekommen und nach einem anderen Parfüm gerochen hatte, hatte sie sich dann nicht auch ausgemalt, wie es wäre, mit Jacob an ihrer Seite? Lenas Herz wurde von ihren Gefühlen durchspült, und zurück blieben wieder die bedeutsamsten Erinnerungen. Sie blickte aus dem Fenster, sah in der Dunkelheit den Garten vor sich, die Bienenstöcke, die Jacob hier vor dem Sturm in Sicherheit gebracht hatte, und wieder tauchten die Bilder vor ihr auf, wie sie sich gemeinsam um die Bienen gekümmert und den leckeren Honig geerntet hatten. Sie schmeckte noch immer das Aroma des kostbaren Salzwiesenhonigs auf ihren Lippen, süß und ein wenig herb wie Jacobs Küsse. Lena ließ ihren Blick hinüber nach Amrum gleiten, von wo aus der Leuchtturm ihr mit gleichmäßigem Blinken sein Licht zurückwarf. Mit zitternden Fingern zog sie die Decke um ihre Schultern noch ein bisschen fester, doch die Kälte und die Einsamkeit blieben.

Hatte Alva nicht immer gesagt, dass die Menschen füreinander wie der Leuchtturm im Sturm waren? Lena wünschte sich nichts mehr als endlich einen sicheren Hafen, einen Ort, an dem sie ankommen, an dem sie bleiben konnte. All die Jahre hatte sie gehofft, dass Mats ihr das geben könnte, doch das verspielte Vertrauen wog einfach zu schwer. Und hier, mit Jacob, da hatte sich alles so einfach und so richtig angefühlt. Doch sie durfte sich nicht täuschen lassen. Ob ihre Gefühle auch im Alltag Bestand hätten, wusste sie nicht, und wieder flüsterte die leise Stimme in ihr, es zu versuchen. Aber durfte sie das denn? So egoistisch sein und Jacob möglicherweise noch einmal verletzen?

Mit einem tiefen Seufzen wandte sie sich ab und setzte sich in Alvas gemütlichen Korbsessel. Sie zog die Beine an den Körper, schlang die Decke darum und sah im fahlen Mondlicht auf das Bild von Alva, Jacob und sich im Watt. Hatte ihre Oma vielleicht doch mehr mitbekommen, als sie ihr verraten hatte? Hatte sie gewusst, wie tief ihre Gefühle für Jacob waren? Hatte sie gehofft, mit ihrem Erbe ihn und sie wieder zusammenzuführen, weil sie nicht gewollt hatte, dass sich ihre Geschichte aus der Vergangenheit noch einmal wiederholte? Lena hätte sie zu gerne um Rat gefragt. Doch jetzt blieb ihr nur die Erinnerung und die vielen Fragen.

Lena stand auf und machte sich auf den Weg ins Bett, schlüpfte ein letztes Mal in den Alkoven, und dort weinte sie sich bitterlich in den Schlaf. Sie weinte um Alvas und Gunnars verlorene Liebe, um ihre Enttäuschung mit Mats, um ihre gemeinsame Zeit mit Jacob, um die vielen schönen Stunden mit ihrer Oma. Sie weinte um die Bienenstöcke, um die Hallig, deren Natur und wilde Schönheit sie so sehr vermissen würde, um das gemütliche alte Haus, das in den letzten Tagen zu ihrem Zuhause geworden war. Und dann weinte sie um ihre Liebe zu Jacob, ihren Schmerz, ihre Hoffnung, die ihr Herz und ihre Gefühle zu ihm wieder entflammt hatten, um ihr erstes und wohl auch letztes Mal, das sie hier mit ihm verbracht hatte, um ihr Glück und ihre Träume, die sie nun für immer ziehen lassen musste … So mussten sich die Frauen früher beim Biikebrennen gefühlt haben, wenn sie ihren Männern mit dem lodernden Feuer Lebewohl gesagt hatten und der Schein des Lichts ihnen noch ein letztes Geleit übers Meer gegeben hatte. Ihr würde morgen niemand ein solches Geleit geben. Sie würde allein auf die Fähre steigen, die Hallig verlassen, und dann wäre ihr Kapitel hier für immer zu Ende. Vielleicht würden sich manche Hooger noch ein wenig von ihr erzählen, von Lena, die nach Bremen gezogen war, die ihre Oma im Stich gelassen hatte und nur noch einmal hierher zurückkam, um Alvas Halligkate zu verkaufen und Jacob endgültig das Herz zu brechen, vielleicht würde man sich an die süße Lena mit den blonden Zöpfen von früher erinnern, die immer beteuert hatte, später einmal Tierärztin auf Hooge zu werden, weil sie Seehunde so goldig fand, und Jacob zu heiraten. Lena weinte und weinte, und ihr ganzer Körper bebte von ihren Schluchzern. Sie sog den Geruch von Alva ein, der sich noch immer in ihrem Nachthemd verfangen hatte, von ihrer Seife und dem Lavendelduft auf ihrem Kissen, und als sie schließlich keine Tränen mehr hatte, schlief sie ein, erschöpft und verzweifelt.

36.

Lena erwachte bereits früh am Morgen, denn sie hörte die Amseln, die ihr Lied sangen. Sie hatte entsetzliche Kopfschmerzen. Und als sie nach dem Aufstehen einen Blick in den Spiegel warf, blickte ihr ein Gesicht mit rot unterlaufenen Augen, zerzausten Haaren und fleckig-geröteten Wangen entgegen. Sie fühlte sich leer von den Tränen, erschöpft vom Weinen, und so entschied sie, bald aufzubrechen, um den Abschied nicht noch schwerer zu machen. Lena nahm eine schnelle Dusche und schlüpfte in Jeans und eine leichte Sommerbluse.

Sie ging nach oben, schloss ihren Koffer und lief ein letztes Mal über die knarzende Holztreppe. Ihr Herz zog sich zusammen, als sie darüber nachdachte, dass sie wahrscheinlich nur noch einmal hierher zurückkommen würde, um den Verkauf abzuwickeln, und mit einem Kloß im Hals und einem Herzen schwer wie Blei zog sie schließlich die Tür hinter sich zu.

Lena durchschritt den Vorgarten, der Jacobs Handschrift trug, warf einen letzten Blick auf die Bienenstöcke hinter dem Haus, die sie von hier aus sehen konnte. Seit sie sich mit Jacob, ihrem Imker-Paten, um sie gekümmert hatte, konnte sie nur zu gut verstehen, dass auch Alva die Zeit bei ihren Bienen als die schönste und kostbarste empfunden hatte. Lena war traurig, dass sie die Bienenstöcke zurücklassen musste, und für einen kurzen Moment überlegte sie, ob sie nicht vielleicht doch ihren Schwarm, den sie mit Jacob in dieser so waghalsigen Aktion eingefangen hatte, mit nach Bremen nehmen konnte. Es gab doch auch Stadtimker. Aber dafür musste sie erst einmal wissen, wie es in Bremen für sie weiterging. Sie überlegte, ob sie gestern vielleicht doch zu forsch gewesen war. Nein, es war richtig gewesen, die Beziehung mit Mats endgültig zu beenden und ihn in die Schranken zu weisen. Er hatte lange genug über sie und ihr Leben bestimmt, jetzt wurde es Zeit, dass sie selbst entschied, wie es weitergehen sollte und was sie wollte, und dazu gehörte nun auch einmal die Unsicherheit. Wenn sie auf der Fähre war, würde sie ihre Eltern anrufen und ihnen die Situation erklären. Bestimmt würde sie für ein paar Nächte bei ihnen unterkommen können. Und dann würde sie schon sehen, wie es weiterging. Irgendetwas würde sich ergeben. Lena war selbst überrascht, dass sie so zuversichtlich war, aber vielleicht lag auch das an ihrer Auszeit hier auf Hooge. Sie hatte hier zu sich selbst gefunden, hatte ein großes Stück ihrer Freiheit wiedererlangt, und dazu gehörte es nun einmal auch, die Unsicherheit und die Wagnisse auszuhalten, die eine solche Zeit mit sich brachte. Gleichzeitig freute sie sich auf all die Möglichkeiten und die Optionen, die sich ihr nun boten. Sicher würde nicht alles einfach werden, vielleicht würde sie stolpern und noch einmal neu beginnen müssen, aber was machte das schon? Lena war zuversichtlich, dass sie das schaffte. Als sie bemerkte, wie selbstbewusst sie mittlerweile war, musste sie lächeln. Auch das hatte sie ihrem Aufenthalt auf Hooge zu verdanken. Und wer wusste, was noch kam? Vielleicht würde sie sich ja doch noch einmal auf jemanden einlassen und eine Beziehung führen können. Vielleicht hatte auch sie irgendwann die Chance auf Glück. Es musste ja nicht die ganz große Liebe sein, wie bei Jacob und ihr, ihr würde ein kleines Glück schon genügen, eines, bei dem sie sich geborgen fühlte, zu Hause, jemanden, der sie nicht betrog oder mit ihren Gefühlen spielte. Lena seufzte, denn der Stich in ihrem Herzen zog noch immer. Es würde noch eine Weile dauern, bis sie sich davon erholt hatte, aber es war okay. Eines Tages würde der Schmerz schon nachlassen. Oder würde sie sich doch ewig fragen, was wäre, wenn … so wie Gunnar?

Lena verließ die Ipkenswarft und machte sich auf den Weg ins Vier Gezeiten, um zu frühstücken und sich von Marit zu verabschieden, bevor sie fuhr.

»Dann ist es jetzt also endgültig?«, fragte ihre Freundin traurig.

Lena nickte. »Es ist das Beste so.«

»Schade, ich hatte so gehofft, dass du bleibst, aber ich kann deine Entscheidung verstehen. Du hast dir inzwischen dein eigenes Leben aufgebaut.«

»Ein Leben, das es so auch nicht mehr gibt«, gab Lena zu, und dann erzählte sie ihr von ihrem Telefonat mit Mats. »Aber wenigstens habe ich zu mir selbst gefunden.«

»Und was wird nun aus der Halligkate?«, fragte Marit.

Lena zuckte die Schultern. »Irgendwann, wenn es nicht mehr so wehtut, spreche ich noch einmal mit Jacob. Vielleicht machen wir wirklich ein Ferienhaus daraus und teilen die Einnahmen, vielleicht verkaufen wir sie und schließen so endgültig mit allem ab.«

Dass die leise Sehnsucht noch immer in ihr brannte, wenn sie an Jacob dachte, war doch nur zu gut zu verstehen, fand Lena. Hoffentlich würde sich dieses Gefühl irgendwann legen.

Aber sie hatte all die Jahre damit gelebt, sie würde es auch noch eine Weile länger ertragen. Und sie hoffte so sehr, dass Jacob endlich glücklich wurde, auch wenn es wieder in ihrem Herzen zog, wenn sie darüber nachdachte, dass sie nicht die Frau an seiner Seite war.

Nachdem Lena gefrühstückt hatte, verabschiedete sie sich von Marit. Sie umarmte ihre Freundin und drückte sie sanft, und Marit streichelte Lena über den Rücken.

»Ich wünsche dir alles Glück der Welt. Und wenn die Sehnsucht doch irgendwann zu groß ist, kommst du mich einfach besuchen, ja?«

»Das mache ich«, versprach Lena mit einem leichten Lächeln auf den Lippen.

Als sie am Fähranleger ankam, erinnerte Lena sich daran, wie sie hier vor ein paar Tagen mit Gunnar gesessen hatte. Der ältere Herr war so erleichtert gewesen, dass er endlich von seiner großen Liebe hatte Abschied nehmen können. Lenas Herz pochte bei dem Gedanken heftig in ihrer Brust. Sie erinnerte sich an seinen Rat, die richtige Entscheidung zu treffen, und wieder fragte sie sich, was richtig und was falsch war. Hätte sie sich doch nicht von Mats trennen sollen? Nein, daran bestand kein Zweifel. Diese Entscheidung war definitiv richtig. Doch was war mit Jacob und ihr? Sogar Gunnar, ein fremder Mann, hatte gemerkt, was sie füreinander empfinden mussten, und auch in Lena kribbelte es nach wie vor, wenn sie an Jacob dachte. Lena hörte den Schrei einer Möwe, sah aufs glitzernde Meer hinaus, über dem die Sonne stand, und erinnerte sich an ihre Wanderung mit Jacob zum Japsand. Sie dachte an den leidenschaftlichen Kuss, an ihre Schlacht mit Matsch und Schlick. Gedankenverloren griff sie sich an den Hals, der ihr ganz eng wurde, und da spürte sie unter ihren Fingerspitzen das Lederband, an dem die Herzmuschel hing, die Jacob ihr geschenkt hatte. Alvas letzter Gruß … Lena fuhr über die zarten Riffeln der Muschel, erinnerte sich wieder an ihre gemeinsame Nacht mit Jacob, an Haut auf Haut und daran, wie Jacob sie ihr geschenkt hatte … Sollte sie ihn vielleicht doch fragen, ob er bereit wäre, sich auf sie einzulassen? Auch wenn ihr Herz einige Narben abbekommen hatte, vielleicht konnte sie durch Jacob ja doch wieder lernen, was es hieß, zu lieben und zu vertrauen. Wobei, geliebt hatte sie ihn ja schon immer … Mehr als alles andere in der Welt, wie ihr schmerzlich bewusst wurde.

Lena reckte den Kopf in die Höhe, als jetzt ein ganzer Schwarm Möwen kreischend über sie hinwegflatterte. Sie sah wieder hinaus aufs Wasser, lauschte den Wellen, hörte dem Rauschen des Windes zu, und schmeckte das Salz auf ihren Lippen. So fühlte sich die Freiheit an, dachte sie, während der Wind an ihren honigblonden Haaren zog. Egal wie klein die Hallig war, hier hatte sie sich zum ersten Mal seit Langem wieder völlig frei und unbeschwert gefühlt, und es stimmte, was Jacob gesagt hatte: Auch wenn man hier keinen Schritt tun konnte, ohne dass es jemandem entging, die Gemeinschaft war hier so stark, dass man gleichzeitig auch aufgefangen wurde. Und sollte sie sich wirklich von einem Gespräch, das zwei Cafébesucherinnen über sie geführt hatten, einschüchtern lassen? Lena dachte an die Beerdigung, daran, dass sich nahezu die gesamte Hallig versammelt hatte, um von Alva Abschied zu nehmen, an das liebevolle Geleit, das sie ihrer Oma bereitet hatten. Sie erinnerte sich an die vielen liebevollen Blicke, die Umarmungen und Beileidsbekundungen. Diese waren von Herzen gekommen und sie waren ernst gemeint gewesen. Das hatte sie ganz deutlich gespürt. Auch Rieke hatte ihr davon erzählt und ihren Frieden gefunden. Vielleicht war es ja doch möglich, die Vergangenheit und diesen furchtbaren Streit endlich zu begraben. Lena erinnerte sich daran, dass sie sofort wieder ein Teil dieser Gemeinschaft gewesen war, als sie Hilfe bei Alvas altem Haus gebraucht hatte. Alles, was sie nicht selbst konnte, hatte man ihr gezeigt, oder ihr dabei geholfen. Ein bisschen hatte es sich so angefühlt, als wäre sie nie wirklich weg gewesen. Und war nicht gerade das auch das Schöne hier?

Lena seufzte, als sie jetzt die Fähre am Horizont auftauchen sah. Hier kam das Schiff, das sie nach Hause bringen würde, und sie erinnerte sich an Alvas Worte, die sie einmal zu ihr gesagt hatte: »Das Meer bringt dich immer nach Hause.« Von wegen, dachte Lena bitter. Sie hatte sich lange nicht mehr so zu Hause gefühlt wie hier auf Hooge.

Alvas und Gunnars Fehler durfte nicht umsonst gewesen sein. Wie tragisch, dass die Blumensträuße nur ein paar Wochen zu spät gekommen waren. Vielleicht hätten sie zueinandergefunden, wenn sie sich nicht so knapp verpasst hätten, und vielleicht ging es Jacob und ihr nun genauso. Elf lange Jahre hatten sie aufeinander gewartet, hatten versucht ein neues Leben zu beginnen und waren doch nur wieder bei sich selbst angekommen, den anderen dabei die ganze Zeit im Herzen. Das konnte sie doch nicht so einfach wegwischen wie die Flut ihre Spuren im Sand. Lena wurde unruhig. Sie hatte schreckliche Dinge zu Jacob gesagt, die er ihr womöglich nie verzeihen würde. Sie musste sich entschuldigen. Denn auch wenn er sich jetzt, nach ihrem hässlichen Streit, keine Beziehung mehr mit ihr vorstellen konnte, dann vielleicht wenigstens irgendwann eine Freundschaft, und sie mussten ja auch klären, was mit Alvas alter Halligkate passieren sollte. Plötzlich erinnerte sich Lena daran, dass sie noch immer nicht wusste, was Jacob damit vorhatte, und es drängte sie danach, es herauszufinden. Hoffentlich war es noch nicht zu spät. Sie sah wieder zur Fähre, die noch ein gutes Stück entfernt von Hooge war, doch plötzlich wollte sie gar nicht mehr auf das Schiff steigen. Sie hatte etwas anderes zu tun, etwas Wichtigeres.

Lena machte auf dem Absatz kehrt. Doch wo würde sie Jacob nun am ehesten finden? In seiner Gärtnerei? In einem der Hooger Gärten, um die er sich kümmerte? Oder traf er sich vielleicht mit einem Freund? Sie wusste es nicht. Für einen kurzen Moment überlegte sie, ob sie ihn einfach anrufen sollte, doch sie hatte Sorge, dass er sie womöglich wegdrücken würde. Außerdem war ihr das viel zu unpersönlich. Wenn sie sich schon bei ihm entschuldigen wollte, dann musste sie sich richtig ins Zeug legen. Sie erinnerte sich an die schönen Wildblumensträuße, die ihr Herz berührt hatten. So etwas Ähnliches musste es sein. Etwas, das ihn völlig umhauen würde. Und je länger sie darüber nachdachte, desto sicherer war sie sich, dass es eigentlich nur einen Ort gab, der dafür infrage kam: der alte Anleger. Hier hatte alles damals sein vermeintliches Ende genommen, hier könnte es womöglich auch wieder seinen Anfang haben.

Lenas Herz pochte kräftig gegen ihre Rippen, als sie sich jetzt mit raschen Schritten zu der Stelle in der Nähe des Fähranlegers aufmachte. Hoffentlich konnte Jacob ihr verzeihen. Hoffentlich gab er ihr noch eine Chance. Denn wenn sie eines von Gunnar und Alva gelernt hatte, dann, dass man um seine

Liebe kämpfen musste. Ihre tragische Geschichte hatte ihr die Augen geöffnet, und jetzt lag es an ihr, Lena, dafür zu sorgen, dass sich so etwas nicht noch einmal wiederholte. Und plötzlich wusste sie auch genau, wie sie Jacob am besten zeigen konnte, was er ihr bedeutete. Schon auf dem Weg hinunter zum Strand begann sie damit, Muscheln, Steine und anderes Strandgut zu sammeln. Es musste einfach klappen, sagte sie sich immer wieder, denn sonst hätte sie Jacob vermutlich endgültig verloren …

30. November 2019

Was wäre wohl aus Gunnar und mir geworden, wenn ich mehr gekämpft hätte? Warum war unsere Liebe nicht stark genug? Ob er glücklich geworden ist?

Jeden Tag blicke ich hinaus in den Garten, erinnere mich an meine Blumen und muss mit einem schmerzlichen Lächeln daran denken, wie Gunnar mit seinem Wildblumenstrauß vor mir stand. Wieso gibt es kein Rad, das die Zeit zurückdrehen kann? Wieso keinen Spiegel, der einem zeigt, was wäre, wenn … Vielleicht, weil der Schmerz dann erst recht nicht zu ertragen wäre? Vielleicht, weil es gut so ist, wie es gekommen ist? Sonst gäbe es meine Tochter Rieke nicht – genauso wenig wie Lena, meinen süßen Schatz. Ich hoffe so sehr, dass meine Tochter mir eines Tages verzeihen kann. Ich wünsche ihr, dass sie Frieden findet. Und das wünsche ich auch Lena. Wenn sie doch beide nur nicht so stur wären. Wenn sie auf ihr Herz hören und ihre Augen öffnen würden.

Ich habe gesehen, was es heißt, auf verschenkte Jahre zu blicken. Ich weiß, was es heißt, im Leben keinen Weg mehr zurück zu haben. Hoffentlich kommt Lena zur Vernunft und spricht noch einmal mit Jacob. Heute war ich beim Notar und habe mein Testament aufgesetzt. Es wird allerhöchste Zeit, ich spüre es ganz deutlich …

37.

Jacob hätte nur zu gerne eine Wattwanderung zum Japsand gemacht, um draußen in der Natur den Kopf frei zu bekommen, aber die Tide ließen es nicht zu. Also musste er sich mit einer Wanderung um die Hallig auf dem Sommerdeich begnügen, immerhin eine Strecke von elf Kilometern, für die er ungefähr dreieinhalb Stunden brauchte. Den Wind um die Nase zu spüren, dazu die rauschende Brandung in den Ohren würde ihm sicherlich guttun und seine Gedanken ein wenig zur Ruhe kommen lassen. Dennoch konnte er sich nur schwer vorstellen, wie er jetzt, ohne Lena, weitermachen sollte. Bisher hatte er immer die leise Hoffnung gehabt, dass sie beide doch noch eine Chance hatten, doch die hatte Lena gestern Nachmittag endgültig zerstört. Aber egal, wie es weiterging, sie mussten noch eine Lösung für Alvas alte Halligkate finden. Würde er irgendwann vielleicht auch Wildblumensträuße vor ihre Tür legen? Mit einem melancholischen Lächeln schüttelte er diesen Gedanken ab. Nein, er würde Lena jede Woche einen Strauß mit Gänseblümchen schicken, denn nichts lag näher. Keine Rose, kein Vergissmeinnicht konnten ausdrücken, was ein Gänseblümchen ihr sagen würde, und Jacob wurde bei diesem Gedanken eigenartig wehmütig. Er überlegte, ob er zu Piet gehen sollte, um sich bei ihm mit einer Flasche Bier und dem Blick aufs Meer die Sorgen von der Seele zu reden, aber heute war Piets freier Tag, und außerdem war es auch noch zu früh, um zu trinken. Trotzdem gab es da noch etwas, das unerledigt war. Er hatte mit Piet gewettet, dass er Lena zurückgewinnen würde. Er hatte gewonnen, wenn auch nur für kurze Zeit. Dass sein Glück mit Lena nicht beständig war, sondern sich wieder zurückgezogen hatte wie die Gezeiten, dafür konnte keiner was, und wenn Jacob schon kein Glück in Liebesdingen hatte, dann sollte wenigstens sein Freund noch eine zweite Chance bekommen. Also gab sich Jacob am Landsende einen Ruck und lief den Hügel hinauf zur Ockenswarft.

Marits Café war gut besucht, und so entschied Jacob sich dafür, einfach direkt am Tresen stehen zu bleiben.

»Hey, Jacob, das ist ja eine Überraschung«, grüßte Marit ihn. »Ist heute der Tag der gebrochenen Herzen?«

Jacob lächelte zerknirscht. »Scheint auf Hooge momentan wohl die neue Volkskrankheit zu sein, was?«

»Wem sagst du das?«, antwortete Marit und lachte gleich darauf, während sie zwei Teller im Spülbecken versenkte. »Was kann ich für dich tun? Willst du einen Bienenstich mit Honigkruste? Der ist ideal gegen Liebeskummer. Kann ich dir wärmstens empfehlen.«

»Dann gerne.« Jacob sah Marit dabei zu, wie sie den fluffigen Kuchen auf einen Teller gab, den sie ihm gleich darauf über die Theke schob. »Gibt es denn immer noch Ärger im Paradies?«, fragte er, als er einen Bissen gekostet hatte.

Marit schnaubte. »Dieser Sturkopf kommt einfach nicht zur Einsicht. Warum nutzt er seine Chance nicht? Piet hat so ein Glück. Er kann das Restaurant übernehmen – und muss dafür nur seine Kochlehre abschließen.«

»Dann rede noch einmal mit ihm«, schlug Jacob vor.

»Ach, das ist doch zwecklos. Er ist der felsenfesten Überzeugung, dass es nichts bringt, eine Fernbeziehung zu führen.«

»Und wenn du mit ihm aufs Festland gehst?«, schlug Jacob vor.

»Aber wer kümmert sich dann um das Café?«, fragte Marit mit einem bedauernden Gesichtsausdruck.

»Auch wieder wahr.«

»Siehst du, es gibt keine Lösung.« Marit gab Kaffeepulver in den Siebträger und ließ gleich darauf zwei doppelte Espressi durch ihre glänzende Maschine, die wild dabei dampfte. Eine der Tassen schob sie Jacob hin, die andere behielt sie für sich und versenkte einen Zuckerwürfel darin. »Und bei dir und Lena?«

»Hallig-Klönschnack?«, fragte Jacob vorsichtig, aber Marit schüttelte den Kopf. »Sie war vorhin bei mir und sah ziemlich fertig aus. Sie hat mir erzählt, dass ihr euch gestritten habt.«

»Ja, leider.« Jacob aß noch ein Stück von dem Bienenstich, doch der Honiggeschmack legte sich nicht heilend um sein verletztes Herz, sondern pikte ihn nur noch tiefer in die Wunde, die die Erinnerung an Lena und die Bienen aufriss. »Sie ist fest entschlossen, die Hallig zu verlassen. Jetzt kehrt sie also doch zu diesem Idioten zurück.«

»Das habe ich von ihr aber anders gehört«, widersprach Marit, und als Jacob sie fragend ansah, sagte sie: »Lena hat sich von ihrem Freund getrennt. Wusstest du das nicht?«

»Doch, sie hat mit ihm Schluss gemacht, bevor wir … äh … also bevor der Sturm kam und wir die Bienen gerettet haben.« Jacob spürte, dass ihm die Röte ins Gesicht schoss.

»War ziemlich stürmisch an diesem Abend, was?« Marit zwinkerte ihm zu und nippte an ihrem Espresso.

»Aber, um noch mal auf Mats zurückzukommen. Lena hat sich gestern Abend endgültig gegen ihn entschieden. Sie will aus der Schreinerei aussteigen und sich etwas Neues aufbauen. Ohne ihn.«

»Dann hängt sie also nicht mehr in dieser Beziehung fest?«

Marit schüttelte den Kopf. »Aber sie sah auch nicht so aus, als ob sie das Vertrauen in die Liebe zurückgewonnen hätte. Ich glaube, sie war ziemlich mitgenommen, weil ihr euch gestritten habt. Ich denke, sie hätte sich gewünscht, dass es mit euch beiden doch noch etwas wird.«

»Ich hatte den Eindruck, dass Lena einfach nicht mehr an die Liebe glaubt, dass sie nicht mehr vertrauen kann.«

»Dann ändere das!«, sagte Marit eindringlich. »Noch ist es nicht zu spät. Lena sitzt am Fähranleger und wartet darauf, in ihr neues Leben davonzuschippern. Los, geh zu ihr und verhindere das. Ihr zwei gehört doch zusammen!«

»Wenn das mal so einfach wäre«, seufzte Jacob.

»Es ist so einfach«, widersprach Marit. »Geht nich, gibt nich, oder wie sagt man hier so schön?«

»Ich weiß nicht, ob das gut wäre. Immerhin hat sie die letzten Tage darüber nachgedacht, Alvas Halligkate zu verkaufen. Das klingt mir nicht so, als ob sie bleiben will.«

»Ich denke nicht, dass sie verkauft«, widersprach Marit. »Und im Grunde glaube ich, dass sie das von Anfang an nicht wollte. Natürlich war es eine Option, aber keine, die für Lena tatsächlich infrage gekommen wäre. Sonst hätte sie sich nicht so rührend um das alte Haus gekümmert … und um Alvas Bienen.«

Wieder dachte Jacob an die gemeinsame Zeit, die Lena und er bei den Bienen verbracht hatten. Wie sie zusammen die Bienenstöcke gebaut hatten, wie Lena ihn damit aufgezogen hatte, dass er nicht gerade schrauben konnte und die Wabenrähmchen lieber genagelt hätte. Bei der Erinnerung daran musste er lächeln.

»Du liebst Lena noch immer«, sagte Marit ihm da auf den Kopf zu. »Das sehe ich dir doch an deiner Nasenspitze an. Los, kämpf um sie!«

»Wir hatten unsere Chance, Marit. Wir haben sogar unsere zweite Chance versiebt.«

»Die große Liebe ist es wert, dass man ihr auch noch eine dritte Chance gibt. Sei nicht so bockig wie ein Halligschaf und lass Lena nicht länger warten. Sie hat es verdient, endlich glücklich zu werden. Ihr habt es verdient, endlich glücklich zu werden!«

Jetzt nickte Jacob entschieden, und sein Herz wurde von einem warmen Gefühl wie von Honig durchflossen. »Ach, Marit, wenn das mit deinem Café jemals scheitern sollte, was ich wirklich schwer bezweifle, dann könntest du auf jeden Fall Motivationscoach werden.«

»Das freut mich zu hören, aber du musst los. Die Fähre kommt in knapp zwanzig Minuten.«

»Was schulde ich dir für den Kuchen?«, fragte Jacob, während er in seiner Hosentasche nach einem Zehneuroschein kramte.

»Einen Besuch mit Lena!«, sagte Marit, dann lachte sie ihr glockenhelles Lachen und winkte ihm zum Abschied zu.

Jacob entschied, dass er über den Deich schneller war, und so machte er sich mit raschen Schritten am Meer entlang auf den Weg zum Fähranleger. Schon von Weitem sah er, dass die Fähre von Sylt fast die Hallig erreicht hatte. Jetzt musste er sich beeilen. Er legte einen Zahn zu und rannte jetzt beinahe. Neben ihm rauschte das Wasser, oder war es doch das Blut in seinen Ohren, das er da hörte? Er musste es schaffen, er musste rechtzeitig genug am Anleger sein, wenn er Lena noch aufhalten wollte. Wenn sie die Fähre betreten hatte, gab es womöglich kein Zurück mehr.

Als er jetzt sah, wie die Fähre anlegte und die dicken Taue ausgeworfen wurden, zog er sein Smartphone aus der Hosentasche. Mit zitternden Fingern wählte er Lenas Nummer. Er musste sie mit allen Mitteln davon abhalten, auch nur einen Fuß auf die Landungsbrücke zu setzen. Er musste mit ihr reden, musste ihr sagen, was er für sie empfand, und sie bitten, zu bleiben. Oder es sich wenigstens noch einmal zu überlegen.

Mit klopfendem Herzen, Jacob konnte nicht sagen, ob es von seinem Sprint oder der Aufregung kam, sah er, wie die Passagiere nun von Bord gingen und die neuen bereits an der Brücke darauf warteten, die Fähre zu betreten. Lena durfte auf keinen Fall auf das Schiff, schoss es ihm durch den Kopf. Dann hatte er sie verloren. Dann ging sie für immer.

»Lena!«, rief er ins Telefon, als er hörte, dass das Freizeichen verschwunden war. Wind blies ihm entgegen, wie immer, wenn man irgendwo auf der Hallig zu telefonieren versuchte. Oftmals verstand man sein eigenes Wort nicht.

»Jacob? Bist du das?«, fragte da ihre Stimme.

»Lena, bitte, du darfst nicht auf die Fähre!«

»Was?« Es knisterte und rauschte wieder in der Verbindung. »Was hast du gesagt? Jacob, ich kann dich so schlecht verstehen.«

»Du darfst nicht …« Seine nächsten Worte gingen im Tuten des Fährhorns unter, das Signal, dass das Schiff gleich ablegen würde. Jacob hörte es sowohl vom Ufer zu sich herüberwehen als auch durch das Telefon. Lena musste also auf der Fähre stehen, und er war noch immer knapp dreihundert Meter davon entfernt. Gleich würde er erst den alten Anleger erreichen.

Jacob unterbrach die Verbindung und begann zu rennen. Er musste es schaffen. Er musste die Fähre noch rechtzeitig erreichen. Vielleicht könnte er noch aufspringen und Lena während der Überfahrt überreden, sich alles noch einmal zu überlegen. Sie könnten eine Fernbeziehung führen, wenn sie das wollte. Oder er würde probehalber seine Gärtnerei verpachten und mit ihr aufs Festland ziehen. Es war ihm völlig egal. Vielleicht fiel ihm auch noch irgendeine weitere Option ein, wenn er nur erst einmal bei ihr war.

»Lena!«, rief er verzweifelt. »Lena!«

Im nächsten Moment stolperte er über eine Person, die vor ihm auf dem Sommerdeich kniete. Jacob konnte sich gerade noch auffangen, sonst wäre er frontal auf den Boden gekracht.

»Verdammter Mist!«, fluchte er und rappelte sich auf.

»Passen Sie doch … Jacob?«

Jacob klappte die Kinnlade nach unten. Die Person, die neben ihm auf dem Boden kniete und die er augenscheinlich umgerannt hatte, war keine Geringere als … Lena.

38.

»Was tust du denn hier?«, fragte Jacob fassungslos, während er mühsam aufstand und sich den Sand von der Hose klopfte. »Warum bist du nicht auf der Fähre?«

»Weil ich mich dagegen entschieden habe«, sagte Lena. Dankbar griff sie nach Jacobs Hand, die er ihr reichte, und stand nun ebenfalls auf. »Ich wollte mich mit dir aussprechen.«

»Mit mir? Aber du hast doch gesagt, dass du für uns keine Zukunft siehst. Und dass dir die Hallig zu klein ist und du das Gefühl hast, unter ständiger Beobachtung zu stehen …«

»Ich weiß, deshalb habe ich mir ja überlegt, wie ich dich vom Gegenteil überzeugen könnte.« Sie deutete auf den Sommerdeich vor sich, und Jacob warf einen Blick auf ihr Kunstwerk.

Lena hatte mit Steinen, Muscheln, Schneckenhäusern und Treibholz »Jacob, ich liebe di…« Gelegt. »Da fehlt noch ein C und ein H«, fügte sie erklärend hinzu, »aber da hat mich irgendein schwachköpfiger Idiot über den Haufen gerannt.«

»Scheint ja ein ziemlicher Volltrottel gewesen zu sein, wenn er dich bei so etwas Schönem unterbricht.«

Lena zuckte mit den Schultern und wischte sich den Staub von den Händen. »Na ja, kann man nichts machen.«

»Stimmt, verliebte Trottel gibt es überall.«

Als er das sagte, hob Lena den Blick. »Hast du gerade verliebt gesagt?«, fragte sie verblüfft, und Jacob nickte.

»Ist das so schwer zu übersehen?«

»Ich habe nur nicht mehr damit gerechnet, nachdem wir uns … nach unserem Streit …« Traurig brach sie ab. »Jacob, das, was ich gesagt habe, war ziemlich blöd. Ich wollte dich nicht verletzen, und genauso wenig wollte ich die Halligbewohner schlechtreden. Sie waren so nett zu mir. Wahrscheinlich war ich deshalb auch so verunsichert, als Ronja mich wieder an den Streit von meiner Mutter und meiner Oma erinnert hat. Aber letztlich betrifft mich das nicht. Und alles andere ist längst vorbei. Es stimmt, hier auf Hooge bekommt jeder mit, was der andere so tut …«

»Das ist auch nicht schwer, wenn jemand eine Liebeserklärung mit Spülsaumfundstücken mitten auf den Sommerdeich schreibt«, entgegnete Jacob trocken.

Lena schmunzelte.

»Das stimmt. Aber ich dachte, wenn ich noch einmal um dich kämpfe, dann darf das von mir aus auch gleich die ganze Welt erfahren.«

Lena sah an seinem Gesichtsausdruck, dass er überrascht war.

»Das heißt wirklich, dass du noch einmal um mich … um uns kämpfen willst?«, fragte er erstaunt.

Lena nickte.

»Ich war unsicher, ob ich das kann, Jacob«, gab sie offen zu. »Ich habe dir ja erzählt, dass ich sehr enttäuscht wurde. Aber mir ist auch klar geworden, dass dich damals keine Schuld getroffen hat. Die Angst, noch einmal betrogen zu werden, sitzt tief, aber viel tiefer noch sitzt meine Liebe zu dir.«

Auf Jacobs Gesicht breitete sich ein so sanftes und liebevolles Lächeln aus, wie Lena es bei noch keinem anderen je zuvor gesehen hatte.

»O Lena«, flüsterte er, und sie fragte sich, ob da tatsächlich Tränen in seinen Augen glitzerten. Oder kamen die nur vom starken Wind? »Du weißt gar nicht, wie froh ich darüber bin.« Er machte einen Schritt auf sie zu. »Ich weiß, es war eine wirklich blöde Idee, mit Piet zu wetten, dass ich dich noch einmal rumkriege, aber ich wollte nichts unversucht lassen.«

»Du hast mit Piet gewettet?«, fragte Lena mit gespielter Empörung. »Wenn das so ist, muss ich mir wohl wirklich noch einmal überlegen, ob das mit uns so eine gute Idee ist.«

»Ich habe es für einen guten Zweck getan«, sagte Jacob. »Wenn ich es schaffe, dass wir zwei noch einmal zusammenkommen, dann wollte ich bei Marit ein gutes Wort für ihn einlegen. Aber egal, das tut jetzt nichts zur Sache. Ich wollte eigentlich sagen, dass es falsch war, dich in der kurzen Zeit so zu bedrängen.«

»Aber du hast mich nicht bedrängt«, widersprach Lena, doch dann wurde sie nachdenklich. »Oder hast du das alles nur getan, damit ich bleibe?«

»Ja. Nein!«, widersprach er sich da sofort selbst.

»Was denn jetzt?«, fragte Lena verwirrt.

»Ja, natürlich habe ich das alles getan, damit du bleibst, weil ich wirklich wollte, dass du bleibst. Aber ich habe es nicht nur getan, um dich zu überzeugen, sondern weil ich dich wirklich liebe. Ich wollte nicht, dass du noch einmal gehst, und ich wollte, dass du dich hier, obwohl deine Oma gestorben ist, trotzdem nicht allein und im Stich gelassen fühlst.«

»Das ist lieb von dir.« Lena lächelte leicht.

»Und ich wollte verstehen, was ich damals falsch gemacht habe, auch wenn ich wirklich Sorge hatte, dich noch einmal zu verlieren.«

»Und dann habe ich dich doch verletzt«, sagte Lena bedrückt. »Das wollte ich nicht. Ich dachte einfach, dass du es verdient hast, endlich glücklich zu sein, und ich bin nicht sicher, ob ich dir das geben kann, was du brauchst, Jacob. Ich liebe dich, daran besteht kein Zweifel, aber es fällt mir schwer, zu vertrauen. Das heißt, es wird sicher nicht einfach mit mir. Aber ich möchte es gerne versuchen.«

»Das ist mehr, als ich mir je erhofft habe, Lena. Und was die Sache mit meinem Glück angeht: Ich will schon ganz gerne selbst entscheiden, mit wem ich zusammen bin und mit wem nicht. Einverstanden?«

Lena nickte. »Also gut. Ab sofort entscheidet jeder selbst, was gut für ihn ist, okay?«

»Alles klar.« Jacob griff nach ihren Händen und streichelte mit dem Daumen über ihre Fingerrücken. »Aber eine Sache müssen wir schon noch zusammen besprechen: Was soll aus Alvas alter Halligkate werden?«

»Du hast gesagt, dass du eine Idee hast«, sagte Lena. »Und die würde ich jetzt wirklich gerne hören.«

»Also schön.« Jacob trat noch einen Schritt auf sie zu, sodass sie sich jetzt ganz dicht gegenüberstanden. »Ich habe mir überlegt, dass wir sie renovieren und als Ferienhaus vermieten, bis …« Und dann beugte er sich zu Lena und flüsterte ihr ins Ohr: »Bis wir selbst mit unserer Familie dort einziehen wollen.«

Lenas Augen wurden groß. »Was? So weit denkst du schon?«, fragte sie perplex, doch Jacob zuckte nur mit den Schultern.

»Eigentlich knüpfe ich nur da an, wo ich vor elf Jahren aufgehört habe.« Er zwinkerte ihr zu.

»Also schön. Renoviert ist die Kate ja mittlerweile schon. Aber was machen wir dann mit deiner Wohnung über der Gärtnerei?«

»Na ja, dann vermieten wir eben die als Ferienwohnung«, sagte Jacob. »Ich bin da wirklich flexibel, was das angeht.« Er beugte sich zu ihr hinunter und gab Lena einen zärtlichen, liebevollen Kuss.

Lena öffnete ihre Lippen und erwiderte seinen Kuss mit der gleichen Zärtlichkeit und Liebe, doch dann wurde er leidenschaftlicher und inniger wie die Brandung, die gegen den Deich schlug, und Lena spürte die zarten Wassertropfen auf ihren nackten Armen, spürte Jacobs Fingerspitzen, die über ihre Haut strichen, und dann glaubte sie auf einmal, wieder Alvas leckeren Salzwiesenhonig zu schmecken, oder war das doch nur die Verführung, die dieser Kuss mit sich brachte?

»Hast du etwa heimlich von Alvas Honig genascht?«, fragte sie, als sie sich schweren Herzens von seinen Lippen löste.

»Was? Wie kommst du denn darauf?« Jacob sah sie entsetzt an.

»Das schmecke ich doch!«, sagte Lena und stahl ihm gleich noch einen Kuss von seinen honigsüßen Lippen. »Das ist eindeutig unser Salzwiesenhonig!«

»Was? Nein. Das kann gar nicht sein.«

Lena stemmte die Hände in die Hüften. »Und warum schmecke ich ihn dann auf deinen Lippen?«, fragte sie mit funkelnden Augen.

»Oh, vielleicht schmeckst du Marits Bienenstich. Den hat sie mir gegen Liebeskummer empfohlen. Es könnte sein, dass sie noch ein Glas davon hatte. Sollen wir vorbeigehen und sie fragen?«

Lena schüttelte den Kopf und legte einen Arm um seine Hüfte. »Lass mal, am Ende kommt sie noch auf die Idee, mir ihre Stelle im Café anzubieten, wenn sie mit Piet aufs Festland geht.«

»Das wäre doch gar nicht so schlecht, oder?«, fragte Jacob, aber Lena sah ihn mit tiefen Furchen in der Stirn an.

»Wann soll ich das denn machen?«, fragte sie. »Ich hatte vor, Imkerkurse für unsere Feriengäste anzubieten. Und außerdem würde ich gerne in Alvas Schuppen eine Schreinerwerkstatt einrichten. Aus Strandgut lassen sich bestimmt schöne Mitbringsel für die Halligbesucher herstellen.«

»Wow, das klingt großartig.« Jetzt schlang auch Jacob seinen Arm um sie, und gemeinsam machten sie sich auf dem Sommerdeich in Richtung Ipkenswarft auf.

»Weißt du, ich musste hier auf Hooge erst zu mir selbst finden, bevor ich zu dir finden konnte«, sagte sie schließlich.

»Ich bin froh, dass du dich gefunden hast«, sagte Jacob. »Und dass du mich gefunden hast.«

Lena knuffte ihm in die Seite. »Na ja, das war ja nicht schwer«, sagte sie zwinkernd.

»Und was wird aus deinem Plan, Wattführerin zu werden?«

»Hm«, überlegte Lena. »Hast du denn noch einen Platz in deiner Schulung frei?«

»Für dich immer«, raunte Jacob ihr ins Haar, als er sie noch dichter an sich gezogen hatte. »Was hat dich eigentlich zum Umdenken gebracht?«, fragte er, nachdem sie ein gutes Stück schweigend nebeneinander hergelaufen waren.

»Alvas und Gunnars Geschichte«, sagte Lena, und sah Jacob

an. »Und Alvas letzter Gruß.« Sie griff nach dem Lederband an ihrem Hals und zog die Muschel unter dem T-Shirt hervor. »Und dich?«

»Die Wildblumensträuße«, antwortete Jacob lachend.

Lena blieb stehen und sah ihn eine Weile lang an. »Einige deiner Blumenbotschaften habe ich verstanden«, sagte sie, und dann musste sie kichern. »Vor allem die letzte mit der Brennnessel.« Doch dann wurde sie wieder ernst. »Aber warum hast du mich eigentlich immer Gänseblümchen genannt?«

»Weil das Gänseblümchen sagt: ›Ich bin ganz verliebt in dich.‹« Jacob stupste ihr mit dem Zeigefinger auf die Nasenspitze. »Und weil es für Beständigkeit steht. Für beständige Liebe und dafür, dass die Gefühle des anderen nicht zu erschüttern sind.«

»Das heißt, du hast gewusst, dass wir noch einmal zusammenkommen?«, fragte sie erstaunt.

»Gewusst nicht, aber ich habe es gehofft. Und selbst wenn es nicht klappt, meine Gefühle ändern sich nicht.« Er ging ein paar Schritte, bückte sich und pflückte ein Gänseblümchen von der Wiese.

»Soll ich jetzt dem armen Blümchen als Orakel die Blätter ausreißen?«, fragte Lena.

»Das brauchst du nicht. Das Gänseblümchen würde dir nur sagen, dass ich dich liebe, und das tue ich in fünfzig Jahren auch noch genauso wie damals, als ich dich bei unserer Einschulung mit deinen beiden Seitenzöpfen und der großen Schultüte gesehen habe. Und, ehrlich gesagt, ist es mir auch egal, wie kurz oder lang unsere Beziehung dauert, jeder Tag mit dir ist perfekt. Aber meinetwegen kann es gut und gerne auch für den Rest meines Lebens sein.« Er nahm die kleine Blume mit den weißen Blütenblättern, die sich an den Spitzen in ein zartes Rosa färbten, und steckte sie Lena hinters Ohr. Dann küsste er sie wieder, und Lena schlang ihre Arme um seinen Nacken und ließ ihn erst nach einer langen, langen Zeit wieder los.

»Sollen wir nach Hause gehen?«, flüsterte sie.

»Nach Hause, wie das klingt.« Jacob lächelte verträumt. »Und was wird aus deiner Nachricht hier auf dem Deich? Die Leute werden sich fragen, was ›di…‹ bedeutet. Dich? Dienstage? Dinosaurier? Und wieso jemand das einem Jacob hier auf dem Deich erzählt.«

»Lass sie grübeln«, meinte Lena mit einem amüsierten Lachen und schob ihre Hand in seine. »Dann haben wir erst einmal unsere Ruhe und können ganz für uns sein …«

»Oh, das gefällt mir«, erwiderte Jacob zwinkernd, und gemeinsam liefen sie in Richtung Ipkenswarft zu ihrer alten Halligkate.

EPILOG

Ein Jahr später …

Auf der Ipkenswarft herrschte reges Treiben. Gefühlt ganz Hooge hatte sich hier versammelt, um die Eröffnung von Lenas Schreinerei und ihrem kleinen Laden zu feiern. Sie hatte in Alvas Schuppen umgeräumt und sich dort einen Arbeitsplatz eingerichtet, in dem sie jetzt stolz ihre kostbaren Designermöbel aus Treibholz präsentierte. Tische, Regale, Truhen, eine Statue, auf die man Teelichter stellen konnte. Dazu gab es allerlei Kleinigkeiten aus Strandgut, die sie gebastelt hatte. In einer Kiste hatte sie aus Dünengras eine Biene geflochten, die auf einer Blüte saß, und in einem Regal standen mehrere Gläser Honig, die von Zartgelb, über Bernsteinfarben bis in ein goldenes Grün schimmerten, Lenas und Jacobs Ernte aus dem letzten Jahr. Lena hatte die Ferienzimmer vermietet und zusammen mit Gunnar Imkerkurse angeboten, in denen sie mit ihren Gästen das süße Gold geerntet hatte. Jetzt feierte sie mit ihrer Familie und ihren Freunden ihren Neustart auf Hooge, denn vor ein paar Wochen hatte sie endgültig alle Zelte in Bremen abgebrochen und war hierhergezogen.

Der Garten war mit unzähligen Teelichtern und einer Wimpelkette geschmückt. Im Zwetschgenbaum hing sogar eine Lichterkette, die jetzt, in der einsetzenden Dämmerung, für eine stimmungsvolle Atmosphäre sorgte und mit den ersten

Sternen am Himmel um die Wette funkelte. Auf die einzelnen Tische hatte Jacob schlanke Vasen mit Wildblumensträußen gestellt, eine Hommage an Alvas und Gunnars Liebe, daneben standen bauchige Gläser, in denen ebenfalls Kerzen im sanften Abendwind flackerten. Marit hatte mit einem Kuchenbüfett aufgefahren, das sich sehen lassen konnte, darunter gab es ihre Honigtorte, den Bienenstich und natürlich auch Alvas leckere Honiglebkuchen. Lenas Mutter hatte, zusammen mit Piet und Rosalie, Ofenkürbis mit Honig gebacken sowie Tarte mit Ziegenkäse und Honig, dazu gab es Salate und süße Flammkuchen, auch die mit Honig und Äpfeln, und im Anschluss Honigdesserts in allen Varianten. Jacob und Magnus servierten den Gästen unermüdlich Honey Rider Cocktails, eine Mischung aus Orangensaft, Apfelsaft, Himbeersaft, Passionsfruchtsaft und Honig, während im Hintergrund ihr Nachbar Arnold, den Lena nun, da sie ihn besser kennengelernt hatte, gar nicht mehr so schrullig fand, zusammen mit Bauer Kilian Akkordeon spielte und Seemannslieder sang. Doch wenn man draußen zwischen den Blumenbeeten saß, die wie auch schon im letzten Jahr üppig in Rot und Blau und Gelb blühten, konnte man noch immer das Brummen der Bienen und das Zirpen der Zikaden hören. Auch Nora und Ole waren zusammen mit Finn gekommen, um Lena und Jacob zu unterstützen. In Nora hatte Lena eine weitere gute Freundin gefunden, die sie verstand wie keine andere, wenn sie mal wieder mit einer Herausforderung auf der Hallig zu kämpfen hatte. Nora hatte sie immer wieder darin bestärkt, weiterzumachen.

Die Stimmung war gut und ausgelassen, und alle freuten sich für Lena und Jacob, die nun endlich ihr Glück gefunden hatten. Lenas Eltern waren extra vom Festland angereist, um an diesem Tag dabei zu sein. Und auch Gunnar hatte es sich nicht nehmen lassen, zu kommen.

»Das hast du alles ganz wunderbar gemacht«, sagte er, als sich Lena zu ihm setzte. »Alva wäre stolz auf dich.« Er tätschelte Lenas Hand, und Lena drückte die seine behutsam.

»Danke, das bedeutet mir viel, dass du das sagst.«

»Ich bin so froh, dass ihr zueinandergefunden habt. Euer Glück habt ihr euch wirklich verdient.« Er lächelte Jacob zu, der hinter der provisorisch aufgebauten Bar in Alvas Garten noch immer Cocktails mixte und Getränke ausschenkte. »Und euer Salzwiesenhonig, den ihr letztes Jahr geerntet habt, ist wirklich ein Gedicht. Er hat tatsächlich mein Herz ein bisschen geheilt. Als ich ihn gekostet habe, war Alva mit all den schönen Erinnerungen auf einmal wieder bei mir.«

»Das freut mich sehr, Gunnar«, sagte Lena mit einem glücklichen Lächeln. »Bald ist es wieder so weit, und Jacob und ich können den nächsten Salzwiesenhonig ernten. Ich bin gespannt, wie viel meine Bienen dieses Jahr eingetragen haben.«

»So gut, wie du sie versorgst, werden die Waben zum Bersten voll sein«, war sich Gunnar sicher.

Lena lachte. »Ich werde dir auf jeden Fall wieder ein Glas davon schicken«, versprach sie. »Ach was, so viele du willst!«

»Das ist sehr nett, aber das brauchst du nicht. Viel lieber möchte ich selbst vorbeikommen und ihn mir abholen.«

»Hier, mach mal eine Pause«, raunte plötzlich eine Stimme hinter ihr, und vor ihr tauchte wie aus dem Nichts eine Hand mit einem Honey Rider Cocktail auf.

Lena drehte sich überrascht um, und vor ihr stand Jacob mit einem zärtlichen Lächeln.

»Den kann ich jetzt gut gebrauchen!«, seufzte sie nach dem ersten Schluck glücklich.

»Kein Wunder, hier geht es ja auch zu wie in einem Bienenstock.« Jacob zwinkerte.

»Wusstest du, dass wir schon wieder bis Mitte nächsten Jahres ausgebucht sind? Unsere Gäste machen so viel Werbung für uns und unsere Imkerkurse, dass ich Mühe habe, die ganzen Anfragen anzunehmen.«

»Ja, das weiß ich«, sagte Jacob und schmunzelte, doch dann nahm er ihr das Cocktailglas aus der Hand, stellte es beiseite und umfasste zärtlich ihre Finger. »Komm«, flüsterte er.

»Hey, was tust du denn?«, fragte Lena überrascht. »Die Gäste brauchen mich.«

»Keine Sorge, Hauke hat die Bar übernommen. Sie sind in den besten Händen. Komm mit. Ich will dir was zeigen.«

Jacob führte sie von der Ipkenswarft herunter an den Deich, wo sich ein lavendelfarbenes Blütenmeer aus Standaster und Halligflieder erstreckte. Zu ihrer Überraschung war mittendrin eine weiße Leinendecke ausgebreitet, neben der ein geflochtener Picknickkorb und ein silberner Sektkühler stand. Jacob nahm auf der Decke Platz und zog Lena neben sich.

»Was hast du vor?«, fragte sie lachend.

»Das ist unsere kleine Auszeit«, flüsterte Jacob.

Lena ließ die Ruhe einen Moment auf sich wirken, betrachtete die Sonne, die glitzernd im Meer versank und wieder ihre Honigspur direkt zu ihnen an Land sandte.

»Es ist alles so wunderschön hier«, flüsterte sie. »Man hört nur noch das Meer und das Brummen der Bienen. Du hast recht. So eine kleine Auszeit tut wirklich gut. Ich bin so froh, dass ich mich jetzt doch getraut habe und geblieben bin.«

»Und ich erst«, flüsterte Jacob. »Aber eine Sache gibt es da noch, die noch nicht ganz perfekt ist.«

»So? Was denn?«, fragte Lena überrascht und richtete sich ein wenig auf, doch als Jacob ihr plötzlich ein kleines Kästchen präsentierte, ahnte sie schon, was darin war.

Lena klappte es auf, und inmitten von mehreren Gänseblümchen lag ein Ring mit einem gelb-goldenen Bernstein. »Oh, der ist wunderschön«, hauchte sie.

»Den Stein habe ich mal bei einer meiner Wattwanderungen gefunden«, sagte Jacob.

»Wirklich?«, fragte Lena erstaunt. »Ich habe noch nie Bernstein gefunden.«

»Keine Sorge, das wird sich bestimmt ändern, wenn du zukünftig öfter mit mir im Watt unterwegs bist.« Er zwinkerte ihr zu, nahm den Ring und streifte ihn über den Finger ihrer linken Hand.

»Hey, du hast mich doch noch gar nicht gefragt«, protestierte sie lachend, doch da hatte Jacob sie schon wieder an sich gezogen und einen Arm um sie gelegt.

»Wenn es dir nicht recht wäre, hättest du doch schon längst widersprochen«, gab er zu bedenken, »und außerdem fehlt das noch in unserer Honigsammlung.«

»Was meinst du?«, fragte Lena irritiert.

»Na, unsere Flitterwochen. Oder glaubst du, sie heißen umsonst im Englischen *Honeymoon* oder *Lune de miel* auf Französisch?«

Jetzt lachte Lena aus tiefstem Herzen. »Oh, du hast völlig recht. Und weißt du was? Ich freue mich schon richtig auf unsere Honigwochen!«

Damit schlang sie ihre Arme um seinen Nacken, vergrub

eine ihrer Hände in seinen dunklen Locken und senkte ihre Lippen auf seine für einen langen, nicht enden wollenden Kuss, der nach Glück und Hoffnung, nach Liebe und Zukunft, nach Treue und Zuhause – und auch ein kleines bisschen auch nach dem herbsüßen Salzwiesenhonig schmeckte.

E-MAIL VOM 21. FEBRUAR 2022
STATUS: GESENDET

An: lena.hendriksen@hoogemail.de
Von: Jacob-Flemming@blumenmeer.de

Betreff: Endlich …

Mein liebes Gänseblümchen,
ich kann es immer noch kaum fassen, dass wir nun tatsächlich verheiratet sind.

Lena, ich liebe dich, und von jetzt an gibt es keinen Tag mehr ohne dich. Du weißt gar nicht, wie glücklich du mich machst.

Dein Jacob

E-MAIL VOM 21. FEBRUAR 2022
STATUS: GESENDET

An: Jacob-Flemming@blumenmeer.de
Von: lena.hendriksen@hoogemail.de

Betreff: Ich liebe dich auch!

Doch, Jacob, das weiß ich. Mir geht es nämlich nicht anders.

PS: Der Florist hat übrigens genau meinen Geschmack getroffen. Der Brautstrauß mit den vielen Gänseblümchen war einfach wunderschön! Es wirkt fast so, als würde er mich schon jahrelang kennen. ;-) Bitte richte ihm doch meinen liebsten Dank aus!

Lesen Sie weiter >>

LESEPROBE

Wenn das Leben dir Himbeeren schenkt, dann mach Eis daraus!

Wie jeden Sommer zaubert Pauline im Eiscafé ihrer fränkischen Heimat herrliche Kreationen für ihre Gäste. Ob sinnliche Sorten oder liebevoll dekorierte Eisbecher – Eis ist Paulines Leidenschaft. Und es könnte alles so schön sein, wären da nicht Paulines Geldsorgen und ihr gebrochenes Herz. Um sich abzulenken, streift Pauline oft durch den Antiquitätenladen ihrer Ersatzgroßmutter Anna und versteckt dort heimlich Zettel mit ihren Wünschen. Eines Tages findet sie dabei die Nachricht eines Unbekannten und fühlt sich sofort zu ihm hingezogen. Ganz im Gegensatz zu Annas arrogantem Enkel Christian, der plötzlich ständig in Paulines Laden auftaucht …

PENGUIN VERLAG

An diesem Mittag war nicht sehr viel los im Eishimmel, lediglich zwei Frauen tranken nach einem Stadtbummel, darauf ließen zumindest ihre Tüten und Taschen schließen, einen Kaffee, und ein Geschäftsmann war mit seinem Smartphone beschäftigt. Pauline warf einen Blick auf die Uhr. Vielleicht würden in einer guten halben Stunde ein paar Schulkinder auf ihrem Nachhauseweg eine Kugel Eis kaufen, aber bis dahin war nicht mit großem Andrang zu rechnen, sodass sie Florence im Eishimmel eine Weile allein lassen und wie versprochen im Antiquitätenladen vorbeischauen konnte.

»Ich bin kurz mal drüben bei Anna«, sagte sie und faltete ihre Schürze zusammen.

»Ist gut.« Florence stellte die Kaffeetassen auf zwei Silbertabletts und legte jeweils einen ihrer selbst gebackenen Butterkekse auf die Untertassen. »Grüß sie von mir.«

»Mache ich.« Pauline nickte ihren Gästen im Vorbeigehen zu und verließ das Café. Draußen war es frisch, und an den vier Sitzgruppen, die vor dem Eishimmel standen, saß niemand, was Pauline nicht sonderlich verwunderte. Sie zog ihre Strickjacke enger um sich und sah nach oben. Dunkle Wolken hingen am Himmel, sicherlich würde es heute noch Regen geben. Ein ungemütlicher Wind fuhr durch ihr honigblondes Haar und ließ das Schild des Antiquitätenladens leise quietschend hin und her schwingen. »Bergmann Antiquitäten« stand verschlungen darauf, daneben war ein gemütlicher Sessel abgebildet.

Pauline öffnete die schwere Glastür des Antiquitätengeschäfts und trat ein. Unzählige Vitrinen aus Nussbaum und Mahagoni beherbergten Schätze wie Broschen, Schmuck, Postkarten und Silberbesteck. Daneben fügten sich die unterschiedlichsten Tische mit den dazugehörigen Stühlen oder verwaisten Einzelstücken zu einem unübersichtlich wirkenden Labyrinth zusammen. Pauline musste sich regelrecht hindurchschlängeln, um in den Nachbarraum mit dem wuchtigen Schreibtisch aus dem 19. Jahrhundert zu gelangen, hinter dem Anna in ihrem Ohrensessel mit moosgrünem Samtbezug saß und gerade einen Pokal aus Bronze polierte. Auch in diesem Zimmer wusste sie nicht, wohin sie zuerst blicken sollte. In verschiedenen Schränken und Vitrinen fanden sich Porzellanservice in allen möglichen Ausführungen, auf einem Regal drängte sich eine Armee von Milchkännchen und Blumenvasen eng aneinander, und auf einer Anrichte standen goldene Sammeltassen mit Barockmotiven, die aussahen, als ob sie zu einer Teezeremonie bei *Alice im Wunderland* einluden. An der Wand über dem Schreibtisch und neben den Schränken waren Bilder von Wildblumensträußen, hübschen Mädchen, Landschaften, Herren in Uniform und Heiligen aufgehängt, allesamt dunkel gehalten und in Öl gemalt. Pauline hatte das Gefühl, von Hunderten Augenpaaren angestarrt zu werden. Sogar der röhrende Hirsch auf seinem grünen Hügel schien sie fest im Blick zu haben, als sie jetzt einige Schritte in den Raum machte. Sie blieb mit ihrer Strickjacke an einer Sammlung von Spazierstöcken hängen, die sich in einem schmiedeeisernen Ständer dicht zusammendrängten. Vorsichtig befreite sie den Stoff aus dem Silberbeschlag eines Schirms, der mit weißer Spitze bespannt war und in einem vergangenen Jahrhundert bestimmt einmal eine Komtess vor einem Sonnenstich bewahrt hatte.

»Hallo, meine Liebe«, begrüßte Anna sie, stellte den Pokal beiseite und stand mit einem Ächzen aus ihrem Sessel auf. »Was machst du denn hier?«

»Ich habe im Moment nicht so viel zu tun und dachte, ich schaue mal, ob ich dir vielleicht ein bisschen helfen kann.«

Auf Annas Gesicht breitete sich ein warmes Lächeln aus. »Das ist aber lieb von dir. Komm, ich möchte dir etwas zeigen.« Sie winkte Pauline zu sich und nahm eine geschnitzte Holzkiste von einem Regal. »Ist die nicht toll?«

Pauline stimmte nickend zu und fuhr mit ihren Fingerspitzen über die kostbare Einlegearbeit.

»Mach sie mal auf«, ermutigte Anna sie.

Vorsichtig öffnete Pauline den Deckel, woraufhin leise klassische Musik erklang und sich eine Ballerina, kaum größer als ein Fingerhut, aufrichtete und sich vor einem ovalen Spiegel um sich selbst drehte. Das Innere der Kiste war mit dunkelblauem Samt ausgeschlagen. Sicherlich war sie früher einmal für die Aufbewahrung von Schmuck oder anderen Geheimnissen eines jungen Mädchens gedacht gewesen.

»Sie ist wunderschön«, flüsterte Pauline und lauschte andächtig, bis sich die Ballerina immer langsamer drehte und die Musik schließlich verstummte.

»Unter ihr befindet sich ein Aufziehmechanismus«, sagte

Anna. »Eine knifflige Mechanik, es hat mich einiges an Arbeit gekostet, bis ich ihn reparieren konnte.«

»Ich finde es bewundernswert, dass du so viel Geduld dafür hast«, gab Pauline zu.

»Mit solchen Dingen ist es wie mit den Menschen. Manchmal denkt man, dass man gar nicht an sie herankommt, aber dann, auf einmal, entdeckt man etwas Besonderes, etwas Einzigartiges, und das ist dann der Schlüssel zu ihrem Herzen. In diesem Moment geben sie ihre ganze Schönheit und ihr wahres Inneres preis.«